中印经典和当代作品
互译出版项目

CHINA-INDIA TRANSLATION PROJECT

班 迪

曼奴·彭达利作品选

Aapka Banti

【印】曼奴·彭达利◎著

王 靖◎译

中国大百科全书出版社

图字：01-2020-0687

图书在版编目（CIP）数据

班迪：曼奴·彭达利作品选/（印）曼奴·彭达利
著；王靖译. — 北京：中国大百科全书出版社，
2023.4

书名原文：Aapka Banti

中印经典和当代作品互译出版项目

ISBN 978-7-5202-1316-5

Ⅰ.①班… Ⅱ.①曼…②王… Ⅲ.①长篇小说—印
度—现代 Ⅳ.①I351.45

中国国家版本馆CIP数据核字（2023）第050738号

审　　校	姜景奎	
责任编辑	曹　来	
封面设计	许润泽	叶少勇
责任印制	魏　婷	
出版发行	中国大百科全书出版社	
地　　址	北京阜成门北大街17号	邮政编码　100037
电　　话	010-88390636	
网　　址	http://www.ecph.com.cn	
印　　刷	中煤（北京）印务有限公司	
开　　本	710毫米×1000毫米　1/16	
印　　张	22.25	
字　　数	307千字	
印　　次	2023年8月第1版　2023年8月第1次印刷	
书　　号	ISBN 978-7-5202-1316-5	
定　　价	88.00元	

中印经典和当代作品互译出版项目
中方专家组

主　　编　　薛克翘　刘　建　姜景奎

执行主编　　姜景奎

特约编审　　黎跃进　阿妮达·夏尔马（印度）

　　　　　　邓　兵　B.R.狄伯杰（印度）

　　　　　　石海军　苏林达尔·古马尔（印度）

总序：印度经典的汉译

一、概念界定

何谓经典？经，"织也"，本义为织物的纵线，与"纬"相对，后被引申为典范之作。典，在甲骨文中上面是"册"字，下面是"大"字，本义为重要的文献，例如传说中五帝留下的文献即为"五典"[①]。《尔雅·释言》中有"典，经也"一说，可见早在战国到西汉初，"经""典"二字已经成为近义词，"经典"也被用作一个双音节词。

先秦诸子的著作中有不少以"经"为名，例如《老子》中有《道经》和《德经》，故也名为《道德经》，《墨子》中亦有《墨经》。汉罢黜百家之后，"经"或者"经典"日益成为儒家权威著作的代称。例如《白虎通》有"五经何谓？谓《易》《尚书》《诗》《礼》《春秋》也"一说，《汉书·孙宝传》有"周公上圣，召公大贤。尚犹有不相说，著于经典，两不相损"一说。然而，由印度传来的佛教打破了儒家对这一术语的垄断。自汉译《四十二章经》以来，"经"便逐

---

① "典，五帝之书也。"——《说文》

渐成为梵语词 sutra 的标准对应汉译，"经典"也被用以翻译"佛法"（dharma）①。随着佛教在中国的传播和发展，类似以"经典"指称佛教权威著作的说法也多了起来。② 到了近代，随着西学的传入，"经典"不再局限于儒释道三教，而是用以泛指权威、影响力持久的著作。

来自印度的佛教虽然影响了汉语"经典"一词的语义沿革，但这又可以反过来帮助界定何为印度经典。汉译佛经具体作品的名称多以 sutra 对应"经"，但在一般表述中，"佛经"往往也囊括经、律（vinaya）、论（abhidharma）三藏。例如法显译《摩诃僧祇律》（*Mahasanghika-vinaya*）、玄奘译《瑜伽师地论》（*Yogacarabhumi-sastra*），均被收录在"大藏经"之中，其工作也统称为"译经"。来华译经的西域及印度学者多为佛教徒，故多以佛教典籍为"经典"。不过也有一些非佛教徒印度学者将非佛教著作翻译为汉语，亦多冠以"经"之名，其中不乏相对世俗、与具体宗教义理不太相关的作品，例如《婆罗门天文经》《婆罗门算经》《啰嚩拏说救疗小儿疾病经》（*Ravankumaratantra*）等。如此，仅就译名对应来说，古代汉语所说的"经典"可与 sutra、vinaya、abhidharma、sastra、tantra 等梵语词对应，这也基本囊括了印度古代大多数经典之作。

然而，古代中印文化交流也有一定的局限性，若以现在对经典的理解以及对印度了解的实际情况来看，吠陀、梵书、森林书、奥义书、往世书等古代宗教文献，两大史诗、古典梵语文学著作等文学作品，以及与语法、天文、法律、政治、艺术等相关的专门论著都是印度经典不可或缺的部分。从语言来看，除梵语外，巴利语、波罗克利特语、阿波布朗舍语等古代语言，伯勒杰语、阿沃提语等中世纪语言，印地语、孟加拉语、乌尔都语等现代语言，以及殖民时期被引入印度并在印度生根发芽的英语都在不同的历史时期承载了印度经典的传承。

---

① "又睹诸佛，圣主师子，演说经典，微妙第一。"——《妙法莲华经》卷一《序品》（T09, no. 262, c18-19）

② "佛涅槃后，世界空虚，惟是经典，与众生俱。"——白居易《苏州重玄寺法华院石壁经碑》

二、古代中国对印度经典的汉译

经典翻译，是将他者文明的经典之作译为自己的语言，以资了解、学习，乃至融合、吸纳。这一文化行为首先需要一个作为不同于自己的"他者"客体具有足以令主体倾慕的经典之作，然后需要主体"有意识"地开展翻译工作。印度文明在宗教、哲学、医学、天文等方面的经典之作具有较高的知识水平，在不同时代对中国社会各阶层产生了独特的吸引力。中印文明很早就有了互通记录，有着甚深渊源，在商品贸易、神话传说、天文历法等方面已有学者尝试考证。① 随着张骞出使西域，佛教传法僧远来东土，中印之间逐渐建立起"自觉"的往来，古代中国对印度经典的汉译也在汉代以佛经翻译的形式得以展开。

1. 佛教经典汉译

毫无争议，自已佚的《浮屠经》②以来，佛教经典汉译在古代中国对印度经典的翻译中占有主流地位。译经人既有佛教僧人，也有在家居士，既有本土学者，也有西域、印度的传法僧人。仅以《大唐开元释教录》以及《贞元新定释教目录》的统计为例，从东汉永平十年至唐贞元十六年，这 734 年间，先后有 185 名重要的译师翻译了佛经 2 412 部 7 352 卷（见表 1），成为人类历史上少有的翻译壮举。

---

① 季羡林：《中印文化交流史》（北京：新华出版社，1993 年）及薛克翘：《中国印度文化交流史》（北京：昆仑出版社，2008 年）中部分内容均介绍了相关观点。

② 学术界关于第一部汉译佛经的认定，历来观点不一。不少学者认为，《四十二章经》是第一部汉译佛经；但有学者经过考证发现，西汉哀帝元寿元年（公元前 2 年）大月氏使臣伊存口授的《浮屠经》应该是第一部，可惜原本失佚，后世知之甚少。目前，学术界基本倾向于认为《浮屠经》为第一部汉译佛经，并已意识到《浮屠经》在中国佛教史及学术史上的重要地位。参见方广锠：《〈浮屠经〉考》，《法音》，1998 年第 6 期。

表 1　东汉至唐代汉译佛经规模 [①]

朝代	年代	历时	重要译师人数	部数	卷数
东汉	永平十年至延康元年	154 年	12	292	395
魏	黄初元年至咸熙二年	46 年	5	12	18
吴	黄武元年至天纪四年	59 年	5	189	417
西晋	泰始元年至建兴四年	52 年	12	333	590
东晋	建武元年至元熙二年	104 年	16	168	468
前秦	皇始元年至太初九年	45 年	6	15	197
后秦	白雀元年至永和三年	34 年	5	94	624
西秦	建义元年至永弘四年	47 年	1	56	110
前凉	永宁元年至咸安六年	76 年	1	4	6
北凉	永安元年至承和七年	39 年	9	82	311
南朝宋	永初元年至升明三年	60 年	22	465	717
南齐	建元元年至中兴二年	24 年	7	12	33
南朝梁	天监元年至太平二年	56 年	8	46	201
北朝魏	皇始元年至东魏武定八年	155 年	12	83	274
北齐	天保元年至承光元年	28 年	2	8	52
北周	闵帝元年至大定元年	25 年	4	14	29
南朝陈	永定元年至祯明三年	33 年	3	40	133
隋	开皇元年至义宁二年	38 年	9	64	301
唐 [②]	武德元年至贞元十六年	183 年	46	435	2 476

　　自东汉以后约 6 个世纪中，大量佛教经典被译为汉语，其历程与佛教在中国的传播历程基本同步。在这一过程中，涌现出许多重要译师，仅译经 50 部或 100 卷以上的译师就有 16 人（见表 2），其中又以鸠摩罗什、真谛、玄奘、义净、不空做出的贡献最为卓越，故此他们被称为"汉传佛教五大译师"。他们的生平事迹和具体贡献在许多佛教典籍中均有叙述，此不赘述。

---

　　① 本表主要依据《大唐开元释教录》整理而成，其中唐代的数据引用的是《贞元新定释教目录》。
　　② 唐代数据至德宗贞元十六年（800）为止，并不完整。但考虑到贞元年后，大规模译经基本停止，故此数据亦有相当高的参考价值，至贞元十六年，唐代已经译经 435 部 2 476 卷，足以确立其在中国译经史上的地位。

表 2　译经 50 部或 100 卷以上的译师

时代	朝代	人名	译经部数	译经卷数
三国西晋	吴	支谦	88	118
	西晋	竺法护	175	354
东晋十六国	东晋	竺昙无兰	61	63
		瞿昙僧伽提婆	5	118
		佛陀跋陀罗	13	125
	北凉	昙无谶	19	131
	后秦	鸠摩罗什	74	384
南北朝	宋	求那跋陀罗	52	134
	陈	真谛	38	118
	北魏	菩提留支	30	101
隋唐	隋	阇那崛多	39	192
	唐	玄奘	76	1 347
		实叉难陀	19	107
		义净	68	239
		菩提流志	53	110
		不空	111	143

　　自唐德宗之后，译经事业由于政局等多方面因素影响而受阻，此后又经历了唐武宗和后周世宗两次灭佛，佛教在中国的发展受到冲击。直到 982 年，随着天竺僧人天灾息和施护的到访，北宋朝廷才重开译经院，此时距唐德宗年间已有约 200 年，天灾息等僧人不得不借助朝廷的力量重新召集各地梵学僧，培养本土翻译人才。在此后的约半个世纪中，他们总计译出 500 余卷佛经。此后，汉地虽有零星译经，却再也不复早年盛况，古代中国对印度经典的汉译逐渐落下帷幕。

2. 非佛教经典汉译

　　佛教经典汉译占据了古代中国对古代印度经典汉译的主流，除此之外，其他一些印度经典也被译为汉语。这些文献大致可以分为两类。一类是在翻译佛教经典的过程中无意之中被译为汉语的，尤其是佛教文献中所穿插的印度民间故事等。① 一类是在翻译佛教经典之外，有意翻译的非佛教经典，例如婆罗门教哲学、天文学、医学著作等。尽管数量无法与佛教经典相提并论，但这些非佛教经典的翻译在一定程度上体现了古代中华文明对古代印度文明的关注开始逐渐由佛教辐射到印度文明的其他领域。不过从译者的宗教信仰以及对经典的选择来看，这类汉译大部分是佛教经典翻译的附属产品。

3. 其他哲学经典汉译

佛教自产生以来，与印度其他思潮之间既有争论，也有共通之处。因而在佛教经典的汉译过程中，中国人也逐渐接触到古代印度的其他哲学。有关这些哲学派别的基本介绍散见于包括佛经、梵语工具书、僧人传记等作品中，例如《百论疏》对吠陀、吠陀支、数论、胜论、瑜伽论，甚至与论释天文、地理、算术、兵法、音乐法、医法的各种学派相关的记载、注释和批判也可以在这些作品中找到。② 很有可能出于佛教对数论派和胜论派知识的尊重，以及辨析外道与佛法差别的需要等原因，真谛和玄奘才分别译出了数论派的《金七十论》和胜论派的《胜宗十句义论》。③ 这两部经典的汉译在一定程度上拓宽了中国知识界对印度哲学的视野，但其翻译在很大程度上受到了佛教对其他哲学派别好恶的影响，依然是在佛教经典汉译的主导思路下完成的。

4. 非哲学经典汉译

除宗教哲学经典外，古代印度的天文学、数学、医学在人类科

---

① 新文化运动以来，这一领域已有多部论著问世，此不赘述。

② 宫静：《谈汉文佛经中的印度哲学史料——兼谈印度哲学对中国思想的影响》，《南亚研究》，1985 年第 4 期，第 52～59 页。

③ 《金七十论》译自数论派的主要经典《数论颂》（Samkhya-karika），相传为三四世纪自在黑（Isvarakrsna）所作。《胜宗十句义论》的梵文原本已佚，从内容看属于胜论派较早的经典著作。参见黄心川：《印度数论哲学述评——汉译〈金七十论〉与梵文〈数论颂〉对比研究》，《南亚研究》，1983 年第 3 期，第 1～11 页。

学史上也具有重要地位，其中一些著作也被译为汉语。古代印度天文学经典多以佛教经典的形式由传法僧译出。[①] 隋唐时期，天文学著作汉译逐渐出现了由非佛教徒印度天文学家主导的潮流。据《隋书》记载，印度天文著作有《婆罗门天文经》《婆罗门竭伽仙人天文说》《婆罗门天文》。[②] 瞿昙氏（Gautama）、迦叶氏（Kasyapa）和拘摩罗氏（Kumara）三个印度天文学家氏族曾先后任职于唐代天文机构太史阁，其中瞿昙氏的瞿昙悉达翻译了印度天文学经典 *Navagraha-siddhanta*，即《九执历》。[③] 此外，印度的医学、数学、艺术经典也因其实用价值通过不同渠道被介绍到中国，其中一些著作或部分或完整地被译为汉语。

5. 落幕与影响

中国古代的印度经典汉译在唐代达到巅峰，此后逐渐走向低谷，无论是数量还是质量都难以达到唐代的水平。造成这一现象的原因主要有两个方面：一方面，唐代中后期，阿拉伯帝国的崛起以及唐朝与吐蕃关系的恶化阻断了中印之间两条重要的陆路通道——西域道和吐蕃道，之后五代十国以及宋代时期，这两条通道均未能恢复，只有南海道保持畅通。[④] 另一方面，中国宗教哲学的发展和印度佛教的密教化这两种趋势决定了中国对印度佛教经典的需求逐渐下降。在近千年的历程中，佛教由一个依附于黄老信仰的外来宗教逐渐在汉地生根发芽，成为汉地宗教生活不可缺少的一部分，其作为"中国佛教"的独立性日益增强。甚至权威如玄奘，也不能将沿袭至那烂陀寺戒贤大师

[①] 例如安世高译《佛说摩邓女经》、支谦等译《摩登伽经》、竺法护译《舍头谏太子二十八宿经》等。

[②] 《隋书·经籍志》，北京：中华书局，1982年，第1019页。

[③] 参见 P.C.Bagchi, *India and China: A Thousand Years of Cultural Relations*. 1981, Calcutta, Saraswat Library, p.212. 此后，依然有传法僧翻译佛教天文学著作的记载，具体参见郭书兰：《印度与东西方古国在天文学上的相互影响》，《南亚研究》，1990年第1期，第32~39页。

[④] 菩提迦耶出土的多件北宋时期前往印度朝圣的僧人所留下的碑铭证明，宋代依然有僧人前往印度朝圣，且人数不少。法国汉学家沙畹（E. Chavannes）、荷兰汉学家施古德（G. Schlegel）、印度学者师觉月（P. C. Bagchi）等国外学者在这方面均有讨论，具体参见周达甫：《改正法国汉家沙畹对印度出土汉文碑的误释》，《历史研究》，1957年第6期，第79~82页。

的"五种姓说"完全嵌入汉地佛教的信仰之中。汉地"伪经"的层出不穷也从某种角度反映了佛教的中国本土化进程。不空等人在中国传播密教虽然形成了风靡一时的"唐密",但未能持久。究其根本在于汉地佛教的发展受到本土儒家信仰的影响,很难与融合了婆罗门教信仰的佛教密宗契合。此外,本土儒家、道家也在吸纳佛教哲学的基础上有了新的变革。至宋代,三教合一的趋势逐渐显现,源自印度但已本土化的佛教与儒家、道家的融合进一步加深,致使对印度经典的诉求越来越少。由此,义理上的因素使得中国的知识分子不再追求印度佛教的哲学思想;再者,随着佛教在印度的衰落,以及中国佛教自身朝圣体系的建立和完善,前往印度朝圣也失去了意义。

古代中国对古代印度经典的汉译始于佛教,也终于佛教。尽管如此,以佛教经典为主的古代印度经典汉译已经在中国历史上烙下了深刻的印记,其影响是持久和多方面的。在这一过程中,译师们开创的汉译传统给后人翻译印度经典留下了巨大财富:

其一,汉译古代印度经典除早期借助西域地方语言外,主要翻译对象都是梵语经典,本土学者和外来学者编写了不少梵汉工具书。

其二,一套与古代印度宗教哲学术语对应的意译和音译相结合的汉译体系得以建立。由于佛教经典的流传,很多术语已经成为汉语的常用语,广为人知。

其三,除术语对应外,梵语作品译为汉语需要克服语法结构、文学体裁等方面的限制,其实践在一定程度上影响了汉语的一些表达法。① 如此等等都为后人继续翻译印度经典提供了便利之处。

更为重要的是,历史上重要的译师摸索出一套大规模翻译经典的方式方法,他们的努力对于后继的翻译工作来说具有很高的参考价值。经过早期的翻译实践,鸠摩罗什译经时便开始确立了译、论、证几道基本程序,并辅之以梵本、胡本对勘和汉字训诂,经总勘方

① 例如汉语中常见的"所+动词"构成的被动句就可能源自对佛经的翻译。参见朱庆之《汉译佛典中的'所 V'式被动句及其来源》(载《古汉语研究》,1995 年第 1 期,第 29~31、45 页)及其他相关著述。

定稿。在后秦朝廷的支持下，鸠摩罗什建立了大规模译场，改变了以往个人翻译的工作方式，配合翻译方法上的完善，大大提高了译经的效率和质量。唐代译场规模更大，翻译实践进一步细化，后世记载的翻译职司包括译主、证义、证文、度语、笔受、缀文、参译、刊定、润文、梵呗等10余种之多。

此外，先人还摸索出一套翻译人才的培养模式，隋代译师彦琮曾以"八备"总结了译师需具备的一系列条件，具体内容为：

> 一诚心受法，志在益人；二将践胜场，先牢戒足；三文诠三藏，义贯五乘；四傍涉文史，工缀典词，不过鲁拙；五襟抱平恕，器量虚融，不好专执，耽于道术，淡于名利，不欲高衒；六要识梵言；七不坠彼学；八博阅苍雅，粗谙篆隶，不昧此文。①

这八备之中，既有对译者宗教信仰、个人品行的要求，也有对梵语、汉语表达的语言技能以及对佛教义理的知识掌握等方面的要求，今天看来，依然有很大的借鉴意义。

三、近现代中国对印度经典的汉译

佛教在印度的衰落及消亡使中印失去了最为核心的交流主题。中国对印度经典的汉译停留在以梵语为主要媒介、以佛教经典为主要对象的时代，自11世纪末②至20世纪初，这一停滞状态持续了数个世纪之久。19世纪中后期，印度士兵和商人随着欧洲殖民者的战舰再次来到中国，中印之间的交往以一种并不和谐的方式得以恢复。中印孱弱的国力和早已经深藏故纸堆的人文交往传统都不足以阻挡西方诸国强势的物质力量和文化力量，中印人文交往便在这新的格局中，借助西方列强构建起来的"全球化"体系开始复苏。

---

① 《释氏要览》卷2，T54, no. 2127, b21-29。
② 宋神宗元丰五年（1082）废置译经院，佛教经典汉译由此不再。

由于缺乏对印度现代语言和文化的了解，早期对印度经典的译介在语言工具和主题设置两个层面均在一定程度上受制于西方的话语体系。20世纪上半叶中国对泰戈尔作品的译介便是明证。1913年，泰戈尔自己译为英语的诗集《吉檀迦利》以英语文学作品的身份获得诺贝尔文学奖，这在当时的世界文坛引起了轩然大波，对当时正在探索民族出路的中国知识分子来说同样具有很大的震撼力和吸引力。陈独秀在1915年10月15日出版的《青年杂志》上刊载了自己译自《吉檀迦利》的四首《赞歌》，为此后持续了近一个世纪并且至今依然生机勃勃的泰戈尔著作汉译工程拉开了序幕。据刘安武统计，至1949年中华人民共和国成立止，"我国翻译介绍了印度文学作品40种左右（不包括发表在报刊上的散篇）。这40种中占一半的是泰戈尔的作品"。[①] 泰戈尔在中国受到格外关注固然始于西方学术界对他的重视，但他的影响如此之大亦在于他的作品恰好满足了当时中国在文学思想领域的需求。首先，从语言文学来看，泰戈尔的主要创作语言是本土的孟加拉语，而非印度古典梵语。这引起了当时正致力于推广白话文的中国知识分子的广泛关注，并被视为白话文替代古文的成功榜样。[②] 此外，泰戈尔的文学创作，尤其他的散文诗为当时正在摸索之中的汉语诗歌提供了一个重要的参考对象。其次，从思想上来说，泰戈尔的思想与当时作为亚洲国家"先锋"的日本截然相反，为当时正在探索民族出路的中国知识分子提供了另一个标杆。于是，泰戈尔意外地成为中印之间自佛教之后的又一重大交流主题。尽管中国知识分子对其思想和实践的评价并不一致，许多学者依然扎实地以此为契机重启了中国翻译印度经典的进程。当时中国尚未建立起印度现代语言人才培养机制，因此早期对泰戈尔作

---

① 刘安武：《汉译印度文学》，《中国翻译》，1991年第6期，第44~46页。

② 胡适向青年听众强调泰戈尔对孟加拉文学的贡献时说："泰戈尔为印度最伟大之人物，自十二岁起，即以阪格耳（孟加拉）之方言为诗，求文学革命之成功，历五十年而不改其志。今阪格耳之方言，已经泰氏之努力，而成为世界的文学，其革命的精神，实有足为吾青年取法者，故吾人对于其他方面纵不满足于泰戈尔，而于文学革命一段，亦当取法于泰戈尔。"（载《晨报》，1924年5月11日）

品的汉译多转译自英语。凭借译者深厚的文学功底，不少经典译作得以诞生，尤其是冰心、郑振铎等人翻译的泰戈尔诗歌，时至今日依然在中国广为流传。

与泰戈尔一同被引介到中国的还有诸多印度民间故事文学作品。[①]如前文所述，古代翻译印度经典时就有不少印度民间故事被介绍到中国，但多以佛教经典为载体。[②]近现代以来，印度民间文学以非宗教作品的形式被重新介绍过来。这在很大程度上是因为"中国缺少创作儿童文学的传统"[③]，印度丰富的民间文学正好满足了中国读者的需求。与此同时，印度民间文学与中国文学之间的关系也日益进入中国学者的视野，"中印文学比较研究"这一新的研究领域开始初露端倪。其研究领域最广为人知的课题之一便是《西游记》中孙悟空形象与《罗摩衍那》中哈奴曼形象的渊源。当时许多新文化运动的大家都参与其中，鲁迅、叶德均认为孙悟空形象源于本土神话形象"无支祁"，胡适、陈寅恪、郑振铎则认为孙悟空形象源于哈奴曼。[④]

自西方语言转译印度经典的尝试为增进对印度的认知、重燃中国知识界和民众对印度文化的兴趣起到了积极作用，许多掌握西方语言的汉语作家投身其中，其翻译作品受到读者喜爱。然而，转译的不足也显而易见，因此，对印度经典的系统汉译需要建立一支如古代梵汉翻译团队一样的专业人才队伍。

1942 年，出于抗战需要，民国政府在云南呈贡建立了国立东方语文专科学校，设有印度语科，开始培养现代印度语言人才。1946 年，季羡林自德国学成回国，在北京大学创设东语系；1948 年，金克木加盟东语系。1949 年，国立东方语文专科学校并入北京大学东

---

① 参见刘安武：《汉译印度文学》，《中国翻译》，1991 年第 6 期，第 44~46 页。
② 参见薛克翘：《中国印度文化交流史》，北京：昆仑出版社，2008 年，第 261~265 页。
③ 刘安武：《汉译印度文学》，《中国翻译》，1991 年第 6 期，第 44~46 页。
④ 参见鲁迅：《中国小说史略》，《鲁迅全集》第 9 卷，北京：人民文学出版社，1981 年；鲁迅：《中国小说的历史的变迁》，《鲁迅全集》第 9 卷，北京：人民文学出版社，1981 年；胡适：《〈西游记〉考证》，《胡适文存》第 2 集第 4 卷，上海：亚东图书馆，1924 年；陈寅恪：《〈西游记〉玄奘弟子故事之演变》，《金明馆丛稿二编》，上海：上海古籍出版社，1982 年；郑振铎《〈西游记〉的演化》，《郑振铎全集》第 4 卷，石家庄：花山文艺出版社，1998 年；叶德均：《无支祁传说考》，《戏曲小说丛考》，北京：中华书局，1999 年。

语系。东语系开设梵语－巴利语、印地语、乌尔都语三科印度语言专业，并很快培养出第二代印度语言专业队伍。随之，印度经典得以从原文翻译。第一代学者季羡林、金克木领衔的梵语团队翻译了印度大史诗《罗摩衍那》及以迦梨陀娑为代表的印度古典梵语文学作家的许多作品，如《沙恭达罗》《优哩婆湿》《云使》《伐致呵利三百咏》等，并启动了《摩诃婆罗多》等经典作品的翻译；旅居印度的徐梵澄翻译了《五十奥义书》①及奥罗宾多创作、注释的诸多哲学著作。季羡林、金克木的弟子黄宝生等延续师尊开创的传统，完成了《摩诃婆罗多》、奥义书②、《摩奴法论》、古典梵语文论、故事文学作品等一系列著作的翻译。与此同时，由第二代学者刘安武领衔的近现代印度语言团队译介了大量的印地语、乌尔都语、孟加拉语等语言的文学作品，其中尤以对印地语／乌尔都语作家普列姆昌德和孟加拉语作家泰戈尔的作品的汉译最为突出。③殷洪元对印度现代语言语法著作的翻译以及金鼎汉对中世纪印度教经典《罗摩功行之湖》的翻译也开拓了新的领域。巫白慧等学者陆续将包括"吠檀多"在内的诸多婆罗门教哲学经典译为汉语。④文献资料是学术研究的基础，这一系列经典汉译成果打破了古代中国对古代印度经典汉译中存在的"佛教主导"的局限，增加了现代视角，并以经典文献为契机，首次较为全面系统地介绍了印度文明，奠定了现代中国印度学研究的基础。由这两代学者编订的《印度古代文学史》《梵语文学史》和

---

① 参见徐梵澄译：《五十奥义书》，北京：中国社会科学出版社，1995年。
② 参见黄宝生译：《奥义书》，北京：商务印书馆，2010年。
③ 刘安武自印地语译出的普列姆昌德作品（集）有《新婚》（贵阳：贵州人民出版社，1982年）、《如意树》（上海：上海译文出版社，1983年）、《普列姆昌德短篇小说选》（北京：人民文学出版社，1984年）、《割草的女人：普列姆昌德短篇小说新集》（长沙：湖南人民出版社，1985年）等，加之其他学者的译介，普列姆昌德的重要作品几乎全被译为汉语。此后，刘安武又主持编译出版了24卷本《泰戈尔全集》（石家庄：河北教育出版社，2000年），泰戈尔的主要作品均被收录其中。
④ 其中重要的译著成果包括巫白慧译《圣教论》（乔荼波陀著，北京：商务印书馆，1999年）、姚卫群译《古印度六派哲学经典》（节译六派哲学经典，北京：商务印书馆，2003年）、孙晶译《示教千则》（商羯罗著，北京：商务印书馆，2012年）等。

《印度印地语文学史》等著作成为中国现代印度学研究的必读文献。[1]

由于印度文化的独特之处及其在历史上形成的巨大影响力，以现代学术研究的方式开展的印度经典汉译所产生的影响进一步辐射了包括语言、文学、哲学、历史、考古等多个学科领域，并形成了一些跨学科研究领域：

其一，中印文化比较研究。由胡适等老一辈学者开创的中印文学比较研究取得了新的进展，其中一部分研究形成了中印文化交流史这一新的学术研究领域；另一部分研究成为东方文学研究领域最重要的组成部分，东南亚、西亚等区域文学研究也受益于印度文学研究的开展和所取得的成就。此外，从具体作品到文艺理论的印度文学译介也从整体上进一步拓展了比较文学研究的视野。

其二，佛教研究。现代中国对印度经典汉译的范围不再局限于传统的汉语系佛教传统经典，在许多领域都取得了新的突破。在佛教文献来源方面，开拓了对巴利语系和藏语系佛教的研究。[2] 由于梵语人才的培养，中国学者得以恢复梵汉对勘的学术传统。[3] 对非佛教宗教思想典籍的译介也使得对佛教的认识跳出了佛教自身的范畴，对其与其他宗教思想之间的互动与联系有了更加全面的认识。

其三，语言学研究。对梵语及相关语言的研究推动了梵汉对音，以及对古汉语句法的研究。一些接受了梵语教育的汉语言学学者结合古代语料，尤其是汉译佛经，对古汉语的语音、句法等做出研究。

---

① 单就印度文学翻译而言，据不完全统计，1950-2005 年，中国翻译印度文学作品（以书计）约 400 余种，其中中印关系交好的 1950-1962 年约有 70 种，关系不好的 1962-1976 年仅有 4 种，关系改善后的 1976-2005 年则有 300 余种。不过，2005 年之后，除黄宝生、薛克翘等少数学者仍笔耕不辍外，其他前辈学人逐渐"离席"，这类汉译工作进入某种冬眠期。

② 相关成果包括郭良鋆译《佛本生故事选》（与黄宝生合译，北京：人民文学出版社，1985 年）、《经集：巴利语佛教经典》（北京：中国社会科学出版社，1998 年），以及段晴等译《汉译巴利三藏·经藏·长部》（上海：中西书局，2012 年）等。

③ 自 2010 年以来，黄宝生主持对勘出版了《入菩提行论》（北京：中国社会科学出版社，2011 年）、《入楞伽经》（北京：中国社会科学出版社，2011 年）、《维摩诘经》（北京：中国社会科学出版社，2011 年）等佛经的梵汉对勘本，叶少勇以梵藏汉三语对勘出版了《中论颂》（上海：中西书局，2011 年）。

四、现状和汉译例解

尽管取得了上述成就，但由于印度文明积累深厚、经典众多，目前亟待翻译的印度经典还有很多。其中，以梵语创作的经典包括四部吠陀本集、梵书、森林书、往世书、《诃利世系》《利论》《牧童歌》等；以南印度语言创作的经典包括桑伽姆文学、《脚镯记》、《玛妮梅格莱》《大往世书》《甘班罗摩衍那》等；以波罗克利特语创作的经典包括《波摩传》等；以中世纪北印度地方语言创作的经典包括《地王颂》《赫米尔王颂》《阿底·格兰特》《苏尔诗海》《莲花公主》，以及格比尔、米拉巴伊等人的作品等；以现代印度语言创作的经典包括帕勒登杜、杰辛格尔·普拉萨德、般吉姆·钱德拉·查特吉、萨拉特·钱德拉·查特吉、拉默金德尔·修格尔、默哈德维·沃尔马、阿格叶耶等著名现当代文学家的作品以及迦姆达普拉沙德·古鲁、提兰德尔·沃尔马等人的语言学著作等。此外，20 世纪以来，一些印度思想家、政治家、文学家以英语创作的作品也可列入印度现代经典之列，目前中国仅对圣雄甘地、贾瓦哈拉尔·尼赫鲁、辨喜、纳拉扬、安纳德、拉贾·拉奥、奈都夫人等人的个别作品有所译介，大量作品仍然处于有待翻译的名单之中。

这些经典汉译的背后离不开相关学者的努力。进入 21 世纪以来，中国大致有两支队伍从事印度经典汉译工作。第一支是自 20 世纪四五十年代以来成型的印度语言专业队伍，其人员构成以高等院校和研究机构从业人员为主，兼有相关外事机构从业人员，他们均接受过系统、专业的印度语言训练。第二支是 20 世纪初译介包括泰戈尔作品在内的印度文学作品的作家和出版业者，80 年代改革开放以来，越来越多接受过英语教育的人或全职或兼职地参与到印度作品的汉译工作之中。相比第一支队伍，这支队伍的人员构成较为复杂，水平也参差不齐，但在市场经济的推动下，一些能够成为市场热点的著作往往很快就翻译过来，例如两位与印度相关的诺贝尔文学奖得主——泰戈尔和奈保尔的作品一版再版，四位印度裔布克奖得主——萨尔曼·拉什迪、阿兰达蒂·罗伊、基兰·德塞、阿拉文德·阿迪加的作品也先后译出；此外，由于瑜伽的普及，包括克里希那穆提在内的一些现代宗教家的论著也借由英语转译为汉语。一方面，随着市场化改革的需求，第二支队伍日益蓬勃发展，但其翻译质量往往难以保障。另一方面，由于现行科研体制对从事翻译和研究的人员不利，第一支队伍也面临着诸多问题。如何在接下来的实践中取长补短，或者说既要尊重市场机制的要求，又要以学术传统克服市场失灵的状况，这也是需要进一步思考的问题。

应该说，印度经典汉译主要依靠第一支队伍，原文经典翻译比通过其他语言转译更为重要。20 世纪 80 年代以来，这支队伍勤勤恳恳，笔耕不辍，为印度经典汉译做出了巨大贡献，取得了丰硕成果。然而，就现状看，除黄宝生、薛克翘等极少数学人外，这支队伍的第一代和第二代学人已然"离席"，后辈学人虽然已经加入进来，但毕竟年轻，经验不足，加之现行科研体制自身问题的牵制，后续汉译工作亟需动力。好在已有些年轻人在这方面产生了兴趣，其汉译意识很强，对印度梵文原典和中世纪及现当代原典的汉译工作的理解也令人刮目。可以预见，印度经典汉译将会迎来又一个高潮，汉译印度经典的水平也将有新的提升。

从某种角度说，在前文罗列的种种有待翻译的印度经典中，印度中世纪经典尤为重要。中世纪时，随着传统婆罗门教开始融合包括佛教、耆那教等在内的异端信仰与民间的大众化宗教传统，加之伊斯兰教的进入，印度进入了一个新的"百家争鸣"时代。这一时期留下了许多经典之作，它们对后世印度的宗教、社会、文化均产生了重要影响。长期以来，中国对印度中世纪经典的译介几乎一片空白，仅有一部《罗摩功行之湖》和零星的介绍。近年来，笔者组织团队着手翻译印度中世纪经典《苏尔诗海》，并初步总结了以下心得：

第一，经典汉译并非简单的语言转换，除需要精通相关语言外，还需要译者具备与印度文化相关的背景知识，以便能够精准地理解原文含义。例如，在一首描写女子优雅体态的艳情诗中，作者直接以隐喻的修辞手法描述了包括莲花、大象、狮子、湖泊等在内的一系列自然景象和动植物，若不熟悉印度古代文学中一些固定的比喻意象，则很难把握这首诗的含义。[①] 由于审美标准不同，被古代印度诗人视为美丽的"象腿"在当今语境中已经成为足以令女子不悦的比喻。此类审美视角需要辅之以例如《沙恭达罗》中豆扇陀国王对沙恭达罗丰乳肥臀之态的称赞才能理解。

第二，古代中国对古代印度经典汉译的传统在很大程度上为现代翻译经典提供了以资借鉴的便利，譬如许多专有词在汉语中已有完全对应的词可供选择，省去了译者的诸多麻烦。但是，这也要求译者了解相关传统，并能将其中的一些内容为己所用；同时，还应避免由于古代中国对古代印度经典翻译在视角、理解上的偏差所带来的问题。例如，triguna 这一数论哲学的基本概念已由真谛在《金七十论》中译为"三德"，后来的《薄伽梵歌》等哲学经典的汉译也已沿用，新译经典中便不宜音译为"三古纳"之类的新词。此外，由于受佛教信仰的影响，一些读者在看到"三德"时往往容易将之与佛教中所说的法身德、般若德、解脱德等其他概念联系起来，对此需要给出注释加以说明以免误解。

第三，现代中国对现代印度经典的汉译虽然已经取得了不俗的成绩，但由于时间、人员等条件的限制，在翻译体例、内容理解等方面依然存在不少可改进之处。

笔者以《苏尔诗海》中黑天的名号为例予以说明。黑天是印度教大神毗湿奴最重要的化身之一，梵语经典中通常称之为 Krsna，字面义为"黑"，汉语之所以译为"黑天"，很可能是因为汉译佛经将婆罗门教诸神（deva）译为"天"，固在 Krsna 的汉语译名"黑"之后加上了"天"，大约与 Brahma 被译为"梵天"、Indra 被译为"帝释天"，以及 Sri 被译为"吉祥天"等相当。后世对相关经典文献的介绍都沿用了这一名称。然而，若实际对照各类经典，可以发

[①] 参见姜景奎等：《〈苏尔诗海〉六首译赏》，载《北大南亚东南亚研究》（第一卷），北京：中国青年出版社，2013 年，第 261~262 页。

现毗湿奴名号繁多。^① 中世纪印度语言继承并发扬了这一传统，在伯勒杰语《苏尔诗海》中，黑天的名号有数十种之多，其中仅字面义为"黑"的常见名号就有四个，分别是 Krsna、Syama、Kanha、Kanhaiya。这四个名号之中只有 Krsna 是标准的梵语词，且使用最少，只用于黑天摄政马图拉之后人们对他的尊称；其他三个均为伯勒杰语词，多用于父母家人、玩伴女友对童年和少年黑天的称呼。因此，汉译中如果仅使用天神意义的"黑天"一名就违背了《苏尔诗海》所描述的黑天的成长情境。为此，结合不同名号的使用情况以及北印度农村生活的实际情况，笔者重新翻译了其他三个名号，即将多用于牧女和同伴对少年黑天称呼的 Syama 译为"黑子"，多用于父母和其他长辈对童年黑天称呼的 Kanha 和 Kanhaiya 分别译为"黑黑"和"黑儿"。此外，还有一些名号或表明黑天世俗身份，或描述黑天体态，或宣扬黑天神迹，笔者也重新进行了翻译，例如：nanda-namdana"难陀子"、madhava"摩图裔"等称呼说明了黑天的家族、家庭身份，kesau"美发者"、srimukha"妙口"等以黑天身体的某一部分代指黑天，giridhara"托山者"、manamohana"迷心者"等以黑天在其神迹故事中的表现代指黑天，等等。

结合以上几方面的思考，《苏尔诗海》汉译实际上兼具深入而系统的研究性质，包括四部分。第一，校对后的原文。到目前为止，印度出版了多个《苏尔诗海》版本，各版本虽大同小异，但仍有差异，笔者团队搜集到影响较大的几个主要版本，并进行核对比较，最后确定一种相对科学的原文进行翻译研究。第二，对译。从经典性和文献性出发，尽可能忠实于原文，在体例选择上尽量保持诗词的形态，在内容上尽量逐字对应，特殊情况则以注释说明。第三，释译。从文献性和思想性出发，尽可能客观地阐明原文所表现的文献内容和宗教思想。该部分为散文体，其中补充了原文省略的内容并清楚地展现出情节的发展、人物的心理变化以及作品的思想内涵。

---

① 参见葛维钧：《毗湿奴及其一千名号》（载《南亚研究》，2005 年第 1 期，第 48~53 页）及相关著述。

第四，注释。给出有关字词及行文的一些背景知识，例如神话传说故事、民间信仰、生活习俗、哲学思想等，以及翻译中需要说明的其他问题。

试以下述例解说明：

【原文】略[1]

【对译】

此众得乐自彼时

听闻诃利[2]你之信，当时即刻便昏厥。

自隐蔽处蛇[3]出现，欣喜尽情吸空气。

鹿[4]心本已忘奔跃，复又撒开四蹄跑。

群鸟大会高高坐，鹦鹉[5]言称林中王。

杜鹃[6]偕同自家族，咕咕欢呼唱庆歌。

自山洞中狮子[7]出，尾巴翘到头顶上。

自密林中象王[8]来，周身上下傲慢增。

如若想要施救治，莫亨[9]现今别耽搁。

苏尔言，

如若罗陀[10]再这般，一众敌人大欢喜。

【释译】

黑天离开牛村很久了，养父难陀、养母耶雪达以及全村的牧人牧女都非常思念他，希望他能回来看看。牧女们对黑天的思念尤为强烈，其中又以罗陀最甚。罗陀是黑天的恋人，两人青梅竹马，两

---

[1] 由于原文字体涉及较为复杂的排版问题，这里仅呈现该首诗的对译、释译和注释三部分，原文略。本诗为《苏尔诗海》（天城体推广协会版本）第 4 760 首，参见 Dhirendra Varma, *Sursagar Sara Satika*, Sahitya Bhavan Private Ltd., 1986, No. 181, p.334.

[2] 诃利，原文 Hari，"大神"之义，黑天的名号之一。

[3] 此处以蛇代指罗陀的发辫，意在形容发辫柔软纤长、乌黑发亮。

[4] 此处以鹿的眼睛代指罗陀的眼睛，意在形容眼睛大而有神、灵动美丽。

[5] 此处以鹦鹉的鼻子代指罗陀的鼻子，意在形容鼻子又挺又尖、美妙可爱。

[6] 此处以杜鹃的声音代指罗陀的声音，意在形容声音甜美悠扬、清脆嘹亮。

[7] 此处以狮子的腰代指罗陀的腰，意在形容腰身纤细柔顺、婀娜灵活。

[8] 此处以大象的腿代指罗陀的腿，意在形容腿脚步态从容、端庄稳重。

[9] 莫亨（原文 mohana），黑天的名号之一。

[10] 罗陀（原文 Radha），黑天最主要的恋人。

小无猜，曾经你欢我爱，形影不离。可是，黑天自离开后就再也没有回来过，甚至连信也没有寄过一封。伤离别，罗陀时刻处于煎熬中。为了教育信奉无形瑜伽之道的乌陀，也为了看望牧区故人，黑天派乌陀来到牛村，表面上让他传授无形瑜伽之道，实则置他于崇尚有形之道的牛村人中间，让他迷途知返。乌陀的到来，打乱了牛村人的生活。一者，牛村人沉浸在思念黑天的离情别绪之中，乌陀破坏了气氛，于表面的宁静之中注入了不宁静。二者，牛村人本以为乌陀会带来黑天给予牛村的好消息，但适得其反，乌陀申明自己是为传授无形的瑜伽之道而来，甚至说是黑天派他来传授的，牛村人对此不解、迷茫。他们崇尚有形，膜拜黑天，难道黑天完全抛弃了他们？他们陷入了更深一层的痛苦之中。三者，对牧区女来说，与黑天离别本就艰难，但心中一直抱有再次见面再次恋爱的期望，乌陀的到来打消了她们的念头，从精神上摧毁了她们。其中，罗陀尤甚，她所遭受的打击要比别人更甚。由此，出现了本诗开头提及的罗陀晕厥以及晕厥之后乌陀"看到"的情况，具体内容是乌陀向黑天口述的：

乌陀对黑天说道："黑天啊，你的恋人罗陀非常思念你，她忍受离别之苦，渴望与你相见。可是，你却让我去向她传授无形的瑜伽之道。唉，她一听到是你让我去的，当即就昏了过去，倒在地上，不省人事。唉，真是凄凉啊！这边罗陀昏迷不醒，那边动物界却出现了一派喜气景象：黑蛇从洞里出来了，它高兴地尽情享受空气；此前，罗陀的又黑又亮的长发辫曾使它羞于见人，认为自己形体丑陋，不得不躲藏起来。已经忘记奔跑的小鹿出来了，它撒开四蹄，愉悦地到处奔跳；此前，罗陀那明亮有神的大眼睛曾使它羞于见人，认为自己的眼睛丑陋，不敢出来乱逛。鹦鹉出来了，它参加群鸟大会，坐在高高的枝丫上，声称自己是林中之王；此前，罗陀又尖又挺的鼻子曾使它羞于见人，认为自己的鼻子丑陋，躲藏起来。杜鹃鸟出来了，它和同族一起，咕咕叫个不停，欢庆胜利；此前，罗陀那甜美悠扬的声音曾使它感到拘束，认为自己的声音难听，不敢开口。狮子从山洞中出来了，他得意扬扬，悠闲自在，尾巴翘到了头顶上；此前，罗陀纤细柔软的腰肢曾使它羞于见人，认为自己的腰肢粗笨僵硬，不敢示人，躲进山洞。大象从茂密的森林里出来了，它一步一昂头，傲慢自大，目中无人，盛气凛然；此前，罗陀稳重美丽的妙腿曾使它自惭形秽，认为自己的腿丑陋不堪，羞于展露，躲进森林。唉，黑天啊，你快救救罗陀吧，如果再不行动，稍后想要施救就来不及了……"

"此众得乐自彼时"是本诗的标题，意思是罗陀晕倒之时，即是众动物高兴之时。它们羞于与罗陀相比，虽然视罗陀为敌，却不敢直面罗陀，纷纷逃遁躲藏。听说罗陀遭到黑天抛弃，晕厥不醒，它们自然高兴，便迫不及待地恢复了原来的自由生活。"如若罗陀再这般，一众敌人大欢喜"，是诗外音，是苏尔达斯的总结性话语。在这首诗里，苏尔达斯主要展现了罗陀的美，但整首诗中没有出现任何对罗陀的溢美之词，没有提到罗陀的名字，更没有提到她的发辫、眼睛、鼻子、声音、腰肢和腿等，甚至没有提到蛇、鹿、鹦鹉、杜鹃鸟、狮子和大象的相关部位，仅以这些动物对罗陀晕厥不醒后的反应进行阐释，这就给听者和读者留下了巨大的想象空间，似形似景，情景交融。这种手法似乎是印度特有的，其审美视角值得深入研究。

上述例解仅为笔者及笔者团队对于印度中世纪经典汉译的一己之见，希望能开拓印度经典汉译与研究的新视角、新路子，以期印度经典在中国能得到更为深入系统的翻译与研究。

五、中印经典及当代作品互译出版项目

2013 年初，笔者与中国大百科全书出版社社长龚莉女士、副总编辑马汝军先生和社科分社社长滕振微先生合作，提出了"中印经典和当代作品互译出版项目"的动议。该动议得到相关单位的积极

回应。2013 年 5 月李克强总理访印期间，国家新闻出版广电总局和印度外交部签署合作文件，决定启动"中印经典和当代作品互译出版项目"，并写入两国发表的联合声明（第 17 条）。2014 年 9 月，习近平主席访问印度，该项目再次被写入两国发表的联合声明（第 11 条）。该项目成为中印两国的重大文化交流项目之一。双方商定，双方各翻译对方的 25 种图书，以 5 年为期。2016 年 5 月，国家新闻出版广电总局印发"关于实施《"十三五"国家重点图书、音像、电子出版物出版规划》的通知"，该项目被列入"'十三五'国家重点图书出版规划"。在此期间，笔者与薛克翘先生商量组织翻译团队事宜。我们掰着指头算，资深的老辈学人几乎都不能相扰，后辈学人又大多刚刚走上工作岗位，有的还在求学，翻译资质存疑。我俩怎一个愁字了得！然，事情得做，学人得培养。我们决定抓住机遇，大胆启用后辈学人，为国家培养出一支新的汉译团队。因此，除薛克翘、刘建、邓兵等少数几位前辈学人外，我们的翻译成员绝大多数在 40 岁左右，有的还不过 30 岁。两三年的实践证明，我们的决定完全正确。新生代学人知识全面，学习能力强，执行能力更强。从已完成待出版的成果看，薛克翘先生对审读过的一本书的评价最能说明问题："字里行间，均见功夫。"译文质量是本项目的重中之重。除薛克翘、刘建和笔者外，我们邀请了黎跃进教授、石海军研究员和邓兵教授作为特约编审，约请了尼赫鲁大学的狄伯杰（B. R. Deepak）教授以及德里大学的阿妮达·夏尔马（Anita Sharma）教授和苏林达尔·古马尔（Surinder Kumar）先生作为印方顾问，对译文质量进行全面把关。译者完成翻译后，译稿首先交予编审审校，如遇大问题时向印方顾问咨询，之后返予译者修改。如有必要，修改稿还需经过编审二次审校，译者再次修改。这以后，稿件才会交予出版社编辑进行审读，发现问题再行修改……我们认为，唯如此，译文质量才能得到保障，译者团队才能得到锻炼。

本项目是中印两国的重大文化交流项目之一。因此，印度方面也有相应团队，负责汉译印的工作，由上文提及的狄伯杰教授领衔，由印度国家图书托拉斯负责实施。需要指出的是，双方翻译的作品并非译者自选，而是由双方专家通过充分沟通磋商确定。汉译作品的选定过程是这样的，笔者先拟定了50多种印度图书，这些书抑或是中世纪以来有重要影响的经典巨著，比如《苏尔诗海》《格比尔双行诗集》和《献牛》等，抑或是印度独立以后获得过印度国家级奖项的作家之名作，如默哈德维·沃尔马、毗什摩·萨赫尼、古勒扎尔的代表作等。而后，笔者请相熟的印度学者从中圈定出30种。之后，国家新闻出版广电总局的相关领导、中国大百科全书出版社的龚莉社长和滕振微先生以及笔者本人专赴印度，与印方专家组进行面对面的交流探讨，最终确定了25种汉译印度图书名录。印度团队的印译中国图书名录的选定过程与此类似。具体的汉译书单如下表：

序号	书名	作者	备注
1	苏尔诗海 *Sursagar*	苏尔达斯 Surdas	诗歌
2	格比尔双行诗集 *Kabir Dohavali*	格比尔达斯 Kabirdas	诗歌
3	献牛 *Godan*	普列姆昌德 Premchand	长篇小说
4	帕勒登杜戏剧 *Bharatendu Natakavali*	帕勒登杜 Bharatendu	戏剧
5	普拉萨德作品集 *Prasad Rachna Sanchayan*	杰辛格尔·普拉萨德 Jaishankar Prasad	戏剧、诗歌、短篇小说
6	鹿眼女 *Mriganayani*	沃林达温拉尔·沃尔马 Vrindavanalal Verma	长篇小说
7	献灯 *Deepdan*	拉默古马尔·沃尔马 Ramkumar Verma	独幕剧
8	灯焰 *Dipshikha*	默哈德维·沃尔马 Mahadevi Verma	诗歌
9	谢克尔传 *Shekhar: Ek Jeevani*	阿格叶耶 Ajneya	长篇小说
10	黑暗 *Tamas*	毗什摩·萨赫尼 Bhisham Sahni	长篇小说
11	肮脏的边区 *Maila Anchal*	帕尼什瓦尔·那特·雷奴 Phanishwar Nath Renu	长篇小说
12	幽闭的黑屋 *Andhere Band Kamare*	莫亨·拉盖什 Mohan Rakesh	长篇小说

序号	书名	作者	备注
13	宫廷曲调 *Raag Darbari*	室利拉尔·修格勒 Shrilal Shukla	长篇小说
14	鸟 *Parinde*	尼尔莫勒·沃尔马 Nirmal Verma	短篇小说
15	班迪 *Aapka Banti*	曼奴·彭达利 Mannu Bhandari	长篇小说
16	一街五十七巷 *Ek Sadak Sattavan Galiyan*	格姆雷什瓦尔 Kamleshwar	长篇小说
17	被抵押的罗库 *Rehan par Ragghu*	加西纳特·辛格 Kashinath Singh	长篇小说
18	印度与中国 *India and China*	师觉月 P. C. Bagchi	学术著作
19	向导 *Guide*	纳拉扬 R. K. Narayan	长篇小说
20	烟 *Dhuan*	古勒扎尔 Gulzar	短篇小说、诗歌
21	那时候 *Sei Samaya*	苏尼尔·贡戈巴泰 Sunil Gangopadhyaya	长篇小说
22	一个婆罗门的葬礼 *Samskara*	阿南特穆尔蒂 U. R. Ananthamurthy	短篇小说
23	芥民 *Chemmeen*	比莱 T. S. Pillai	长篇小说
24	印地语文学史 *Hindi Sahitya ka Itihas*	罗摩金德尔·修格勒 Ramchandra Shukla	学术著作
25	棋王奇着 *The Chessmaster and His Moves*	拉贾·拉奥 Raja Rao	长篇小说

　　毫无疑问，这些作品均是印度中世纪以后的经典之作，基本上代表了印度现当代文学水准，尤其反映出印地语文学的概貌。我们以为，通过这些文字，中国读者可以大体了解印度现当代文学的基本情况。

　　就本项目而言，笔者在这里需要表达由衷谢意：

　　首先，感谢原国家新闻出版广电总局的相关领导，没有他们的认可，本项目不可能正式立项。其次，感谢中国大百科全书的前社长龚莉女士、前副总编辑马汝军先生和前社科分社社长滕振微先生，没有他们的奔走，本项目不可能成立。再次，感谢中国大百科全书出版社社长刘国辉先生及诸位编辑大德，没有他们的付出，本项目不可能实施。感谢另两位主编薛克翘先生和刘建先生，两位前辈不仅担当主编、审校工作，还是主要译者；他们是榜样，也是力量。十分感谢黎跃进和邓兵两位教授，两位是特邀编审，邓兵教授也是译者，他们认真负责的精神令人起敬。感谢印度尼赫鲁大学的狄伯杰教授以及德里大学的阿妮达·夏尔马教授和苏林达尔·古马尔先生，他们的付出为本项目的实施提供了某种保障。特别感谢石海军研究员，他是特邀编审之一，可惜天不假年，他于2017年5月13日凌晨突然辞世，享年仅55岁，天地恸哭，是中国印度文学研究的一大损失！最后，感谢翻译团队的诸位译者，他们是新时代的精英，是中国印度研究领域的后起之秀，他们的成就由读者面前的文字可见一斑。

祝福诸位，祝福所有为本项目的立项和实施有所付出的先生大德们！

自《浮屠经》以来，汉译印度经典已有两千多年的历史。这一人类历史上少有的浩大文化工程背后既有对科学技术的追求，也有对宗教信仰的热忱；既有统治者的意志，也有普通民众的需求。印度经典汉译一方面极大地丰富了中华文化，另一方面也保存和传播了印度文化；既形成了自己的学术传统，又推动了许多相关领域研究的发展。时至今日，在中印关系具有特殊意义的大背景下，继续推进对印度经典的汉译在两国关系层面有助于加深两国之间的认知和了解，构建更为均衡、更为深厚的国际关系，在学术研究层面也有助于推动相关领域研究的继续发展。

姜景奎

北京燕尚园

2017 年 12 月 31 日

2019 年 12 月 25 日修订

译本序

　　曼奴·彭达利（Mannu Bhandari，1931.04.03- ）是当代印度印地语文坛上著名的女作家，也是印度文坛"新小说运动"（Nayi Kahani）[①]的代表作家之一。她在短篇小说、长篇小说、戏剧、儿童文学等方面均有涉猎。其作品也被译介为多种语言，受到广泛关注。彭达利在作品中主要关注知识女性群体的生存困境，以及印度知识女性的传统身份与个体权利的矛盾冲突等。她凭借女性独特的眼光和切身感受揭示了独立后印度中产阶级知识女性痛苦挣扎的内心世界，尤其是传统社会对女性的束缚，女性在婚姻、家庭关系中的不利地位，以及女性在社会发展过程中面对传统和现实的矛盾。

　　[①] 新小说运动，是当代印度印地语文学史中发生的一场意义重大的文学运动，伴随着该运动产生的印地语"新小说"作品，在内容和形式两个方面突破了印度印地语小说自普列姆昌德以来形成的现实主义传统，大大拓宽了印地语文学的发展道路。可参见廖波的《印度新小说概论》和《印度印地语作家格莫勒西沃尔小说创作研究》"绪论"部分。

一、印度知识女性的代言人：曼奴·彭达利生平与创作

曼奴·彭达利出生于印度中央邦潘布拉（Bhanpura）城的一个文学世家。她的父亲苏克森伯德·拉易·彭达利（Sukhsampat Rai Bhandari）是印度社会名流、社会改革家，曾为印度争取独立自由做出贡献，同时他也是一位著名的印地语学者和作家，主编《印地语文学辞典》《二十世纪英语印地语大词典》等。彭达利是家中最小的女儿，深得父亲宠爱，从小受到父亲的影响，对印地语文学有着浓厚的兴趣，在文学创作的道路上经常得到父亲的指点。彭达利于1949年从加尔各答大学（University of Calcutta）毕业并获得学士学位，之后就读于贝拿勒斯的印度教大学（Banaras Hindu University），并于1952年获得文学硕士学位。获得硕士学位后，她先后执教于巴里根吉教育学院（Baliganj Shiksha Sadan）和比尔拉女王学院（Rani Birla College）。1964年她成为德里大学米兰达学院（Miranda House, University of Delhi）的印地语教授，直至1991年退休。在退休之后的两年中，彭达利曾担任位于印度中央邦乌贾因（Ujjain，印度宗教圣地）城的韦格尔姆大学（Vikram University）普列姆昌德研究中心的顾问。

彭达利主要进行小说创作，同时著有电影剧本、戏剧、儿童文学和文学评论等。她的短篇小说集主要有:《我输了》（*Main Haar Gayi*, 1957）、《一幅画像的三个视角》（*Tin Nigahon Ki Ek Tasvir*, 1959）、《一盘洪水》（*Ek Plate Sailab*, 1962）、《这才是真的》（*Yehi Sach Hai*, 1966）、《眼睛看到的谎言》（*Ankon Dekha Jhutha*, 1970）、《陀哩商古》（*Trishanku*, 1977）、《英雄、恶棍、小丑》（*Nayak Khalanayak Vidushak*, 2002）等。其长篇小说主要有:《一英寸的微笑》（*Ek Inch Muskan*, 1961）、《班迪》（*Aapka Banti*, 1971）、《盛宴》

（*Mahabhoj*, 1979）、《这也是个故事》（*Ek Kahani Yah Bhi*, 2007）。主要戏剧有《无墙之家》（*Bina Divaron Ke Ghar*, 1966）、《盛宴》（1983）等。此外，还著有儿童文学作品《哥尔瓦》（*Kalva*, 1978）等。1974年，《这才是真的》被改编成电影剧本《夜来香》（*Rajni Gantha*），该片获得印度优秀电影奖。1977年，撰写电影剧本《主人》（*Swami*），该片获印度电影节最佳故事片奖。2008年，自传体长篇小说《这也是个故事》获印度毗耶娑奖（Vyas Samman）。

彭达利的作品主要表现的社会问题有：独立后印度中产阶级群体的迷失与困惑；独立后印度政治的腐化贪污现象；后殖民主义时期印度城市知识分子群体人际关系问题；后殖民主义时期社群中个体的痛苦、迷茫和孤独等。

彭达利在作品中所反映的女性问题主要有：独立后印度中产阶级群体的两性关系；独立后印度知识女性群体的生存困境；印度男权社会中严酷的家长制对妇女的残害；印度知识女性的传统身份与个体权利的矛盾冲突等。

二、《班迪》：一部历久不衰的女性主义经典作品

《班迪》是彭达利所有文学作品中最著名也最为重要的一部。它奠定了彭达利在印度印地语文学史和印度女性主义文学中的地位，深刻地体现了其女性主义思考和主张。在作品中，彭达利客观地叙述故事，真实地把事物和人物际遇呈现给人们，向人们播放着一部20世纪60年代末70年代初处于"迷茫、困惑"中的印度知识女性不断找寻解脱的真实电影。彭达利既不选择"出走"去寻找自由，完全抛弃家庭而投奔世界，也不选择"复古回归"家庭而妯娌争斗，完全陷入家庭而放弃世界。"彭达利的作品反映了独立后处于'社

群’和‘自由’交叉路口的印度女性的困境，具体表现为‘家庭’和‘世界’两者不能兼得”。①

长篇小说《班迪》（*Aapka Banti*）出版于1971年。该小说一经出版，便在印度广为传播。它不仅风行了整个20世纪70年代，直到今天，这部小说仍然一版再版，在印度及欧美一些地区备受关注。

《班迪》刚开始是在印度《圆满时代》（*Dharm-yug*）杂志上连载的。小说一经刊出，小主人公班迪便受到了印度读者的广泛关注和喜爱。人们纷纷给作者来信，有些人喜爱小主人公的天真烂漫、懂事乖巧，有些人对小主人公的境遇表示同情和怜悯，甚至信以为真，愿意伸出援助之手。当然，大部分读者对小主人公母亲的再婚表示了强烈的谴责。印度评论界认为《班迪》这部小说的意义在于：彭达利首先挖掘和运用了独特的儿童视角，并在文学叙述中揭示了离异家庭中孩子的悲惨遭遇，引起了社会大众对于成人盲目追求自我而影响孩子的前途这一社会现实问题的广泛关注。

《班迪》这部小说运用了双视角叙事：一是孩子的视角，表现孩子的言行举止和思想感情；二是妈妈雪恭的视角，展现雪恭真实的内心状态。从女性主义文学的角度来看，雪恭才是真正的主角，彭达利是以孩子为媒介，通过孩子的眼睛来表现雪恭这一形象，展现母子之间天然的情感纠缠，从而凸显雪恭的女性自我与母性利他两种角色之间的冲突与矛盾。

在彭达利笔下，雪恭身上的这种矛盾是突出的：她时而把班迪视为爱子，在生活中给他无微不至的关怀和爱护；时而把他当作工具和武器，以此来报复与她分居的丈夫阿吉耶。她不愿把班迪送到

---

① Jyoti Panjwani, *Community and freedom: Theorizing Postcolonial Indian Feminism*, http://www.ndsu.nodak.edu/RRCWL/abstracts/five.html, 2005-7-8.

寄宿学校去，甚至在班迪有意破坏和阻挠她寻找新的婚姻"幸福"和自由时，她也会宽容他。在班迪"仇恨"烈焰的炙烤中，她担心的也只是班迪离开她之后的处境。班迪是雪恭在寻求"自我"解脱的过程中最大的羁绊，同时也是她愧疚感和罪恶感的源泉。

彭达利笔下的雪恭对伟大母性这一主题进行了颠覆，尽管这种"颠覆"是有限的和被动的。雪恭在精神上的最后支柱仍然是男权占支配地位的家庭。她将此视为自己存在价值的依据，而在儿子班迪的身上，她却看不见女性"自我"，所能看到的只是对过去不堪回首的痛彻心扉的关于阿吉耶的记忆。稳定完整的家庭是雪恭生命的支撑点。她的自身价值仍然摆脱不了传统男权社会——衡量女性是否幸福以及她的人生价值的尺度主要取决于她的家庭生活是否和谐，她的婚姻是否美满和稳定。只是这种对于幸福的平凡卑微的追求也是备受阻挠的。这种进步要以男人的负情和孩子的仇恨为代价，也就是说雪恭为了得到"自我"的"幸福"，必须与传统的贤妻良母的角色决裂。

雪恭的所作所为在传统社会价值观下被认为是自私的，是对"崇高母性"的玷污。班迪的存在始终使雪恭不能摆脱作为母亲的愧疚感和罪恶感，在这样的前提下，她所追求的生活中的快乐和幸福，即便得到也都会有所缺憾。

彭达利在《班迪》中所塑造的雪恭形象，是独立后印度知识女性的典型代表——有知识、有事业、有经济能力、有社会地位，渴望幸福家庭，追求现实生活中的事业与家庭平衡的理想状态，却苦苦地挣扎在两者的夹缝之中。这正是知识女性群体的普遍生存状态。

彭达利在小说《班迪》中描述的"雪恭"是站在"叉路口"的女性。这反映了独立后印度知识女性的普遍困境——在家中忍受孤独和恐惧，走出家庭的道路又布满痛苦和挫折。彭达利展现了印度知识女性面对这些冲突时的无助和迷茫。同时，彭达利并没有局限于女性文学的主题，而是跳出了狭隘的女性问题的范畴，试图从更加广阔的社会层面找出解决这一问题的途径。她认为，独立后印度知识女性生存状态存在问题的原因在于传统的社会性别角色分工与现代社会个体责任的冲突，"不论她们受过多么好的教育，经济多么独立，也无法掩饰她们心中的恐慌和迷失。在男权社会中，社会性别歧视是不能够给男女双方平等竞争机会的。受教育权给了她们自由独立、实现个体价值的机会，但是由于传统男权社会观念的束缚，这种权利也导致她们生活中出现可怕的痛苦。社会教育的性别歧视使得女性没有与男性相同的'途径'来表现自己。知识女性仍被传统男权社会性别角色教育所支配"。①

在小说《班迪》中，沃克尔叔叔曾对雪恭说："他应该像个男孩一样成长，像一个男人一样。"②这些话是对雪恭委婉的谴责。按照他的逻辑，雪恭对班迪的教育和过渡溺爱不可能使他成为一个真正的男子汉。

传统的性别角色教育是以传统男权观念为指导思想的男女角色定型化的教育模式。在传统性别角色定型化的教育里，男人、丈夫和父亲是家长，是经济收入的主要来源，是养家糊口的主要一方和创业者。男性应当是自信的、强壮的、开拓式的，高大而具有男子气概的。他们要承担风险，在大事上做决定并充当家庭的保护人。沃克尔叔叔的言外之意就是班迪应该成为具有这种意识的男孩，而不应该是个喜欢与女孩子一起玩耍、喜欢做家务劳动和养草摘花、

---

① Jyoti Panjwani, *Community and freedom: Theorizing Postcolonial Indian Feminism*, http://www.ndsu.nodak.edu/RRCWL/abstracts/five.html, 2005-7-8.

② Mannu Bhandari, *Aapka Banti*, Delhi: Radhakrishna Prakashan Prt. Ltd.,1971, p.40.

充满爱和同情、动不动就掉眼泪的"女"孩子。

开始时班迪对社会并没有太多的认识，他在雪恭的爱护下无忧无虑地生活，做自己喜欢做的事情，在自己的想象世界里天马行空，单纯、快乐而有爱心。雪恭并没有拿传统社会教育来规范班迪的言行举止，她任由孩子快乐成长而不给他任何压力。但是，传统社会公众教育的影响力是十分巨大而令人无奈的。邻居和亲人们的言行在班迪的心里留下了阴影，他知道父母的分居是不正常的现象，是会被别人说三道四的；他知道他是个男孩子，是父亲的"接班人"，男人应该担负保护女性的义务，母亲在没有了丈夫以后就应该指望儿子，他应该担负起"保护妈妈"而不让别的男性"欺负"的责任和义务。于是，他从此"成熟"了，变得敏感、脆弱，经常很有"心计"地做一些事情：偷听别人的谈话，监视母亲的言行，有意地撮合父母重归于好，阻止母亲再次结婚，等等。这一切都不是他这个年纪的孩子应有的举止，在这个社会的教育下，他过早地"成熟"了。最终这份"成熟"导致他对母亲强烈的愤恨和不满，导致他无情地将离开雪恭以使其遗恨终生作为对母亲的报复。这份幼稚的"成熟"也让班迪成为社会性别教育观念下的牺牲品。

彭达利发现了这种传统男权社会性别角色教育中的"不平等"，创作了《班迪》，从而发出了自己的呐喊。从小说中可以看到，男女自然差异是先天的，但性别角色意识的形成是后天的，是社会化的产物。彭达利希望社会大众能够随着时代的发展，对性别角色教育有新的认识，希望社会教育能够真正建立在男女平等的基础之上，对男性和女性寄予相同的期望，希望社会给予男性和女性相同的机会。

彭达利创作《班迪》是对知识女性身陷现实困境问题的有益探

索。虽然她没有具体的关于重建女性角色教育的主张，但是她的这一声"呐喊"必将引起社会大众的关注；虽然她没有找到一切、明白一切、解决一切，但她却在孜孜不断地探求，在这个过程中，读者大众也必将和她打成一片，共同关注、共同探索。这正是彭达利创作《班迪》的意义所在。

三、《这才是真的》：印度女性的"红玫瑰"与"白玫瑰"

《这才是真的》是曼奴·彭达利著名的短篇小说代表作之一，发表于1966年。这篇小说极好地体现了彭达利女性主义小说的主题及艺术特色。该小说主要通过描写女主人公蒂帕的内心独白来展开叙事。整篇小说由蒂帕的十篇日记构成，故事情节和人物都很简单。作者重点刻画的是蒂帕内心的爱恨纠葛。妙龄少女蒂帕是即将毕业的研究生，只身前往加尔各答进行求职面试，偶遇前男友尼希特，并得到他竭尽全力的帮助。由此，蒂帕的感情天平在前男友尼希特与现男友森吉耶之间摇摆不定。蒂帕内心纠结不已，究竟与谁的爱情才是真爱？尼希特与森吉耶犹如蒂帕生命中的"白玫瑰"与"红玫瑰"。"白玫瑰"尼希特是位沉静内敛、细腻温柔、含情脉脉的"禁欲系"绅士；而"红玫瑰"森吉耶则是个大大咧咧、热情奔放、粗中有细的豪爽汉子。蒂帕一直处在情感的患得患失中，深陷情感"困境"。这种情感"困境"，恰恰体现了凡人感情生活的无奈状态：永远追求完美的爱情，可世上并无完美的爱人。也许在所谓"成熟"的"阅尽千帆"之人看来，这种故事是庸人自扰，但又有几人能摆脱这种患得患失的情感"困境"呢？有道是"人生自是有情痴，此爱不关风和月"。

四、《我输了》——一部讽刺印度社会政治生态的小品

曼奴·彭达利的创作主题并不局限于女性主义，她关注和创作的主题非常广阔。发表于1957年的短篇小说《我输了》正是彭达利抨击印度社会政治弊病的一篇力作。这篇小说可谓是一部叙事精巧的讽刺印度社会政治生态的小品，彭达利在其中展现了她巧妙的小说创作技艺。该小说使用第一人称叙事，小说里的"我"是一位作家，擅长小说创作。在一次诗会中，为了与一位创作政治讽刺诗的诗人一较高下，更为了替"我"那位当官的父亲正名，"我"试图通过小说创作，塑造出一位完美的领袖人物形象，以讴歌父亲所代表的印度官僚阶层。"我"先后创造了出身寒门和富商家庭的子弟人物，但到最后，"我"的美好设想都落了空，无论是出身寒门还是贵胄，他们都难以摆脱自身家庭和社会环境的影响与羁绊，最终自甘堕落。最后，"我"不得不痛苦地承认自己输了，诗人赢了。小说不仅使用了极富代入感的第一人称叙事，而且通过小说中"我"与"我"创作出的主人公之间的对话和互动，巧妙地打通了现实与人物创作之间的区隔，形象、深刻地揭露出印度社会政治生态中官员极度缺乏"舍己奉公"精神和以权谋私、萎靡堕落、不思进取的现状。

五、《一幅画像的三个视角》：多角度叙事的女性主义"画像"

短篇小说《一幅画像的三个视角》发表于1959年。曼奴·彭达利在小说中聚焦于婚姻和夫妻关系，描绘了主人公德勒什娜在痛苦的婚姻中逐渐发现"自我"，同时又在传统社会中受到身份制约和道德束缚，以及随之而来的困惑和矛盾。如题目所示，这篇小说可

谓是一幅关于德勒什娜的"画像"。小说整体由以"奈娜""赫利什"和"德勒什娜"命名的三个小标题构成，采用多角度叙事的方式，分别从侄女奈娜、男房客赫利什，以及德勒什娜自己三个视角出发，以第一人称口吻讲述了女主角德勒什娜的故事。这三个视角的叙事构成了小说的主体，三个部分犹如三块拼图，拼出了一幅完整的女性画像——女主角德勒什娜的形象。多角度叙事的核心在于表现不同角色主观视角的差异。三个人物的第一人称叙述遥相呼应。奈娜代表亲人和女性视角，她的叙述是三个人中时间跨度最长的，从她记事开始到1951年母亲与德勒什娜断绝关系，再到七年后看望病重的德勒什娜，时间跨度十余年；作家身份的赫利什代表陌生人和男性视角，赫利什作为德勒什娜夫家的房客，接触德勒什娜的时间大约是1950年至1951年；德勒什娜代表当事人视角，她的日记展示了真实的内心世界，记录了从1947年到1952年间的13篇日记。三个人的叙述共同拼凑成一幅"画像"——德勒什娜的一生。

曼奴·彭达利擅长在作品中客观地叙述故事，真实地把事物和人物际遇呈现出来；擅长刻画女性细腻真实的心理状态，通过主人公大段的内心独白将人物的真情实感展现给读者。阅读她的女性题材小说，就如同观看一部处于情感"迷茫、困惑"中的知识女性不断找寻解脱的真实电影。印度学者曾评价她说："她擅长描绘受过高等教育的知识女性从传统社会和道德保守主义的樊笼中解放出来的过程，突出表达她们在与男性平等的基础上发展自我个性，寻求自我存在的主题。"[1]同时，彭达利亦用敏锐的眼光关注独立后印度社会

---

[1] R.S. SINGH. *Mannu Bhandari, Indian Literature*, January-June 1973, Vol. 16, No. 1/2（January-June 1973）, pp.133-142.

存在的诸多问题，用或细腻或柔软或激烈或犀利的笔触去描绘、揭露、嘲讽，以警醒世人。

彭达利用文学的形式传达出她对于现代印度社会的感知和思考，也反映了现代印度知识女性的现实生活和思想面貌，以及处于变迁中的现代印度社会所存在的问题和弊病，希望读者能够从这些故事中有所了解、有所发现、有所体悟。

本书译文依据印度拉妲克里希纳出版社（Radhakrishna Prakashan Pvt. Ltd.）出版的长篇小说《班迪》《Aapka Banti，1971》和短篇小说集《英雄、恶棍、小丑》（Nayak Khalanayak Vidushak，2002）中的三篇短篇小说。为便于一般读者阅读，我酌情为译本增加了一些必要的简明的注释。

北京大学外国语学院南亚系　王靖

2021年9月30日于燕园

目　录

001 ｜ 总序：印度经典的汉译

001 ｜ 译本序

长 篇 小 说

003 ｜ 班迪

短 篇 小 说

259 ｜ 这才是真的

284 ｜ 我输了

294 ｜ 一幅画像的三个视角

310 ｜ 译后记

长篇小说

班迪

班迪诞生纪事

——曼奴·彭达利的话

那是在班古拉①的一个傍晚！

P先生突然来电话："我要跟你说些非常要紧的事，无论如何咱们今天傍晚得见一面，就在班古拉见！"我对他所谓的"非常要紧的事"有些了解，因而有几丝隐忧。在餐馆微弱的灯光中倚着桌子面对面坐下后，P先生焦急不安、六神无主地说："事关班迪！你知道班迪的妈妈（P先生的前妻）结婚了。我不愿让他在那儿受冷落，因此决定把他带回自己身边。就现在，他得跟我一起住……"之后他又讲了很多话，说他多么担心班迪，在新的环境中，班迪的生活不知会变成什么样子。我了解他对班迪的感情，也理解他的忧虑与不安，回应他说："您没考虑过这样做是错的吗？我倒觉得他应该与亲妈一起生活。因为除了每年一两次的会面之外，您跟他并无更多

---

① 班古拉（Bankura），印度西孟加拉邦西部城市。

的深入接触。从出生开始他就与妈妈在一起，过惯了独生子的生活。他现在还处在如此敏感脆弱的年纪，即使把他这棵幼苗从妈妈那里拔出来，也不会在您这里^①成活的。"一番长谈之后，P先生最终决定先让班迪在妈妈那里继续生活。但实际上，那天回来之后，我仿佛把班迪带到了自己身边。我在日记中撰写了班迪的诞生纪事。那天晚上，不知道有多少关于班迪各种境遇的画面设想，在我的脑海中不断拼凑成形却又接连失败。我幻想班迪去了新妈妈的家。

大概是六个月之后的事了。这个家的新妈妈和爸爸之间多出个女儿。起居室里有许多孩子在吵嚷喧闹，无拘无束、无忧无虑。所有孩子不厌其烦地一遍一遍爬上沙发，然后向下跳跃。轮到那个小女孩了。爬上沙发之前，她先朝新妈妈的方向望去。新妈妈可能连瞧都没瞧她一眼，但是从那没有瞧过来的目光中却能明白某些事情，于是，女孩儿立刻将正要踏上沙发的那只抬起的脚收回了地上。她惊恐畏缩地退到了最后面。在这种氛围中，六个月前的那个班迪刹那间以惊恐畏缩的形象在我心中复苏了。游戏还是如此进行着，然而如果有人退出整个游戏过程，惊恐万分躲在角落的话，那就是班迪了。晚上睡觉时，我感到六个月前带回的那个可怜的班迪已经枯萎了。

另一幅画面——只有亲妈和班迪。

我走进房间，呈现在面前的却是一个惊人的场景。破碎的盘子，散落一地的饼干和吐司。班迪一直挥舞着拳头捶打妈妈："……你去哪儿了……跟谁去的……为什么去？……"尽管有我在场，这景象还是持续了好一会儿。妈妈强压着心头的怒火与悲愤，在我面前竭力故作坦然，然而在这种令人窒息的激烈气氛中，她实在没办法表

---

① P先生已再婚生子。——原文注。

现出丝毫的自然。

回家之后，我捕捉到了班迪完整的形象。

我认为班迪不只存在于一两个家庭中，而是生活在今天许许多多个家庭中——各种各样的环境，各式各样的情形。我认为这些孩子身上存在着一个共性的问题——被切断了根系而成为家庭中多余的存在。如果只是个别孩子经历如此情形，我们还可以报以同情和怜悯，为他们伤感落泪，但如果是更多的孩子都身处如此情形，就不能只是报以怜悯和伤感，而应渐觉惊恐与不安。我亦如此。之前对于每一个破碎的班迪形象我都报以怜悯与哀叹，然而当所有碎片组合成一个完整的班迪站在我面前时，我却感到惊恐万分。班迪的遭遇已然成为日益严重的社会问题，然而却没有任何解决之道。在我看来，这是因为，在充满暴风雨的人生海洋上航行时，班迪不是一个能够被我们丢弃在某个荒岛上的无助的孩子，他也要独自航行，他是我们生活旅程中的同行者。想到这些，情况完全不同了。当引发我们情感泛滥的班迪转变成严重的社会问题展现在我面前时，我的视角立刻转向了对该问题日益严重的态势及其产生根源的探究，分析这个问题的来龙去脉。如果抛开"来龙去脉"，只研究班迪，那么这份研究便会流俗，沦为沙尔特·金德尔①多愁善感的煽情小说，不会引发任何深层思考。

班迪问题的"来龙去脉"便是阿吉耶与雪恭的婚姻关系。对阿吉耶与雪恭的婚姻关系进行研究，其结果就呈现在我眼前。于此，

---

① 沙尔特·金德尔（Sharat Candra Cattopadhyaya，1876.9.15~1938.1.16），孟加拉语小说家。

我十分赞同帕尔迪先生①的评价：介南德尔②看待两性关系的视角具有局限性，两性关系中还永久存在着一个必然的束缚——班迪，因为在雪恭与阿吉耶的关系冲突中最大的受害者就是班迪。雪恭和阿吉耶倒是能从难以忍受的激烈拉锯战中逃离解脱，放手给彼此自由，但班迪能怎样呢？他与父母双亲的联系都是一样的密不可分，支离破碎的境遇注定是他的宿命。因为班迪与雪恭生活在一起，所以为了理解他的整个境遇，在分析母子关系的同时，需要慢慢打破那些貌似崇高伟大的母性理念，以及数个世纪以来古老"神话"的樊篱。雪恭不是那种为了成就孩子的生活，甘愿辛苦劳作，耗尽一生的母亲，而是一位自尊、自强，有抱负且经济独立的心高气傲的母亲。通过对女性与母性之间矛盾的分析与研究，雪恭便具有了现在的形象。小说中引用的民间故事并非偶然为之，这些故事使得雪恭在传统神话与现实生活层面上的两种截然相反的形象之间的对抗与冲突纤毫毕现。那个坚守母爱信念，跨越七大洲的王子故事，与那个因为饥饿而变幻形相，吃掉自己孩子的索娜尔王后的故事体现出的都是母性。雪恭利用班迪作为报复阿吉耶的工具，有时他被用作武器，有时也被当作是她寂寞生活的慰藉……我竭力尝试公正客观地从人性层面去看待和理解他们。毕竟左右生活的要素不是单一的，其背后同时会有许多相互之间存在极大冲突的矛盾因素在持续起作用。雪恭和班迪这两个角色一起生活的真相是在这种持续的矛盾冲突中共生。阿吉耶的生活虽然没有被展现出来，但亦容易想见，其真相

---

① 帕尔迪（Dharmavira Bharati, 1926.12.25~1997.9.4），印地语作家、诗人、剧作家、社会思想家，曾任《圆满时代》（*Dharmayuga*）杂志主编。曼奴·彭达利的小说《班迪》最早在该杂志上连载。

② 介南德尔（Jainendra Kumara, 1905.1.2~1988.12.24），印地语小说家。其小说多以女性为主角，反映印度现代女性的生存境遇和感情世界。正文中帕尔迪先生将他的小说与曼奴·彭达利的小说进行比较，以此表明曼奴·彭达利开创了孩童叙事的新视角，以孩子的视角来叙述故事和展现两性关系的创作手法此前一直是被印度小说家所忽视的。

亦然。

也许正是由于这种原因，我不能排斥这个三角形中的任何一边，也不能判断孰是孰非。人物角色具有自己的视角，他们会依据自己的感知述说彼此间的是非对错。但同时必须意识到，作家依据自己的见解，也是可以偏袒某一方的。如果要论对错，那也只能归咎于阿吉耶、雪恭与班迪三人之间的关系。这种状况中最大的错误在于三人关系中责任最轻、最无辜的班迪却在这场悲剧中承受了最重、最剧烈的痛苦。雪恭和阿吉耶之间的嫌隙与争执会一直流淌在班迪的血脉中。意识到这种状况中的错误后，我的内心顿时惶惶不安。在雪恭和阿吉耶的关系中，无论班迪何其多余与不受欢迎，但在我看来他却最具吸引力。事实上，对于小说家来说，这是无法抗拒的挑战，能够获得被人类同情与怜悯的主角光环的人，恰恰是那些总在某处显得多余的人。

无论如何，尽管班迪的这段旅程由于家庭关系的破裂渐渐变得孤独、漂泊、无用与多余，但于我而言，这却是一段在经历了感伤与怜悯之后内心痛苦不安与拷问社会的旅程。班迪由一个鲜活醒目的生命一步一步沦落为社会中完全不值一提的无名小卒，如果读者读后仅仅只是伤心落泪，那么我的这封信便未送达准确的地址。

——曼奴·彭达利

一

妈妈坐在梳妆台前化妆打扮。班迪站在后面静静凝望。每次妈妈去学院上班前梳妆打扮的时候，班迪都会怀着极大的好奇心观察。他现在还不懂，可他一直觉得梳妆台上这些五颜六色的小玻璃瓶和大小各异的罐子一定是具有某种魔力的，妈妈将所有这些东西涂抹之后立刻变了身。至少在班迪看来，现在的妈妈已不再是他的那个妈妈了，而是变成了另外一个人。

收拾停当后，妈妈挎上手袋说："宝贝，外面太晒，不要出去了，好吗？"随即又对阿姨①命令道："班迪想吃什么就做什么，要随着他的心意，明白吗？"

走之前妈妈轻轻拍拍班迪的小脸蛋，又充满爱意地把手伸进他的头发里拨弄几下。然而班迪却像根木头杵在那里，没有拽着妈妈的胳膊摇晃撒娇，也没有索要任何东西。妈妈拉他过来，拥抱着他。他现在跟妈妈紧贴在一起了，然而班迪却觉得妈妈离他非常遥远。之后，妈妈就真的走远了。当妈妈那高跟凉鞋的嗒嗒声从走廊台阶上传来时，班迪就跑到屋门边站着，等妈妈打开大门，穿过马路，走进房子正对面的学院时，班迪就又跑到房子大门边倚靠着，只为张望妈妈远去的背影。他知道，妈妈这会儿是不会回头看的。她迈着坚定而标准的步伐，径直向前走去。当她到达办公室门前时，会有门卫快步跑来向她行礼，并为她掀开竹帘。妈妈会走进办公室，在一张大办公桌旁的椅子上坐下，桌子上一定摆满了成堆的信札和文件，那时候妈妈就立刻变成另外一个人。班迪从来都不喜欢坐在办公椅上的那个妈妈。

之前，当他的假期到来而妈妈还没放假的时候，妈妈会把他带到学院去。门卫一看见他，就马上伸出手，想要抱他，但却被他推开。妈妈办公室的一个角落里有一套专门为他摆放的小桌椅，他可以趴在上面写写画画。但凡有谁进入办公室，都肯定会笑盈盈地抱一下他，眼神里一定都装满了对他的宠爱。那时他会朝妈妈这边看

---

① 此处是对家中女佣的敬称，跟班迪一家没有亲属关系，后文中"花匠爷爷""律师叔叔"等称呼方式，皆与此同。

过来，但是，坐在办公椅上的妈妈的那张面孔会变得异常严厉。班迪觉得妈妈在她真实的面孔上覆盖了另一张面孔，妈妈一定藏了另一张面孔！不单是面孔，连声音也变得严厉至极，一开口就是一顿训斥。班迪极少被妈妈训斥，妈妈对他从来都只有疼爱。所以，班迪很不喜欢这位坐在校长办公椅上，板着脸动不动就训斥别人的女士。

在那里，他与妈妈之间介入了好多东西——妈妈的假面、学院、学院里高大的楼房、学院的所有学生、学院的所有工作，还有时时敲响的铃声和课间时分的喧闹吵嚷……所有这些人、事、物的一端坐着班迪，默默地，惶惶不安着；而另一头坐着妈妈，下达命令，商议公务，训斥某某。因此，班迪不愿再跟着妈妈去学院了，就算在家会孤单，他也不愿再到那儿去了。去那儿又能找谁呢？那儿是找不到妈妈的，能找到的只有一位校长女士，她的周围堆满了工作，挤满了人，却唯独没有班迪的位置。

班迪倚着大门边，站了许久，漫不经心地注视着过往的人群，之后又攀在大铁门上来回摇晃。当两个交谈着的男孩骑着自行车经过他面前时，他就想：等自己再长大些，也要买一辆两轮的自行车。他知道，妈妈从来都不准许他在外面骑自行车，他也知道其中原因，妈妈永远都在担心他外出会发生什么意外。哼！他是一定要外出远行的。如果没有骑着自行车，在小桥上松开脚踏板，急速向下滑行的经历，那生活还有什么乐趣呢？

随即他的眼前浮现出一个广阔的荒原，这荒原是他平日上学途中远远望到的。荒原的另一头是高高的群山，太阳在山的后面升起又落下，日复一日。谁知道大山的深处会不会坐着一位修行的仙人呢，他会拥有一双魔力木屐和一个魔法木钵吧，一定要去探个究竟！可怎么去呢？要是有辆自行车的话就肯定行。对！就这样，谁都不告诉，就一直往前骑，骑啊，骑啊，一定就能到达！可要是被妈妈发现的话……哦，我的天啊……

妈妈不愿让他总往外跑，他也算听话；但妈妈却不知道，当他躺在床上，依偎在妈妈身旁时，为了找寻仙人，他的小脑瓜早已游历了许多地方：未知的崇山峻岭，神秘的原始森林……

现在是悠闲假期，他该做点什么呢？他在院子的花园中闲逛了一圈，茉莉花芳香四溢。他满怀爱意地抚摸过每一株花枝。之后，又仔细地数着，查看又有几朵新的蓓蕾绽放。他对每一株都了如指掌，几朵花，几片叶，他都如数家珍。一旦看到哪株花沾上了尘土，他就立刻拿起水管冲洗花叶，就如同每天清晨妈妈为他擦洗脸庞一样。

"好了，洗干净了。去吧，去风中摇曳吧！"

班迪进屋时看到了妈妈的梳妆台。啊，那么多五颜六色的小瓶子！他立刻想起了妈妈那张严厉的面孔……刻板、冷漠，说变就变。人的面孔怎么会变化呢？这会儿不知道又有多少个稀奇古怪的想法在他的小脑瓜中盘旋起来。

"班迪小弟，你站在这儿干吗呢？怎么还不去洗澡？"阿姨拿着扫帚走进来说。班迪上前一把抢过扫帚，拽住她的手摇晃着说："阿姨，给我讲讲索娜尔王后的故事吧，就是实际上是女巫，却变成王后的那个。"

"哎呀！现在是讲故事的时候吗？一堆家务活儿要干，你还在那儿想着听故事！故事晚上再听吧，白天可不行。"

"不嘛，我现在就要听！什么家务不家务的。"他眼神充满好奇地接着问："阿姨你说，那个女巫是怎么变成王后的？她有魔法吧？"

"还能有什么？女巫嘛，所有魔法她都会。当然是想变什么就变什么。只要心里一想，马上就会变身。"

"是吗？阿姨，如果是凡人的话，也会这样变身吗？"

"凡人怎么能变呢？凡人能有什么魔法？"

"阿姨，你见过女巫吗？是什么样子的？如果她变成凡人的样子，不会被人识破吧。"班迪眼前开始浮现出各式各样的画面。

"哎，我可没见过什么女巫，你快洗澡去！"

"不，现在先不洗。"班迪说着来到了后院，仿佛仪态万方的索娜尔王后也跟着他一起来了。住在七层高的宫殿里，有七百个仆从簇拥着的王后，这样的形象，人们见所未见，闻所未闻。国王是多么爱她啊，甚至愿意为她付出生命。怎么才能弄清楚呢？她的样子是凡人的样子吗？这就是女巫的魔法吧。

这时，一幅完整的故事画卷在他面前徐徐展开，变成绵羊的王子……变成八哥的公主……一定有某种东西存在，凡人可以用它来变身。

班迪走过去，悄悄来到梳妆台旁边，拿起各种小瓶子仔细瞧起来。他心想，要是把这些东西涂到自己脸上，他的脸也会同妈妈一样立刻改变吗？

"干吗呀？你又跑到梳妆台这儿了？"阿姨站着嬉笑道。班迪窘迫起来。

"我就说嘛，你有这爱好，长大了肯定会变成个女孩儿。"

"你再说这恶心的话，我就打你啊！"班迪抬起手，恼羞成怒。

阿姨真是讨厌！每当妈妈亲昵地将他拥入怀中坐着，或者抱着他躺在一起讲故事……阿姨总会这样讥笑他……

"你都这么大了，还黏糊在妈妈的怀里呀？啧啧，你完全就是个女孩儿样儿啊，班迪小弟！"

"妈妈，你看，阿姨她……"

然而妈妈并没有责怪阿姨，只是笑意盈盈，因为那会儿身在家中的人是妈妈！完完全全就只是妈妈，而不是学院的校长女士。这要是换作在学院，就有阿姨的苦头吃了，要是遭了校长女士的责骂，她这会儿还有什么工夫去惦记挖苦讽刺的事儿。

"这是我的儿子，又是我的女儿。"妈妈笑嘻嘻地说，边说边把他搂得更紧了。

那个时候，当着阿姨的面，班迪一定会扭动几下身子，欲要挣脱妈妈的怀抱，但他也不过只是稍稍扭动几下，装装样子。被妈妈抱在怀中坐着，被她拥着一起入眠，多舒服啊！每晚睡觉前，妈妈都会给他讲故事……国王和王后的故事，仙女的故事，还有那些王子的故事，那些深爱着自己的母亲，为了母亲可以不畏艰险，穿越大洋，跨越重山的王子们。

每次讲完王子的故事后，妈妈都会轻柔地抚摸着他的面庞问："你说，等你长大了，会为我做所有这些事吗？还是会把我撵出家门……把我这个老太婆当成累赘扔出去？"

"不！我永远不会抛弃妈妈！"

这时，妈妈就会心满意足，用双臂紧拥着他，在他的脸上亲吻好多下。但之后，她却会莫名其妙地向天花板望去，就那样一直望着，朝天花板的方向。班迪感觉到，在他和妈妈之间有什么东西介入了，是什么呢？班迪不知道。他只看到妈妈的脸上现出深深的忧伤的纹路，透着丝丝的焦虑。他下定决心要向妈妈解释清楚，要让她深信他永远不会抛弃她。然而他该怎么做呢？现在的他还完全不能理解妈妈。因此，他只能伸出双手搂着妈妈的脖颈，紧紧地抱住她。

此时，他突然想起了阿姨的话，哼！阿姨就爱胡说八道。深爱着妈妈，跟妈妈一起睡的男孩儿怎么可能会变成女孩儿呢？

"班迪小弟，快去洗澡！要不，我给你洗？"

"不！我自己洗。哪敢劳烦您这位大牌搓澡工？"

"那你快自己洗去。我去把换洗的衣服拿出来。"

"现在不洗，什么时候我想洗了才去洗。"他现在依然对阿姨愠怒不已。

班迪打开自己的柜子。柜子里装满了妈妈买的和爸爸寄来的玩具。他从中取出了一件崭新的玩具，是一支大大的步枪。他拿了步枪立刻跑到庭院里，用枪顶着手拿扫帚的阿姨的后背说："现在'你'还敢说我是女孩儿吗？'你'要是再说，我就开枪射'你'，明白了？'你'给我记着！"

每当班迪对阿姨非常亲热或者非常生气的时候，都会用不带敬称的"你"来称呼她。

"行啊，你现在就开枪吧……我看你现在真是长大了！"

刹那间，阿姨的这句话让班迪莫名想起了妈妈的那句话，他立刻把自己举起的步枪移开了。

转念间他又想起，迪杜还从来没见识过自己的新步枪呢。跟他相比，迪杜拥有的玩具少得可怜，但却总装得跟个大人物一样，成天在那儿抖威风。那天迪杜向他展示卡隆撞球的时候，是多么地装腔作势啊！班迪暗想：他一定要跟妈妈讲，让她也给自己买副卡隆撞球，或者等爸爸这次来的时候，向他讨要。

上次爸爸来的那天，班迪的考试成绩正巧公布了。看过他的成绩后，爸爸是多么高兴啊！不停地夸赞他，宠溺他，还送了他好多好多各式各样的礼物。

爸爸这次会什么时候来呢?

阿姨看到他跑出了院门,便喊道:"你去哪儿?"

"我要去迪杜家,一会儿就回来。"

"别去他家玩儿,不然你妈会生气的。你还没洗澡……"

班迪已经跑远了。阿姨就这个毛病,总是啰里啰唆。

刚到迪杜家门口,班迪却犹豫起来。千万别碰到迪杜的阿妈!
她可别再用那种腔调说话!之前有一次,也是像这样的假期,那天
他一早来到这儿,迪杜的阿妈就说:"哟,班迪来了!怎么一到放假
的时候,你就跟我们家的太阳一样,早上升起,晚上落下。"班迪一
想到这儿,立刻就想转身,掉头回去。

妈妈是从来不会对迪杜那样说话的,就算他在他们家待上一整
天。但凡有可能,班迪是绝不会跑到迪杜家玩的,他也知道在自己
家玩才最自在。阿姨总说:"在咱们家玩儿,难道不好吗?还有啥地
方能跟这儿比,伺候小孩儿跟伺候大老爷似的!"

可是,无论他对迪杜说了多少遍"放假时,你一定早点儿到我
家来玩"的话,不到傍晚,迪杜是不会来的,白天他总是在自己家
玩……跟彬达、申诺一起……哼!迪杜阿妈爱说什么,就让她说
吧!等我炫耀完这支大步枪,就马上离开,绝不会在他家多待一分
钟!再说,太阳现在早就已经升起来了。

迪杜的阿妈正坐在长廊里切菜。班迪的脚步瞬间停止了,进也
不是,退也不是。

"谁啊,班迪啊!来来来,哟,带了这么大一支步枪啊!这么大
支,谁给你的?"

"爸爸。"

"啊？你爸爸来了吗？"

"没来，他托人带来的。"说话间，班迪原本的喜悦消失殆尽。现在，他恨不能朝这个阿妈的胸膛开几枪。每次见面都是这种腔调！

班迪跑了进去。

迪杜正在跟申诺玩卡隆撞球。班迪悄悄用枪筒顶着他的后背，大声喊道："举起手来！"看到迪杜吓了一大跳，班迪大笑起来："瞧把你吓得！"

"哇，这么大一支步枪啊！快给我瞧瞧。"迪杜一看到大步枪，就立刻来了兴趣。

"走，到外面去玩射击。"他今天是不会轻易把步枪给迪杜拿的。那天，拿着撞球的迪杜是多么趾高气扬啊……还说什么：松手，松手，你不会玩儿。

"嘿，迪杜！你得先把这局玩儿完，才能走！你马上就输了，是想借机逃跑吗？"正稳扎稳打、步步为营的申诺拽着迪杜的长衫，不放他走。

"来玩儿啊，再玩儿啊……"说话间，迪杜迅速伸出两只小手把棋子胡拨一通，转身拉着班迪跑到了屋外。

"孬种，孬种……"申诺愤愤不平，大叫起来。

迪杜痴痴地用手抚摸着大步枪说："好朋友，给我瞧瞧吧，就一会儿！"

"只是瞧瞧也没什么意思，必须懂得要领才行。这可不是花几个小钱就能买到的小手枪，可不是谁都会开的！"班迪故意强调了自己的重要性。

"新买的吗？"迪杜用热切的眼神盯着步枪问。

"不是，是我爸爸让人寄来的。"班迪一边骄傲地回答，一边将子弹装进步枪。

"哦，你爸不跟你一起住，却总给你送这么多礼物啊。"

"那还用说？他这次来的时候，会给我带一套特别大的拼装积木。我妈妈也一样，我向她要什么，她就会马上买给我。"

要是这会儿迪杜拿到了步枪，他好歹还可以忍受班迪在那儿抖威风，但这会儿他却连步枪的边儿都没摸到，怎么肯平白无故忍受班迪的炫耀，听他在那儿说大话……

"班迪啊，你从来没想过让你爸跟你一起住吗？"他对班迪的弱点了如指掌。

班迪顿时沉默了，待在那儿来回扣动步枪的扳机。

"每次他来的时候，你为什么不对他说呢？……不过现在也没什么可能性了！"

班迪十分疑惑地望着迪杜。

"你的爸爸妈妈离婚了。"

班迪不情愿地问："离婚？什么是离婚？"

"你不知道吗？大笨蛋！爸爸妈妈之间发生的争吵，就叫作离婚。"

"你怎么知道的？"

"我阿妈说过，我爸也说过。"

班迪立刻感受到了屈辱。

啪！啪！他朝风中连射几枪。在神气十足炫耀了步枪，令迪杜惊讶不已，却连一次开枪机会都没让给迪杜之后，他径自跑回了家。

此刻，他的内心波涛汹涌。爸爸妈妈的事情，自己竟然不知道，而迪杜却一清二楚！没跟爸爸一起住，有什么大不了的！从一开始，他们就没住在一起呀。他一直都是跟妈妈住在一起的。他的妈妈可不是什么普通人，她可是学院的校长呢！来来往往的人都向妈妈行礼致敬！有谁会向迪杜他阿妈敬礼的呢？

没跟爸爸住在一起怎么了？他深爱着班迪，这就够了。迪杜他爸总是一见迪杜，就打骂他。那天当着班迪的面，他狠揪着迪杜耳朵的样子，多吓人啊！迪杜整张脸都疼得通红！他倒好！跟爸爸住在一起，一直挨打、挨骂不说，还总被揪耳朵。

可是妈妈也不该这样做啊？妈妈为什么不把爸爸的事情告诉他呢？有多少次，班迪想要向妈妈询问爸爸的事，但只要他一开口，妈妈的脸色瞬间就变了，这令他很不安。他只好作罢，什么都不问了。

爸爸这次来的时候，直接问他好了，要问他和妈妈两人为什么不再是朋友了。爸爸是很听他的话的，对他言听计从！他要什么，爸爸就给什么，难道还会在这件小事儿上不听他的话吗？他现在已经长大了，已经能够劝解爸爸了。

可是爸爸妈妈之间为什么会发生争吵呢？关于爸爸，妈妈从来一字不提。爸爸每次来，都只住在招待所，从不叫妈妈过去，而且也是只字不提妈妈。大人之间也会发生争吵吗？这种争吵，让他们连朋友都没得做了？难道妈妈不想念爸爸吗？

傍晚时分，妈妈躺在前庭草坪的一张床榻上。天气微凉，却分外怡人。妈妈的胸前摊放着一本书，她朝天空望去，不知在看什么。班迪跑到花圃中浇水，迪杜也在拿着水管冲洗花苗。濯洗过的花叶鲜亮欲滴，夜来香的芬芳四处弥漫。每一株苗、每一朵花、每一缕香，都与班迪有着密切的联系。

班迪浇完水，采了一朵大大的茉莉花。唯独班迪才有权利在这个园子里采花，因为这个花园是专属于班迪的。不经过他的允许，就算是妈妈，也不能在这里采摘。

他拿着花朵悄悄来到妈妈身旁，将茉莉花戴在了她的长发上。妈妈甜甜笑着，将他拉到身边。

"是不是很爱妈妈呀？"说着，她坐起身来，将茉莉花向发后拢好。

此刻的妈妈是多么可爱啊！傍晚的妈妈完完全全是属于他的。她的发辫松松的，她的面庞柔柔的，不见丝毫的威严。班迪始终觉得，此刻这般模样的妈妈才是最美的，也是最令他深爱的。他时常目不转睛，凝视着妈妈，他特别喜欢她下巴上的那颗痣。夜里跟妈妈躺在一起睡觉时，他经常用指尖轻轻摩挲它。

他记得，当他第一次这样做的时候，妈妈一下子惊呆了，立刻甩开了他的手，用极为奇异的目光，长久地注视着他的面庞，不知在看些什么。之后，她长叹了一声，向天花板望去。不知为何她的脸庞显出莫名的失落和忧伤，充满了陌生感。那时，班迪心中一阵恐慌，他不明白，他究竟做错了什么，让妈妈如此忧伤。由此，他暗下决心：从今以后，再也不碰那颗痣了。

然而，几天之后，妈妈倒主动拿起他的手往那颗痣上放，然后笑吟吟地说："摸吧，我很喜欢。"

妈妈也真是奇怪！她的情绪可真是变化无常。

今天晚上，用手摸那颗痣的时候，他一定得跟妈妈谈谈关于爸爸的事。现在他已经什么都懂了。就连《罗摩衍那》和《摩诃婆罗多》这两部史诗中的各方大混战，他都能弄懂，难道他还弄不懂爸爸妈妈之间的争执吗？当然，前提是，妈妈得先把事情告诉他！迪杜的爸妈都能把一切告诉迪杜，为什么妈妈不能告诉他呢？

早上受到的刺激和委屈，这会儿已经完全释然了。为了让迪杜瞧瞧，班迪故意紧搂着妈妈的脖子摇来摇去。看啊，你看啊！妈妈有多么爱我！你要想搂，去找你阿妈去！她不一把推开你才怪呢？就算爸爸没跟他一起住，那又如何？仅仅妈妈一个人对他的爱，就已远远超过了你爸妈对你爱的总和！

即刻，班迪的眼前浮现出迪杜爸爸的模样，坐在床上，光着膀子，摸着肚子；还有迪杜他阿妈，穿着沾满咖喱汁的纱丽，四处打转。

班迪随即感到心满意足，他欣喜雀跃地说："妈妈，今天要讲一个很长、很长的故事来听哦。"

开始讲故事了，是关于旃簸七兄弟的故事。继母如何将七兄弟害死，并让人把尸体埋了起来，在埋藏七个男孩儿尸体的地上，长出了七棵旃簸迦树^①。

"妈妈，那个继母实在是坏透了！"

"是啊，不能更坏了！竟然把几个孩子都杀了埋起来。"

"那孩子的父亲为什么不吭声呢？"

"继母故意瞒着他的。"

"哼！这怎么可能呢？假的！自己的七个儿子都失踪了，做爸爸的竟然会不知道？"

"嗯，是会发生这种事的。他们的爸爸可不是什么普通人，他是国王啊！他每天都要忙着处理很多很多政务……根本不会有工夫考虑孩子。爸爸们都是这个样子！他们从来都不会为孩子考虑！这都

① 旃簸迦树（原文 Campa），意通梵语词 Campaka，又译作瞻卜树、瞻波树、瞻博迦树、占婆树、瞻婆树、占博迦树等，即黄果兰树，金香木，木兰科含笑属植物，花浅黄色，香气甚浓。

是妈妈要做的事，为……"

妈妈突然沉默了。班迪朝妈妈看去，只见她兀自望着天空，沉默着，一言不发。妈妈究竟在看什么呢？不是望向天空，就是望着天花板。他也试着朝这些地方努力张望，却什么都看不到。忽然间他想起来，要向妈妈询问爸爸的事。

"妈妈！"

"嗯？"

班迪一下子犹豫了。怎么问呢？问了之后，若是妈妈训斥他，或是惹得妈妈伤心，那怎么办呢？傍晚时分的妈妈与他是十分、十分亲近的，可是一到清晨，妈妈就会变成另外一副完全陌生的模样。

他再次看向妈妈，她双眼望着天空，几缕长发散落在脸旁。妈妈是多么温柔美丽啊！他真是杞人忧天，此刻的妈妈不会让他产生丝毫惧意！他鼓足勇气，大声喊道："妈妈，妈妈！"

这回可把妈妈吓了一跳，她那会儿不知正在神游何处呢："你可真是吵闹，我不给你讲故事了。"

"妈妈，爸爸为什么不跟我们一起住呢？"

妈妈瞬间沉默了！

"今天迪杜说……"

"迪杜说什么了？"妈妈猛地俯身盯着班迪，严厉的声音让班迪心中充满了畏惧。

"说，迪杜都说了什么？……"

"迪杜说，你的爸爸妈妈离婚了。如今爸爸永远不会跟我们一起住了。"班迪费劲地说。

"为什么？你怎么会跟迪杜谈论这些事情？"妈妈的声音充满了愤怒，抑或痛苦，难以辨明。

"妈妈，我没有谈论，都是迪杜说的。我不懂离婚是什么意思。他就告诉我说，爸爸妈妈之间的争吵就叫作离婚。你看，全都是因为他们家的人总是一定要提起爸爸。"

班迪急得快哭了。

妈妈瞬间松了口气，说道："让他们说去吧！这些可怜的家伙！他们要不嚼舌根，就活不下去了！"说完便把班迪拉近身边说："爸爸不在就不在，有什么关系呢？有我一直陪在你身边，这就足够了！"

之后，妈妈就再也不问班迪什么，再也不说什么了。尽管妈妈十分宠爱他，但班迪还是对妈妈产生了畏怯之心。为了今天这个谈话，他已经思虑再三。今天白天，他还反反复复琢磨了好几次，但只要一跟妈妈提起这个话题，谈话就总是这样断掉了。

妈妈轻抚着班迪的头发和面庞，两人都默不作声，唯有阿姨隐约的歌声在风中飘扬："我的郎，托山者①牛护②啊，无人能及……"

"起冷风了，走，进屋去！"班迪跟着妈妈，走进了屋子。

在外面那会儿，弥漫在班迪心中的所有问题，在他刚走进屋子的瞬间，便立刻缩拢了。此刻，班迪莫名焦虑起来。

怎么再问起呢？为什么妈妈什么都不告诉他？

难道妈妈从不想念爸爸吗？班迪心想，他若是与迪杜或龚妮发生了争吵，相互间也会有好几天不说话，彼此不理不睬，各玩各的；但过段时间，就会觉得彼此不理不睬的状态很难受，所以，他们就会随便找个什么理由，重新做朋友。各玩各的状态终究也持续不了多久啊！

---

① 托山者（原文 Giradhara），此处意译，印度教大神黑天（Krishna）的名号之一，此名号体现了黑天多种形象中的牧童形象。

② 牛护（原文 Gopala），此处意译，黑天名号之一，亦体现了牧童黑天的形象。

然而，妈妈一直都是形单影只。离了婚，就不会再有友谊了吗？这问题要去问谁呢？

明天，还是问问迪杜吧。他既然知道离婚的事，那他肯定也知道离婚之后是否还可以再续友谊的事。

二

周六午饭过后，妈妈休息，不去学院上班了。

刚吃过饭，妈妈就起身走进卧室，把所有的窗帘都拉上了。房间顿时昏暗下来。幸好现在天气还没那么热，不然妈妈还会用棕色或黑色的纸板糊上窗户，她非常讨厌夏天炎热的阳光，然而班迪却十分讨厌黑暗。

黑暗就意味着要睡觉了。夜里，整晚都是黑暗，所以他整晚都得睡觉。可现在是大白天，你怎么还要把屋子弄这么黑，难道这样做，就会让夜晚缩短了吗？况且，白天睡的话，晚上怎么还能睡得着呢？可是，妈妈会听他的话吗？

"班迪，快去睡觉！"此时，妈妈就会上前一把抓住他，然后扭送到床上。

班迪知道，这时候说什么都是白费力气。因此今天，当妈妈还在拉窗帘的时候，他就已经乖乖躺在床上了。眼睛睁开时，他看到的是四周禁锢他的围墙，但当他把眼睛闭上，所有禁锢立刻消失了，森林、崇山、海洋……各种各样的事物浮现在他眼前，有天上神界的仙女，还有地下洞府的蛇女，都一股脑儿出来了。

啊，如果有谁能送给他一双魔法翅膀，或者一匹飞马，该多好啊！他会立刻飞到爸爸身边，给他一个惊喜。要是突然见到他，爸爸肯定会特别高兴！而妈妈肯定会焦急不安地四处寻找他，到迪杜家，到龚妮家；阿姨也一定会跑遍各个角落去找他。他可以戴着魔法帽隐身，暗中观察这一切——焦虑万分的妈妈、发疯般四处奔走的阿姨；但要是妈妈急得哭起来，他就会立刻摘下魔法帽，上前紧紧拥抱她。

然而，从哪儿能找到这些神奇的魔法宝物呢？所有的故事都讲到了这些东西，但却没有哪个故事讲过从哪儿能得到它们。要是能遇到一位圣仙就好了，他就可以说出下落，或者他身边就带着这些宝物呢。

妈妈睡着了。班迪目不转睛地盯着妈妈……心想：睡着的妈妈是多么美丽啊！咦！妈妈怎会有那么多张面孔呢？迪杜的阿妈，无论什么时候，永远都是那副嘴脸；阿姨也是一样，只有一张面孔。

班迪蹑手蹑脚下了床，悄悄走到屋外，跑到了刺黄果丛边。龚妮说过，要是班迪采摘足够多刺黄果给她的话，她就会为班迪制作特别好看的刺黄果串。

他本想把迪杜也叫来，两人一起摘果子；但思来想去，最后还是没去叫他。要在他家碰到他阿妈的话，少不了又得听她一通烦人的废话！算了，他还是一个人摘吧。

突然，有人敲响了大铁门。班迪走了过去："啊！律师叔叔！"浑身大汗淋漓的律师叔叔，气喘吁吁地拄着根细手杖走了进来。

班迪立刻把黏糊糊的双手在衬衣上蹭了蹭，迅速跑过去，拽住律师叔叔的手臂摇晃着说："叔叔，您什么时候来的？"

"嘿，你这小家伙！这会儿阳光正烈，你倒好，在这儿摘刺黄果？"

"阳光！在哪儿？我怎么一点儿都没感觉到呀，"班迪狡黠地笑道。

"嗯！这不是阳光，是月光，好了吧？调皮鬼！雪恭在家呢，还是在学院？"

"每周六下午一点之后，学院就放假了。她正在屋里睡觉呢。"刚说完，班迪这个大喇叭立刻广播着"妈妈啊，妈妈，律师叔叔来了"，随即拽着叔叔进了屋。

睡得迷迷糊糊的妈妈被吵醒了，刚在床上坐起身，就看到面前的律师叔叔。她有些局促不安，迅速将身上的纱丽整理好，站起来说："啊！您什么时候到的？"

"这个班迪，竟然在大太阳底下摘刺黄果。"

"妈妈正问您什么时候来的事，您倒是先回答她的问题啊！"

"你倒是挺机灵！"律师叔叔摘下帽子放到桌上，在吊扇正下方坐定。现在天气一点儿都不热呢，叔叔怎么出这么多汗！"我今天才到的，刚到就来你家了。"

"你怎么回事？不睡觉，跑去摘刺黄果！你要是不困的话，为什么不去学习？不是马上要考试了吗？一会儿不看着你，你就偷着蹓出去！"

妈妈是真的生气了，但这会儿班迪却有恃无恐，嬉笑着，因为坐在面前的叔叔就是他的保护伞，妈妈怎么生气都没用。

"叔叔，您是不是觉得特别热，需要喝杯冷饮吧，您想喝什么？我去拿。"

听完这话，叔叔眼中尽是怜爱："都学会招待客人了！你真是长大了！懂事了！"

"我去去就来。"妈妈说着走了出去，她应该是去梳洗或去给叔叔拿冷饮了。

班迪悄悄蹓到叔叔身边，坐在叔叔的椅子扶手上问："叔叔，爸爸这次什么时候来？"

通过这个问题，班迪一方面想知道爸爸的近况，另一方面，他迫不及待地希望叔叔能够赶快拿出爸爸托他带来的礼物。

然而，不知为何，叔叔凝望着班迪的小脸庞，浓眉之下的一双眼睛霎时湿润了，仿佛被什么东西刺激了。他万分怜爱地用手轻抚着班迪的后背，说："孩子，你想爸爸了吧？"

班迪腼腆地点点头。

从叔叔的回应中，班迪觉察出了他的某种失望与沮丧。他那抚摸着班迪后背的手在微微颤抖。他关于爸爸的问话，难道有什么不对的地方吗？究竟是什么原因呢，每次只要一提起爸爸，所有的情形就会立刻变糟。他能跟谁提起爸爸呢？又能向谁询问爸爸的事呢？

"爸爸很快就会来的，孩子。我一回去，就马上让他来。"为什么叔叔说话的声音如此低沉沮丧呢？他说话的声音任何时候都是很洪亮的，像是在讲大课。

"我这次来得太匆忙，没时间去见你爸爸，不然，肯定会给你带些礼物来的。"

叔叔再次充满爱意地轻抚班迪的背，仿佛要用怜爱来弥补因未带礼物来而造成的缺憾。

叔叔这次来，什么都没带！这惹得班迪心中更加不快。之前，叔叔每次来，多多少少都会带爸爸的礼物来，也正是由于这个原因，班迪才对这位叔叔产生了极大的好感，才会十分欢迎叔叔的到来。

"之前给你寄来的大步枪，你喜欢吗？"

"特别特别喜欢！您见过吗？"一听到步枪这个词儿，班迪之前低落的情绪又瞬间高涨起来。

"那可是我和你爸爸一起去买的呢。"

说完，叔叔开始在屋子里随意张望起来。

"这些画都是你画的吗？"

班迪的这些画都是由妈妈亲自装裱的，把画纸粘在厚纸板上，镶嵌在三个大玻璃框中，悬挂在墙上展示。

"当然！"班迪骄傲地回答，"我还有好多好多很棒的画，都挂在学校里展出呢。我可是艺术小组的组长呢……"

"太棒了！"叔叔伸出手拍拍他的小肩膀，高声称赞道。可他却从叔叔身上觉察出了一丝隐约的忧伤，但这有什么好忧伤的呢？

这时，妈妈端着托盘，走了进来。看起来，她已梳洗了一番，也可能是因为睡足了的缘故，她显得容光焕发。她将装满冷饮的玻璃杯递给叔叔，之后便在他对面的椅子上坐了下来。

"雪恭，你儿子极具天赋！将来肯定是个大艺术家。你看，他小小年纪，竟能画出如此佳作！"

妈妈满眼怜爱，望着班迪。班迪心想，妈妈接下来肯定会夸奖他。然而，大家却都瞬间沉默了。

坐在律师叔叔对面的妈妈沉默着，就连平日里喋喋不休的律师叔叔也沉默着。昏暗的屋子，里面坐着沉默的人。屋子顿时生出一种难以名状的忧伤。叔叔一会儿呷口水，一会儿又朝他这边张望，一会儿又望向窗户。窗户紧闭着，还被厚厚的窗帘遮挡着，那儿什么都看不到。妈妈目不转睛地盯着地面。而他则一会儿看向妈妈，一会儿看向叔叔。

"嫂夫人好吧？孩子也都好吧？"终于还是妈妈先开了口。

"好，他们都挺好。"叔叔心不在焉地应和着，随即问："这次暑假，你们不出去旅行了？"

"不了，没做什么计划和安排，这次就想在家里待着，哪儿都不去。"

妈妈为什么不问问爸爸的事情呢？难道两人吵架之后，关于对方的任何话都不再提起了吗？

"加尔各答的天气，现在已热起来了吧？我们这儿，傍晚还是很凉爽的，夜里还会有些冷。"

虽然他们正在交谈着，但班迪却觉得之前屋子里那种沉默的气氛仍然在延续，那种忧伤的氛围并没有消散。叔叔这是怎么了？在此之前，每次他来，都跟妈妈有说不完的话，下午或者傍晚来到后，不聊到大半夜，他是肯定不会离开的；只要一坐下来，他那张嘴就滔滔不绝。如果妈妈有事离开一会儿，叔叔就一定会跟班迪开始大聊特聊，一直聊到实在没什么可聊的时候，他就开始考班迪，什么背乘法表啦，什么单词拼写啦。叔叔可是永远不会沉默寡言的。看着叔叔没完没了、滔滔不绝的样子，班迪就想：如果叔叔要做个学生，在课堂上听讲的话……哈，天啊！他就惨了，肯定一整天都要受到处罚，要么是被罚用手捂住嘴站着，要么是嘴里被塞上抹布坐着。

一次，他把这想法告诉了妈妈。妈妈听后大笑起来，却揪着他的耳朵说："你就是这样胡乱猜想长辈的吗？"话虽如此，她却抑制不住，笑个不停。一想起叔叔嘴里塞着抹布的样子，他自己就笑弯了腰。

然而这样喋喋不休的叔叔，今天却缄默了。不止缄默，还显得十分忧伤。

"您会在这里待几天？"

"后天。后天傍晚，我就得走了，"叔叔说完，停顿了一下，接着说："我有些事情必须得跟你谈谈，原本就想着如果哪天得空了过来的。"

妈妈的双眼紧盯着叔叔的面孔，无数的疑问闪烁在那双眼眸中。她的脸色显得异常的紧张，这使得班迪心中不由得害怕起来。

之前，他对这些事情一无所知，也从没起过任何打听此事的念头；但现在他开始知道了些什么，越是知道一点，越是渴望知道更多，渴望知道整件事情的来龙去脉。他知道叔叔是从爸爸那儿来的，他的到来是为了传递爸爸的讯息。但究竟是哪些讯息呢？从前他不知道，也从没尝试过偷听这些讯息，但这次，他是一定要听一听的。

他非常笃定的是，每次只要叔叔来这儿一两天，就会对妈妈产生至少半个月的影响，她的情绪和态度会发生极大的转变，很多时候妈妈会变得十分忧郁，以至于好长时间都不愿意同他交谈，不再爱抚他，也不再给他讲故事。

然而，上次叔叔来了之后，妈妈却十分欣喜，经常主动将他搂入怀中亲了又亲。

由此，班迪开始怀疑叔叔的那根手杖是不是具有魔力，能够对妈妈产生作用，左右妈妈的情绪，改变妈妈的言行举止。然而，当他悄悄拿起那支手杖，在自己身上来回挥动，又对着阿姨一通挥动之后，他发现对他们没有任何的影响。啊，不是手杖的缘故，是叔叔说的话起了作用。

不知道他们今天会谈些什么？也不知道他们谈完之后，妈妈会开心还是难过？这次，他是一定要仔细地听个究竟的！

他飞快瞥了一眼妈妈，发现妈妈依然还在目不转睛地注视着叔叔，似有千万个疑问在她的双眼中激荡着。但叔叔却只是沉默着。

他为什么不说话？既然有话必须要说，那就快说啊，干吗一直望着窗户呢？要说的话又没写在窗户上！

"雪恭！"叔叔总算是费劲地挤出个词儿来，但他的声音了无生气。

妈妈的眼睛直勾勾盯着叔叔，仿佛成了化石。她如石像一般，静默地坐在那里，连呼吸都停滞了。

"他……现在想……把整件事……诉诸法律程序。"叔叔吞吞吐吐地说着。

叔叔必须说的话就是这句吗？这句话到底是什么意思呢？"他"肯定是指爸爸，这句话也肯定与爸爸有关，但究竟是什么事情，又是什么意思呢？怎么一点儿都听不明白呢？

"这就是他派你到这儿来的原因吗？"妈妈立刻声色俱厉地说，转瞬变成了校长的面孔。

"不，不，我是为办自己的事而来。临行前，他嘱托我把这事先跟你说一下。即便我不来，他也会亲自给你写信说明的。"

叔叔的这些话，表明他是见过爸爸之后才来这儿的，怎么他之前却说没有时间跟爸爸见面呢？叔叔这么大的人了，竟然还说谎！要不是因为大人说话时，小孩子不能插嘴，他肯定现在就会立刻上前质问叔叔！

叔叔身体倦怠，靠向椅背，然后闭上了眼睛，看起来好像十分疲惫。

这就完了？来这儿就为了说这点儿话？哼！这也算得上是谈事情吗？

"您休息会儿吧！坐夜车来，肯定很累吧？有话傍晚再说吧！这也都不是什么新鲜事了。"最后一句话，妈妈仿佛是说给自己听的。

她不等叔叔答应，就起身打开柜子，拿出床单，在客厅铺好。

"好了，去躺下休息吧！"妈妈此时像招呼班迪一样，对叔叔说道。叔叔不言不语地站起身，去休息了。不知道他究竟是真的很疲惫，还是他想逃避那个话题。

"你怎么还不睡觉？坐在这儿，听什么闲言碎语呢？一整个下午，你一点儿都不困吗？"

班迪立刻跳到床上躺下，却睡意全无。他望着妈妈，问道："妈妈，叔叔说的是什么意思？"

妈妈用尖利的眼神盯着他。他顿时害怕起来，立刻闭上了眼睛。然而，即使闭上了眼睛，他也仍旧能感觉到那种刺痛；即使闭上了眼睛，他也能感知到妈妈躺在了他的身边。现在，妈妈已让所有人都睡觉了，可她却醒着。

叔叔说的是特别坏的事情吧？不经意间，他感受到了妈妈在用手指轻抚他的头发。那手指微微颤动着，仿佛经由手指的关节流泻出的汩汩爱意进入了班迪的血脉之中，渐渐驱散了他内心的惶恐。这种触摸让他感到，妈妈之前那张坚硬的面孔现在也一定熔化了。

他慢慢睁开眼睛，妈妈像平时一样仰望着天花板，她眼角溢出的泪水，浸湿了鬓角，进而沿着鬓角流下，悬挂在发丝上没有掉落。啊，那是妈妈的眼泪！他见过忧伤的妈妈、生气的妈妈、训人的妈妈，却从没见过流泪的妈妈。

叔叔一定是说了很坏很坏的事情！一想到叔叔，他心中就立刻升起一团愤怒之火，因为他这次来什么礼物都没带，他还说谎，而现在，他说的那些坏事情，还让妈妈……

妈妈肯定非常痛苦吧，无论如何，他都要为妈妈排忧解难。如果这些大人能把整件事情告诉他，那自然好；如果不说的话，他就自己去弄个明白。故事里那些为母亲排忧解难的王子都是历尽千辛万苦才能成事的，他也要像他们一样！

他暗自挪动身体，要跟妈妈依偎得更紧。之后，他用自己的小臂膀搂住妈妈的脖子，坚定地祈求道："妈妈，跟我讲讲嘛，叔叔说的是什么事？"

"你怎么还不睡觉！"忧郁的妈妈却怒气冲冲地吼道。班迪立刻安静地闭上了眼。

极度的好奇和成千上万个问题，如潮水一般向他涌来，他浸没其中，越沉越深，不知不觉就睡去了。

日落时分，妈妈和叔叔坐在草坪的椅子上。从睡醒起来，班迪就一直在他们周围打转。无论如何，他今天一定要把整件事情弄个水落石出！但叔叔却丝毫不提爸妈的事。只见叔叔在那里谈天说地，一会儿聊他的学习成绩，一会儿聊妈妈的学院工作，什么话题都聊了，偏偏就是最应该讲的话题，却只字不提。也许他应该趁机坐下来，不离开，一直坐到深夜。到了晚上，他就可以闭上眼睛，以睡觉作掩护，一动不动地赖在那里。这样的话，他就可以听到他们所有的谈话了。

"班迪，傍晚这会儿你不出去玩儿吗？来，告诉我，你都会玩哪些游戏？"

什么游戏不游戏！想赶我走，直说好了，好！走就走！不告诉我就算了，我算老几？妈妈也用那样的眼神盯着我，好像正等着我离开。

班迪一言不发，进了屋子，但他的心思却还留在那儿。不！他一定得去听个仔细！

他顺着桃金娘花丛又爬了回去。叔叔坐的椅子后面，有凤尾花盛开，蹲在花后面，至少能听见叔叔的话。然而说起来容易，万一被妈妈或叔叔发现了，那就完蛋了！一想到这儿，他的心就哆嗦了一下，但随即他又在内心谴责自己——就这样了？你就这点本事，还想做成什么事儿啊？王子们为了母亲连妖魔的巢穴都能闯，遭受了多少艰难险阻都不怕，而你却连那把椅子后面都不敢去吗？最后他还是鼓起勇气，悄无声息地来到那浓密的凤尾花丛处，在叔叔的椅子后面蜷缩起来。此刻他心中涌起了正在做件大事的满足感，连一丝一毫做坏事的愧疚感都没有，为了帮妈妈消除痛苦，无论什么事，他都必须得做！只要是为了妈妈的事，都是好事！

妈妈好像正说着什么！她说得太轻声细语了！什么也听不见啊！不对，又好像没人在说话，这可真是奇怪！

"雪恭！"好了，这会儿听清楚了；但叔叔为什么又停顿了呢？又是一阵缄默！

"雪恭，人生并不如想象般……"好嘛，现在那声音又变得细微，根本听不清楚。一遍一遍提起什么"人生、人生"的，就是不提爸爸的事。

班迪又向前挪了挪身子。现在好像是妈妈在说话，她的语调十分低沉，但还能听得见。他听到了妈妈低沉的声音，也能够理解话语的意思。"我从来就没奢望过什么，从前没有，现在更没有。"

"不是吧！不是这样的！头几年我觉得还是很有希望的，尤其看他对班迪的态度。孩子……"

不知道他中间又说了些什么，都是关于我的一些听起来晦涩难懂的话。此刻我真想去把迪杜拉过来，他应该能理解这些话的意思，可是不行，自家的事，不能弄得人尽皆知。

"跟米拉在一起，他倒是过得挺好。你知道她……"

怎么说着说着，又插进来这句话？叔叔要是参加考试的话，肯定得个零蛋！不好好写你的答案，通篇都是跑题的话！

妈妈这会儿好像什么都没说，他根本不给她说话的机会。他们在午后那会儿的谈话，可能是因为炎热和疲惫中止了……现在是怎么回事，怎么又回到原先那样东拉西扯的情况了？既然要谈话，难道就不能直奔主题，说些让人清楚明白的话吗？

这会儿又听见了妈妈的声音。完全不知道她的话是什么意思，只是，能听出她的声音十分严厉冷酷！此刻她的脸也一定同样严厉冷酷吧。他心想，上前看一下，在后面蹲了这些时候，已经不怎么害怕了，此时他鼓起勇气，上前紧挨着椅子后边蹲着。

"我怎会不知道呢，所以该说的也都说了。但凡有别的什么办法，就绝不会掺和到这里面来。阿吉耶已经在表格上签过字了，明天你也在上面签个字吧。我提交法庭之后尽快确定日期……"

太讨厌了！这律师叔叔到底是个反复无常的人！还一定要在爸爸妈妈的事情上确定个什么开庭日期。律师的尾巴露出来了！

现在没人开口说话了。两个人坐在那里，默不作声。班迪真想要走上前去，把凡是他不清楚不理解的话，一股脑儿向妈妈问个清楚。

"你能告诉他什么？他还什么都不懂呢。我感觉，一旦主轴出了乱子，那整个人生就完全坍塌了……然后就什么都不会发生……什么都没有了……"不知为何突然间叔叔那长长的胳膊往椅子靠背的边上搭了过去，大手一下子就碰到了班迪的小脑袋。班迪立刻窘迫不安地站起来，这个叔叔也真够奇怪的，要说话，就该有个好好说话的样子啊，有必要这样手舞足蹈的吗？

"嘿，这是啥，班迪！你在这里做什么？"

此刻，班迪浑身的血液都凝固了。

"躲起来偷听别人说话吗？"叔叔说这话的时候，却盯着妈妈，仿佛偷听的不是班迪，而是妈妈偷听被捉到了一样。

班迪目光低垂，妈妈肯定正在用她那严厉的眼神看着他呢，他没有勇气抬眼去看。不止他的眼睛，他的整个身躯就这样冻结在那儿，心中生发出一种嗔怨，不知是对自己，还是对叔叔。

"这下好了，我倒是想让他知道一切的。究竟还能隐瞒他到什么时候？现如今他的心里一直盘亘着这件事，就最近这几天！"

班迪好像得救了一样，他恨不得立刻跑到妈妈身边，搂着她的脖子，向叔叔挑衅：妈妈会把一切都告诉他，您还能怎样？

"是，是，没有谁拦着不让告诉他，但也得注意方式方法啊。我的意思是，这样躲起来偷听的习惯可不好。"之后他又用温和的声音说："班迪，我的好孩子啊，你去玩吧。好孩子可从来不掺和大人的事，班迪很好很棒的……在班上成绩又那么好，画画又那么好！"

班迪再次望向妈妈，像是等着妈妈能对他说，让他坐在旁边。

"班迪，怎么不去找迪杜一起玩呢？"妈妈非常低缓地问道。不只是妈妈的面庞，就连她的声音也都显得非常的失落。

"我是那会儿正在给我的花儿们浇水呢，妈妈！"班迪带着哭腔对他来这儿的原因做了一次澄清。

"好啊，是来给自己的花儿浇水来了？真是个特别好的孩子，太棒了！现在去玩吧，跟迪迪嘟嘟他们一起玩去吧。"

班迪在心里嘲弄了一番叔叔，哼！连名字都不会说，什么迪迪嘟嘟！

之后，他如离弦之箭一般，迅速从那儿跑走了，那神情举止好像是在表现，他对他们的谈话丝毫不感兴趣，他不过就是碰巧在那儿而已。你们就自己在那儿好好聊吧！

他边跑边想着叔叔最后说的那句话："一旦主轴出了乱子，那整个人生就完全坍塌了。"这个"主轴"一定是指什么重要的事，要不然怎么会把他支走。"主轴"究竟是什么意思？去问谁呢？就去问问迪杜吧！像这种他不懂的事情，迪杜基本上全都懂呢，他的阿妈和爸爸在他面前经常谈论这些事情，所以他什么都知道，那"主轴"这个词他肯定也知道的。

迪杜正在用装上石子的弹弓瞄准树上的一个鸟窝。

"你在做什么？"

"爸爸说，也会给我买一把像你那样的步枪，但在这之前，我得练习瞄准，用弹弓也是一样可以练习瞄准的。"

"我把我自己的步枪拿出来给你练习好了。"这时班迪表现出了异乎寻常的慷慨。

"真的给我用吗？那我们去拿吧！"砰的一声，迪杜立刻把装着石子的弹弓随手扔在地上。

"现在不行。律师叔叔来了。妈妈和他正在谈话，特别重要。小孩子现在不能过去。"班迪样子老成地说着。

"唉，迪杜，我问问你？"

"什么？"

"'主轴'是什么意思？你知道吗？"

"主轴？"迪杜开始思索，接着问道："为什么问这个？"

"关乎一句话，但你得先告诉我这个词的意思。应该是非常不好的意思吧。"班迪说着说着，眼前就浮现出妈妈那失落的面庞，感觉这应该不是什么好词儿，但无论如何，他都要把这个意思弄明白。

"我去把单词本拿来，可能那上面有。"迪杜说完马上又补充说，"啊，我想起来了！我告诉你。"班迪听完，眼中立刻闪烁出兴奋的光芒。

　　"不是有句话吗？——所有金钱皆如粪土①。"

　　"这是什么话，我怎么不知道！"

　　"你怎么会知道？等你上四年级的时候，才会学到！"

　　"那是什么意思？"班迪焦急地问道。

　　"'粪土'就是肮脏的泥土、尘土的意思。所有知识，只要我看过一遍，就绝对不会忘记。"

　　然而，迪杜的这种自信并没有解释班迪心中的疑惑。班迪在心中反复思量，一旦尘土出了问题……去你的！不是这个，肯定应该是别的什么意思。

　　"到底是什么话啊？你说一说呀。"

　　班迪四下张望之后，紧挨着迪杜说道："一旦主轴出了乱子，那整个人生就完全坍塌了。"然后他看着迪杜，表现出那种"如此紧要的话，告诉了你，你就肯定应该明白"的神情："你能说出这句话的意思吗？"

　　"这是什么啊？去你的！你真是疯了！"

　　"不，我没疯！这是非常重要的一句话，重要到我和你都不明白它的意思！这与妈妈和爸爸的事有关，也许是关于他们吵架的事。"

　　晚上睡觉的时候，他心中翻涌着想要问问妈妈这话究竟是什么意思的念头，还有叔叔都说了哪些话，所有这些，他都想问。妈妈自己不是也说过，她要全部告知的吗？然而躲在椅子后面偷听的行

---

　　① "粪土"对应原文是dhuuri，而班迪询问的"主轴"对应的原文是dhurii，属于同音不同义，所以迪杜搞错了。

径，仍让他心有余悸，根本鼓不起半点询问妈妈的勇气。想要知晓一切的好奇心，会让他的罪恶感更加严重。算了，他什么都不用知道，这样最好！

尽管他什么都没问，但他依然能感觉到有一件非常糟糕的事情，正环绕在他的周围，环绕在妈妈的周围，叔叔正是为了告知这件事情才从加尔各答赶来的。妈妈是如此沮丧，现在他该去问谁呢？

要是旁边有一盏神灯就好了，这样他就可以摩擦神灯，唤出精灵，问他所有想问的问题。怎样才能找到神灯呢？

之后，故事的神秘气氛开始缓缓萦绕在他的眼眸，他眼皮沉重，睡着了。

三

对雪恭来说，时间早已停滞了，钟表的指针也不过是毫无意义地持续反复转动而已。太阳每天早上闯进前庭院子，把整个家照得发亮，午后又停驻在草坪上，直到傍晚时分，才缓缓向后山隐没。四季也是一样持续轮转。雪恭觉得时间已经凝结成一块巨大的岩石，这岩石凝固在那里，既不会移动，也不会破碎。会破碎的，只有雪恭，慢慢地，一点一点地破碎。这种感觉早在两三年前开始，就一直持续到现在，只是最近这一年，这种感觉越发强烈，压得她喘不过气来。

漫长的假期来了，这炎热、冗长、乏味、失落的日子！学院放假，雪恭就失去了能打发日子的完美借口。若不然，在她那完全了无生趣的生活中，唯独去学院上班这件事才深具意义。只有当她沉浸在学院那些繁杂事务之中，她才能感觉到至少自己还在为了某件事情忙碌，才能获得些许存在的满足感。否则她的人生中，连片刻的开心都不会有。要是班迪乖巧懂事，她倒是会感到一丝欣慰；要是他不好好吃饭，或是为了什么事情执拗大哭，又或是问一些他这个年纪不该问的问题，这些时候，她是无论如何也开心不起来，反倒是更加心烦意乱了。虽然她深知，这些都不是使她精疲力竭，阻碍她真正开心起来的原因，但是她试图在真正意义上开心起来的种种努力和尝试却让她疲惫不堪。不仅让她疲惫不堪，某种意义上来说，更让她感到撕裂般疼痛。

律师叔叔昨天把离婚协议书拿来了，他今天还会为此事而来，这无疑对雪恭的内心进行了一次全方位打击。尽管她不明白昨天谈话中有什么新内容使得她如此心烦意乱、惊慌不安，不过是那桩几近尾声的陈年旧事，翻来覆去，喋喋不休！但是！但是她却不能轻易地、坦然地接受这件事。她感觉自己完全被击垮了。

律师叔叔每来一次，就对雪恭造成一次毁灭性打击。表面上看起来风平浪静，不起一丝波澜，但她的内心却如飓风般沸腾，她一直强忍着内心激荡的情绪。

阿吉耶跟某人在一起，之后他们同居了，这些消息让她感到耻辱。尽管她自己独居生活了这么多年，但是这次她才真正开始体会到什么叫作孤独的酸楚，这滋味激烈又辛辣，耻辱纠结的情绪使那种刺痛更加剧烈了。

一年多前，叔叔来这儿说："怎么能告诉他呢，他还什么都不懂。如果告诉他，就是在他心上扎了根刺啊，而这根刺会时时……"因此，她自始至终都严苛地忍耐、克制着，不让一丝一毫的希冀在心中闪现。谁知道班迪他……

叔叔给班迪带礼物来的时候，不知为何，她总感觉这礼物不仅仅是给班迪的，更是通过班迪带给她的。此后，阿吉耶会亲自来。

每次来，他都单独住在别处，只把班迪叫过去。尽管他们从不见面，但雪恭觉得，就算没见面，阿吉耶也依然与她有着某种关联。班迪从阿吉耶那儿回来的那天，她就会对班迪格外关爱，就好像从那儿回来的不仅有班迪，还有阿吉耶也一同回来了。

但是，慢慢地，那种刺痛感也消失了。她很清楚地认识到，再对阿吉耶抱有任何期望，完全都是徒劳的。刹那间，一切幻想全部消散。之后，她感到他们之间似乎一切都结束了，彻底结束了。从那时起，时间对她来说，凝结得就像岩石一样坚硬。

叔叔昨天开始谈话前说："现在确实是没有任何指望了。"而她却深知，她现在并没有什么奢望，从前就没有，又能期望什么呢？她从来没想过要再住在一起。多少次，她对她和阿吉耶之间的关系进行了细致入微的剖析——整个过程非常深入，非常客观，但得出的结论只有一个：两人从未相爱过。

从一开始两个人就心知肚明，这是一次错误的结合，每一天，每件事，都只会加重这种折磨。然而，他们被战胜对方，让对方屈服于自己的渴望所左右。日子就在无休止的争吵中过去了，多少个夜晚，他们如两具冰冷的尸体躺在那里，却各自充满着让对方痛苦、焦灼、辗转难眠的渴望。这场心理战是如此诡异，他们每天都在等待对方先喘不过气而屈服于自己，这样才能善罢甘休，只有把对方的全部自我人格榨干为零，这样才能慷慨地宽恕和接受对方的全部。为了达到这个目的，他们用尽了各种诡计，软硬兼施，有时粗鲁地掠夺了所有之后又慷慨地给予，有时包容了所有之后又贪婪吝啬，这期间既有浪漫的爱情戏码，又有让彼此身心消沉、痛苦焦灼的时刻。不知为何，在那些时而深情、时而激情、时而振奋的时刻，他们两个人的每一句言语，每一个动作，每一次付出，却都让彼此误解为对方要的什么新花招，这迫使他们之间的鸿沟更加巨大了。这鸿沟是如此巨大，以至于班迪也不能填补它，不能。

生活在一起的痛苦和孤立对彼此的恐吓都是非常巨大的，就连分居也不能停止这场冷战，反而在不知不觉中产生了一种新的力量，这力量使他们认为自己获胜的可能性大大增加，分居也许能够让对方切实地感受到失去，失去了那些珍贵无价的东西。律师叔叔的每一条讯息，每一句话语，都在不停地制造和毁坏这些可能性。

为了战胜对方，她必须要首先战胜自己，让自己过着勤奋努力和紧张战斗的生活。但不知何时对方却早已脱离了轨道，直到今天，只剩她一人还停留在那种姿态，那种情状中——呼吸停滞，窒息，喘不上气，戴着假面。

七年间，她从系主任升到校长，比起她个人进步的意愿，这背后更多地潜藏着她想要战胜阿吉耶的渴望。这从来都不是她为了自己而制定的目标，而是一个无形的未知的挑战，无时无刻不包围着她，无论她如何挣扎、反抗，却依然被裹挟着向前。

然而，尽管如此，如果对方没被打败，那么这一切的努力进步，对她自己来说，都是徒劳无功、毫无意义的。

昨天，她才第一次意识到，如果她能够站在阿吉耶的角度去看问题，也许就不会遭受如此痛苦的精神折磨。那么，她的每一次进步，她的每一个成就，就会让她产生些许实在的获得感；但是没有，她现在什么都没有。

中间的桌子上，签过字的纸张，一角被压在玻璃下面，仿佛想要挣脱出来似的哗哗作响。桌子的一边坐着雪恭，而另一边坐着律师叔叔。

经历了如此漫长的时间之后，她终究还是看到了阿吉耶的那些签名。瞬间，一种奇异的感觉涌上心头，即便她在从前的某些时刻曾想过，要给彼此一个了断，但此刻，她却仍不能在上面签名，不能遂了他的心愿。

一个篇章结束了，过去的就让它过去吧。十年的婚姻生活——感觉如同在一条黑暗无光的隧道中前行。今天陡然来到了隧道尽头，但却没有任何到达的欣喜，而是充满了被外力猛推至此的戳痛、刺痛。这个尽头是什么样子？没有光明，没有出口，没有自由。这种感觉分明是从一条隧道被推进了另一条隧道的入口——又是一场行程——一样的黑暗，一样的孤独。

她的内心霎时间浮现出成百上千个问题，难道她不觉得与阿吉耶的关系太沉重了吗？难道她不想摆脱他重获自由吗？然而呢？这是怎样的愤懑啊？难道直到今天，她还对阿吉耶抱有什么不切实际的幻想吗？

不，她的愤懑并非是因为从阿吉耶那里她什么都没得到，而或许是因为凭什么别人能从阿吉耶那里得到所有，所有那些原本是她应该得到的东西；又或许是因为她为了让阿吉耶痛苦、煎熬而毁了所有的一切。过去不住在一起，所以现在也不会在一起，事态一旦演变到了那种境地，就不会再有任何转圜的余地！就算阿吉耶没有同米拉在一起，他也依然会跟别的什么人在一起……事实上，这种愤懑并不是因为她没能同阿吉耶在一起，而是因为她没能打败阿吉耶，这感觉深深刺痛着她，使她如坐针毡。

这些哗哗作响的纸张，在她和律师叔叔之间挖出了一道无形的鸿沟。律师叔叔一直很不自然地保持着沉默，要放在别的什么时候，叔叔沉默如此之久是绝对不可能的事。

两人之间笼罩的这种强忍的沉默让整个氛围变得更加的复杂。雪恭拿起那几页纸，折起来，把他递给了叔叔，并说："把它收起来吧。您为什么不说话了呢？"

她的语调如此轻松自在，连她自己都吃了一惊。这情绪不知从何而来，在如此的境况下，她竟然还有能力展现出如此轻松自然的情绪？

叔叔长出了一口气，就如同他刚才一直是屏息凝气地坐在那里一样。

"毕竟这事情是由我经手的。人人都希望能促成好事，可我却做了个拆婚的人。不知道，你是不是也是这样想的。"

他的声音饱含忧郁，这让雪恭从头到脚都觉得刺痒，让她想要说些好听的话来安慰他。

"我今天来，其实是有很多话要同你讲，要劝慰你，但我要从何说起呢，雪恭，我不知道要怎么开口。"他的声音瞬间嘶哑了。

叔叔的这些话，感觉都是发自肺腑的真心话，她没有从中嗅出任何虚伪造作的气味。

"您为什么要有愧疚呢？……这也不是什么新鲜事了吧，没什么大不了的？不过就是走个法律程序而已。"她说这话的同时，心中暗想：要是她自己也真能这样想，该有多好！

双方再度开始陷入沉默。他们两人之间，以及周围的整个气氛瞬间凝固了，带着几丝诡异。除了旁边在床上睡着的班迪，时不时伸伸手脚，有个动静之外。

突然间，叔叔开始说话了，没有任何铺垫，兴许是雪恭的话，抑或是她的语调给了他安慰和信心，也许是他自己下了决心，不再犹豫，要把原先压住不说的话，一吐为快。

"我昨天说的话，可能会让你觉得不舒服。昨晚我也一直在反复思量那些话。但是，你的确是应该把班迪送到寄宿学校去。"

叔叔再次恢复了他自己的原状。而此时，雪恭开始怀疑起来。她知道，去寄宿学校的这个要求绝对不会是叔叔自己的主意，这主意肯定是他从加尔各答带来的。这是一个命令，不过是裹着意见的外套，给她传达过来罢了。顿时，她感到了深深的苦涩。

"七年了，我都是独自一人抚养班迪。对他有益还是无益，我都比外人清楚得多。"

"你把我当作外人了吗？什么时候的事？对，我的确是阿吉耶的朋友，跟他同住在加尔各答，但我心中对你的关爱也丝毫不差啊。你倒是想抱怨我偏袒，但是你却连一个证据也找不出来啊。"

瞬间雪恭心中有些羞愧。

"不，我不是那个意思。您理解错了。我只是……"

"唉！算了！"虽然雪恭这会儿想说什么，但他却不让她再说下去。

"你可千万别觉得这只是阿吉耶的想法，我自己也是这样认为，应该把班迪尽快送到寄宿学校去。这是必需的！"雪恭不作声。

"你也知道，我是个非常简单，心直口快的人。你想想，除了上学，班迪整天跟你在一起，或者是跟你家那阿姨在一起，并且来你这儿的大都是女性，那谁来陪伴班迪呢？他经常只跟邻家的一两个小孩子玩耍，对于一个八九岁的成长中的男孩子来说，不应该是这种情形啊，不是吗？他应该像个男孩子一样成长，像个男子汉一样。"

雪恭静静地注视着叔叔，在努力地分辨他这些话中，哪些是他自己的，哪些仅仅是他要传达到这儿的。

但是，为什么阿吉耶如此急切地想要把班迪送到寄宿学校去呢？她感觉这所有的说辞有股奇怪的气息。阿吉耶先是斩断了跟自己的联系，现在是不是还想要斩断班迪跟雪恭的联系啊。顷刻辛辣、苦涩的滋味开始蔓延到她的全身。

"你说，我说的有错吗？昨天我看到的，他都什么年纪了，还这么黏糊你。这一切都太不正常了。他现在非常需要跟与他年纪相仿的男孩子们待在一起。这是在这个家庭中不可能获取的。"

不久前还显露在叔叔脸上的那些失落、忧伤的表情，以及沉重的负罪感，不知何时已完全消散了。然而雪恭心中的支离破碎……刺入每一个毛孔的那种愤懑现在再度聚集起来。之前说过的所有的那些话律师叔叔根本没有考虑过，他连一句这样的话都没有提过，那就是雪恭在这其中究竟要忍受多少？

"好，那你说，要怎么样抚养班迪，你才会觉得满意？"第一次，叔叔为了听她的回答而不说话了。

"但凡有可能，我会为他倾尽全部。去学院上班之外的所有时间，我全部为他付出，还有别的什么我没做到的吗？"

"啊呀！话不是像你这样说的。没有人否认你付出了很多，但是不该做的，你也做了。要给他与他同龄的男孩子的陪伴，这是你给不了的，不是吗？"

他的眼神刺入雪恭的脸。这一度让雪恭感到，她一个字也说不出，但必须要故作勇敢地大胆说出来——看这话说的？她现在为什么要听这些人的话？为什么要接受这些人的意见？对于她和班迪的事，她完全是独立的，她可以想做什么，就做什么。

"你说！"

"您刚才说了关于送班迪去寄宿学校的事，但是您有没有想过，把他送到寄宿学校之后，我会有多孤单。"她的声音一下子飘忽了。她也不想表现出自己的软弱无力，但不知为何喉咙却紧缩了。

叔叔的眼神变得更加尖利了。雪恭感觉，这像是他在开口说话之前，要么正在掂量、盘算自己的话，要么正在向雪恭施压。她内心开始焦虑不安起来，与此同时，她也在心中呐喊，班迪是她个人权利的最后底线，就此，她不会向任何人让步。她觉得，正在死死盯住她的脸不放的这位律师叔叔，真的是太老奸巨猾了。她瞬间希望，要把这层覆盖在表面的伪善抽丝剥茧，将他隐藏在关爱之下的狡诈揭露出来。他现在打算耍什么花招……她已经开启了全面应战的准备。

"我很担心啊，雪恭，你可不能为了驱逐自己的孤单，而亲手毁了班迪的前途啊！你的这种过度的、多余的溺爱会让他沦为一个懦弱无能的人。"

雪恭立刻头晕目眩，从头到脚，整个人焦急不安起来。然而，她却一个字也说不出来。

律师叔叔缓慢地字斟句酌地说着话。他好像正在一边观察雪恭脸上的反应，一边掌控微妙的形势。

"你应该学习正确的处理事情的方式，雪恭！我知道，在这件事情上，你的想法有很多。你现在的这个状态，也是人之常情，我非常理解。人们要是在某个地方上了一次当，吃了亏，他们就会觉得处处都是欺骗，都是陷阱。然而，事实并非如此。"

雪恭沉默着，用脚指甲刮着地面。没什么可说的，她只是这样刮着地面，她觉得这样做才是对的。

"这事虽说是为了班迪好，但是实际上，更是为了你好啊。不管你承不承认，这话说起来虽然感觉会很奇怪，但是这会儿对我来说，你的事情才是最主要的。"

雪恭惊恐起来，他现在是在耍什么新花招吗？昏暗之中，根本看不清叔叔的脸，但是从他的声音中却听不出任何诡诈的痕迹。要怎么相信他的话，他毕竟是律师啊！

"你得好好考虑一下今后八九年的事，班迪会有他自己的人生，独立的人生，他会有自己的想法，自己的抱负，那个时候，你又会在他的人生中占多大分量呢？"

叔叔停顿了片刻。他继续缓慢地说着，希望把事情每一方面的重要性都解释清楚。

"现在这个情形只可能有两种结果……要么你将会完全剥夺了他的人格独立，尽力去控制主导他的人生，要么你将会因为完全被忽视而感到屈辱。那个时候，你就会觉得在他的身后为他付出全部，自己的人生完全被毁掉了，而他却只顾考虑自己的人生，完全不顾及你，甚至忘记你。那一刻你就会痛苦、怨恨。很有可能班迪将来带给你的伤痛，跟今天阿吉耶带给你的伤痛是一样的……甚至比今天这种伤痛还要多上十倍、百倍……"

雪恭感觉她全部的理智像被锯子锯开了一样。这个辛辣、残酷的真相，叔叔想要把它赤裸裸地摆在她面前。但是为什么……难道她自己不清楚这一切吗？抑或是她根本不愿意去想这些？她日日思量，夜不能寐，一直在思索能够求得某种解脱，然而这种思索并没有让她求得解脱，反而让她在痛苦中不断沦陷，越陷越深。

一瞬间，已经陷入旋涡深处的雪恭觉得叔叔的声音非常的不自然。她目不转睛盯着叔叔的脸审视，但却什么也没看出来。

"过去的就让它过去吧，向前看才是好的。与其让整个人生在纠结紧张的状态中消磨耗尽，倒不如从这种状态中解脱出来更为明智。

这事进入法律程序，倒是件好事。这种关系就是这样，尽管充满百万次的争吵，甚至分开生活，但某种程度上，还是会有条希望的细线维系在某个地方。那种希望有可能一生都不会实现……也根本不会实现……然而即使是这样，内心还是一味纠结在那个地方，空抱着一丝渺茫的希望。"

雪恭心想，她要清楚地声明自己心中根本不存在什么希望的细线，但是她根本说不出这种弥天大谎，尤其是在律师叔叔的面前。年龄和生活阅历将他的眼神磨砺得异常锐利。"但是我认为现在你应该开始为自己着想，开始一种全新的生活方式，完全从现实的角度来考虑。"

雪恭的眼中顿时生出极大的无助感，现在她还有什么值得考虑的事情？

"你可能会这样想我，先是要求在这几张纸上签字，然后又开始跟你谈与班迪分开的话题，我为什么这么残忍？你就是这样想的，是吗？"

"不，不……我可没这么想。"说谎的时候，她的声音整个都颤抖了，至少她自己是这么觉得。

"想就想吧，我不会介意的。事实上，我也不愿意让班迪与你分开，给你徒增苦恼，若是你考虑的时候，不存在与班迪分离这个问题，该有多好。但是，我必须要说，你不只是班迪的母亲，所以，请不要只是以班迪母亲的身份来生活，请你也以雪恭的身份来生活吧。"

对于叔叔的建议，她似懂非懂。

"好了，已经过去的事，是非常不愉快的，但是它并不是人生的结局啊。至少对像你这样的女士来说，它不能成为结局，也不应该成为。"

突然间，雪恭想起了那个夜晚，也是像这样两人相对坐着，叔叔劝解她——两个人生活在一起，需要彼此相互适应啊，雪恭，不得不牺牲一些自我，委曲求全啊。当他所有的手段都用尽时，就用失望的声调说："如果只能是这样，那你们两人还是分开好了。毕竟结束这段关系比为了维持这段关系而毁掉自己要好。"

结婚之后，她生活中的每一个重大转折多多少少都与叔叔相关。现在，他又在指明哪个重大的方向，哪条重要的道路呢？

"如果阿吉耶能够开启自己新的人生历程，那你为什么不能呢？为什么要把自己绑得死死的？毕竟作为一个校长，你在这儿的知识分子圈还是很有影响力的，从这个角度来说，是不是也可以……"听了这话，雪恭立刻惊慌失措，难道叔叔是在暗指乔希医生吗？但是不可能啊，这事在它刚出现苗头的时候，就已经被她扼杀在心底了，叔叔怎么可能会知道呢？尽管如此，她还是更加小心谨慎起来。

"你什么没有啊？睿智、知性，又是校长，在这城里备受尊敬。"之后他停顿了一下，接着又稍带打趣地说："尽管你经历了风风雨雨，但岁月并没有在你身上留下痕迹，你看起来真称得上是冻龄女神啊。"

伴随着这句话，气氛稍稍轻松了一些。为了使整个谈话变得更加轻松自然，他又接着说："过去的事情，就忘掉吧。一直纠结于过去的事情，只有老年人才有这特性，而你……"

旁边睡着的班迪翻了下身，一下子翻到了床沿，差点掉下床。雪恭迅速站起身，上前去扶他。

"他睡觉时总是这么翻来覆去，要是周围没有什么遮挡，一晚上怕是要掉五六次床呢。"说着她轻轻缓缓地把班迪往床中间挪了挪，然后满怀爱意地轻轻拍着他。

叔叔拿起桌上的帽子，戴在了头上，在起身时说道："嗨！现在就把这些遮挡撤掉吧，掉床就让他掉，就这样掉下来也没什么关系，就是这么掉着掉着，孩子就长大了，就成长了。"说着，他站了起来。

"这事儿，让我想起了一个美国人的话。他在这里待了几个月，有了一些见闻之后，他说，印度人并不是爱孩子，而是依恋孩子，盲目的依恋。说真的，我刚开始对他很恼火，但后来仔细想想，他说的是对的。一般印度人都不知道该如何正确地养育孩子，父母们总是以爱和关怀的名义，把自己的个性、观念强加给孩子，以至他们永远没有机会成长。"

他拿起手杖后又即刻站直了。他的影子倒映在草坪上，足有他身躯的两倍长。

"您现在就走吗？"

"不然呢？这会儿已经是晚上十点半了，我可是今天一大早就出门的。"

"明天就走了吧？"

"对，明天动身！"

"您的下一轮程序是在什么时候？"雪恭跟他一起走的时候问道。

"这个得由我的委托人自己来定。"

雪恭紧走两步打开了大门。叔叔走上前来停住，说道："雪恭啊，你得认真严肃地考虑考虑我的话，我说的那些话，不仅仅是要安慰你的，我是认真的！"说完，他满怀爱意地轻轻拍了拍雪恭的肩膀，雪恭深深地感动了。他稍做停顿后接着说："你看，一旦日期确定了，阿吉耶就会来，只需要去法庭待个10分钟，这个案子就结了，好吧！"

他走开了。在黑暗中，他迅疾的脚步声不断向前，他的背影也越来越小，直到转角处不见了。然而，雪恭却依然伫立在原地。

叔叔的出现，他亲切的声音，精妙无比的论证，有如魔法，驱散了她心中所有的怀疑和忧虑。她完全相信了叔叔那如咒语般的每一句话，她完全相信叔叔所有的话都是为了自己好。然而，他的最后一句话，骤然间，让所有的魔法都破灭了。

什么都不为，他仅仅只是为了让她在纸上签字罢了……他来对她"晓之以理"，也不过是为了帮阿吉耶铲除她这块"绊脚石"而已。"米拉正在待产"，叔叔的这句话彻底暴露了他的真实目的。所以，这一切都只是被他们精心编织出的一张罗网。这些话原本阿吉耶可以写在信上寄来，但他却将律师叔叔派来做说客，很可能是为了把雪恭这个多余的累赘尽快清除，他们已经没有其他更好的办法了。米拉的预产期越来越近，在她的孩子出生前，他们需要扫清一切障碍。

她再一次被欺骗了，再一次被人当成傻瓜。她的每个毛孔都在喷火。

他们想要把班迪送到寄宿学校去，很有可能是想要一步一步地占有他。但是，她永远都不会把班迪送到寄宿学校去。她知道，阿吉耶深爱班迪，但是从现在开始，她不会再让他见到班迪。因为见不到班迪阿吉耶所要遭受的痛苦，是她做梦都想得到的那种残酷的成功。

雪恭死气沉沉地用双手关上房门，艰难地拖着沉重疲惫的身体来到床边。班迪睡着了，酣畅，沉稳，肯定正在做着国王、王后或者仙女的美梦。每天都听故事，读故事，连睡觉都做着故事的梦。

她低下头爱抚着他。他额头前有几缕头发耷拉下来，她轻轻把它们拢到后面。突然她感到班迪的身体冰凉，外面的气温早就下降了很多，她之前过于沉浸在自己的世界里而没有察觉。她赶快将班迪搂在怀中，用纱丽的裙裾把他包了个严实，将他抱到了里屋。

她非常轻缓地将班迪放在里屋的床上睡觉……就如同在安放一件异常珍贵的无价之宝。

彼时，一种奇异的感觉在她心中涌起——班迪不仅仅是她的儿子，还是她的武器，是能让阿吉耶饱受折磨的武器！

当她躺在自己的床上时，最先浮现出的是乔希医生的面孔——这张面孔，曾经一度，以不同的神态经常出现，但后来她却将这张面孔强行驱除了，最近这四五个月来，她已经完全忘记了它。

一个小城里远近闻名的大医生，雪恭对他却非常冷淡。今天，过往的记忆一下子全部涌现出来。去年冬天，班迪生病了，他给他治疗时，是多么亲切，多么关心啊。不只对班迪，而且对因班迪发高烧而忧虑沮丧的雪恭也是照顾有加。

因为班迪生病的缘故，两个人日渐熟络起来。慢慢地，相熟的原因渐渐遗忘了，只剩下了结果。她跟丈夫分居独自生活，这是小城里人人皆知的，所以他从来不问有关班迪爸爸的事情。当然，他早已将妻子过世的消息告诉了她，然后就无声胜有声了。

也许像这样的谈话，不说自明，根本不需要依赖于词语。

那段日子，他总是以探望班迪或者"顺便过来"为由前来做客，喝水饮茶，谈天说地，但是雪恭却对他所有的暗示，他的热情，他的渴望，不做任何回应。

这之后，由于雪恭的冷淡，一切都中止了，也许在开始之前就已经注定了这种结局。毕竟这会儿都不再年轻，不可能像少年时能够为了感情而毫无顾忌、废寝忘食。

这段感情还没开始就已结束，只在内心深处的某个地方留下了一丝痕迹。然而今天，律师叔叔却拂去了岁月累积在它上面的尘埃。

当乔希医生的面容浮现出来时，她心中涌现的第一件事就是——与阿吉耶相比，乔希怎么样呢？而接下来的第二件事是——她与米拉相比呢？她从来没有见过米拉，只是听闻了很多有关米拉的事情，她曾在心中多次幻想过米拉的样子，她之前也多次将幻想中的米拉的样子跟自己相比较。这种比较倒是自然而然的，但是乔希和米拉有什么好比较的？尽管如此，她还是在心里一次次地衡量、比较。她记得，每次想起乔希的时候，不知为何，总不由自主地想起阿吉耶……不仅是阿吉耶，米拉也会跟着莫名其妙地出现。她清楚地知道，无论是选择乔希，还是选择别的什么人，她都不是为了自己，而是为了证明给阿吉耶看……为了与米拉一较高低。但每当她内心涌现出这种想法时，她都会不断地谴责自己，责骂自己。为什么她就不能为自己而活，为自己的人生而活呢？

然而此刻，阿吉耶的面孔再一次出现在了眼前，素未谋面的米拉也出现了。她刚才已在离婚协议书上签了自己的名字，至少现在她要从所有这一切痛苦中解脱出来。她应该获得解脱，应该开启一段崭新的人生。

然而，在心中的某个角落，仍有一丝隐隐的不甘，她要向阿吉耶证明，如果他能够重新开始新的人生旅程，那么她也一样能做到。不，不应该为了向他证明什么，她所做的一切，都应该是为了自己而活。这时，她把面前所有的脸孔都强行推开了……

只留下乔希的面孔长久地浮现在她的眼前。

四

今天，爸爸要来了。

信上写着，让班迪10点到招待所。不知为何，妈妈一直面无表情，既不微笑，也不言语，只是沉默着。自从上次律师叔叔离开后，妈妈就变成了这样子。律师叔叔还是那个老样子，自己在那儿喋喋不休，讲一大堆话，就是不给可怜的妈妈任何开口的机会。不知道妈妈这次是怎么了？妈妈一直看着他，像是要在他身体里面寻找些什么。而且妈妈晚上也不再给他讲故事了，要是缠着让她讲，她就会说："去睡觉，明天再讲。"睡觉他倒是会去睡的，但妈妈这样做对吗？

那天晚上，班迪不知何时醒来了。突然他看到，远处的树下站着一个人。因为恐惧，他根本发不出声，呼吸仿佛也停止了。后来才发现是妈妈。妈妈拍着他，安抚了许久，但他心中的恐惧却依然凝聚着。大半夜的还在外面瞎逛什么，叔叔曾说过出了乱子的话，完全是正确的，现在一定是出了乱子。原先妈妈从不这样的。然而他又能做什么呢？每当妈妈沉默不语的时候，他的心情也会很不好。

爸爸的信前天就到了。信封上只写着妈妈的名字，早先爸爸来信的信封上也有他的名字。里面有两张纸，一张妈妈自己收了起来，另一张递给了他。爸爸也给妈妈写信啦？他们是要和好吗？他读完自己的信之后转而注视着妈妈，妈妈有没有喜笑颜开呢？一点儿都没有，她那样默默地呆坐着，仿佛并没有收到爸爸的来信一样，也对爸爸写给他的信毫无兴趣，连看都不看一眼。上次他收到爸爸写给他一个人的信时，妈妈读了他的信之后多么高兴啊。他要去看爸爸，临行前，妈妈把他搂在怀里，深深地爱抚着，爱抚着，生怕他要逃走一样；而当他从爸爸那儿回来时，妈妈开始对他不停追问，"还说了什么，还说了什么"。如此问个不休，他都快烦死了。

他背着妈妈偷偷把爸爸写给她的信拿起来看，只见上面写着几行潦草的英文，他根本看不懂。这可跟爸爸写给他的信完全不同。他的信是用印地文写的，用大大的字母写得清清楚楚。

前天晚上睡觉的时候，他期待着妈妈与往常一样，在睡前爱抚他，跟他聊天或者讲故事。但妈妈什么都没讲，只是问了一句："你要到爸爸那儿去吗？"这有什么可问的！爸爸都来了，难道他会不去吗？之后妈妈就不再言语。

这会儿，妈妈倒是一点儿都不显伤心。妈妈伤心的样子他非常了解，就算没有眼泪，她的眼睛也总是湿漉漉的。

好吧，就让她那么坐着吧。他要去爸爸那儿痛快玩一玩，再买好多东西，对，就是这样。

他很快就收拾妥当了，并且暗自在心中拟好了一个向爸爸讨要礼物的清单，里面肯定要有卡隆撞球，还得要个三维魔景机。

"来喝牛奶粥。"阿姨独自绷着脸，板着面孔走过来。爸爸上次来的时候，她就是这样粗声粗气地说话，就好像她也跟爸爸吵了架一样。

"我不喝牛奶粥。每天你就只会给我做这臭牛奶粥。"

"班迪，你说的是什么话？"妈妈用异常严厉的声音说。班迪害怕了，低声说："我不喜欢牛奶粥嘛。"

"为什么，你不是最喜欢牛奶粥吗？哪天不给你做，你都会吵着要吃。今天这是怎么回事？"

"喜欢是喜欢，但也不能天天只吃这一样东西啊。我不吃。"

"我看你是越长大，越胆大、越顽固，好啊！你都敢肆意让我难堪了。"

妈妈这说的是什么话！这事有什么可让她难堪的！他是不会喝牛奶粥的，就算不吃早餐，他也要去爸爸那儿。

直到他起身离开桌子，妈妈连一句"再去做些别的吃的"这样的话都没说过！她爱说不说，反正现在无所谓了。

昨天已跟希拉勒尔说过，今天早上9点要准时到。但现在都已经9点半了，还不见他的踪影。班迪焦急地走来走去，一会儿看一下钟表。妈妈拿了本书坐在那儿，就好像根本没有意识到时间的流逝。即便是那会儿他想提醒说已经9点半了，也没什么用，因为妈妈一定会说，可能他很快就到了。

他完全清楚，他现在可不像以前那样无知了。妈妈很有可能不喜欢班迪到爸爸那儿去。但是她为什么会不喜欢呢？他又没跟爸爸吵架。但是很可能是这样的！

曾经有次，他跟同班的维普吵架了，不也是让自己所有的朋友都要跟维普绝交吗？可能妈妈也想让他跟爸爸绝交。那么妈妈就要跟他说呀，但如果妈妈跟他说让他绝交的话，他会答应吗？他的脑海里不由自主地开始浮现各种东西——卡隆撞球、三维魔景机、积木、地球仪……

这时，希拉勒尔的小女儿来了："爸爸发烧了，他来不了了。"

"怎么了？"妈妈的声音听不出任何的焦虑。是啊，这事儿跟她有什么关系。她正不想让我去呢。无论如何，我一定要去！

"他因为感冒发高烧了，这会儿正裹着厚被子在家躺着呢，就派我过来跟你们说一声。"说完她就走了。

"现在可怎么办？"班迪马上就要哭了。

妈妈沉默了片刻，就把阿姨叫了过来。阿姨没好气地说："夫人，我可不去。"

"为什么？你把我送到，你就回来呗。"班迪拉着阿姨的手摇晃着祈求，"快走嘛，现在就走嘛。"

"阿姨，你去送送他，要不然谁带他去呢？"妈妈冷冷地说，就仿佛只是为了说说而已，带他去，不带他去，都没什么关系。

阿姨一下子冒了火："没人带就别去。他要真是着急见面，就自己来把孩子带走。来这个家一趟，也不会坏了他的名声。夫人，您想怎么罚我都行，我是不会去的。您是知道我的……"

阿姨嘟囔着离开了，而妈妈却什么都没说。这要是关系到她自己的事，她肯定会大发雷霆的。你现在倒是责骂阿姨呀，盛气凌人地冲她发脾气呀，就只会在那儿责怪我。这下好了，谁都不去送我了。班迪立刻站在那儿大哭起来。

"哭什么哭？这有什么可哭的？你等会儿，我去把学院的花匠叫来。"

妈妈对花匠说："到的时候，你告诉他，晚上8点你会去把班迪接回来。因此，无论他们去哪儿，8点都要准时回到招待所。你一定跟他强调，一定不能晚于8点，明白吗？"这声音是多么的严厉啊，完全是校长的腔调。

路上，班迪就想着，他有好多事要问爸爸，那些不能问妈妈的事。每次他刚一开口问，妈妈立刻就会变得很伤心，要么会变得很严肃。伤心的妈妈会让班迪很难过，而严肃的妈妈则会让他很害怕。

他不知道妈妈究竟是怎么了，他感到身边的妈妈离他越来越远。他和妈妈之间一定有什么东西介入了，有可能是律师叔叔说过的什么话，有可能是那个"乱子"。他们什么都不告诉他，他自己怎么会明白呢？妈妈的事也不能问爸爸吧。

可是，有一件事，他是一定要问的，离了婚的人能不能不绝交呢？如果爸爸也能跟他们一起生活，那该有多美妙啊！可是，万一问了爸爸之后，他要是责怪我的话，该怎么办呢？

爸爸已经站在外面等着见他了。班迪一看见他就跑了过去。爸爸紧紧拥抱着他："班迪，我的儿子！"说着，在他的脸蛋上亲了又亲。

"怎么来得这么晚，我一早就在等你盼你了。"

"希拉勒尔病了，没人带我来。"

花匠把晚上8点来接的事情告诉了爸爸。爸爸毫不在意地应和说："好好好，没问题，8点来吧！"说着就把班迪带了进去。

几本书、一盒积木和一盒太妃糖摆在了班迪的面前。

"这些都喜欢吗？"

"我想要卡隆撞球和三维魔景机。"班迪不好意思地说。

"哦，那你写信告诉我啊。你从来也没写信跟我说过。好，没关系，下次我买给你。"

班迪心里想跟爸爸说，现在就要买给他，但是他却没有开口提要求。要是妈妈在的话，他就会坚持要求了。

"你这次长大了不少。"爸爸一直盯着他瞧。他有些害羞。爸爸的问题一个接一个。

"学习怎么样？成绩好吗？"

"昨天我们班测验了，我答得很好，督学和老师都表扬了我。"

"太棒了！我也要好好表扬表扬你！"爸爸拍了拍他的背。

"都玩什么游戏？"

"打牌，下棋，玩撞球⋯⋯"

"什么？打牌，下棋，玩撞球——天啊！这算是什么游戏，都是女孩子玩的。怎么不去玩板球、曲棍球、卡巴迪①，去玩些男孩子的游戏，那些在户外奔跑跳跃的游戏⋯⋯"

"好吧，你会爬树吗？"

"不会，妈妈会骂的，她说会掉下来摔倒！"

"学游泳了吗？在什么地方游泳？"

"不会游。"

"会骑自行车吗，那种小小的、两轮自行车？"

"妈妈说，等我10岁的时候才给我买。"

"朋友都有谁？"

"迪杜！"

"迪杜是谁？"

"住在家附近，跟我一个学校，但是比我高一年级。对了，还有龚妮。"

"龚妮是谁？"

"夏尔玛先生的女儿，我的朋友。他们家也不远，走到我家后面，然后转个弯，再走几步，就到他们家了。"

他解释得非常清楚，爸爸却笑了起来。

"还有哪些朋友？"

"没有了。"

---

① 卡巴迪（原文Kabaddi），起源于南亚，并在该地区流行的一项游戏运动，类似中国民间的"老鹰抓小鸡"游戏，参加者为男性，是印度和巴基斯坦的传统民间体育运动项目。

"就只有这两个朋友！"

"不是的，学校里有好多朋友，但是他们的家都很远很远。"

"你整天不会觉得难受吗？小孩子应该跟很多朋友在一起，尽情玩耍啊。"

"也还好。妈妈每天会给我讲好多故事，好多好多！也会跟我一起玩纸牌。我也会看书，画画。我画了好多画呢，画得特别好的那些都会被妈妈挂在屋子里。"

"好啊，这次你也给我画一张吧。我也要挂在自己的屋子里。"

瞬间班迪望着爸爸的脸，他想说，爸爸为什么不跟我们住在一起？住在那个挂着我的画的家里呢？爸爸为什么不把这个家当作自己的家呢？为什么要住在别的家里？这个家还有我的小花园呢——非常美丽的花园。

"这次放假，跟我一起去加尔各答吧？"

班迪吃惊地望着爸爸，之前他可从来没有说过这话，为什么这次要说带他一起回去的话呢？

"会非常有趣的，咱们痛痛快快地一起玩，你说怎么样？"

"妈妈去，我才去。"

"嗤！都这么大了，还不能离开妈妈啊。这太不像话了，儿子！你应该学会适应离开妈妈的生活，难不成你是个整天围着妈妈打转，跟她黏在一起的女孩子吗？"

班迪觉得很不自在，内心冒出一股无名之火。阿姨这么说的话，他就会给她点颜色瞧瞧。对爸爸能说什么呢？为什么爸爸要说这种话？他自己不跟妈妈住在一起，也不想让他（班迪）跟妈妈住在一起，爸爸太狡猾了。一时间，他暗自在心里对面前坐着的爸爸生起气来。他心里特别想问，为什么您不带妈妈一起去呢？他飞快地瞥了一眼，不知道爸爸会不会因为他的话生气，要是生气该怎么办啊？他又了解爸爸多少啊？他倒是对妈妈的每件事都了如指掌，可是对爸爸……

"怎么样，等这次放假我们把你叫去？假期快结束的时候把你送回来。会带你看很多很多新事物——维多利亚纪念堂、植物园、大湖、动物园……"

爸爸开始详尽地描述一个又一个新事物——大大的城市，高高的大楼，壮观的景象。不久之前还处在尴尬和忧虑中的班迪逐渐融进这些景物中，那些景象犹如一帧帧画面在他眼前浮现又消散。

不知道有多少兴奋和好奇一起涌现在他的心中。

"那儿的人都说孟加拉语，那我可怎么办呀？"

"那儿的人都吃鱼和米饭，那整个城市会不会全都是鱼腥味？"

"十三四层楼该有多高啊？"说着他还抬头自己估量了一下。

"胡格利河里面有大船吗？我们能去看看吗？可以去那儿坐船吗？"

"索尔卡尔①先生也住在那里吗？您看过他的魔术吗？神奇吗？索尔卡尔先生完全就像是七个小矮人故事里的巫师。哦，对了，爸爸，您见过孟加拉的女巫吗，就是能把人变成绵羊的女巫？凭借魔法的力量，人真的能够变换形象吗？"

每一个答案都在他面前开启了一个充满好奇与渴望的新世界。他听得非常沉迷，想象的画面在他眼前不断展现。

然而，"你说，假期去吗"这句话一下子把所有的魔法场景都打破了。没有妈妈，他就不去，也不能去。

吃过饭后，爸爸说："走，去睡一会儿。傍晚我再带你出去玩，

---

① 索尔卡尔，原名 P. C.Sorcar，印度著名的魔术师。

你都睡午觉的吧？"

他随意点了点头。爸爸在床上把他安顿好之后，自己睡在了地上。要是妈妈在的话，会跟他一起躺下，哄他睡觉。但爸爸刚躺下一会儿，就睡着了。班迪做些什么呢？他一点儿都不困，又不能从这儿蹓出去。他安静地躺在那里，幻想了一会儿加尔各答，但很快就开始想念自己的家，开始想念妈妈了，他要是下午到这儿就好了。

听，爸爸这会儿开始打鼾了——呼噜……噜，呼噜……噜。

班迪偷偷笑起来。他盯着爸爸的脸，看了又看。爸爸不戴眼镜的面庞是什么样子的？他突然意识到，自己从来没有这样认真地看过爸爸的面庞。

他非常清楚妈妈的面庞是什么样子，那上面的每一条纹路，他都了如指掌。爸爸手上的汗毛又长又浓，这时，他眼前又浮现出了妈妈那戴着镯子的手腕。班迪觉得很无聊，就随手拿起一本爸爸送他的书，开始看起来。

傍晚时分，爸爸带着他坐上马车出去游玩。吃冰激凌，吃小吃，还喝了甘蔗汁。班迪期待着爸爸还会再给他买些什么好东西，爸爸却什么都没买，班迪有些小失落，可能是因为他没跟爸爸要求。吃吃喝喝，又逛又玩之后，他们返程了。班迪从马车上下来，正要往招待所走，就听见爸爸的呵斥声。他转身瞧望，只见爸爸正在训斥马车夫。不知道马车夫说了什么，只听见爸爸大声呵斥："你在撒谎！不是打表计时收费吗？我看着表呢，我一分钱都不会多给！"

班迪杵在那儿，惊恐不安。

马车夫嘟囔着什么，刚从马车上跳下来，爸爸就立刻冲他咆哮起来："你给我闭嘴！说话小心点！你们这种人，就是给点儿好脸色，就蹬鼻子上脸……"爸爸的脸涨得通红，眼中喷着火。班迪吓得屏息凝气。仆从和门卫上前劝解，最后把马车夫打发走了。

爸爸刚才那样的咆哮，让班迪很害怕。他从来没见过爸爸生气的样子。他突然想，不会什么时候爸爸也这样对他发火吧？他不禁心里打战。他突然之间，开始非常想念妈妈了，他想立刻回到妈妈身边，花匠到底来了没有？

仆从说："接孩子的那个人已经来过了，在这儿坐了半个小时，刚走一会儿，就在您回来的五分钟之前。"

班迪的眼泪一下子涌了上来，他极力忍着，要把眼泪憋回去。他用无助的眼神望着爸爸，心中弥漫着一种莫名的恐惧。

爸爸看了一下时间说："仆人这就走了？真会要花招，看着钟点儿进来，踩着给定的时间点儿晃一圈就回去。真是荒唐！"

班迪噙着的泪水瞬间流淌下来，不知道是因为听说了花匠回去的话，还是因为看到了爸爸生气的样子，抑或是害怕爸爸会对他说让他晚上住这儿的话。这两天以来，他对爸爸的那种高涨的兴奋和喜悦感，瞬间退去了。他觉得站在面前的爸爸开始变得极度陌生起来。

"嗨，你为什么哭了？这有什么可哭的？"

"花匠走了，现在我怎么回家啊？"班迪啜泣着说。

"小傻瓜！这又不是你自己在森林里迷了路？我不是在你身边吗？"

"我要回到妈妈那儿。"班迪边哭边说。

"好好好，我什么时候说过不让你回妈妈那儿了。"

"但是花匠都走了，怎么办？"

"走就走了呗，有什么大不了的，我送你回去不就行了。"

班迪难以置信地看着爸爸，他该不会是在骗他吧，为了让他这会儿安静下来才故意这么说的，之后又会哄着让他在这儿睡。

爸爸上前来摸了摸他的额头和脸颊。之前破碎的信任感又重新聚集了起来，他这会儿感到，爸爸又是自己的爸爸了。

"小傻瓜！都这么大了，还哭着要妈妈。"班迪听完这话，破涕为笑了，自己也觉得非常羞愧，他真的不应该这样大哭大闹。哭鼻子都是小孩子才做的事，他现在都已经长大了。从今往后，他再也不要这样哭闹了。

班迪跟着爸爸坐上了马车。他的内心瞬间轻松下来，开始朝另一个方向驰骋。看到爸爸，妈妈会有什么感觉？一定会特别高兴吧。他会把爸爸拉进屋里，把妈妈的手和爸爸的手搭在一起说——和好吧。然后他和妈妈就不会让重聚之后的爸爸再离开了。睡觉和游玩的时候，他好几次想提起妈妈的事，凡是不能问妈妈的事，现在他都可以问爸爸了。然而，当他望着爸爸的脸，又把内心涌出的话语咽了回去。可他转念又想，现在带着爸爸一起回去，爸爸和妈妈可以重归于好了，想着，想着，他的内心又开始雀跃起来。

他的眼前开始浮现出不同的场景。爸爸、妈妈和他一起去游玩，他和爸爸联起手捉弄妈妈，又或者同妈妈联手捉弄爸爸。

想着，想着，他的内心就抑制不住地激动起来。故事中那些王子的形象开始在心中浮现，他们为了各自的妈妈能够翻过高山，越过大海。他也不比他们差，为了妈妈，他不是把爸爸带回来了吗？现在就让他们重归于好！除了他，还有谁能把爸爸带回来呢？现在阿姨一定不敢再讥笑班迪是个女孩子了。现在妈妈一定不会再伤心了，她躺着的时候不会再只望着天花板或者天空了。迪杜的阿妈不会再说"你爸爸来了吗"这种话了。

他满怀雀跃的心情朝爸爸看去，为什么爸爸一下子沉默起来？昏暗之中根本看不清他的脸。班迪在内心想着，爸爸你说点什么啊，说说去加尔各答的事，或者说说男孩子应该玩的游戏，说什么都行，至少说点什么啊。他觉得只有侃侃而谈的爸爸跟他才是亲近的，沉默的爸爸却离他十分遥远。他感到，在他和爸爸之间，有什么东西介入了。

　　为了想要体会那份亲密，他忽地握住了爸爸的手。

　　然而，爸爸却依然沉默！爸爸的沉默让班迪的心顿时不安起来。万一跟爸爸说了重归于好的话之后，他要是再咆哮吼叫起来，眼睛喷火，那该怎么办？爸爸发怒时的面孔顿时浮现。也许妈妈就是因为爸爸这样咆哮吼叫，才跟他断绝关系的吧。班迪再一次望向爸爸，昏暗中看不清爸爸的脸。

　　"好了，前面那个就是我家了，左边那个。"马车在学院附近停了下来，听了班迪的话之后，车夫向左边拐了过去。

　　班迪的手握得更紧了。他从马车上下来时，牢牢握着爸爸的手，把他也拽了下来，拉着他向门口走去。他生怕自己握着的手如果有一丝放松，爸爸就会挣脱跑掉了。

　　在路边，他就大喊："妈妈，爸爸来了。"

　　只见草坪上一个身影朝大门的方向疾步走来。大门打开了，妈妈就站在面前。一见到妈妈，班迪就立刻受到了鼓舞，他感到已进入了自己的受保护区。他全力拽着爸爸的手说："爸爸进来啊！我给你看看我的花园，茉莉花开得可好了。"

　　但是妈妈和爸爸各自站在原地，沉默着，呆立着。

　　"我已经派人去过了。可能您回来得晚了，所以他没等就走了。给您添麻烦了。"

"没关系。"班迪吃惊地看着爸爸，爸爸怎么这样说话？

他的声音一下子就改变了，既不是那种充满爱意的声音，也不是那种充满怒气的声音。不知为何，这种声音让班迪原本紧紧握着爸爸的手变得软绵无力。他仍然坚持说道："爸爸，就进来一次吧！妈妈，你快说呀！"班迪急得快哭了。

"那就请进来稍坐一会儿吧，满足一下孩子的心愿。"妈妈怎么这么说话？哪有这样挽留人的？

"天已经晚了，况且回程还需要很长时间啊。"

"让这辆马车停下来等着，现在根本不晚嘛，进来啊！"班迪一边摇晃着爸爸的手，一边把他拽进了屋里。

爸爸进来了。妈妈和爸爸在草坪的椅子上面对面坐着。班迪变得异常激动，高兴得不知所措。

"明天10点钟准时到吧。是2号，15、20分钟就能叫到号了，你自己能过去吧？"

"好，我会到。"

昏暗中看不清两人的脸庞，但是他们的声音完全改变了。爸爸说的是要去哪儿啊？他想要问一问，但却鼓不起勇气。妈妈和爸爸正在谈话，他不应该插嘴。

他立刻跑开了。夜色中，花儿正在酣睡，这时候连碰一碰它们都是罪过，更别说折叶摘花了。班迪虽然知道，但他还是不能自已地把清晨盛开的三朵大大的茉莉花连带着几片绿叶，连同长长的花茎一起折了下来。

"要放哪里呢？要不，别在衬衫的什么地方？"他不知道，究竟该如何殷勤地招待爸爸！

"给我吧，让我拿在手里。"说着，爸爸站起身来。

"这是我亲手种的茉莉花，我每天都给它们浇水。您白天的时候来看看吧。"

班迪再次拽住了爸爸的手，他真的不想让爸爸走。

妈妈也一起走了出来。来到大门口，爸爸拍了拍他的小脸，用手在他的后背摩挲着，之后，慢慢收回了手，坐上了马车。马车走了。

班迪呆立着。他看不清妈妈的脸，但是他自己的眼睛里却溢满了泪水。不久之前，他脑海里浮现的妈妈和爸爸在一起的所有那些美好画面，都随着奔涌的眼泪一起流走了。他和妈妈——又像从前一样，孤单零落，相依为命。

他用无望又无助的眼神望着妈妈。妈妈也许正在凝视着马车离开的方向，之后她慢慢地走开了。

"走吧，进屋去换衣服。"妈妈用毫无生气的声音说着，把手放在他的背上，跟他一起走进屋去。他感到，尽管妈妈把手放在了他的背上，但他却丝毫没有感觉到触碰，至少不是妈妈的那种充满爱意的触碰。

难道妈妈生他的气了？早上妈妈那郁郁寡欢的神情又一次浮现在他眼前。

他拿起椅子上放的盒子和书，跟着妈妈一起进了屋子。进屋后刚一打开灯，班迪立刻就看到妈妈的眼睛红红的。原来妈妈哭过了，很可能哭得非常厉害。不知为何，他这会儿也特别想哭，一种莫名的愧疚感在他心中盘踞，就如同他做了什么错事回来了一样。他为什么要抛下妈妈出去呢？他现在真的是鼓不起任何勇气去看妈妈。

妈妈还是什么话都不说，只是默默地把衣服拿出来给他，然后一直望着外面，也许她是不想让班迪看见她现在的样子。但是妈妈至少看一眼他的积木啊，好大一个呢！

"衣服换好了吗？去把书包也整理好，明天别又起不来了？"

"不，明天停课复习，要考试了！"

"哦！我忘掉了。"

妈妈很快熄了灯，领着他出去了。班迪和妈妈的床是挨着摆放的。但班迪一直都是先到妈妈的床上躺着，妈妈会给他讲故事，之后两人会聊大千世界的各种话题，聊完之后，班迪才会回到自己的床上睡觉。但有的时候，他听着故事就在妈妈的床上睡着了，妈妈就会把他抱回他自己的床上去。

也说不出什么原因，他觉得，如果今天他仍像往常一样睡在妈妈床上的话，妈妈会拒绝的。她会说，"到你自己的床上去睡，都长这么大了，还要跟妈妈一起睡"，或者诸如此类的什么话。他一时间犹豫起来，然后慢慢躺在了自己床上，怀揣着妈妈会把他叫到身边的期望。她至少应该跟他聊会儿天啊，今天他都去了哪里，都做了什么，都吃了什么，玩了什么！

然而，妈妈始终沉默着！

妈妈如果生我的气，为什么不训斥我呢？我难道会拒不听从吗？至少说点什么啊！

他一直在为爸爸和妈妈之间重归于好的事而费心费力，可现在妈妈却连他也要绝交了。他的泪水夺眶而出。但是妈妈为什么要生他的气呢？心里压着这个"为什么"的沉重包袱，再加上一天的疲惫，班迪慢慢合上了眼睛——他睡着了。脸上的泪痕也渐渐干了。

五

清晨，小鸟的叽叽喳喳声吵醒了班迪。他闭着眼睛翻了个身。

床铺的另一侧又湿又冷，这湿冷犹如旗帜拂过班迪的全身，让他瞬间清醒了。从梦中的世界一下子回到了现实世界，昨天一整天的经历转瞬间又闪现在眼前——与爸爸相处的一幕一幕。他随即又想到了妈妈！妈妈的悲伤，还有她红肿的眼睛，沉默不语地哄他睡觉，既不让他到她的床上去，也不爱抚他，更不问他一天过得如何，究竟这是为什么呢？

他想起昨天的事，那个"为什么"的疑问又出现在他的脑海。他又翻了个身，半睐着眼睛朝妈妈的床上望去。床空着。妈妈早已经起床了。这会儿他才感到如释重负。否则，如果面对着妈妈，他不知道该怎样才能睁开眼睛。从昨天回到家之后，他就一直感到自己犯了错。如果不想让他去，妈妈可以直接拒绝呀，有必要这样生气、哭泣吗？

如果他现在出去找妈妈，妈妈会跟他说话吗？如果妈妈不搭理他，他该怎么办？马上就要考试了，谁来辅导他呢？一想到这儿，班迪就急得快哭了，他立即起了床。我就要看看，妈妈到底跟我说不说话；我又没做错什么，都是爸爸叫我去的呀。

一进到屋子里，他的眼睛就盯着爸爸买的礼物。他想把积木打开瞧瞧，但转念一想，现在可不行，他蹑手蹑脚地将这些东西放在了沙发后面。等妈妈去学院上班的时候，他再打开，反正他今天放假。

之后他跑到了后院，装作睡醒后直接出来了一样。妈妈正在看报纸。她背对着门口，所以看不到她的脸。这下倒好，班迪如往常一样，走上前去，从后面搂住了妈妈的脖子。

"起来了？"妈妈一边试图推开他，一边问道。

但是班迪黏在妈妈背上不愿离开，他想主动跟妈妈和好。从现在开始，他再也不惹妈妈生气了，再也不让她痛苦了。如果妈妈不想让他出去，他就哪儿都不去，什么都不做。

"去吧，儿子！去洗漱一下，阿姨正在给你热牛奶呢。"妈妈的声音如往常一样温柔。班迪欣慰地跑去洗漱了。

等他回来的时候，妈妈的茶还有他的牛奶已经放好了。妈妈一边看着报纸，一边喝着茶。他走上前，发现他的牛奶已经在面前放好了，他的吐司上已经抹好了奶油。

"妈妈！"班迪鼓起勇气说道。

"嗯？"……妈妈眼睛浏览着报纸，漫不经心地回应。班迪觉得妈妈不想跟他有眼神的交会，或许妈妈的眼睛现在还肿着。妈妈现在有什么大困扰吗？因为妈妈的痛苦，班迪这会儿又有些胆怯了。

"妈妈，你生我的气了吗？"他的声音听起来都快要哭了。

妈妈把报纸放在一边，全神贯注地看着班迪，一直看着。班迪感到，妈妈的眼神，妈妈的脸庞，变得温柔可亲起来。

"小傻瓜！谁说我生你的气了？"妈妈说话时，眼中充满爱意柔情——浓浓的母爱。

班迪想要立刻放下手中的吐司和牛奶，要上前去拥抱妈妈，但他却没有动。他只是坐在那儿，默默感受着妈妈温柔眼神中流露出的涓涓爱意，他觉得自己心中的大包袱被卸了下来。

妈妈重新开始看起了报纸。渐渐地，那种悲伤又重新布满了她的脸庞。

妈妈悲伤了，整个家也都跟着悲伤了起来，整个屋子，屋子里的每样东西，就连平时絮絮叨叨的阿姨也变了个样。

班迪想说话，可是跟谁说呢？他想做些什么，可是又能做什么呢？现在他的眼前浮现出了那一大盒积木，不，现在可不行。

妈妈把希拉勒尔叫来说："希拉勒尔，今天我不去学院了，你去跟高希格女士说一下，让她帮我照看一下相关事务。"

"好的，夫人。"希拉勒尔问安之后离开了。

看到妈妈收拾妥当，班迪问道："妈妈，你要去哪里呀？"正在往额头点吉祥痣的妈妈瞬间停了手，她拍了下额头，脸上显出奇怪而复杂的表情，黯然说道："出去办点事情。"

爸爸说过让妈妈10点钟到的事情。但是去哪儿？妈妈明明是去找爸爸，但是为什么却不带他去呢？一定要问！

"妈妈，你是要去找爸爸吗？"

妈妈愣住了，转而用稍显严厉的声音说："不是说了吗，我要出去办事。"

哼！不想带我去就不带呗，干吗要说谎呢？昨天爸爸明明在他面前都说过了，10点到的事情。你不说就别说，跟我有什么关系！

清晨时班迪心中的那些内疚感、罪恶感，还有胆怯畏惧，这会儿都慢慢地被愠怒取代了。好啊，什么都别告诉我，跟我有什么关系，我也不告诉你我马上要考试的事，我也不告诉你我打算怎么做，走着瞧。

妈妈跟阿姨交代了几句就离开了。班迪连头都没有回，也没有跟着妈妈。尽管他心中仍然期望着妈妈哪怕回头望一次，唤他的名字，跟他说句话，然而，妈妈却头也没回，径直走了。远处传来马儿的嘶鸣声，班迪知道，妈妈这会儿坐上马车走了。

班迪气呼呼地来到阿姨身边说："阿姨，你告诉我，妈妈去哪儿了？"

"去做无用功去了！"

班迪惊呆地望着她:"你说什么?"

"我说,班迪小弟,你快走开吧,我这会儿正火冒三丈呢。要把夫人带去什么分院法庭上站着,他逞什么能耐?就只有他这样始乱终弃的人,才会这么逞能耐,事儿不是这么干的,结了婚的女人就活该被抛弃吗?"

"你在这儿说什么胡话呢?为什么不回答妈妈去哪儿呢?"

"我不知道她去哪儿了!你别问了!你怎么还在我跟前儿待着?别在我旁边叽叽喳喳的,行不?"

"哼,骂人!骂人显得你很能耐啊!不告诉我就算了,跟我有什么关系。"班迪怒气冲冲地进里屋去了。

抛弃已婚女人的话他倒是明白意思的,但是"分院法庭"是什么?刹那间,律师叔叔的某些话在脑海中涌现。所有这些都是律师叔叔的圈套!律师都是这样,为达目的,不择手段。妈妈要是在分院法庭里被警察抓起来的话,可该怎么办?一股莫名的恐惧开始在他心中蔓延。

班迪渴望知道全部的事情,然而却一无所知,这种无能为力的感觉让他大哭起来。

我要玩爸爸买的玩具,一定要玩!谁要是因为这个生气,那就生气吧。班迪从沙发后面把所有的玩具都拿了出来,坐在地上把一大盒积木拆开了。妈妈要是回来看到了,那正好!

"快去吃早饭。"

看,阿姨也是刚哭完了过来的。好啊,大家都哭吧,都哭吧。什么都别告诉他,他又算什么呢?

桌子上放着牛奶粥和一个切好的苹果。班迪看了之后大发雷霆:"又是牛奶粥!我不要每天都吃这个臭粥。"说话间,班迪怒气冲冲,把这碗粥扔了出去，哐当一声。随着这个回响在整个屋子里的声音，牛奶粥也溅落在屋子的各个角落，犹如用奇特的方式绘制的各种图案。

尽管班迪早已做好了各种心理准备，但他还是在这个瞬间崩溃了，他心中的恐惧和恼怒根本抑制不住。

"扔吧，都扔了，你把所有东西都扔了吧！反正你什么都不缺？这都是夫人在背后任劳任怨、吃苦受罪、养活你。否则……"

"闭嘴！"班迪歇斯底里地喊道。

"让闭嘴就闭得了吗，谁没有舌头啊？牛奶粥洒成这样，就这样，回来我正好让你妈妈看看，看看你的丰功伟绩！现在你长大了，反倒是不知道怎么让自己的妈妈高兴了！"

班迪端起自己的步枪，瞄准那个喋喋不休的阿姨，扣动扳机……砰，砰……

原本停落在树上的乌鸦和小鸟顿时惊得四散飞走，"你什么都不懂"的声音在四处回响。

妈妈站在屋子的一角，另一角站着阿姨和班迪，中间是洒一地的牛奶粥，粥碗翻扣在一边的地上。

"班迪！"

班迪沉默着，眼睛直盯着地面，仿佛一块石头杵在那儿。

"班迪！"这声音既不严厉，也不温柔，就如同有谁把妈妈的身体挤压之后，冒出来的声音一样。

班迪在原地一动不动，依然如石头一样杵在那儿。他并没有抬头看妈妈一眼，只是眼睛盯着地面，但他却能感觉到妈妈来到了他的身边。刹那间，他有些惴惴不安，但转念又想，要打就打，要骂就骂吧，现在怎么都行，他无所谓了。连平时在妈妈生气时都会来劝解的阿姨，这会儿也在数落他，这次他肯定是要挨妈妈一顿打了。

"班迪！"

班迪依然沉默着。

"你不听话了吗，儿子，我是怎么说的？"妈妈用手轻抚着班迪的后背。班迪对这突如其来的爱抚没有丝毫准备。然而，受到这爱抚之后，他立刻融化了，长久以来压抑在心中的愤怒、委屈、痛苦都化成了眼泪，一股脑涌上眼眶。

"每天都只做牛奶粥吃，我就是不想吃；她从早上开始就絮絮叨叨，骂骂咧咧，你却不批评她，你问问她都说了些什么话……"班迪压紧喉咙低声说道。

妈妈满怀爱意将他搂了过去。班迪坚硬如石头的心立刻碎裂了，在那里大哭起来，哭着哭着就渐渐平息了下来。

"阿姨，昨天既然他都说了，现在不喜欢喝牛奶粥了，为什么今天你还是要给他做？你对他的照顾怎么能这么不用心？"

"不用这么趾高气扬，夫人，您要说我，我就让您说，要不然您又要痛苦难过了。"

"从你走了开始她就一直在说这样的坏话，还有更难听的话！"

妈妈擦去了他脸上的泪水。此时，他才抬头专注地看着妈妈，他满含泪花的眼睛紧紧贴着妈妈的脸庞。这会儿他才意识到妈妈刚从分院法庭回来，妈妈在那儿都经历了什么？妈妈刚遭受了那么坏的事情，这会儿仍对他关爱有加，他的心中顿时盈满了爱意。

可他依然能感受到妈妈的忧虑，也许还有痛苦。

妈妈去了卫生间，他留在了屋子里。他将床上摆放的积木迅速收了起来，藏在了沙发后面。现在他不能再让妈妈有一丝的痛苦了。

妈妈可能用水沾湿了头发，她把发髻松开了，编成了松松的发辫。班迪偷偷瞧着，她的脸庞，她的情绪，她的每个动作，然后尽全力试着去理解她。

"外面特别热，像是中暑了，额头这儿感觉不舒服。"妈妈说着，直接躺在了床上，手臂挡在眼睛上面。妈妈半个脸庞都被头发遮上了。

妈妈或许不想让班迪看到她的脸。昨天开始，妈妈是多么的伤心啊！而妈妈的伤心，也令班迪更加伤心难过起来。他能为妈妈做些什么？整个家现在陷进了一个旋涡，但他却一无所知。他又走进里屋。妈妈就那样躺着。他蹑手蹑脚地将沙发后面藏着的爸爸送的玩具取了出来，然后悄悄打开柜子，把那些玩具全部锁在了里面。

现在呢？

他即刻想到，要去为妈妈榨杯果汁，便立刻行动起来。他才不会去叫阿姨来帮忙，这会儿他根本不想再搭理阿姨了，从早上开始就一直生她的气呢，他要亲手榨杯果汁。他的双手是多么灵巧啊，他爬上凳子，把糖拿出来，切了柠檬，取出冰块。阿姨看他的眼神是多么惊讶啊！看你还有什么话说！

"妈妈！"他用甜甜的声音低声唤着。

妈妈那里悄无声息。她睡着了吗？不，也许是正在哭泣。他仔细地瞧着周围，看看要把放着果汁的托盘摆在哪儿合适。然而，妈妈还是一动不动地躺着。

"妈妈，喝点果汁吧。这是我亲手做的。"他用一只手去拉妈妈的手。

妈妈紧闭的眼睛，忧伤的面容，让班迪心疼，妈妈是怎么了？

"妈妈，喝点果汁嘛！"班迪祈求道，一遍一遍地祈求，最后他的声音几乎嘶哑了。

妈妈终于起身了。她用手拿着杯子说："这是你做的果汁？为妈妈做的？我心爱的好儿子！"她就这样一直盯着班迪，眼中渐渐涌出了泪花。

她一口气将果汁喝完，把杯子放下，将班迪拥入怀中，在他的两个脸颊上亲了又亲。班迪满心幸福，他也要紧紧地搂着妈妈，给妈妈满满的爱。

现在妈妈肯定会让他躺在她身旁，告诉他所有的事情。既然他能够很体贴地主动想到为妈妈解暑而榨果汁给她喝的事情，那么他现在对妈妈的其他事情还有什么不能理解的吗？

然而，妈妈却说："你想吃什么，就对阿姨说，让她做给你吃，去吃吧，我要睡一会儿。"

妈妈躺下身，班迪站在那儿——完全被无视，满是委屈。妈妈为什么不告诉他发生了什么事呢？

午后，下雨了。被雨水冲洗过的草坪清新无比，今天是不适合采花的。班迪跟着花匠一起，把花株附近的杂草拔除。他时不时朝一旁坐着的妈妈望去。妈妈醒来以后，班迪就在她周围晃悠，他期盼着妈妈会把他叫到身边，或者会让他帮忙做什么事情。他今天既没有去迪杜家玩，也没有把迪杜叫到家里来玩。他知道今天可不能在这个家里喧闹。只有班迪才清楚这个家里发生了某件大事，妈妈非常伤心，所以他也应该跟着伤心。今天怎么能在这个家里玩耍呢？

拔完杂草，他们两个来到妈妈近旁。那个角落里有班迪数天前种下的几颗杧果种子，经历了一两场雨水之后，已经冒出了小小的嫩芽。班迪每天都来观察这些嫩芽，心中十分欢喜。今天，这些芽苗还长出了几片新叶，班迪小心翼翼地轻抚这一抹嫩黄——软软的，柔柔的，之后，他开始数起叶片来。

"花匠爷爷，请您告诉我，这些芽苗要多久才能长成结满杧果的大树呀？"

正蹲着干活儿的花匠仰起布满皱纹的脸，用柔和的眼神望着班迪，眨着眼睛说道："跟我们的班迪一样，这些芽苗也都是小孩子呢。等到班迪长成大人的时候，这些芽苗就成长为大树了；等到班迪将来结婚，娶媳妇儿，生孩子，这些树也一样会开花，引来杜鹃鸟啼鸣，结出杧果来。等到班迪举行婚礼的时候，我要亲手用这棵杧果树的花和叶子编成彩带挂在门窗上。懂了吧！"之后他看着妈妈说："夫人，您可听好了，到时候我可要在班迪的婚礼上送份大礼呢。您得保佑我这个老花匠到时候还活着。"

"嗨，你说什么废话呢。"班迪害羞了，他偷偷向妈妈那边看去。一个淡淡的迷人的微笑在妈妈脸上绽放开来。是花匠的话让妈妈开心起来了吗？

"你快说嘛，它什么时候长成大树？"

"已经说过了，你要不相信，就问问我们夫人。"

花匠料理完花圃，手叉着腰站在那儿说："夫人，您说，这杧果苗是不是跟班迪一样会长大啊？我说谎了吗？"

"妈妈，你说！"班迪坐在妈妈椅子的扶手上说道。这些话成了妈妈和班迪之间沟通的桥梁。他想跟妈妈说话，说什么都行，什么话题都可以，妈妈说什么他都会听，只要妈妈能开口。

"杧果树需要好多年才能长成呢，儿子，或许十年吧。"

"天啊！要十年！"他担心如果他不赶快再问下个问题，妈妈又要再度陷入沉默了，而他又要回到什么事情都不懂的状态了。不需要的时候，有成百上千的问题在他脑海中浮现，但是这会儿着急要问的时候，却……

"妈妈，你说，一些故事里会有这样的树，它的叶子是银色的，它的果实是金色的，果实里面有珍珠种子。咱们能种些这样的树吗？"

"当然不行了，那些都只是故事传说。"

"但是，如果没有这样的树，为什么故事里面会有呢？故事不是人们编的吗，如果他们没有看到过这些东西，那这些东西怎么能出现在他们的脑海中呢？肯定还是存在这些东西的……"

不知为何，班迪这样说着，妈妈盯着他的脸，眼中溢出泪水，她脸上的悲伤更加深沉了。

"不存在的，我刚说错了吧，妈妈？"班迪这样说着，心中满是内疚。

"也许有吧，我也不知道。"谈话突然中断了。班迪挖空心思，努力想要把谈话继续下去。

夜晚，洗漱之后，换上睡衣，班迪一个"不"字都没说，乖乖喝了牛奶，他立刻成为"心爱的儿子"的样子来到妈妈身边。但是，妈妈并没有说让他睡在她身边。他站着等了一会儿，默默上前，在妈妈身边躺了下来。他想要伸手摸摸妈妈脸上的痣，想要搂着妈妈的脖子，但是今天无论他怎样努力，却终究什么都没做成。从早晨开始，他的眼睛就滴溜溜盯着妈妈打转，一直等待着会发生些什么事情，究竟会发生什么呢？他也说不清楚，但他仍然等待着，期盼着会发生点什么。

"——班迪！"妈妈瞬间转过身来，用轻柔的声音说着，忽然又用手指摩挲着他的头发。

"嗯，妈！"他满怀爱意地把妈妈叫作妈，之前有一次，妈妈曾说："你一叫'妈'，我就觉得你特别可爱。"

"昨天跟爸爸在一起，都做了什么？儿子。"

瞬间，班迪不知道该怎么回答，昨天的事情，什么该说，什么不该说呢。

"也没做什么，爸爸先是跟我聊了聊，然后又带我出去逛，吃吃喝喝，还买了东西给我，就这些。"他故意把说话的语气和腔调变得轻松随意，班迪是想让妈妈相信他昨天并没有做任何会令她生气或是难过的事情。

"昨天回去之后，发现仆人已经走了，我就对爸爸说，我根本不愿意住在那里，我要回家，跟妈妈在一起。晚上我不能离开妈妈。"班迪说完这些话，伸出手臂拥抱着妈妈。

"都跟你聊了什么事情？"

"聊了很多。关于学习、玩耍、朋友，还有加尔各答。"之后，他似乎突然想起了什么，就说，"我告诉你哦，妈妈，爸爸说了什么话？"说着，他即刻郑重其事地用胳膊撑起身体。

"什么？"

"他说，这次放假让我跟他一起去加尔各答，好好逛逛，玩玩，等到假期快结束的时候再把我送回来。"

这句话立刻打破了妈妈之前呆滞懈怠的状态，班迪能够觉察到妈妈正在用锐利的眼神盯着他，他这句话深深触动了妈妈的心。为了排解妈妈的痛苦，他肯定会一五一十回答妈妈所有的问题。妈妈怎么不早点问呢，从大早上生闷气白白生到现在。他会让妈妈知道一切，让妈妈看到他现在有多懂事。

"那你是怎么说的？"

"我还能怎么说，直接拒绝了。我说，没有妈妈，我哪儿都不去。"班迪立刻有了期盼。现在妈妈知道了，即便爸爸把他叫了过去，他也还是妈妈的儿子。

"做得好！"妈妈哽咽着说。

"我为什么要去，要是一个人，任何时候我都不会去的。"

"班迪，我的儿子，你就待在我的身边。"妈妈摩挲着他的头发，眼神渐渐陷入迷茫。

也许妈妈是因为害怕爸爸把他带走，所以今天早上才生气的吧。但是爸爸究竟为什么要把他带走呢？他可是从小一直跟妈妈在一起的呀。爸爸和妈妈之间，是怎样争吵的啊？

这时，他突然想起一件事。他记得有一次，他和迪杜吵架，两人闹得很凶，打得不可开交。阿姨在中间不停劝架，之后迪杜回自己家去了。他是哭着跑回去的，不一会儿，申诺跑来说："班迪，迪杜要你把他所有的东西都还回去，他从现在开始，再也不跟你说话了。他要跟你绝交。"绝交就绝交，我也要跟他绝交。他跟申诺说，他得先把我的东西还回来，我再把他的给他。我才不稀罕他的东西呢，破烂玩意儿。哼——骄傲自大的好斗鬼……

之后，他们两个各自要回了自己的东西，并且归还了对方的东西。一小时之内，他们之间就清算完毕了。也许吵架都是这样的吧。

可他也是什么物品吗？如果算是物品的话，他是谁的呢？是妈妈的，还是爸爸的？不，他是属于妈妈的，因为他一直跟着妈妈生活。爸爸是十分爱他，他也爱着爸爸，爸爸也很喜爱他，但是爸爸为什么想把他带走呢？当他拒绝爸爸，说他不愿在那儿住，要回家住的时候，爸爸也没吵没闹，默默让他走了，而爸爸与妈妈之间，就应该是不吵不闹的吧。

　　妈妈和爸爸争吵，两人都默不作声，也许这样才好吧；如果两人打破沉默，反而不好。就像今天早上，爸爸把妈妈叫过去说了些什么之后，妈妈就显得非常伤心了。班迪看着妈妈，鼓起勇气问道："妈妈，今天早上你去了爸爸那里，做什么了？"

　　"现在还剩下什么呢？从现在开始，你就是我的儿子，只是我一个人的儿子。把你爸爸忘了吧……"妈妈紧压着喉咙，低声说道。之后，她就一言不发了。

　　妈妈哽咽的声音，泛着泪光的眼睛，让班迪的内心不禁颤抖起来。尽管他全心全意深爱着妈妈，会因着她的痛苦而痛苦，但在他的心中瞬间涌出了这个念头——他怎能忘了爸爸？爸爸是多么爱他。

　　妈妈突然失声痛哭起来，她把脸深埋进枕头，压抑在心中百感交集的情绪此刻一涌而出。班迪完全惊慌失措，他竟然看到了泪眼婆娑的妈妈，妈妈从未在他面前哭泣过，尤其从未像这样大哭过。

　　班迪一时间不知道自己该做些什么，才能把妈妈安抚下来。他忐忑不安，不知如何是好，只能无助地紧紧拥住妈妈，啜泣着说："妈妈，别哭——别哭——"

六

　　妈妈的哭泣让班迪忽然长大了，不仅长大了，而且懂事了。妈妈与爸爸大吵了一架，彻底闹翻了！从现在开始，再无重新和好的可能了。妈妈亲口告诉他的，完全将他当作大人一样，郑重地告诉他的，而且还告诉他，现在妈妈身边，就只有班迪了。

　　作为妈妈唯一的依靠，班迪感到，他的肩上顿时要担起千万斤重的责任，要让妈妈开心快乐，要帮她做所有的事，永远不做任何一件会让妈妈痛苦和难过的事。为此，他将全力以赴，从现在开始。只是，纵然他不去想，但还是会不由自主地想起爸爸。这可不行，从现在开始，他不会再玩爸爸买的任何一件玩具，也永远不会再提起他，因为妈妈会不高兴的。架子上放着的爸爸的唯一的一张照片也在某天被他悄悄拿起来锁进了放玩具的柜子里——都跟妈妈吵架了，现在还想在这里显摆吗，怎么可能？整天就只会徒增妈妈的悲痛，把妈妈弄哭的爸爸就应该受到这样的惩罚，就是这样！他觉得他帮助妈妈在反抗爸爸的过程中前进了一大步。

妈妈看到空架子后，转而开始看向班迪，目不转睛地看着。他低头垂眼站着，心中忐忑，不确定妈妈这会儿有没有生气。然而妈妈一下子把他拉到了身边，爱抚着他，嘴角挂着浅浅淡淡的笑意，也许是因为他的懂事。但不知为何，她的眼睛却毫无笑意，反而充满了忧伤，尽管没有泪水，但仍然像是痛哭过一样。那会儿班迪瞬间迷茫了，不知道自己把照片收走这事做的究竟是对是错，究竟是让妈妈高兴还是难过。因为这会儿妈妈的嘴角虽然挂着笑意，然而眼睛里却充满哀伤。

不过没关系，这些事他慢慢就会明白的，他现在知道的还少吗？

他到外面去查看自己种的杧果树苗——又长出了两片新叶，现在一共四片叶子了。他觉得，跟树苗比起来，自己已经长大了许多。

花匠爷爷说，你们会一起长大的。这树苗怎么会跟我一起长大呢？长大怎么可能是轻而易举的事呢？

爸爸曾说过，让班迪给他写信。但是，他却没有写。他倒是已经清楚地知道怎么写信了，也会写信了，他也曾答应爸爸说一定要给他写封像样的信，但那会儿他哪里知道还有这些事情呢？那会儿他还不知道妈妈和爸爸已经彻底绝交了。但是现在怎么可能给爸爸写信呢！他是完全站在妈妈这边的，既然妈妈已经跟爸爸绝交了，那么他也一样要跟他绝交，就是这样的。

然而，当妈妈外出时，他就悄悄地打开柜子，取出那本爸爸在背面写了他的地址的书，打开来看。现在他闭着眼睛就能说出这个地址——埃尔金路8A号。他看着地址，心中不禁浮现出了爸爸家的样子——特别高的一幢楼房，随之埃尔金路的景象也浮现出来，加尔各答的景象也浮现出来——豪拉大桥、动物园、大湖、植物园、直入云霄的大树、索尔卡尔先生的魔术——之后他懂事的理智突然出现了，将所有这些景象揉在一起，狠狠捏碎，不，所有这些情景全都是不应该想的。然而，在捏碎这些景象的同时，不知什么东西也在捏碎他的心。他现在向自己发誓再也不去想爸爸了。他暗下决心，当他不能完全遵守自己的誓言时，就会大声地说出誓言来，仿佛他听到自己的声音后，会在内心产生新的勇气和自信。

最近，妈妈不像从前那样整天伤心了。也许是因为他变得乖巧懂事了。他长大了，也会越来越乖巧懂事的，妈妈肯定也会越来越开心的。最近妈妈常常傍晚出门，他从来不阻拦，并且他会向妈妈保证："妈妈你去吧，你走后我会去读书，我会好好吃阿姨给我做的饭，我肯定不会调皮捣蛋。"妈妈紧接着问他："好的，班迪，你说说，我穿哪件纱丽好呢？"这个时候，班迪总会像个大人一样，提出自己的建议，特别认真慎重地将所有纱丽都仔细看一遍，一番深思熟虑后，再给出意见。

每当妈妈穿上他建议的那条纱丽，他会从妈妈的眼中看出自己对妈妈十分重要，因为帮助妈妈而获得的满足感在心中油然而生。

这之后，每当妈妈看着他的时候，她的眼中都会流露出浓浓的爱意。

尽管他告诉妈妈只管放心出门，但当妈妈真的走了以后，家里就显得更加空空荡荡。班迪整天都觉得乏味无聊，并且这种无聊感与日俱增。如果学校开学了，要变得乖巧懂事倒还更容易些。一半的时间在学校里度过，另外半天就可以乖巧懂事地在家待着。但是，现在是假期，他一整天都待在家里，能做什么呢？就算是去学习，又能学多久呢？他有时会去跟阿姨聊天，有时会去迪杜家里玩，又或者是攀在家里的大铁门上来回摇晃，或者直直站着，望着大路，但是路上来来往往的人也不过零星几个。

这条马路穿过城市，一直延伸到他们这个地方，再稍微往前一点的地方，就连居民区都没有了，除了建成的马路，路两边都是崎岖绵延的荒原，在荒原的尽头横亘着一座座山丘。他虽然人在铁门上站着，但他的心却已飞翔到千里之外。跨越山丘，山那头会有什么？再往前又会有什么？再往前呢？他的心中不断涌现出各式各样的图像，有些是恐怖诡谲的，有些又是色彩斑斓的，既有可怕骇人的妖魔洞窟，又有仙女的金银宫殿。

在他浮想联翩之时，突然一个念头冒了出来——加尔各答在哪个方向？离这儿有多远呢？

刚一想到这儿，他赶忙把两根手指交叉①起来——不能犯下打破誓言的过错！

班迪躺在妈妈身边，眼望着星空。星星在夜空中闪烁，散发出

---

① 此为打破誓言时的安慰手势，通常是中指和食指交叉在一起，中指扭在食指上。

迷人的光芒。那儿是北斗七星，那儿是银河，那颗闪闪发亮的是北极星①。望着这颗北极星，妈妈给他讲起了孩童陀鲁婆的故事。

五岁的孩子就去修苦行了。他一直坚持不懈，严修苦行，受到大神青睐。

但苦行怎么修呢？他紧挨着妈妈问道："妈妈，苦行怎么修呀？"

"苦行？问这个做什么？"

"妈妈，你就说说嘛，我就想问问。"

"压抑克制自己的内心，这就是最严苛的苦行了。"妈妈像是打发他一样说道。

"那个小孩子陀鲁婆，他是去森林里面修苦行了，是吗？"

"应该是吧！"妈妈随即把脸埋进了枕头，像是不想再多说什么了。

压抑克制内心就能算是修苦行了吗？他最近一直在努力压抑克制自己的内心，那他这样也是正在修苦行了吧？想到这儿，他的心中不禁涌起一阵异常的激动，一份异常的自信。谁会因为他的苦行而喜悦呢？大神……爸爸……

他立刻又把两根手指交叉，做出食言的手势。但是不对啊，他只是稍微念到了爸爸，他只不过想着，如果爸爸高兴了，就会来跟他们一起住了，这有什么错？这都是为妈妈着想，为了妈妈高兴，所以也不能算是违背誓言。想到这儿，他心里就坦然了。

去问问妈妈？还是算了，这种话也不应该问妈妈的。

对！不管爸爸高不高兴，他是一定要让妈妈高兴的，不只是要

---

① 北极星（原文 Dhruvatara，其中 Dhruva 的文中译名为"陀鲁婆"，而 tara 意为"星星"）Dhruvatara 是由 Dhruva 命名的一颗星。据印度神话传说，陀鲁婆是乌多那波陀国王之子，他的继母为了让亲生儿子继承王位，将他赶走；他坚定修苦行 3000 年，不断默念毗湿奴，大神受到感动，将他升为北极星，他被印度人民奉为坚强、刚毅的化身。

让她高兴，更要让她幸福。除了他以外，妈妈还有谁呢？他望着妈妈，妈妈的脸依然埋在枕头里。他的妈妈真的是痛苦极了。

每当他想跟妈妈进行更深入的交流时，他都会觉得似有源源不断的痛苦向妈妈袭来，而他要用自己小小的双手为妈妈驱散痛苦。他不清楚究竟是什么样的痛苦，也不知道究竟该如何驱散这些痛苦；但是，既然妈妈如此痛苦，作为妈妈唯一的儿子，他是一定要把这些痛苦撵走的。

他在心中反复琢磨妈妈说过的话。但是怎么做呢？对了，是不是通过修苦行，就可以让他们的彻底绝交结束，让他们重归于好呢？

"妈妈？"他低声问道。

"嗯。"

"妈妈，修苦行会让妈妈和爸爸之间的绝交结束，会让你们重归于好吗？"

妈妈抬起头，盯着他的脸看了片刻，随即用臂膀把他搂进怀中。

他提起了爸爸，是不是又做错了？

"你想跟爸爸住在一起吗？"

"不，妈妈，我不想跟爸爸住在一起。我只是……"

班迪慌忙解释说，唯恐妈妈误会他。

"怎么了，儿子，你是想要个爸爸吗？心里想着要有个爸爸。"

班迪一瞬间迟疑了。他要说"是"的话，妈妈会不会生气。但是，他要是说了谎，之前的苦行就前功尽弃了。因此，他缓缓地低声说了"是"。

妈妈轻轻摩挲着他的头发，不知道这里面蕴含着什么意思，是让他相信"会有爸爸的"，还是让他坚信"不会再有爸爸了"。

今天妈妈的学院开学了。妈妈高高兴兴地去学院了。她的乏味无聊就此结束。在暑假漫长的日子里，两个人就这样相依为命地度日。班迪每天哪儿都不去，只待在妈妈身边。

这段时间，妈妈有时傍晚出门，她出门之后，他就得一个人度过那些妈妈不在的时刻。然而今天一整天，他都得独自一人度过。他距离学校开学还有四天。

妈妈在上班之前曾吩咐阿姨说："下午4点，学院几乎所有的人都来喝茶。你在家里提前做好酸奶、炸丸子和土豆饼，我会让仆人把脆食小吃^①和甜食买回来。如果需要的话，你可以让仆人来给你打下手。下午4点，必须一切都准备妥当，明白了吧！"

"我会照管好一切的，妈妈，你去上班吧。不需要仆人来打下手，我就可以帮阿姨的忙。"

"我心爱的好儿子！"妈妈满怀爱意地轻轻拍拍他的脸，然后上班去了。

"阿姨，你说，我要做什么？"

"哎哟哟，现在要做什么？什么都不用做，你快去玩儿去！我得先把屋子打扫一下。"

妈妈要办教师聚会了。班迪怀着"今天他可有的忙了"的心情开始做起清洁，把衣服收好，把桌椅板凳擦拭干净。只要是他能力所及的，他尽量都会做到，并且做好。

"嘿，班迪，你怎么一下子变得这么乖巧懂事啊！现在也不耍脾气、使性子了，也不吵不叫，不哭不闹了。你怎么现在一点儿小孩

----

① 脆食小吃（原文Chiwda），印度非常流行的小吃，是一种由各种油炸零食组成的印度小吃，一般由辛辣干炸的混合物组成，材料成分包含油炸扁豆、花生、鹰嘴豆、面粉、玉米、大米、炸洋葱、咖喱叶、盐和植物油等，还混合有香料调味，例如香菜和芥菜籽等。

子该有的样子都没有了？"

"怎么就不能变了？我现在还是小孩子吗？"看到自己的懂事让阿姨大吃一惊，他内心一阵得意，就想要把修苦行的事情告诉阿姨。无论如何，阿姨都是他孤独时的陪伴啊。尽管他会跟她吵架，跟她找碴，在她面前耍威风；但他也会用粉笔或煤块在地上画出棋框，跟她下棋玩儿，也会把头埋进阿姨的怀中，听她讲故事。只要一听故事，每次他都会在一个故事后面问一大堆问题。

每当这个时候，阿姨就特别不耐烦："你争论这些有什么用？就是个故事而已，别说话，好好听，我才会给你讲下去，明白吗！别跟我又嚷又叫的！"

"好的，阿姨，小陀鲁婆，就是去修苦行的那个……"

"哎哟，现在你又要听这个故事了吗，这会儿可不行，我们什么事儿都没做呢。"

阿姨离开了。大笨蛋！她竟然以为我要听小陀鲁婆的故事，就好像我不知道这个故事一样。

班迪用自己的小手把烧熟的土豆做成圆圆的小饼子。阿姨怎么教，他就怎么做。这时，故事就来了，阿姨讲的是索娜尔王后的故事。

王后笑靥如花，泪若珠垂。国王为她如痴如醉，将她视若生命。王后会亲手喂国王吃下用金蒌叶包裹的混合着多种香料的槟榔，看着国王吃下，她就笑靥盈盈。一见她的笑靥，国王即刻陷入痴狂。国王还有二十名王妃，这二十名王妃生下了一百个孩子。索娜尔王后对这些孩子亦珍若生命，孩子们吃饭，她才吃饭；孩子们睡着，她才睡觉；孩子们头痛，她也痛苦万分；孩子们受了伤，王后悲伤不已，就如同伤口长在她如花般的身体上。不相信的人都会跑来瞧看，受迷惑的人们都说，见过那么多的母亲，从未见过、从未听说过还有这样一位母亲，她对待继子与对待自己的孩子毫无二致，全都视如己出。人们怎么会听过或见过呢？事实上，她根本不是一个女人，而是一个女巫。这全都是魔法的能力所致，她想变幻成什么，就能变成什么。

"当朔日①来到，暗夜降临，她就会现出自己的真身——一个黑色的妖魔。她与黑暗完全融为一体，谁都发现不了她。她会对所有人施下妖法，然后一口吞掉一个孩子。"

班迪吓得屏住呼吸。

清晨时分，她会紧紧抱着死去的孩子的尸骨号啕大哭，直到哭得晕厥过去。仆从们赶紧跑来，有人为她洒上玫瑰花露，有人为她洒上露兜花②水。国王也亲自为她轻轻摇动花扇，完全忘记了失去孩子的事，只为昏厥的王后担心焦虑。王后刚一醒来，就大喊着："把我的孩子还给我……我也要去死！"这么大一个王国，这么伟大的国王，却还蒙在鼓里，对真相一无所知……

"阿姨，那她也吃自己的亲生孩子吗？"被女巫吓坏了的班迪瞪大眼睛问道。

"怎么不会！变回女巫之后，难道她还会有意识去分清是谁的孩子吗？只要她饿了，就吃！"

"只要饿了，就去吃孩子！"班迪在心中为那死去的孩子默默流泪。

"饥饿的时候，连人都保持不了理智——就只想要吃，吃什么都

---

① 朔日（原文amavasya）是印历每月的第一日，完全无月光之日。
② 露兜花（原文kewada）是露兜树的花，具镇静去湿热之功效。

行，怎么吃都行，更何况她还是个女巫！她会更在意自己的饥饿还是那些孩子？"

"那她为什么不吃别人呢，仆人、佣人或者动物呢？"

"为什么要吃那些？孩子的肉多么鲜嫩啊，还有什么能比！"

"那她为什么不吃别家的小孩儿呢，偏偏就只吃小王子们呢？"

"为什么不吃呢？那些小王子们被山珍海味、美味佳肴供养着，他们那样鲜嫩的肉，这天底下还能上哪儿去找呢？"

"那她就这样慢慢地把国王的孩子全吃光了？"

"还能有什么，当然都吃了。俊美柔嫩的孩子们全都变成了一具具尸骨。每每看到那些尸骨，王后就会继续上演哭戏……"

班迪又厌恶又恐惧，他大哭起来。阿姨见后，怜爱地嗔怪道："哎，你怎么就开始掉眼泪了，哎呀，这不过就是个故事，里面都是瞎编的，没有一点儿真事儿，都是假的，编造的！这有什么可哭的，听听就算了，听过就忘了吧。要不然，我以后再也不给你讲故事了，明白吗？"

随即，阿姨开始讲起了另一个故事——四个傻瓜的故事。没过一会儿，班迪就开心地笑起来。

班迪跑来跑去，将东西在桌子上摆放好，之后就站在那儿等着妈妈回来。妈妈带着她学院所有的教师们回来了。她们聊着，笑着。蒂帕阿姨也在她们中间，时隐时现。

"班迪，你好吗？"

"Hello，班迪，最近好吗？"大家一起七嘴八舌地跟他问好。

"比之前长高了不少。"班迪听后在心中默默纠正说，"不是长高了，我是长大了。"

"你应该再吃胖点，要不然，就成个皮包骨头的大力士了。"

班迪瞅准了个机会，上前拽住了蒂帕阿姨的手臂。在妈妈学院所有的教师里面，他就只喜欢这一个，其他的都很无聊。

　　"阿姨，这个假期，您怎么一次都没来我家呀？"

　　"假期我不在这儿，你说我怎么来呢？每年假期，班迪你都会出去玩，这次啊，轮到我出去玩了。"

　　班迪拽着蒂帕阿姨的胳膊，带着她去了草坪。他要让她看看自己种的花花草草。

　　"您都去了哪里呀？"

　　"加尔各答。"

　　加尔各答？班迪瞬间激动起来。他飞快地瞥了一眼妈妈，她正带领众人沿着露台的台阶向上走。

　　"您都看了哪些地方？阿姨，加尔各答是什么样的？"

　　"很大，却很脏。"

　　"您看到埃尔金路了吗？"

　　"没有啊！"

　　"不会吧，连埃尔金路都没看到？"

　　"我去那儿是为了去看马路吗？埃尔金路那儿有什么啊？"

　　"没什么没什么，我就是随口问问。"班迪没有把爸爸的事情告诉她。他不应该告诉别人的。现在他什么都懂的。

　　蒂帕阿姨要进屋去了，他飞快地摘下几朵茉莉花，对她说："请您俯下身，我把花给您戴在发髻上。"

　　蒂帕阿姨笑着俯下身子："你还会戴花？"

　　"那当然了，每天妈妈头发上的花，都是我给她戴的。所有这些花都是我亲自栽种的呢。"一说到自己种的花，班迪满心的热情、骄傲和自豪，仿佛都要溢出来了。

班迪给众人端饭夹菜，热情款待她们吃饭，虽然他内心不情愿做这些，但还是故作热情地招呼大家："就尝一个……再来一点儿吧……这可是热乎乎的饼子呢……"所有人都沉浸在吃饭和交谈中。

这些人说了多少话啊？她们从到这儿以后，就一直这样不停喧闹。她们在女子学院是怎么让女孩子们保持安静的？好嘛，这些在学院里的老师们，她们在学校见面聚在一起的时候，也是这样叽叽喳喳说个没完吗？这要是换成小孩子，肯定会挨大人的批评："闭嘴——别再吵闹了！难道你们要把班级变成菜市场吗？"

他从来没见过菜市场……也许是个特别吵闹的地方吧！也许是一个比这里更加喧闹的地方吧？

"班迪现在真是变得特别乖巧懂事。"

"完全是一个好孩子啊，知道干活帮忙了。"

"我们家的宾吉啊，虽说是个小姑娘，你要是让她稍微干点儿活，你说一句，她就能找十个借口回给你。"

"哎呀，到底是布德拉太太的儿子呀，怎会不聪明伶俐呢！"胖胖的斯格赛娜女士说道。

哼，都是一些马屁精！他知道，这些人哪里是在夸奖他呀，都是在拍妈妈的马屁罢了。有次他去学院的时候，就是这位胖胖的女士摸着他的脸不停地说："太可爱了，这孩子得有多么聪慧啊！"然而刚一转过身，她就在背后小声说："天啊，布德拉太太真是把他宠坏了，真是个执拗、顽固又任性，还娇生惯养的小男孩儿。唉，不过是校长的儿子罢了，谁都不会说什么的。"这个肥胖的马屁精！额头上要贴吉祥痣的话，得贴像硬币那么大的一颗！就只有蒂帕阿姨一个人是好人。她既不像她们那样虚伪地夸赞他，也不会那么恶毒地说话，而且她有时间的话，还会跟他一起玩耍。

喝完茶，所有人都到了屋子外面。班迪挨着蒂帕阿姨坐在椅子上，与她紧靠在一起，或者可以说是躺在她怀里。妈妈从架子上取了些文件，把中间那张桌子拉到自己身边，之后把那摞厚厚的文件分发了下去。

"蒂帕阿姨，您来唱首歌吧？"

"好孩子，你妈妈现在要开会了，知道吗？"她总是这样亲昵地把他叫作"孩子"。

"妈妈，我要听蒂帕阿姨唱歌嘛，阿姨今天必须要唱首歌。"说着，他使劲往蒂帕阿姨怀里钻，因为他相信妈妈肯定不会拒绝他的。他今天做了这么多事情，干了这么多活儿，这是他应得的权利。

"班迪，儿子，现在我们要谈些事情，关于学院的公事；你到外面去玩吧！"

听了妈妈的话，班迪感到心中某处被撕裂了。那一刻，他紧盯着妈妈，不敢相信妈妈说的让他出去玩的话是真的。

但随后，他慢慢起身，来到了外面，他觉得被冒犯、被羞辱了一般。虽然他希望妈妈有重要的事情可以做，不至于那么无聊，但学院的事情就应该在学院里做呀，在家里的话，至少应该听听他的话吧。他本来已经想好了，傍晚聚会的时候，先由蒂帕阿姨唱首歌，然后他再为大家朗诵一首自己写的诗，他还要为大家讲笑话，出谜语，他要出一些只有他自己知道，别人谁都答不上来的谜语。给女孩子们教书是很容易的，但是谜语可不是随便谁都能回答出来的。但是现在，计划全部落空……妈妈不应该这样做的，不是吗？虽然他极力控制，但却依然对妈妈愤愤不已。

然而，当所有的愤怒和痛楚平静下来以后，他又变得懂事——妈妈是校长，她身边有太多、太多的公务了，他不应该这样生妈妈的气。整整两个月，妈妈整天跟他待在家里，这让他完全忘记了妈妈的学院和学院的公务，所以，他才会不自觉地生气，要不然，在家讨论学院公务这事儿有什么可生气的呢？学院开学了，妈妈自然会有很多公务要忙。迪杜的爸爸倒是从来不把办公室的文件拿回家办公的，但当他去迪杜家时，他每次都会碰到，到处充斥着责骂、恶语相向！而妈妈却总是充满爱意地跟他说话。爸爸也会把文件带回家工作吗？

他赶紧两指交叉做了个不算数的手势。然而心中却不自觉地浮现出一幅模糊的画面……埋头在文件堆里的爸爸。

"不，不行……"他极力克制着自己的内心。

送别所有人之后，妈妈赶紧拿起毛巾，进了浴室。

现在他终于可以跟妈妈一起玩耍了。然后晚上他还要听她讲故事，这次要讲一个很长、很长的故事。他今天可是干了很多活儿的，而且妈妈在开会讨论学院事务的时候，他也很听话地出去自己玩儿了。现在终于没有学院，没有学院那些事务了，妈妈又是他的妈妈了，完完全全属于他的。但他却能感觉到，一种莫名的东西介入了妈妈与他之间，让他感觉很不好。

白天在学院的时候就算了，但是到了晚上，妈妈就是他的了，那松松柔柔的发辫和那温温润润的面容。

妈妈擦着脸，进了屋子。

"唉，话说着说着，就没个准点儿了。本来说好的7点要到，现在都已经6点45分了。"

"妈妈，你要去哪儿？"班迪强忍着眼泪，用哭腔说道。

"儿子，我有一件事情必须要办，非常重要的事。"妈妈一边说，一边熟练地把发卡别进了发髻。

"好得很！我又是孤孤单单一个人了。今天一整天我都是孤孤单单一个人啊，妈妈！"因为愤懑，班迪的声音都嘶哑了。

妈妈忙着整理的手即刻停了下来，她充满爱意地看着班迪，随即把他拉到自己身边，爱抚着他说："我心爱的好儿子，你怎么会孤单呢？你把迪杜叫过来或者你到他家去玩呀。我很快就会回来的。"

"都现在这个时间啦，把迪杜叫来，他会来吗？如果我去他家的话，他那个阿妈……"

"不行，您就把他一起带上呗，夫人。"阿姨坐在门口嚼着槟榔说道，"打从早上开始，他一个人待着就不安生，难受得不行。要是能跟着您一起出去蹓达蹓达，这孩子就高兴了。"

班迪满怀希望地看着妈妈，或许阿姨的求情能行得通呢。

"不是说过了吗，我是出去办事啊，阿姨。怎么能把他带去呢？"妈妈一边急匆匆穿着纱丽一边说。

"办事去又怎么了？有了孩子，难道还要扔了不成？两分钟，我就能把他收拾妥当。"

"不行，我最了解班迪。我办事，他怎么能去？从一年前开始，他就再不去学院了。他难道不知道，大人的事情小孩子不能插手吗？"

妈妈说完，在他脸上重重地亲了一口问道："是不是啊，我最乖巧懂事的班迪！"妈妈离开了。班迪站在大铁门旁，望着妈妈远去的背影，强忍着，把眼泪往肚子里咽。

现在他第一次感受到，要变得乖巧懂事是多么困难啊！在妈妈的眼中，乖巧懂事就意味着什么都不说，什么都不做；他虽然不喜欢喝牛奶，但还是要喝掉，给他吃什么，他就吃什么，不挑不拣；

让他做什么，他就做什么。

但是妈妈也是个大人啊，也是乖巧懂事的呀。班迪觉得，她也应该做到这些事情呀。不是吗？

班迪拉着脸，走进院子。阿姨正躺在露台的地上。

"阿姨，你怎么这么躺着呀，你怎么了？"

"唉，班迪，我累了，躺下来稍微休息放松放松腰，一会儿还要接着去刷锅洗碗呢。"

班迪顿时觉得，是妈妈把阿姨累成这样的，可她自己却一走了之。他觉得疲惫的阿姨，在某种程度上，跟他是一样可怜的。

"我用脚给你踩踩，按摩一下你的腰吧？踩完就应该会好些的。"

阿姨突然坐起身，望着班迪说："哎呀，班迪，你这是做什么？你说，你为什么不跟你妈妈一起去呢？要是之前，她敢这样丢下你不管，你会让她这么轻易就走吗？你肯定会满院子打滚撒泼，闹得你妈妈心烦意乱，不得安宁。你才这点儿年纪，就未老先衰了吗，我觉得你这样不好，明白吗？去吧，去跑跑、跳跳去！难道你要留下来给我们打杂吗？"

此刻，班迪的内心多么希望，他还能像从前一样，满院子的打滚撒泼——大喊大叫，大哭大闹，不等到妈妈来，他就一直哭着闹着，不停休；就算妈妈不停哄他，直到她累了，他也不会罢休。

晚上，当妈妈从乔希医生的车上下来的时候，班迪正在铁门前等她，他心中默默流泪。

"班迪，你好吗？"医生先生坐在车里问候他。

"我挺好的，一点儿事儿都没有。"他说这话是带着情绪的，那情绪仿佛在质问："您到这儿来做什么？"医生先生的出现让班迪的心中又浮现出了打针时的疼痛与畏惧。

他望着夜色中的妈妈，她看起来非常好。夜里当他躺在妈妈身边，他一直期盼着妈妈会跟他说些什么，尤其他今天乖巧地干了那么多活儿，帮了那么多忙。然而，妈妈是如此的沉默，就仿佛她不知道班迪在她身旁躺着一样。

妈妈躺在他身边，抚摸着他的头发，但他却觉得妈妈并不是在抚摸他，而是在看着他。不，她连看都没有看他。

"妈妈！"

"嗯！"

"你之前不是因为有重要的工作才出门的吗，但是……"

"是啊，就是有个工作。"

看起来，或许，妈妈也无心搭理他。此时，班迪真的很想放声痛哭。

七

学校终于开学了，班迪的快乐童年回来了。

长假之后第一天上学，本不是件让人高兴的事儿，但今天却例外，班迪觉得不只是开心，还特别兴奋。早上起床时，不仅空气是清新的，他自己也觉得神清气爽，朝气蓬勃。

"妈妈，我的袜子在哪儿……快把牛奶给我拿来。我自己穿衣服，不会迟到的……一定得带上书包，好用来装今天发的新书。"随着班迪的喧腾，家里三间屋子都跟着热闹起来。

许多天来，家里那个消失不见的小孩子，今天又突然回来了。

他匆匆忙忙拿起收拾好的书包，其实里面也没放多少东西，只有一本笔记本和一支铅笔，新学期第一天也不会上什么新课。他穿过马路来到学院的大门口，站在那儿等校车。妈妈把他送到家门口就回去了。只见她登上露台的台阶，悄然进了屋内。现在他眼前就只有这个家了，这个小小的、带有露台和连廊的平房就是他自己的家，他最爱的地方。

一时间，他觉得，这个假期，在这个家里说不清究竟发生了什么，又失去了什么。随即他移开了视线。这时，校车一路扬起尘土，从远处开了过来。班迪立刻提起书包，等校车刚停稳，就迅速上了车。迪杜正跑着过来，他差点儿迟到。

"班迪，来这边，这儿有位置。"车上空位有很多，但盖拉什还是往边上挪了挪，专门为他腾出空位。

"班迪小伙伴，来这儿！来这儿坐嘛。"说着，维普一把把他拽了过去。班迪现在觉得自己成了特别重要的人物。他刚一坐下，他的面庞就立刻融入了孩子们那一张张熟悉的、生气勃勃的面庞之中。

校车开动了，大家一路有说有笑，班迪感觉这氛围像是上完了一整天的课正在回家的途中；但他很快发觉——哎呀，他这是在上学的路上啊，怎么会这么高兴呢。

此刻的校车就像一个菜市场，谈笑声此起彼伏。谁去了哪儿，看了些什么，假期是怎么欢度的，大家有聊不完的话题，每个人都有话要说。

班迪能说什么呢？他望着车窗外。如果有同学来问他，他什么也说不出。

"我舅舅来了，送了我一辆两轮自行车！"

"我们去了德里，看了顾特卜塔……"

他心中不禁想起了爸爸。爸爸买的大积木，加尔各答，连同幻想中的加尔各答的各种画面突然浮现在脑海。

"班迪你呢，这次去了什么地方？上次你可是去了穆索里①玩儿呢。"

"没有。"班迪低声应道。

"整个假期都只待在这儿吗？"

"对。妈妈在家里挂上了香草根编的帘子，所以我家特别凉快，比穆索里还凉快呢。这多好啊，还需要到别的地方去吗？"

班迪意兴索然，又朝车窗外望去，看着外面的马路，以及马路上来往的行人。在这些行人中，仿佛有律师叔叔，有忧伤的妈妈，有爸爸，有絮絮叨叨的阿姨。

他心中有多少话想要倾诉啊，但是，所有这些话，他能讲出来吗？就算是他跟别人讲了这些事，他们有谁能理解吗？一下子发生了这么多重要的大事，他就是因此才突然变得懂事起来的。维普、盖拉什、狄伯格、塔米……他们有谁能理解吗？

然而，正是自己的这份懂事，才让他觉得自己的内心无比沉重。

校车在学校门口刚停稳，孩子们就彼此拉扯，着急下车。下面站着的老师在说："孩子们，慢点！慢点！你们就像刚从笼子里放出来的动物一样……"

这时，班迪倒觉得自己真的是刚从笼子里逃脱出来一样。在关了这么多天之后，他一看到眼前宽阔的学校操场，即刻就像跳跃的小鹿一般奔跑过去。原本铺满干硬沙砾的操场，现在被绿茵茵的草坪盖满了，看起来松软、舒适、焕然一新。

新班级，新课本，新本子，新老师……在这么多的新鲜事物中间，班迪感觉自己也焕然一新了，新鲜、快乐。每个人都在向周围

---

① 穆索里（Mussoorie），印度著名的避暑胜地，位于新德里以北300千米喜马拉雅山脉脚下。

的朋友们展示自己的新鲜玩意儿。当上课铃响起，一位新老师进入教室，同学们纷纷迅速拿出新文具，有塑胶封皮，彩页日记本，三色铅笔……紧接着，"给我看一看呗好朋友"，"就看一分钟"，像这样的喧哗声此起彼伏。

"我有一套特别大的积木，太大了，不能带到学校来，是从加尔各答买的哦。你要是去我家，我就给你看。"

班迪说着即刻将两根手指交叉，但他很快就松开了。哼！没什么大不了的，又不会犯什么罪。谁要是去他家，他就一定会把积木拿给他看。所有人都在骄傲地展示着自己的新东西，一直炫耀着，但班迪却一句话也搭不上。

"维普，你傍晚带着弟弟来我家吧。我们可以用积木搭建好多东西——大桥、信号灯、风车、吊车……"

班迪想着，到现在他都没用那套积木搭建过什么东西，今天要是维普能来，他们两个就可以一起搭积木了；但他要是不来，他就自己一个人搭，也没什么大不了的！

放学回家时，学校一天中发生的各种新鲜事儿把班迪的心装得满满的，他原本空空如也的书包也被各种新课本塞得鼓鼓囊囊。

妈妈这会儿还在学院上班，他回到家一小时后，妈妈才会回来。班迪跑去把阿姨拉了过来。

"来，你把书包拎起来看看。"

"书包里有什么？"

"拎起来看看嘛。"班迪得意地喊着。

阿姨把书包拎了起来，"哎哟，这么沉的书包啊！你是拎了几块砖头回来了吗？你的书包可比你沉多了。"

班迪的脸上露出满足和骄傲的笑容。"你走开，"他说着就迅速拎起书包，以士兵的姿态来回走了几步，"我每天都得带着它，还有一些书没装进来呢。你以为谁都能随随便便来读四年级吗？那可是要读很多很多书的。"说完，他开始从里面掏出一本一本的教材展示给阿姨看。

"这是历史书。什么时期哪些国王在位，发生了多少场战争，这些都得学呢，知道吗！历史上的国王可与故事里的国王大不相同呢，故事里都是骗人的、假的，历史书里记载的才是真的，国王是真的，发生的战争也是真的……这是地理书……这是自然科学……这是地图册。你能看懂印度地图吗？嗨，你连自己的国家都认不出来！你瞧，这是世界地图……你看这里面的这一块儿，这就是印度了，印度里面有我们的城市，城市里面有我们的家，家里面有厨房，厨房里面有一个阿姨……哈哈……"班迪说着说着就放声大笑起来。

看到班迪这样笑着，阿姨盯着他的脸庞看了许久，就仿佛已有好久没见过班迪一样，之后她用欢快的声音说："是啊，班迪，我的厨房就是我的王国，我可不知道其他什么国家，管他什么国王、君主的，我的国王就是我的班迪啊！"

"真是个傻瓜！瞧，这是词典。如果不知道单词的意思，就可以在这本词典里查找。上了四年级，地图册和词典就得随身带着了。"

"我这老鹦鹉似的脑瓜子能记住什么呀，你都把我说晕了。快去洗手洗脸，吃点儿喝点儿，瞧瞧你的小脸儿，显得又饿又渴的，像一只干巴瘦的小鸟。"

班迪一边吃着，一边又开始了他的授课："阿姨，你是不是说过，白天黑夜的交替都是大神在掌握，下雨也是神在掌控。这些都是谎言，假的！自然科学书里写着所有这些都是自然现象。我现在还没有读，等我读完了，我把全部知识都讲给你听。"

"那咱们也算是在学校里读过书的人啦，班迪！多好，现在通过你，我也可以学习了。你也教教我英语呗……"

班迪咯咯地笑起来，阿姨要学英语了。之后，阿姨又接着说了很多话，班迪听着，不停在笑……开怀大笑。阿姨开心地看着他笑的样子。

妈妈回来后，班迪把所有的事都给妈妈复述了一遍。他满怀热情，兴奋地说着，学校里都发生了什么事，新任老师是什么样子的。"妈妈，我们班来了位新老师，他的两撇小胡子傲慢地翘着，跟上了糨糊一样挺挺的，吃午饭的时候，我模仿他的样子给大家伙儿看，大家笑得特别开心，特别有趣。我再跟你讲哦，妈妈？"

维普去德里都看了些什么，妈妈什么时候能带他去看看呢？他叹了口气，接着说："我跟所有人都说了我的大积木。如果傍晚维普来的话，我会展示给他看的……"他一边说着一边飞快地瞥了妈妈一眼。妈妈正在微微笑着，一切都挺好，什么事情都没有，害得他白白担心了这些日子，不就是玩玩具嘛！

"妈妈，现在你听我说，"班迪用命令的口吻说道，"今天必须把所有的课本和作业本都包上书皮，书皮一定得是棕色的，否则明天我就要受到老师的惩罚了，明白吗？你现在把手头所有的事情都放下，先给我包书皮吧，包好以后，还要剪下白色的口取纸贴在封皮上，写上我的姓名和班级，一定要用最漂亮的字体来写，懂了吗？"

说完，他就怀着满腔热情，兴奋地跑到迪杜家玩儿去了。他今天有好多新鲜事儿要跟迪杜一起分享呢，也要问问，迪杜的新老师是什么样子的……他都领到了哪些新课本。

当班迪从迪杜家回来的时候天已经黑了。他手里拿着从树上折断的一根小树枝，像手执宝剑一样在空中挥舞着。阿姨躺在院子里摇着扇子，自言自语说："这闷热的雨季真是要人命啊，一点儿风都没有——要是能下场大雨……"

班迪突然冒出来说："老天爷①啊，赶快下雨吧，阿姨要热死了……"

"哎，你现在就把我吓死了。"

"妈妈！"班迪没再理会她，径直走进屋子，一心期待着他的新书皮。然而，他看到的却是所有的新课本和作业本都原封不动地搁在桌子上，根本没有任何书皮。他的空书包躺在桌子底下。

"妈妈！"班迪立刻向草坪跑过去。妈妈和医生叔叔正一起坐在草坪上，两人中间的茶几上放着的茶壶已经空了。班迪咚咚咚地跑过去，大声嚷着："你没有给我包书皮吗，妈妈？"

"班迪，快向医生叔叔问好。"妈妈并没有回答他，只顾说着自己的话。班迪气呼呼的，不情愿地举起双手做了个合十的姿势，却仿佛在说——拜托，你饶了我们吧。

"你为什么没给我包书皮，明天我要是受罚，怎么办？"

"嘿，班迪，你怎么生这么大的气呀，孩子！怎么回事？"

班迪暗自在心里气鼓鼓地说："是啊，就是很生气，这关你什么事？每次来，不是跟妈妈坐在一起长时间聊天，就是把妈妈带走。今天又是来炫耀你的车吗？你一来就坐在这儿占着妈妈，让她不能给我包书皮，而且妈妈也不能说她得给班迪包书皮的事情。唉，这关他们两人什么事呢？所有的惩罚都是他自己承受啊！"

---

① 老天爷（原文Rama），是印度教中罗摩大神的名字，此处译为老天爷。

班迪不发一言，只是上前拽着妈妈的手，要把她拉走："你先去给我包书皮，现在就去！"他看都没看医生一眼。

"班迪，你这是怎么了，孩子？都这么大了，还这样闹人！你不是很懂事的吗……"

然而班迪还是拽着妈妈的手不放，说什么懂事，说什么乖巧，他让妈妈做的事情，妈妈都没做到，现在又来跟他说什么要懂事……

"快走啊！都已经这么晚了，什么时候才能包上书皮啊？"班迪大哭着说道。

"我又没说我不包。"妈妈有些烦躁了，她抽出了自己的手。

乔希医生即刻站起身："你去吧，去给班迪忙活去吧，我正好要走了，8点半，我在另外一个地方还有约。"

所有人都用"您"的敬称称呼妈妈，这个人怎么能用"你"呢？难道他不知道妈妈是校长吗？对校长，难道不应该用敬称"您"吗？

妈妈又挽留了医生几次，但他还是走了，妈妈把他送到了车前。

班迪认为，妈妈只要一回来，肯定会训斥他——怎么那样说话，那样做事……颜面都被丢尽了——他最近什么都不说，妈妈也不再听他说话了。她不再跟他一起睡觉，不再给他讲故事——不再像从前一样陪他玩耍。然而，即便是这样，他在妈妈心中粗俗无礼的形象不会得到任何改观。

妈妈刚从外面回来，班迪就开始大哭，他大声哭诉："都这么晚了，什么时候才包书皮啊？"他要把过失推给妈妈。

"走，给你包书皮去。"除了这一句，妈妈再不开口说什么了。倒是班迪自己开始异常地焦虑紧张起来。他做了这种错事，妈妈本应该狠狠训他一顿，然而妈妈却一直沉默着，他觉得这比他挨一顿训斥更加难受。要是妈妈痛批他一顿，他所有那些粗鲁无礼的表现就都一笔勾销了，本来两不相欠的事儿，结果现在所有的过失，都在他自己一个人头上。

这些错事和过失的负担重压着他，他心事重重地走进房间。妈妈整理了所有的课本和作业本之后又把它们放在桌上，说："上哪儿找棕色的纸呢？"

"我这儿怎么会有棕色的纸？"

"那我怎么包书皮呢？"妈妈叉着双手坐在那儿。

"我怎么知道？应该你去找啊，我一早就已经嘱咐过你了！"

班迪仿佛是给自己刚才的过失行为又找到了一个理由，现在他的心里怒火中烧。

妈妈沉默着。

"你根本就不在乎我，你别管我了。就跟那医生一起喝茶聊天去吧，我跟你有什么关系呢？要受罚，也都是我一个人受着。我不要去学校了，再也不去了，再也……"班迪情绪激动地痛哭起来。

妈妈把他拉到身边说："傻瓜，就一天没包书皮而已，不会有事的，如果怕受罚的话，我给你的老师写封信说明一下，好了，别哭了……"

"不，我才不要什么说明信呢。我再也不去上学了……真讨厌……"班迪边哭边说，他还时不时看看妈妈，他那神情仿佛在说，来啊，来教训我呀。

尽管如此，妈妈还是没有教训他。妈妈只是在不停地劝说他，而班迪则一直在大哭大闹。他自己觉得，他的痛哭并不仅仅是因为没有包书皮，他也不清楚自己究竟是为了什么而号啕大哭，也许这么多天以来，他压抑在内心的那些情感和委屈，因为这件小事的刺激，全部都爆发出来了。

妈妈无力地、内疚地坐着，双手叠放着；而班迪却趴在地上大哭着嚷道："什么都别为我做……出去闲逛吧……去跟别人聊天吧……我以后每天都要去迪杜家……我要去爬树……就是不去读书……"

班迪哭得泪水横流，他越哭越凶，情绪已经完全失控了。

阿姨赶来，伸出手要把他拉起来，但是班迪把她的手挡开了："别拉我，就让我在这儿哭吧……"

"孩子刚从学校回来那会儿，多开心呀。我已经很久没看见他像那样开怀大笑了……一回来就已经说了多少遍，要包书皮的事儿了，但是您最近……"阿姨边说边向妈妈看去，她要谴责妈妈的话戛然而止了。

班迪在那儿大哭，阿姨在那儿劝慰，而妈妈则默默地坐在那儿看着他们两人。妈妈也是可以为自己辩解的，但她却没有这么做。妈妈也可以训斥他，但她也没有这么做。妈妈就那样默默地坐在那儿，一言不发。而班迪却哭闹得更凶了。

突然，妈妈好像想起了什么。她站起身，从抽屉里拿出一串钥匙，交给阿姨说："阿姨，你去找学院的门卫，跟他说，钢塑柜子里应该会有一些棕色的纸，让他拿出来交给你。"

取来纸后，妈妈依然沉默着给他包书皮，此时她所有的过失全部转移到了班迪头上，至少班迪是这么觉得的。在妈妈包书皮的时候，班迪自己也悄悄地帮一些小忙。在这个过程中，他时不时地偷看妈妈，妈妈生气了吗？但是一点儿也没看出来呀。最近这些日子，他是越来越不了解妈妈了。从前只要看着妈妈的脸庞，望着她的眼睛，他就能清楚地知道妈妈的心情，妈妈的喜悦，妈妈的忧伤，妈妈的愠怒，他全部知道。但是现在？

　　"你快去吃饭，吃完饭睡觉，要不然明天早上起不来了。"

　　"你也一起去吃饭嘛。"班迪的声音里充满了歉意。

　　妈妈顿时抬头看着他，之后低声说："不了，我过会儿再吃。"

　　刹那间，班迪犹豫了，是去还是不去呢，他随即缓缓站起身。至少现在他得听从妈妈的任何吩咐，不能有半分顶撞。

　　离开之时，他说："还要贴上白色的口取纸，记得写上名字。"

　　"好好好，我都会做到的，你吃完饭就去睡觉吧。"

　　班迪吃过饭就从里屋出来了，他觉得在里屋坐着的时候，仿佛头顶着千斤重担，心情糟糕透了。这负担不知道因何而起，是因为没有包书皮这件事，还是因为妈妈的愠怒，抑或是他自己哭闹的行为。无论如何，一来到外屋，他就感到轻松了许多，躺在床铺上，睡着了。

　　第二天一早，班迪起床后来到里屋，看到他所有的课本和作业本摆放得整整齐齐，全都已经包好了封皮，贴上了口取纸，所有口取纸上都用漂亮的字体写上了名字和班级……他抚摸着每一本书，翻看每一个本子，心情一下子喜悦、兴奋起来。然而同时，昨天发生的所有情景一股脑儿浮现在他眼前。不管怎样，他都要让妈妈开心。他跑到院子里。妈妈正坐在那儿看报纸。班迪伸出手搂住妈妈的脖子摇晃着，我的妈妈……他不知道该如何表达自己的喜悦，也不知道该怎样驱除妈妈的愠怒。虽然他不清楚该怎么做，但他还是搂着妈妈在她脸颊上亲了一下。

　　妈妈把他拉到自己面前，把两手搭在他的双肩上，看着他，只是一直看着他，什么也不说，什么爱抚都没有。妈妈的眼中有什么？愠怒、斥责、关爱还是喜悦——班迪完全看不出来。

"快去收拾吧，上学可不应该迟到吧？"妈妈没有任何爱抚，就把他打发走了。

班迪正在收拾，突然一个念头冒了出来，妈妈再也不爱他了。从前，只要他在妈妈的脸颊上亲一下，妈妈就会立刻回给他数不清的亲吻……把他紧紧搂在怀里，亲昵地爱抚。妈妈生他的气了吗？

也不是，感觉不到妈妈生气了。不知道是不是妈妈变了，变得跟从前完全不同了。

很快，他那愧疚和悔悟的心情再次被愤怒浸没了；但这次他愤怒的对象不是妈妈，而是乔希医生，他为什么总是到这个家里来？

班迪正在开心地收拾和准备着。过了这么久，妈妈终于说要带他出去玩了。她刚从学院回来，就对他说："班迪，你去准备一下，今天我们一起出去逛。"那一瞬间，他呆呆地望着妈妈，不敢相信这是真的。如果纯粹只是为了出门游玩，妈妈是从来不会带他出去的；就算她时时出门去逛，也都是一个人就走了。她从来不问班迪的想法，也不告诉他要去哪里，最多只是说一声"我走了"。妈妈应该这么做吗？他算是什么啊，无足轻重的小孩儿，不能问的！他可以去迪杜家玩儿，也可以跟阿姨一起去龚妮家，他还可以自己把玩具拿出来玩，就是爸爸买的那些玩具。

"你看什么呢？你说说，今天想去哪儿玩？"

"根伯尼公园？"

"你穿的是什么？得拿出些好衣服来穿。"妈妈今天看起来非常开心。她最近不再像从前那样忧伤了。

他自己收拾妥当之后，就在一旁仔细看着妈妈在那里妆扮。只见妈妈打开一个又一个瓶子，随着妈妈将瓶子里的化妆品一层一层涂抹在脸上，她的脸也逐渐发生了变化，完全变成了一张崭新的面孔，在妈妈搽上的白粉与涂抹的红唇之间，她下巴上的那颗痣是多么的闪耀啊。那一瞬间，他特别想上前去伸手摸一摸妈妈的那颗痣。他有多久没有摸过妈妈的那颗痣了！妆扮后的妈妈看起来非常美丽，但他却没有勇气走到她的身边，不知道为什么，最近他一直觉得他和妈妈之间被什么东西介入了。

今天，他要跟着妈妈好好逛一逛，痛快玩一玩。他要努力逗妈妈开心大笑。等到晚上的时候，不用等妈妈开口，他就会钻到她的床上，用手摩挲着她那颗痣，听她讲故事。对，他一定会这么做，任何借口他都不会接受！

妈妈打开了衣柜，取出一个盒子，盒子里面是一件紫罗兰色的纱丽。妈妈把它拿出来穿在身上。这是一件漂亮的纱丽，全新的。

"妈妈，这纱丽是哪儿来的？"班迪对妈妈的每一件东西都了如指掌。

"就是一件新纱丽。"

"什么时候买的，怎么没告诉我？"班迪抱怨道。

妈妈正在系纱丽的手顿时停住了。妈妈盯着班迪的脸，审视了片刻。妈妈时常会这样盯着他观察，他感觉妈妈不是为了看他，而是要在他的脸上寻找其他的什么东西。妈妈随即笑着说："我做什么，都需要向你汇报吗？你不是也有自己的……"说着她继续穿起了纱丽。

那就别告诉我，我算是什么？我要是拿回了什么东西，也不会告诉你；我要是做了什么事，也不告诉你。说都不说一声，这样做对吗？

就在这时，外面响起了汽车的喇叭声。瞧，那位医生叔叔来了。

"快去，你先上车坐着，我马上就到。"

"我们要跟医生叔叔一起去吗？"班迪的满腔热情一下子被浇熄了。

"当然了，我们就坐他的车去。"妈妈迅速关上抽屉和衣柜。转瞬间，班迪心中想要拒绝出游，然而坐着小汽车去兜风的吸引力对他来说同样强烈。

医生先生打开了副驾驶座位的车门，妈妈坐了进去，她对班迪说："你坐后面吧。"

"也可以把他抱到前面坐的，两个人可以一起坐的。"

但是妈妈打开后面的车门说："不用了，他还是坐后面舒服，坐前面的话还会把我的纱丽弄皱。"

班迪一言不发、满心委屈地坐在了后面。他算什么？说让他坐前面，就得坐前面；让他坐后面，就得坐后面；或者要把他丢在家里不管，他就得在家里老实待着。穿上新纱丽的妈妈是多么的盛气凌人啊！现在两个人都坐好了，怎么这位医生先生还不开车呢？一个劲儿地盯着妈妈看，就跟没见过妈妈似的。

"开车啊！"班迪再也忍受不了这种含情脉脉的气氛了。

"好的，班迪，好孩子，今天的行程是专门为你安排的。你说，想要去哪儿玩儿？"

医生先生的这个问话，博得了班迪的好感。

"班迪的要求是去根伯尼公园。我们先去把孩子接上，然后再去那儿吧。"妈妈刚刚说完，医生先生即刻回答了个"OK"，就发动了车子。

班迪心中愤懑不平。该死！这也能算是带我出来玩吗？妈妈要跟医生先生一起逛，她自己一个人出来就好了；今天明明说的是带他出来玩的，怎么一下子却要带上所有人。干吗要骗他说，走，今天带你出去逛。为什么不直截了当告诉他，今天所有人要一起游玩呢？还有，那些孩子又是谁？

他心中立刻浮现出了跟爸爸一起出去游玩那天的场景，爸爸就只带他一个人！"班迪好孩子，今天我想介绍你跟我的孩子们认识。有个小姐姐，乔德姐姐，还有一个小弟弟，叫阿米。姐姐非常直爽、懂事，而弟弟就爱捣蛋，特别顽皮！他要是淘气的话，你就揪他的耳朵……"

妈妈为什么笑？这有什么可笑的？医生先生讲了什么笑话吗？

车子在一幢楼前停下了，班迪放眼望去，是一幢很大的楼房，没有花园，楼前只有一个院子，没有花，也没有草。

医生先生下了车，走进楼里。妈妈对班迪说："这就是医生先生的大楼。"妈妈说完就盯着他的脸看起来。

在大门的左手边，有一座小房子，那上面挂着一块很大的宣传牌，从任何一个方向都能看到那块标语牌子，上面画着一个红色的倒三角①，后面写着"两三个孩子足够了"。

"这是什么呀，妈妈？"

"这是医生先生的诊所，他白天会在这里给病人看病。"

"阿姨。"一个穿着浅蓝色连衣裙的小女孩跑了过来，她的后面，跟着一个小男孩。两个人的脸上都洋溢着欢欣喜悦。

看来妈妈也认识这两个孩子，只有他不认识。

"乔德你看，这就是班迪！今天起你们就都是好朋友了。今后，你们可以去他那儿找他玩，他也会来这儿找你们玩。"

乔德看着他，但他却想缩进自己的壳里。"我要坐靠车窗的位

---

① 红色倒三角形是印度计划生育的标志。

置。"阿米刚上来就要宣示自己的主权，他打开后面的车门，摆出一副当仁不让的主人姿态坐了进来。班迪觉得，因为这是他自己的东西，所以就会产生这种当仁不让的主人心态。他默默地向里面挪了挪位置。而乔德从另一个门上来了。这样，他就被挤在了中间。

被挤在中间坐着，这能算得上坐小轿车吗？现在他什么都看不到了？但是坐在别人的车里，他又能要求什么呢？但是妈妈可以说呀，让他们姐弟两人中，有一个坐中间，让班迪坐车窗边。她不是说要带着他出来游玩吗？都是假的，骗人的！他不想跟谁交朋友。将来他也不会再跟他们姐弟俩在一起。医生先生和妈妈分别坐在前面两个靠车窗的位置，乔德和阿米坐在后面两个靠窗的位置。只有班迪，垂头丧气地被挤在中间。

妈妈和医生先生在草地上铺开垫子坐了下来："去吧，现在你们去玩吧。可以赛跑或者玩些别的什么游戏。"阿米谁都没等，径自跑走了。乔德这边看看，那边瞧瞧，四处蹓达。只有他不去玩耍，只是呆坐在原地。

妈妈为什么跟医生先生坐得那么近？妈妈从来不跟别人坐得如此近。班迪顿时有种怪异的感觉，不仅怪异，而且还很糟糕。他闯进他们两人中间，说着："妈妈，我不去玩，没有心情玩。"

"嘿，你来这里玩耍，就是为了来坐着吗？傻孩子，跑去玩吧。乔德，你带着他一起玩吧。"妈妈设法要把他打发走。乔德抓住他的手，拉着他，要把他强行拽起来。

但是班迪既不去玩，也不去跑，就只待在妈妈周围打转。

但凡走得稍微远点，他就一定要转身时时张望、关注着妈妈。望着这样的妈妈，他感到异常的焦虑、不安。没过一会儿，他就又赶快跑回妈妈的身边坐着。

"看起来，他像是你的小丈夫，管你管得很严啊！"医生说着，妈妈听完笑起来。

哼，现在一说起"丈夫"这个事儿，妈妈反倒笑了。之前每次跟她提起"爸爸"的时候，她都是显得那么伤心。难道爸爸的事情不是最应该被关注的吗？妈妈这样笑合适吗？他在好朋友面前，都从来没有这么做过。

班迪心中升起无名怒火。

之后，他们一起吃了冰激凌，吃了小吃。妈妈和医生先生有说有笑。阿米吵吵闹闹，完全用主人的语气提出各种要求——"爸爸，买这个，把那个也买了吧？"乔德一会儿跟妈妈聊天，一会儿又跟医生先生聊天。就只剩班迪在那里形单影只、郁郁寡欢，他所专属的那个妈妈，现在却同其他人打成一片。

八

今天是星期天。

妈妈正坐着织毛衣，湿漉漉的长发披散在椅背后面。班迪正在画画，身边摆放着成堆的颜料和画笔。他坐在清晨和煦、温暖的阳光下，浑身暖洋洋的。阿姨在院子里铺上席子，把豆子和小麦拿出来晾晒。阿姨最爱干这种活儿。只要是好天气，阳光普照，她就一定要拿些什么东西出来晾晒，有时是小麦和豆子，有时是被褥。阿姨也会把班迪强拽出来，让他也晒晒太阳："你呀，得在阳光下多活动一会儿，要不然就发霉了。"

画个三四笔，班迪就朝妈妈那边望一下。虽然妈妈背对着他，但他望着妈妈的时候，他的眼前依然能浮现出妈妈的脸庞，仿佛妈妈的背上又长出了一张脸，一张全新的脸。他怎么会不知道妈妈这些天改变了很多呢，但究竟是变好了还是变坏了呢？他不能确定。有时看到妈妈，觉得她很好，但不知为何，下一秒就又立刻觉得她很坏。妈妈最近变坏了。他很早就知道，妈妈有变幻的魔法；但怎么变的，在哪儿变的，直到今天，他仍一无所知。他在妈妈的背后注视许久，仔细研究了半天，但却一无所获。如果妈妈还是从前那个样子，他倒是可以直接问问她，然而现在呢？现在妈妈这个样子，还能问她什么呢？尽管妈妈早上坐在他面前照顾他喝牛奶，晚上给他辅导功课、跟他聊天，但是他怎么会不知道，她的心并不在他这儿。

妈妈正在织的那件毛衣，不是为他织的，而是为乔希医生织的。在乔希医生没来这个家之前，妈妈所做的每一件事，这个家的每一件事，都只是为了班迪。但现在，所有的事都是为了乔希医生。班迪什么都清楚。无所谓了，关他什么事呢？

他今天要把这幅画画完，一定得画好！画好以后就给爸爸寄送过去，还要写信告诉爸爸，得把这幅画贴在厚纸板，或者镶进玻璃框里，然后挂在爸爸的屋子里。

"阿姨，你现在带着班迪去洗澡，完事之后就开始做饭吧。12点钟要准时把饭做好。"

阿姨没有应声，她最近也在生妈妈的闷气，所以他现在对阿姨更加有好感了。这倒好，渐渐地，所有人都会生妈妈的气。不过，妈妈最近倒是谁的想法都不在乎。哼，要是哪天乔希医生也生气了，那时候就有的瞧了！

"班迪，快去儿子，让阿姨给你洗澡！"

"不要，我要自己洗。"班迪用橡皮擦擦着画纸说道。

"儿子，星期天要让阿姨来给你洗澡。你自己洗的话，就洗不干净。"

"为什么洗不干净？肯定能洗干净。我就要自己洗。"妈妈想让班迪现在就开始梳洗准备。今天医生先生会带着他的孩子们过来。他不去他们那儿，妈妈就把他们都叫到这儿来。叫就叫吧，关他什么事？他倒是愿意跟乔德说话的，他喜欢乔德；但阿米那只顽劣成性的猴子还是算了，只会一直在那儿吵个不休——这是我的玩具，这是我家的车。

"班迪。"妈妈急了，她那严厉的声音，让班迪从心底里感到满意。他不应声，不答话，仍旧自顾自地在那儿默默地用橡皮擦擦着画纸。

"班迪，我正在叫你呢，儿子！"

"怎么了？我正在画画呢。"班迪照旧在那儿忙活，一动不动。他就不起身！现在妈妈肯定很生气吧。他就是想让妈妈生气，发火，勃然大怒。

然而，妈妈却没有再说什么，坐在那儿惬意地织着毛衣，就像什么都没发生过一样，就仿佛班迪二话不说，已经去洗澡了一样。班迪本想故意把妈妈惹恼，但妈妈却根本波澜不惊，班迪自己反倒生起气来。他心想再做些什么能让妈妈恼火的事情。

"回头再画，先去洗澡，已经9点了。"他没有觉察到，妈妈已经走过来，站在了他身旁，像是要亲手把他拽起身。

正在这时，外面传来了一阵敲门声，妈妈闻声向大门口走去。今天是假日，谁会来？随后传来了一个陌生的声音，正在跟妈妈说话。班迪扔下纸笔走出来察看。

不知道是谁，他完全不认识。但凡这个家有谁来了，或者有任何风吹草动，班迪都想要弄个一清二楚。班迪没再回去接着画画，就待在那儿，随手翻弄着桌上的东西。

中间那张桌子新放上了两三本厚厚的大书，妈妈正在翻看其中的一本。班迪从远处瞧见书里面有各式各样五颜六色的图片，他就悄悄来到妈妈身后站着瞧——多漂亮的家啊，不，不是家，是房子，上面有床、组合沙发、梳妆台、五彩缤纷的窗帘，各种软垫、台灯……

要这样一个房间来干吗呢？

"这种款式的，您也能做吗？"

"您看啊，一直到现在，我们的口碑都是最好的，不是我自夸……您要是看了我们的做工，您也会赞赏的……"

妈妈想要做些新家具。班迪内心一下子雀跃起来。他从妈妈身后出来，在妈妈的椅子扶手上坐了下来。

"你说说看，喜欢什么样式的沙发，喜欢什么样式的床啊？"妈妈笑意盈盈地问他，顿时班迪内心的热情被点燃了。

"先等一下，妈妈，我得全部看过一遍以后，才能告诉你。"然后，他开始一页一页地翻看，认真专注地审视着上面的每一样家具。

"要是这些家具都摆在家里面，该多好看啊，是不是？"听了妈妈的这句话，他的脸上绽放出灿烂的笑容。这些日子，妈妈自己天天都穿着美美的衣裳，现在她又要为家里添置这些漂亮的家具了。

到底喜欢哪一样呢？他一页一页翻看着，觉得上面的每一样家具都很漂亮。

"医生先生挑了什么心仪的家具吗？"

"没有，他说全凭您的意思，只要您喜欢的就行。"

听到这话，班迪的一腔热情瞬间被浇灭了。又是医生先生！他很不喜欢。他才不要为医生先生做任何事呢。就让妈妈坐在这儿给他挑吧，好好挑，给他挑一个最好的！

妈妈正在翻看另一本。班迪愤懑地合上书，跑到里屋去了。但他心中却还存有一丝期盼，妈妈会把他叫出去，告诉他她中意的款式，或者听听他的意见，在好几件中意的家具里面让他帮着选一选。现如今，妈妈不需要他的建议了，自己就把东西给买了。妈妈并没有叫他过去，班迪心中燃起怒火。就算叫他，他也不会去，他是仆人吗，需要借着为医生先生挑选家具去取悦他吗？让妈妈自己坐那儿挑吧！

班迪拿起毛巾，进去洗澡了。一会儿等她来就会看见，班迪已经洗完澡了，完全是自己洗的，根本不用阿姨帮忙。

医生先生的车刚一抵达，妈妈就急急忙忙走去了大门口。他可不会去。妈妈今天亲自在厨房忙活张罗，他却根本没进厨房，他干吗要去给他们帮忙？今天，他只给阿姨帮了几次忙。

忙活完后，妈妈一番梳洗，还穿上了玫瑰红的纱丽，在梳妆台前精心妆扮了许久，还挽了发髻。只要医生先生来，妈妈就会精心妆扮。但是，妈妈不知道，当她扎着松松的发辫时，才是最美的；她只要挽上发髻，就让人觉得不舒服，完全是一张校长大人的脸。可他才不会说出来。如果班迪在妈妈的发髻里插上一朵红玫瑰，就会好很多，红玫瑰与纱丽的颜色正相衬，妈妈会看起来美美的；但他这会儿才不会为妈妈去摘花呢，就算妈妈自己想去摘，他也不会允许的。那是他的花园，所有的树苗和花草都只属于他。

"Hello，班迪！你看，你不去我们那儿，我们就全都来这儿了。"班迪机械地双手合十，但他的脸上没有任何的表情，既不喜悦，也不忧伤。他看了看乔德。乔德冲他微微笑着，浅蓝色的连衣裙，蓝色丝带扎成的一朵大花。他一直都很喜欢乔德。他的脸上倏然间有了笑容。

"乔德，你看那外面的花园，里面全部的花都是班迪种的哦。班迪真是又聪明又能干！而你俩却只会在自家的草坪上乱扔垃圾。"

班迪飞快地瞥了一眼医生先生，他真的是在夸赞他吗？他心中有了一丝喜悦，他朝妈妈望去，妈妈是多么的开心啊，就好像被夸奖的是她一样。

"我把吸水纸放在玻璃杯里种过小麦呢。"阿米看到班迪成了众人瞩目的焦点后，很不服气，勉强挤出这句话。

大家都笑了，妈妈把阿米拉到身边，满怀爱意地说："我来教你种花吧，你要学吗？"

班迪暗想："哼！好好教吧！自己也得会才行啊！说得这么轻松，就好像种花这事儿谁都会一样。这个阿米，穿身红衣服来这儿——跟猴子哈奴曼①一样！"顿时班迪的眼前浮现出阿米有条尾巴在身后晃荡的样子，心中暗笑起来。

妈妈带着阿米和医生先生进了屋子，乔德来到班迪的身边，拉起他的手说："班迪，走吧，带我去看看你的花园。"

"你知道所有这些花的名字吗？"

"那当然了。"

"不仅知道名字，所有关于它们的事情，我全知道，全部的事。"班迪的声音流露出一种优越感。

"班迪你说，会有蝴蝶来到这个花园吗？"

---

① 哈奴曼（原文hanuman），印度神话中的神猴，常着红衫，此处意指穿身红衣服的阿米更像只猴子。

"会来啊，但是却不能捉它们。捕捉蝴蝶可是会犯下大罪过的，特别严重的罪过。"

乔德蹲下身，用手指向三色堇花圃，问道："班迪，这花叫什么名字？"

"嘿，一定不要用手指花。这样指花，花就会死去的。"班迪示范了弯曲着手指指花的正确姿势。他心满意足，骄傲地说："花园里面可包含着许多大学问，这可不是随随便便谁都知道的！"

之后，又一起去看了杜果树苗，还把各种花的名字告诉她。可是乔德并没有太大的兴趣，她也不懂这些。

"外面阳光太强，太晒了，我们现在进屋去吧？"乔德拉着他的手往屋内走。

班迪在自己的花园里从不觉得晒，就算是炎炎夏日，他也不觉得；冬日的傍晚，他也不觉得冷，就算是妈妈喊他回屋，他也依然坚持傍晚给花儿浇水。然而，此刻他却并不想反驳乔德。

要进屋的时候，班迪摘下一朵白玫瑰，说："来，我给你戴在头发上。"乔德兴高采烈地蹲下来，班迪很吃力地给她戴着花。

"你会戴花吗？不行的话，我让阿姨帮我戴好了。"

"妈妈的花全都是我戴的呢。"说话间，他突然想起，已经很久没给妈妈戴花了，但他怎么给她戴呢？这些日子妈妈总是……心不在焉地摸摸他，就出门了。

两人进了屋子。医生先生正坐在沙发上，紧紧挨着妈妈，他用一只手揽着妈妈，手放在妈妈肩头，另一只手拿着一个漂亮的小瓶子，在让妈妈闻味道。

刹那间班迪呆立在原地，看着这一切。医生先生跟他的妈妈在做什么？他变得惶恐不安起来，马上来到妈妈身边；但这两人却好像没注意到他的存在。

"啊！真的是好香！"妈妈的脸上泛出跟她纱丽颜色一样的红光。

"进口的，专门为你订购的。"医生先生拿着瓶子倒了几滴在手指上，然后涂抹在妈妈纱丽的裙裾上。

班迪想要上前拽开医生先生，他心中翻江倒海。这时，他看到了阿米。阿米正坐在地上兴致勃勃地玩着他所有的玩具。他跑过去抢夺："谁把我的玩具给你的？"一边说着，一边用两手快速地把玩具一件件归拢到自己身边。阿米也赶快把手边的玩具归拢到自己怀里，紧紧护住。

"把我的玩具还给我！"班迪开始过来抢。

妈妈冲了过来："班迪，你在做什么？就让他玩会儿呀，他是你的弟弟呀！"

"不，我就不让他玩。我没有什么莫名其妙的弟弟。"班迪一边跟阿米争夺玩具，一边气呼呼地反驳。

妈妈两手抓住班迪，把他拽开："班迪，你说的什么浑话！是你的玩具怎么了？就让他玩一会儿。"

班迪用尽全身的力气，努力要从妈妈手中挣脱出来，挣脱手脚的同时，他用尽力气大喊："这是我的玩具！是爸爸给我买的，我谁都不给！"班迪从妈妈手中挣脱开，一下子朝阿米猛扑过去。不知是因为挨了班迪的打，还是仅仅为了自保，阿米立刻大叫一声，然后就哭了起来。

"啪"，一记耳光突如其来打在班迪脸上，声音在屋子里回响。班迪浑身颤抖。耳光打得并不重，但却是妈妈的巴掌，而且还是当着所有人的面……在乔德和阿米的面前！他没有哭，但他的眼睛迸出了火星子。

"雪恭！"医生先生严厉的声音在屋子里回荡："你为什么打班迪？不就是孩子间的争执吗，怎么能打孩子呢？"说着，医生先生把班迪搂在了怀里，但班迪却挣脱开，远远站在一边。

霎时间，整间屋子寂静无声，只有班迪的怒火在燃烧。之后，班迪抄起玩具乱扔一通……呼呼啦啦，玩具散落一地。没有人上前阻止他，也没有人出声。

他拿起玩具步枪，愤怒地跑出了屋子。脑子一片空白，什么都不想，只想尽快爬到高高的树上，用步枪乱射一通。就算妈妈不允许，他也要做。妈妈打了他，现在他还有必要再听她的话吗？再也不会听她的话了。砰砰砰，射击声响彻四周。然而，屋子里没有一个人出来。

等了半天，也没有人来，班迪大哭起来。他心想，不如就从树上直接跳下去，摔得断胳膊断腿，那时妈妈就知道打他的代价了。紧接着，他的眼前浮现出自己浑身缠满绷带的样子，他躺在床上疼得呻吟着，所有人站在四周，妈妈哭泣着……

但是他没有跳。这时，阿姨来了。一定是妈妈自己没有勇气过来，才把她派来的。

"班迪小弟，快回去吃饭吧。"

班迪又扣动扳机，连发几枪，就像是没有看到阿姨，也没有听到阿姨说话一样。

"哎呀，班迪小弟，你就别折磨人了！听话，快下来吃饭去！吃完了，你想玩枪还是玩大炮都行。"

"你从这儿滚开，我不吃饭。"砰砰砰……

"一个家，要是丢失了好传统，肯定是乌烟瘴气的。现在这个家真是一团糟。"阿姨絮絮叨叨地回去了。

现在怎么办呢?

班迪刹那间号啕大哭起来。谁都别来叫他!他开始觉得饿了。他会饿死吗?这又关妈妈什么事呢?妈妈要照顾医生先生吃饭呢,她一定还会让阿米坐在她身旁。这些想象的画面不断在他脑海中浮现,挥之不去。

班迪坐在树上哭泣着,心里所有的愤怒、痛苦、焦灼都随着眼泪流淌出来;渐渐地,他的心开始被一种异常的恐惧所占据,对愤怒的妈妈的恐惧。这是一种他从未有过的恐惧。妈妈肯定会特别恼火。不,不是将会,现在已经恼火了。要不然她怎么都不来找他,也不派别人过来。

愤怒、痛苦、屈辱、饥饿和恐惧纠缠在一起,使得班迪身心疲惫。他感到自己的身体完全被掏空了。这会儿已经愤怒不起来,也哭不出来了,只是一遍一遍朝屋门口张望……也许会有人过来,现在就会有人过来吧?这会儿,就算是乔德来叫他,他都会跟她回去的。

然而,谁都没有出现。他想着,所有人这会儿应该都吃完饭了吧。难道就没有一个人想着他吗?妈妈也不想吗?一想到这儿,他的眼泪再次奔涌而出。

他自己默默地从树上下来,走到大门口。午后的马路异常安静。他想打开大门,沿着马路跑走,一直跑下去……但是要去哪儿呢?这条路的尽头在哪里呢?它会把他带到哪里呢?

这个"哪里"让他打消了跑走的念头,他默默地回到院子。他现在完全不知道该做什么,就到草坪上躺了下来。既然没有人来叫他,那他就再也不进那个屋子。

不知过了多久，半睡半醒间，他似乎看到，大家都从屋里面出来了。他迅速闭上了眼睛。脚步声慢慢靠近了。但好像谁都没有出声。也许，他们看到他像这样躺在这儿，就会来到他身边，把他抱回去吧。他默默地闭着眼睛，一直闭着，就仿佛睡着了一般。

杂乱的脚步声来到了近前，但是没有片刻的停留，就又走远了。或许这会儿大家都走到了大门口，车门关上了，大门关上了，汽车发动后开走了。真是奇怪，大家走的时候，怎么什么话都不说呢。医生先生也什么都没说呢？他不仅听到了脚步声，其实他也偷偷看到了他们的脚。

哒哒哒……脚步声又传来了，这是那个他再熟悉不过的脚步声。班迪感到自己的呼吸仿佛停滞了一般。当那脚步声靠近时，他感到自己的呼吸完全要停止了……那脚步声并没有来到近前，而是径直走进屋子，脚步声消失了，这时，他的呼吸也跟着停止了。

有人弯下腰，轻轻摇晃他："班迪……班迪？"班迪不出声。

那人伸出两只手臂，将他抱进怀里。班迪没有任何反抗，他就这样蜷缩着，仿佛为了这一刻，他已经等待了许久。他曾想要伸出手臂，紧紧搂住那人的脖子，然而，此刻，他不敢轻举妄动。

他饥饿疲惫的身体，陷进松软的垫子和温暖的毯子里，越陷越深，不知不觉，班迪睡着了。

妈妈坐在桌边，班迪坐在对面的椅子上，中间放着乔希医生送的小瓶子，用一个漂亮的塑料盒装着。一个带有魔力的瓶子。医生先生让妈妈闻了它的味道……然后又把它抹在妈妈的纱丽上……之后就"啪"的一声……之前，妈妈从来没有打过他，一个手指头都没有动过——他的身体和心灵同时被一种异常的恐惧感紧紧缠绕着。

"班迪，你可真行啊？"妈妈的声音突如其来。

"看你今天都做了什么好事？家里来人的时候，你该怎么做？"

班迪默不吱声，他隐约觉得，桌子上放的那个瓶子开始晃动了。

"这么多年，我就是这样教育你的吗？你可真是聪明有礼貌啊！你看看人家乔德，多有礼貌，多有教养。人家还没有妈妈照顾呢。我用了九年来管教你，改你这臭脾气，为了你，我放弃了一切，操劳奔波，就是为了让你变得……"妈妈激动地说着，不只声音，整个身体都一起颤抖着。

"但是今天，你当着众人的面，让我颜面扫地！你说你变成什么样子了？我把你教成什么样子了？"妈妈说着，说着，声音崩溃了。

班迪觉得自己掉入了深渊。

"班迪，你为什么要这么做？不要，不要这么做啊，孩子……"妈妈哽咽着说，就同那天一样哭着……一模一样。

班迪想要跑上前去，紧紧抱住妈妈，尽情哭诉一番，然而，那个小瓶子瞬间控制住了他，他被扼住的呐喊在内心被碾得粉碎，根本发不出声来。

九

班迪如木偶一般，在那儿呆坐了许久。雪恭把他抱到了床上。他抽泣着，慢慢睡着了。

然而，雪恭却是辗转反侧，无法入眠。今天白天发生的一幕幕，犹如潮水般涌进她的脑海：班迪大哭大闹，发疯似的乱扔玩具，把屋里弄得一团糟后，又发疯似的跑了出去。直至此刻，她依然还能感受到他激动的情绪。

阿米和乔德那惊惧的神色，以及医生瞬间皱起的眉头……都让雪恭充满了深深的内疚和自责。那时候，她的脸上一定满是哀伤与无助，所以医生才会抚着她的背，安慰她说："你怎么能因为孩子的事情，把自己弄得这么紧张、焦虑呢？放轻松……"但是她自己却无法放轻松。

那个时候，雪恭怒火中烧，恨不得立刻出去把班迪痛揍一顿。但幸好当时没去，否则这会儿，她该坐在这儿狠狠地自责了。

听着自己砰砰的心跳声，雪恭觉得，这心跳在她和医生之间传递着，回响着。

此时，雪恭的怒火已经平息了。然而她却觉得，班迪的存在，就是为了证明她处处都是错的。

律师叔叔说过："你太依赖班迪了，你想把他当成你生活的重心，这是错误的。不仅对你，对班迪也是……让他像个男孩子一样的成长，像个男子汉一样！你一直把他庇护在自己的翅膀下，他将来会变成什么样子呢？"

那会儿，虽然表面上，她不接受他的话，但在内心深处，她却非常清楚，她对待班迪的方式是错误的。

如今她与医生走到了一起，她的内心深处又何尝没有过放手班迪的想法呢？然而还有许多别的因素存在，不是说想放手就能轻易放手的。

医生向雪恭介绍完自己之后，又跟她介绍了他的家庭和他的孩子——乔德非常直爽，阿米非常顽皮。女孩子虽然都有些执拗，但本性却是安静而直率的，而男孩子们都是与生俱来的淘气、顽皮，爱吵闹。

"可是班迪就从不闹脾气，也不大喊大叫，尽管有些执拗，但他却比同龄人懂事许多。"听了医生这话，她的内心因为班迪感到多么的骄傲和自豪啊。

"也许是因为受了你的影响，他完全不像一般的男孩子那样。你不让他大喊大叫，大吵大闹——他倒是学会了女人的固执，还爱哭鼻子。"医生用轻松的口吻开着玩笑，说着，就笑了起来，但雪恭听完却感到受了羞辱。

医生或许察觉到了："我没有责怪你的意思，只是在陈述客观事实，客观上来讲，事情就是这个样子的。"

但是这番修饰的话并没有起到任何作用。她内心深处的那根刺，每一次都会因为这样的话而扎得更深了。她切断了自己生活中所有的出口，全心全意只与班迪相依为命，她想要把自己全部的时间和精力都倾注在班迪身上……她要依赖班迪来补足她生命中所有的缺失。但事与愿违，她一开始就选择了一条错误的道路，因此，她之后的每一步都是错的。

当她决定，要重新开始过一种新的生活时，她却不能与班迪切断联系，她决定把他留在自己身边。

暑假两个月的时间……这两个月里，班迪苦恼、厌倦，他的早熟，他的乖巧懂事，让他承受了多么大的痛苦和困扰啊。他把雪恭的痛苦当作自己的痛苦，无论她表露或是没表露出来的意愿，他都当作是命令一样不折不扣地执行。班迪的坚持和固执，让雪恭感到内疚。不仅如此，这个每天都把"爸爸"挂在嘴边的孩子竟然能够再也绝口不提"爸爸"这个词……不仅不提这个词，还把阿吉耶买的玩具、阿吉耶的照片统统锁进了柜子。即便是雪恭从未想到或提到，班迪都要尽最大努力让她开心。但越是这样，雪恭的痛苦就愈发深重，难以承受……

不，不行！从现在开始，不能再这样下去了。从现在开始，他们两人要各自过自己的生活。雪恭的生活是雪恭的，而班迪的生活是班迪的。

从现在开始，她要逐渐切断与班迪的联系，努力过上独立自主的生活。

律师叔叔只是暗示，而医生则坦率地说："你们这种过于亲密的母子关系，还有搂搂抱抱的亲昵行为，现在就应该及时终止了。我觉得，你应该让自己和班迪各自开始新的人生，实现自己的价值。现在就是最合适的时机，要用正确的方式……"

这些话好似戳中了雪恭的内心，最后这句话更是充满了召唤的暗示，让她整个人变得柔软了。

从那时起，她就开始跟班迪分开睡。渐渐地，她开始确信，这对她，对班迪来说，都是好事，都是正确的人生道路的开始。现在，班迪再不会因为爸爸的缺席，在各种地方、各种事情上难过了……如果一个人做出了改变，那么之前的缺失就会被弥补。从现在开始，他将不再孤独，多了两个孩子的陪伴，他将开始像正常的小孩子一样生活。他将会像个男孩子一样的成长，像个男子汉一样！

然而，那天从根伯尼公园回来后，班迪无缘无故的哭泣……之后他那些粗鲁、暴力的异常举止和态度，以及今天的大爆发……

难道雪恭还是做错了什么吗？她坐在那里，思索许久，想要找出答案，到底是为什么？她奉献了这么多，到底是为了什么？

记不清什么时候，就这个问题，医生曾说过，当一个人心中感到非常愧疚，就会找理由为自己辩解……为自己的每一个错误辩解、开脱。如果不这样，那么背负着如此沉重的包袱，满载着愧疚感，人是活不下去的。辩解就是因为心存愧疚。

难道她自己心中也有什么愧疚吗？她给出那么多理由，就是为了对自己充满负罪感的内心进行辩解吗？每一次都宣称是为了班迪着想，难道她不是为了掩盖自己的错误，证明自己是对的吗？

她不接受这个事实。是对是错，她不知道，她也不想知道。这段时间，她所经历的这些，她所感受到的这些，都是她以前从未经历和感受的。如果说她现在有什么遗憾的话，就只有这件事——她为什么不早下这个决心呢？她为什么不早早改变人生的轨迹呢？她是怀着怎样的希冀，熬过那七年的呢？七年来，她的生活就只有煎熬；她在煎熬中，整个人一点一点地支离破碎。七年间，她从未想过要和另外一个男人一起共度一生，以此来让自己的人生变得完整……更没想过要和阿吉耶重新在一起。

现如今，她才感觉到，原来相处的方式也可以有很多种。和有些人在一起，就算共度一生，也还是会感到非常孤独；而和另外一些人在一起，就算是轻微的碰触，也会觉得这是一个可以共度一生，值得信赖和托付的人。

从表面上看，至少到现在为止，她并无任何改变，还是那个学院，那个家，班迪和阿姨也还是像从前一样。然而她内心的各个角落已渐渐被其他的东西填满了。那天她穿着医生送的纱丽，坐在他的车里，医生久久地凝视着她。那种凝视，不仅仅只是注视，在那凝视中还有其他的东西，透过她的每个毛孔，让她整个身心都浸润了，沉醉了。不只在那个时刻，之后许久，她都沉浸其中。

雪恭自己也感到十分惊讶，都已经过了36岁了，在这些事情上，她的心却依然如少女般愉悦，洋溢着青春的气息。跟医生在一起的时候，她是多么热切地期望能够跟医生独处，就这样一直独处下去……

她觉得，虽然年岁在增长，但少女的情怀和青春的气息却未曾离她远去。她的激情只有被满足之后才能平息，否则，只会更加强烈地，不停地折磨她。

　　与她相比，医生的举止要平和、理性许多。她经常感觉到，医生从他自己的人生经历中获得了许多体悟。

　　有件事在她心头徘徊许久，但她还是问了出来，问了那个在她心头盘桓许久的问题。

　　"你说，爱情真的只是肉体需求和精神愉悦的代名词吗？你说，你会时常想起你的妻子吗？为什么会想起她？你会对她说什么？"

　　那个时候，她其实是想听到医生给出这样的回答：他根本不会想起他的妻子……他已经完全忘记了她。就算是谎言也好，至少医生是为了迎合她而说的谎。即使她在内心鄙视自己的这种想法。然而……

　　"好了，雪恭，这件事就到此为止。你再也不要提起她。"医生的声音突然严肃起来，这让雪恭不禁为自己的问话感到懊悔。

　　"跟布尔米拉在一起的生活——无论它是怎么样的，好也罢，坏也罢……都是我自己的隐私，这是不能跟任何人分享的。你不要误会，也不要觉得不好。它已经过去了，是已经完结的篇章。现在我不想再跟任何人重新提起。我不想，也不能。即使到了现在也不行。"

　　接着，他又微微一笑说："况且现在还有什么必要再提起呢？"雪恭感到内心很受伤，焦虑不安，她极力想要装出并没有因为医生的话而难过的样子，但却失败了。

　　与此同时，她生出了一个奇怪的念头——天啊！她自己也一样有着极大的隐私，一个她不想要跟任何人分享的隐私。一个她想要埋藏在内心深处的……偶尔会翻看几眼……但却永远不会把它示人……

不止如此，在医生面前，她常常没来由地觉得自己非常渺小。她觉得，医生能够接受她，是对她极大的恩赐。卑微地生活是她的自我所不能容忍的，但她自己却也没有任何值得骄傲的资本。此时她感到自己深陷在一种异常巨大的精神痛苦之中。

正是医生将她从这种精神痛苦中解救了出来。

现在她在任何事情上都非常依赖医生，她感到，如果没有了医生，她将寸步难行。无论一个女人身处何种境地，都必须要有一个男人陪伴在她身边……而那种陪伴，是真正意义上的身心合一。

不，她现在不会让这种陪伴受到任何的阻碍，即便是班迪，也不行。

她明天就要同医生聊聊。医生的话，包括他整个人，都让雪恭充满了信赖感。医生清晰、理性的分析和见解，总能让她从纷乱、繁杂的困扰中解脱出来。

她和医生的关系，在小城的上流阶层中传开了。一天，学院的校董还专门为此前来询问她，她不知道校董仅仅只是想来问问她，还是他听说了什么风言风语，带着些许的鄙视和谴责来提点她，让她反省。

她好不容易应付了校董的问询。但直到那天晚上，她都无法面对自己的内心。

那天晚上，她把整件事告诉了医生，她情绪激动地说："如果这些人再有非议，我就辞职不干了。让他们自己干去！"

听了她的话，医生只是笑了笑，他那云淡风轻的神情，就仿佛什么都没发生过一样："你要不要辞职，完全得由你自己的真实意愿决定，这件小事不应该成为你辞职的理由。"

医生停顿了片刻。雪恭心中却突然闪过一丝疑惑：医生是不想让她辞职吗？是为了她的钱？还是她的社会地位能为医生……

"今天你要是因为校董的异议而辞职，那如果明天，整个小城都对你有非议，难道你还要放弃这里不成？你肯定会的，只不过是座小县城罢了……不要这么轻易就被别人的流言蜚语所左右。要是如此软弱的话，能做得成什么事呢？事实上，流言蜚语并不来自外界，而是来自自己的内心，所以，这些微不足道的小事才会成为我们的困扰，让我们焦虑。在这些流言蜚语上浪费一分钟，我认为都是不值得的。这些人有什么权利在你的人生道路上指手画脚。"

但是班迪呢？事关班迪的话，那就是另外一回事了。他的权利跟别人完全不同。

刹那间，雪恭感到喉咙一阵焦渴。在冬季的夜晚本不会觉得口渴的……然而，今天，这种干渴仿佛让她的喉咙全部黏结了。这么久，她都没有发觉。

雪恭起身，打开灯，喝了几口水。她转身看着熟睡的班迪。只见他全身盖着被子，只露出头来。恍惚间，她觉得这不是班迪，分明是阿吉耶在熟睡，两个人的面孔是多么相像啊……

难道仅仅是面孔相像吗？

"夫人，别生这么大的气！到底是他爸的孩子！他爸以前就是这样，站在那儿，又摔盘子，又摔碗的……"

她常常感到惊讶，人类是何等神奇，能通过一粒微小的基因，将自身的容貌、神情、习惯、性格、脾气——所有的一切都遗传给自己的孩子。有一次，律师叔叔看到了班迪之后也如是说道。

雪恭心中生发出一股异常的焦虑，不只是焦虑，还有愤懑和控诉。阿吉耶的存在仿佛是为了证明雪恭的人生就是个错误。她每做一件事，每讲一句话，她的观念、态度和方法……什么都是错的。雪恭多么独立啊！雪恭多么强势啊！雪恭这个，雪恭那个……说不清究竟是谁的错？她的，还是阿吉耶的……七年了，这七年来的每一天，她都一直遭受着这些错误给她带来的负罪感和某种程度上的折磨。

现在，又轮到了班迪……以同样的方式来证明和指责她的错误和罪过。或许他这一生都会以同样的方式来证明她是错的，完全以相同的方式，就像阿吉耶一样……

不，绝不，她现在不会再让任何人像从前那样来掌控她了。

班迪已不再是她和阿吉耶之间联结的纽带了，她也不允许班迪成为她与医生之间的阻碍。但然后呢？

雪恭关了灯。她心中所有的忧虑和惶恐，向四周蔓延，湮没在这无边的黑暗之中……够了！就这样吧！

清晨，班迪醒来后，满脸落寞，异常的怯懦，异常的无助。

这完全就是班迪啊！他身上哪里有半点阿吉耶的影子？这是那个事事都要依赖她的班迪啊，是那个她含辛茹苦，抚养长大的班迪啊！在雪恭的面前，阿吉耶从未显得如此消沉，如此无助过！面对班迪落寞、消沉的神情，昨夜在雪恭心头集聚的那些愠怒，全都烟消云散了。

在班迪身上看到阿吉耶影子的时候，雪恭认为她找到了今后要走的路，她本已下定决心，要走下去；然而现在，她又再次迷失了。刚走出去的雪恭，又退缩回来，那样焦虑不安，那样犹豫不决。

最近这段日子，雪恭只要陷入焦虑不安的状态，她就会第一时间想起医生，只会想起医生。每次，他都能非常轻松、自然地分担她的焦虑，解决她面临的问题，让她从忧虑和麻烦中解脱出来，让她心情平复。然而涉及班迪的问题……

昨天，医生虽然看到了雪恭的焦虑不安，但他却一言不发，他是觉得厌烦了吗？本来他们已经订好了婚期，所以雪恭才把大家请到家里庆祝这个喜事，然而班迪却闹了这一出……此时她的内心怎能不生出巨大的疑虑？班迪的事，根本无法与医生开诚布公地谈论，就如同无论她如何努力，都根本无法与医生谈及阿吉耶的事情一样。

那天从根伯尼公园回来后，班迪的哭泣，他那强烈的敌意……他从心底生发出的对医生的厌恶和幼稚的反抗，所有这些，雪恭都非常清楚。但她却一厢情愿地笃定，这些日子她所忧虑的事情，都会好起来。她想好了，如果可能的话，她就把班迪的问题交给医生来解决……然而昨天发生的一切，却让她内心的那种笃定，产生了一丝动摇。不止如此，她和医生之间似乎也莫名地出现了一道无形的裂痕。她感到，这道裂痕在她的心上扎进了一根刺。

如果真的是这样，那么之后呢？医生的过去已经翻篇，已是完结的篇章，他现在不会再打开，不会再提起，就算是想打开，也没有这个可能了。但她的篇章呢？某些地方还没有完结，还要跟她的下一个环节多多少少黏结在一起，永远不会完结！

阿吉耶已经把她的名字、她的存在，从他的人生清单中抹除掉了，开始了新的人生……也许非常幸福，非常圆满！但她的清单呢……

一想起阿吉耶，她心中顿时喷涌出成堆的愤恨。与此同时，她想着，如果班迪不能跟他们融洽相处，那她就把班迪送到阿吉耶身边去。

阿吉耶不是也正想把班迪带走吗？现在是什么情况？他那边到现在没有任何消息，没有任何音讯。无论如何，她还是会把班迪送去的。

就让班迪作为一根刺，扎在米拉和阿吉耶之间吧。也让阿吉耶尝尝带着这孩子生活会经历的痛苦……过去的一切是不会那么轻易地从清单中抹除掉的……

然而这时班迪那张落寞、惊惧、无助的面孔浮现出来："妈妈，我跟爸爸说了，没有妈妈，我哪儿都不能去……我永远、永远不会抛弃妈妈的……妈妈别哭……别……哭……"想到这儿，雪恭禁不住落下泪来，泪如泉涌。医生又如何将她从这种痛苦中解救出来呢？她没有幸福，但却有着完全无法与人分担的痛苦。

即便此刻坐在医生身旁，雪恭内心的焦虑也没有丝毫减轻。好几次都是，开启个话题，聊着聊着，就中断了。不清楚医生是怎么想的，但雪恭觉得他们之间有什么介入了……也许是班迪……也许是阿吉耶，也许班迪只是个借口。

"怎么了？雪恭，你看起来有些焦虑！"雪恭，要说出来吗？但是怎么说呢？难道告诉他，班迪不能容忍医生和她之间的亲密关系吗……她这些天已经看出了端倪，然而……

"是因为班迪的事情而焦虑吗？……"

长久以来，她都尽量回避这个话题，但终究还是来了。雪恭的脸显得异常无助，就好像她犯下了什么错误，被抓了个现形。

"雪恭你知道，班迪是个问题小孩儿，但他的问题都是小问题，倒是可以容忍的。"

雪恭感到，医生就像是在说——得了感冒，所以身体会疼痛。这种事情也能以这种诊断病情的方式来表达吗？还有，什么是问题小孩儿？疯了，傻了，脑子有问题的，还是……

但是不行，她为什么要拿医生跟她比呢，她怎么能奢望医生跟她一样慈爱呢，像个妈妈一样设身处地为班迪着想呢！也许医生根本就没想过要当班迪的父亲！

"但这有什么可焦虑的？这是非常自然的。"

"什么？"雪恭一下子惊呆了。医生是在暗示阿吉耶吗？但时至今日，她从未跟医生提起过与阿吉耶相关的任何事情……她不愿意，也不能够。

"问题在于班迪的态度！他一直跟你相依为命，因此，他的占有欲是非常强烈的。他见不得别人跟你在一起……见不得你对别人……"

听了这话，雪恭的脑海中突然浮现出许久以前律师叔叔说过的一句话："你知道的，阿吉耶非常自我，占有欲非常强。你只有把自己全部牺牲掉，才有可能得到他；如果你想保有自我，那就一定会失去他……"

她不能把自己牺牲掉，所以她不可避免地失去了阿吉耶。她永远不可能牺牲掉自己。现在她的牺牲意味着，结束她和医生之间的一切关系。但这……雪恭的心沉了下去。

"对待这事，你得有耐心。你知道，对待这种孩子，如果太严厉，他们就会变得沉默寡言；但如果百依百顺，太纵容，太温柔，他们就会变得肆意任性。"

医生像在给病人诊断病情一样说着。仅仅是诊断吗，或许还有其他意思。

"如果想要让班迪心满意足，你得先让自己心满意足。但你却太善解人意了，雪恭！"

雪恭注视着医生，仿佛想要看清楚这话背后的意思，看清楚它真正的含义。

但是从医生的脸上什么都看不出来，没有任何波澜，脸色也没有任何变化……或许是雪恭自己的视线模糊了，没能看清楚。

她能做什么呢？她的心早已千疮百孔，完全做不到轻松自在。她已然泪眼婆娑。

医生深情款款地抚摸着雪恭的背。一时间，雪恭想要完全投入医生的怀抱。

难道医生真的不会因为班迪跟着他们生活而不快吗？医生的那个抚摸轻而易举地将她的心结渐渐打开了。

"但是……"雪恭想说些什么，却不知从何说起。

"但是什么呢？"

"你不了解，医生……班迪，班迪多多少少继承了阿吉耶的秉性，他是永远不可能容忍你跟我在一起的。我知道……"雪恭觉得，现在她想要对医生完全敞开心扉。

"那又怎么样？"

雪恭没再继续说下去了。事关她的自我，或者说自尊心，还有她的羞耻心，这些都是不可逾越的界线，她不想让任何人跨越这个界线。将来应该怎么办的事情，怎么能问医生呢？又怎么能告诉他，她之前的往事呢？

"你听我说，雪恭，你在前夫的阴影下看待班迪，那会得出错误的结论。我虽然不清楚，但我可以想象得到，你心里可能会恨他……但没想到，你是这么痛恨他……但这对你有害无益。"

之后，他用好像要结束这整件事的口吻说道："好吧，你把班迪的事交给我。你没必要再为这件事过度烦恼了。"

她怎么把班迪的事托付给医生呢？雪恭不知道。她也不知道，终日忙碌操劳的她，时间都去哪儿了，但此时，她确信，她需要一个这样的倚靠，在她疲惫失落的时候，可以安慰她，支持她……一个她可以毫无保留，把所有一切都交给他，让她安心地倚靠。

长久以来，集聚、压抑在她内心的情绪，一下子爆发出来——她被击溃了，投入了医生的怀抱。

医生轻抚着她的后背，在她肩头摩挲……安慰她。他的话语充满慰藉，他的抚摸情意绵绵，这让雪恭觉得，她内心所有的紧张、不安都释然了……所有的矛盾、纠结都消散了。心中一片清静……一切都变得自然、澄明。

孤身一人走了这所有的路，与所有的困难缠斗，她却从未感觉到自信与力量，然而今天，她却感受到了，在她把自己全身心地托付给医生之后。

一个人，把自己完完全全地交付出去，心甘情愿地把自己奉献出去之后，会得到多少啊！

十

妈妈结婚了。

婚礼上什么都没有，没有歌舞音乐，没有传统的新婚仪式，没有烟花爆竹。剩下的情节和画面，虽然班迪亲眼看到了，婚礼也亲自参加了，但不知道为什么，结婚当天，他却没有任何感觉。

然而此刻，在冬日的黄昏，昏暗的光线中，班迪独自一人躺在空旷的屋顶，妈妈的婚礼正在进行，不是在现实世界，而是在他的心中……内心的层层叠叠中。对于这次心中上演的婚礼，他不仅看到了，而且也真切地感觉到了。

草坪上搭建一个简易棚子，认识的，不认识的脸孔挤在一起，又笑又闹，又吃又喝。"恭喜"……"贺喜"……"嘿，班迪，吃个甜食吧，孩子，这可是你妈妈结婚的吉庆甜食呢"……好多孩子……很多闹哄哄的声音，很多话语交汇在一起。今天大家聚在一起，就是为了热闹欢腾。那一天，草坪上花园里的花朵竞相绽放，有如一道道红黄交织的闪电，熠熠发光。一片花的海洋，流光溢彩，五彩缤纷。此刻，无论班迪是闭上眼睛，还是睁开眼睛，那些花海纷纷汇聚在他的四周，浮现在他的眼前。

为什么只有花，为什么只有黄昏的婚礼？婚礼之前还有许多事情在外面发生，一时间，全部在他心中涌现出来。一切都是那么清晰，就像现在还正在进行一样。班迪觉得这婚礼的一切都没有结束。他觉得，这婚礼不是已经发生过了，而是现在正在进行，就是现在！

班迪在自己的桌子上写着作业，妈妈正在浏览学院的公文。迪杜的阿妈怀里抱着个洋娃娃玩偶从后门进来了。

妈妈有些错愕："啊，是您啊！您来是有什么事吗？您请坐！"

"我说啊，大妹子，咱们都是邻居，可我没什么时间来这儿。下午倒是能有个把小时，上午和晚上我忙得眼睛都没时间眨。"

之后她又看着班迪说："这会儿，瞧瞧您的班迪！在那儿学习，多安静啊，再看看我们家那孩子，一天二十四小时在家上演'摩诃婆罗多'大战。"

"阿姨，迪杜怎么没来呀？"迪杜的阿妈来到这个家说了好多好听的话，这让他有了问话的勇气。

"迪杜怎么来得了呢，他正在那儿玩撞球呢。"

"班迪，儿子，你快去跟阿姨说，让她煮杯茶来。"

"别了，大妹子！我喝过茶来的。实际上我来这儿，是为了要讨口婚礼的甜食吃。昨天晚上我们家那口子，回来跟我说了这个好消息。他说，你去道个喜。不管怎么说，就算看在孩子们常往来的份儿上，更何况，还是邻居！"阿妈的脸上露出一抹诡异的笑。

妈妈的脸为什么变得这么红？

"早些日子，就碰见过医生先生几次，那会儿还以为是家里有谁生病了！可是等到班迪告诉我们说家里没人生病，我们就猜，肯定是要做大兄弟了！"

妈妈沉默着！班迪觉得妈妈瞥了一眼自己。

"您知道我啊，大妹子，可没那爱管别人家闲事儿，到别人家瞎打听的毛病，这不都是邻居嘛，所以难免都会瞧见；但我这人，可不是那有事儿没事儿爱四处打听，到处瞎传闲话的主儿。再说了，您是文化人，又是校长，什么形形色色的人都往您这儿来。"妈妈就像一个木偶一样呆坐着。

"班迪肯定高兴坏了吧！这个小可怜，过去总是一个人四处闲逛，到处找人玩儿，我真是心疼他。现在倒好了，一下子全乎了，又有新爸爸，又有新姐姐和弟弟了……"

她偶尔瞅几眼妈妈，她的眼中有种莫名的东西，让人如坐针毡。

晚上，妈妈一直在跟他不停解释："你会很喜欢那儿的，班迪，会非常非常喜欢那儿的，儿子……"

妈妈所有的话，班迪都听着。没有任何疑问，没有任何反驳。

只是爸爸的面孔不断在他眼前闪现。

班迪躺在自己的床上，全身盖着被子，只露出头来。屋子里一片漆黑。只有妈妈开着一盏台灯，坐在她的桌前正写着什么。最近，妈妈总是一直忙着做事。她跟班迪说吃饭，他就吃饭；说喝牛奶，他就喝牛奶；说去学习，他就去学习。

坐在半明半暗之间的妈妈看起来像什么呢？突然他脑袋里闪出了一个念头——孟加拉的女巫师！或许是阿姨曾经讲过这个故事，抑或是他在某处读到过。那个女巫师有一半身体隐没在黑暗中，而另一半身体则明亮发光。

他突然害怕起来。从医生先生来到这个家，摆放上那个魔力瓶子那天起，班迪的内心就有一种异常的畏惧感在蠕动。有一次，他鼓起勇气，到处去找那个瓶子，他翻遍了所有的抽屉和柜子，却一无所获。也许有魔力的东西都会施展魔法，把自己隐藏起来。

蜷缩在桌边的妈妈，突然站了起来，来到他近前，唤道："班迪！"

班迪立刻闭上了眼睛。那是熟悉的声音，他的妈妈的声音。但畏惧却在他心中蔓延开来。

"睡着了吗，儿子？"妈妈靠近他，为他重新盖好被子，掖好四周的被角，然后坐在他的床边，轻轻地抚摸着他的额头、他的脸颊。

班迪感到，就算妈妈此刻什么都没说，她也是在让他确信——你会喜欢的，班迪……你会喜欢那里的。

妈妈的抚摸，让班迪内心的畏惧迅速被另一种暖暖的东西覆盖了。他想立刻掀起被子，紧紧地抱住妈妈。不知道是因为妈妈让他相信了，抑或是他自己相信了。

然而，他却硬咬着嘴唇，抑制着这股冲动。

"夫人！"

阿姨的声音怎么变了这么多！他想睁开眼睛瞧瞧，到底是不是阿姨在说话。

"你有什么事啊，阿姨？"妈妈用甜甜的声音说着，已经很久没有听到妈妈用这么甜蜜的声音说话了。

"夫人，这么多年来，我一直给您干活儿，现在我要去给大神干活儿了，还能干什么？"

"有什么事，你就说？"

阿姨沉默着！是正在流泪吗？但是没有任何的声响啊。

"你也在生我的气吗，阿姨？"妈妈声音哽咽着说。

"唉，我们这些帮工的人，敢生什么气。不过大神让我们长了舌头，我就一定得说道说道。您把脸都丢尽了，我们现在没脸在这儿立足了。就算是您揍我，我也无所谓，这话我要是不说出来，我就活不下去。"

班迪听着，心中难过起来。

"现在您要把孩子带过去住，这是什么为您添光增彩的事儿吗？是啊，外人都是大人有大量，嘴上都不会说什么，人家为什么要说？但是阿姨我是一定要说的。"

现在阿姨又开始说婚礼的事情了。妈妈结婚是不好的事情吗？

"您是知道的，您把医生先生带到家里来，我们直到现在还特别生气。但您还是什么丑事儿都做了……我不想再看见这些烦心、恼火的事儿了。"

妈妈一定是坐在那儿咬着嘴唇。每当妈妈无话可说的时候，她都会咬着嘴唇。

"夫人，年轻人就是盲目冲动，但总有变老的时候。真是个大灾难！先生的所作所为，给您带来了伤害，而您现在的所作所为，正在给这个孩子带来伤害。您看到孩子阴郁的小脸儿了吗？"

"阿姨！"突然，一个严厉的声音在屋子的各个角落回响。霎时间班迪的心也跟着震颤了一下。

"阿姨，我是十分敬重你的，比对我的妈妈还更加的敬重……但是，我自己的事情，从来不让我的妈妈指手画脚，说三道四……我记得她也从来不说什么。"转瞬间，阿姨愣住了。"我不会给任何人指手画脚，说三道四的权利。"

"夫人，我说了，请您把我送到赫尔德瓦尔①……就这事儿！"

"你想要哪天去，我立刻着手安排。这儿的东西，你想带走什么都行。毕竟，你照看这个家有功，跟我拥有同等的权利。我还能再说些什么呢。"妈妈的声音充满了异样的柔弱。不，不是柔弱，妈妈只是累了。

阿姨要走了吗？如果离开阿姨，他要怎么活呢？还能活着吗！妈妈为什么不跟她解释，不劝劝她说："阿姨，你也会喜欢那里的，会非常喜欢那儿的。"

明天他就去劝阿姨。就算阿姨不听妈妈的话，也会听他的话的。阿姨也一样，离开了他，她要怎么活啊？但如果阿姨不留下来，那该怎么办呢？

咔嗒！妈妈关上了台灯。班迪即使闭着眼睛，他也能感受到屋子里的黑暗更加深重了。

班迪睁开眼睛。隐没在黑暗中的妈妈看起来非常模糊，她慢慢地走到旁边那张床上躺下，裹上了被子！

---

① 赫尔德瓦尔（原文Haridwar），印度教七处圣地之一，是印度北阿坎德邦（Uttarakhand）一个重要的朝圣城市，恒河水从源头流下后，经此地进入恒河平原。

阿姨走了以后，班迪的心散了。妈妈的婚礼过后，这个家也散了。

这个家的好多家具杂物都早已搬到那个家去了。下周一，妈妈就要从这个家搬到那个家去。有人告诉妈妈，周一是个吉祥的好日子，所以妈妈暂时还住在这个家。阿姨不搬过去，她去了赫尔德瓦尔。班迪不知道要不要搬过去？之前妈妈已经解释了很多遍，班迪也都理解了，但是阿姨的离去，让一切都变得混乱不堪。

没有了阿姨，他感觉很糟糕，对什么都失去了兴趣，觉得哪儿都不对，不喜欢这个家了，那边的家就更不喜欢了。

自从阿姨离开了以后，阿姨离去时的画面却总在眼前浮现。临行前，阿姨在厨房把所有的锅碗瓢盆都洗得干干净净，摆放得整整齐齐。

班迪过去经常开玩笑说："阿姨，妖怪布拉吉的灵魂在鹦鹉的脚上，你的灵魂就在这个厨房里。如果哪天要杀你，就把这个厨房……"

"嘿，我的灵魂要不在这厨房里，你吃什么，喝什么，知道吗……"

班迪觉得，阿姨把她的灵魂留在了这个厨房，而她把这个厨房的灵魂带走了。不只是厨房的灵魂，没有了阿姨，整个家变成什么样子了？阿姨每天在的时候，不觉得阿姨有多重要，有时甚至感觉不到她的存在，只要知道阿姨在就行了！但是现在阿姨不在了，时时刻刻都能感觉到——阿姨不在了，阿姨不在了。

阿姨站在月台上！带着一个小铁箱，上面挂着一个包袱。妈妈想要送阿姨很多东西，但阿姨什么都不要，只是紧紧抱住班迪，眼泪不停地流淌。

班迪紧贴阿姨站着，却一滴眼泪都没流。他只是看着这一切，默默地看着这一切。他到现在都不相信，阿姨真的就要走了。他不能相信，阿姨也一样要撇下他，离开他。他用小小的手牢牢抓住阿姨的手，抓得紧紧的，只有这样，阿姨才会在他身边，他才能抓得住。

妈妈打开钱夹，从里面取出一张百元卢比的纸钞，递给她说："阿姨，你为了班迪辛苦操劳这么久，看在班迪的份儿上，你也得拿着这个。万一有什么……"不知道妈妈接下来想说什么。

"不，不要，夫人，您可别让我们犯下什么罪过，别提什么看着谁的面子不面子的！我什么都不要，我要去的是大神的庙堂，哪儿还需要这些钱呢？您如果想给我点儿什么，就给我发个誓吧，最近这些日子，您一直不管不顾，忽视我的班迪小弟，请您以后再也不要这样做啦。他虽然有父亲，却跟没有一样，现在别再让他没有了母亲……"说着，阿姨用纱丽的一边把脸蒙上了。

妈妈泪眼婆娑。

"阿姨，你说的是什么话……"妈妈无法继续说下去了。

在拥挤的人群中，仆人把阿姨送上了火车。汽笛声……信号旗……汽笛声……人潮，喧嚷……臭味。在所有这些事物中间，一只颤抖的汗津津的手，从班迪的小手中抽开了，班迪再也抓不住那只手。之后，就好像，原本拥有的东西，都一样一样地从班迪手中溜走，现在他什么都抓不住，留不住了。

回去的路上，班迪默默地坐在妈妈身边。"班迪！"妈妈深情地将他揽入怀中，这时，班迪突然大哭起来："妈妈，把阿姨带回来……把阿姨带回来……"

"孩子，别哭，她很快就会自己回来的。没有你，她能行吗？能待得住吗？"

刚刚在月台上，在一堆行李和火车旁边，班迪觉得，阿姨哪儿都不会去，她不会走的。然而现在，听了妈妈这么说以后，他反而觉得，阿姨再也不会回来了，永远不会回来了。

第二天放学回到家，看到花匠的媳妇儿在给他们做饭，班迪就在心中反复回想：每次放学回到家，除了阿姨，从来没别的人给他做过饭，照顾他吃饭。难道阿姨只是给他做饭，照顾他吃饭吗？吃饭的时候还有呵斥，呵斥中还有疼爱，还有其他林林总总……

阿姨怎能忍心离开这个家呢？她的圣罗勒^①祭台，角落里散落的那些被光线涂抹上斑驳土色的围裤^②和罩衫，摆在院墙壁龛里的那个被她涂满朱砂的哈奴曼神像……她嚼槟榔果时的"吧唧吧唧"声，她那浓烈的汗水气息……她那嘶哑跑调的歌声……她讲的故事里那些国王王后、妖魔鬼怪、巫师怪兽，所有这一切，都依然留在这个家中，就好像阿姨从未离开这里一样。

后天，他也要离开这个家了。那个时候，他也就完完全全地离开了阿姨。"班迪，你为什么垂头丧气的。我跟你讲，你真的会喜欢那里的，你会很喜欢那里的，我的孩子！医生先生是多么的关爱你……"之后又是很多很多的话语，很多的保证，很多……

"瞧，这是谁啊，班迪啊？来来来，孩子，还有四天就走了，好好来玩吧！之后班迪就要去住高楼大厦了，估计到时候都会不记得迪杜在哪儿了。来往出行都要坐小汽车了……趁现在就痛快玩玩吧，

---

① 圣罗勒（原文tulsi）是原生于南亚次大陆的一种多年生草本植物，是印度阿育吠陀（印药）中的一种常见药物，在印度教的宗教祭仪中被广泛使用，用以祭祀神祇，有时它也被视为大神的化身。

② 围裤（原文dhoti）是印度人穿的一种下衣。

班迪……"

阿妈的脸上还是那种诡异的笑容，虽然咧着嘴角，却感觉并没有在笑，而是像在表达什么。班迪不清楚，但这让他觉得很难受。

所以接下来的几天，班迪就再也不去迪杜家里玩儿了。

今天要去新家了。下午4点开始，就是良辰吉时。医生先生昨天来了，劝说好久，想要让他们当天就搬去新家。他说，星期天大家都休息，正好方便搬家，什么吉利不吉利的，有什么关系呢？

"班迪，怎么了？今天就搬去那个家吧？乔德正在等你呢。"班迪没有说话，只是看着医生先生的脸。他真的是在询问他吗？乔德的面容浮现在他眼前。婚礼那天之后，他就没再看到她了。妈妈既没有去过那个家，也没有孩子从那个家过来。也许不是良辰吉时吧！

"你知道，已经等了这些天，也不差这一天。不管你是否赞同，在不吉利的时辰，我是什么事都不会做的。"

什么是吉利和不吉利呢？又该怎么做呢？班迪不知道。他只知道，妈妈拒绝了星期天搬走的提议。这就是说，他今天也不会去了。去就是去，都是去，明天去，今天去，又有什么差别！反正都是要过去的。但是妈妈却在意这些吉利、不吉利的事，所以就不让去。

然而，今天，此刻，就要去了。

班迪放学回来了。妈妈把剩下的行李也派人送到那个家里了。空荡荡的厨房，空荡荡的衣柜，空荡荡的桌子，空荡荡的地面……

他看着空空如也的柜子，里面的玩具都不在了，然而所有那些玩具却在他眼前浮现……爸爸买的玩具！

他突然想到，爸爸倒是非常清楚这个家的地址，但现在他们要走了，爸爸怎么跟他们联系呢？怎么知道他们的地址呢？已经很久没有爸爸买的玩具寄来了，也没有任何关于他的消息。爸爸是知道妈妈已经结婚了的。现在我们要去新家住了。这次爸爸走了多久了……一……二……三……六……七……八个月过去了。

医生先生的车已经停在那里了。医生先生没有来。妈妈去上班了，一会儿就回来。

班迪坐在走廊的台阶上。落日的余晖照进他的小花园，花园里的花草树木显得郁郁葱葱。浇水的粗管子盘绕在草地上。今天他没有给他的花园浇水。

"那边的花园将由你来专门负责哦，儿子。"妈妈每天都会提到这事，班迪已经听够了！

角落里的杧果树苗，绿油油的叶子在风中摇曳。

"班迪小弟，等你长成青年人的时候，这些小树苗就成长为大树了……娶媳妇儿，生孩子……开花，结杧果……你长大后是要当个园丁吗，班迪小弟，这么刨根问底儿的？已经干了不少活儿了，去歇会儿吧！"

哒哒哒，妈妈来了。她的披肩的一角垂落在地上，希拉勒尔和花匠也跟着来了。

之前妈妈从学院回来，都是一脸倦容；但现在她看起来却不像是刚从学院回来，而是为了去学院刚妆扮完毕才出了门。这些天，妈妈是多么开心啊。发缝里的朱砂粉①闪闪发亮。刚开始，他还觉得妈妈那红红的发缝看起来非常奇怪，现在，他倒不觉得奇怪了，但眼光还是不由自主地停留在那里。

---

① 朱砂粉（原文 sindoor），此处指新娘发缝里涂撒的朱砂粉，表示吉祥、已婚和有丈夫的保护。

"儿子，你回来了？吃饭了吗？走吧，我们现在出发。"希拉勒尔把屋子一间一间地锁上了。妈妈把手搭在班迪的肩头，对花匠命令道："花匠，你听好，要把班迪小弟的所有花草树木都移栽到那边去。茉莉花、玫瑰、凤尾花——还有哪些花草能移过去的，儿子？"她的眼光立刻落在了那棵杧果树苗上。

"这棵杧果树苗能移栽过去吗？如果可以的话，一定要移栽过去。"妈妈又叮嘱了一些事。

班迪坐上车，飞快地瞥了一眼自己的家，然后用下巴抵着车窗。现在所有的一切都要离去了，几天前，他还不愿意接受抛弃这儿的一切，离开这儿的事实。

车开动了。但此时他好像看到了些什么？这个家，这个花园，双手合十站着的希拉勒尔和花匠，所有这些好像跟着行进的车子一同奔跑了起来——模模糊糊，摇摇晃晃。还有些什么，是并未离开的。

"班迪！"妈妈把他揽入怀中，他被迫靠在妈妈身上，但班迪没有哭。

"孩子，这不过是学校的房子，不是我们自己的家！那里才会是我们自己的家，会有我们的亲人。"

妈妈的声音一瞬间嘶哑了，不知是因为喜悦还是因为悲伤。班迪自己倒是既不开心，也不伤心。他心中一片茫然，只知道他要离开了。

十一

这幢楼房通体崭新明亮，就好像昨天刚刚建造好一样。

班迪对这幢房子有着模糊的印象，当他第一次看到它的时候——土色的外墙，布满灰尘。现在几乎认不出来了，怎么会有这么大的变化呢?

一瞬间,刚刚离开的那个自己的家浮现在眼前,那个跟着前行的汽车一起随着他奔跑的家……然而,到了这儿,突然就消失了。那个家,小花园,双手合十的希拉勒尔和花匠……眨眼间都消失不见了。

头一次,孤孤单单的他跟着妈妈来到了这个家……妈妈说过好几次——不是说,而是请求:"走吧,儿子,乔德叫你过去呢",或是"医生先生专门邀请你过去"。但他从来没有来过。有时候妈妈一再坚持让他过去,还是阿姨出来为他解围说:"哎呀,为什么要逼迫孩子呢?孩子不想去,怎么去呢?"

然而,今天,谁都没有专门邀请他……妈妈也没有提出要求,他却来了。如果是在他自己的家里,阿姨和那些家具都还在,他就能够反抗。但现在那个家空空如也……这次他不得不来了。

所有人都站在门廊里……医生先生、乔德和阿米。他们穿着新衣服,脸上带着笑容。

"Hello……班迪!"医生先生立刻走上前来把班迪抱起来,搂在怀中,然后亲了亲他的双颊。班迪没有反抗,他慢慢地出溜下来。

"你怎么没去接我们啊,就派了辆空车过去?"妈妈说话的口吻,像在撒娇,她平时不是经常抱怨他说,你整天有什么好撒娇的?现在倒好,她自己却在这儿撒起娇来,妈妈都这么大的人了!

"我要是去了,谁在这里迎接你们呀?"医生先生把妈妈紧紧揽入怀中说,"整整十天,今天你才来到这个家,这十天里,我把这个家收拾得大不一样了吧。"

医生先生把手搭在妈妈肩头上,或者搂着妈妈,这种情形,班迪已经见过好几次了,但是,不知道为什么,只要看到,一种新的情绪立刻就会在心中滋生。他想把目光从妈妈身上移开，但又忍不住一直盯着被人搂住的妈妈。

妈妈走进这个家的时候，看起来好像对这里的一切都非常熟悉。而他却对这里一无所知。乔德把他带到哪儿，他就跟着她去哪儿——只跟在她后面。

"儿子，这不过是学校的房子。那里才会是我们自己的家，会有我们的亲人。"班迪这样想着妈妈的话，但他在这些"亲人"中间还是会感到胆怯，他用陌生的眼光打量着这个"自己的家"，为了融入这里，为了让它成为"自己的家"！

彩色的新油漆涂刷的屋子里，油漆的味道充斥着每一个角落。但与此同时，他还嗅到了另外一种味道，这种味道只有他闻得出来，但他却并不清楚那是什么。

大大的卧室！浅蓝色的墙壁上垂挂着深蓝色的窗帘和各色的挂毯，非常柔软。两个崭新锃亮的柜子。班迪睁大了眼睛，用手抚摸着它们——多么光滑啊！用手指轻轻抚过，那上面就会留下一道浅浅的印迹。班迪又仔细瞧了之前没注意到的东西，卧室中央摆放着两张床，床头靠墙，在两张床边各有一盏床头灯。班迪想要把灯打开，看看灯光究竟照在哪个位置。他心中暗想，他要在这边睡，妈妈去那边睡，不困的时候他可以在灯下看会儿书，然后，躺着就能把灯关掉，然后就睡觉。

床的另一边摆放着一张梳妆台，这上面放的瓶瓶罐罐是妈妈原来那张梳妆台上的四倍还多。这都是谁摆放的呢？班迪的眼睛忽然开始在这些瓶瓶罐罐中搜寻那个带着魔力的小瓶子。不，它没有在这儿。顿时，他暗自松了口气。

班迪站在一角，把这个房间重新打量了一遍。眼前出现的正是他想要的那本厚厚的彩色家居杂志上的房间。医生先生真的是按照那个房间的样子，为他们布置了一个完全一样的房间。瞬间，离开家的那种沮丧感似乎消退了。

回头要把自己的朋友们带来，给他们瞧瞧，让迪杜的阿妈也来瞧瞧！她常那样哂笑——现在，来，再笑一个！她肯定从来没见过这样的房间！

"班迪，告诉我，你觉得这个房间怎么样？喜欢吗？"医生先生用手抚着他的后背问道。班迪心中欢喜，笑着说："我喜欢。"班迪也开始喜欢医生先生了。

乔德和阿米跑过来说："爸爸快走，去吃饭了。"

大大的桌子上摆满了丰盛的美食。班迪觉得婚礼那天根本没有结婚的感觉，而今天他才真正感受到妈妈结婚了；但转瞬间，他看到乔德和阿米都穿着鲜亮的新衣服，在他们新衣服的映衬下，自己褪色的脏兮兮的校服，让自己显得黯然失色、傻里傻气。这让他觉得自己与他们格格不入，并不能成为他们中间的一员。

往常班迪放学回到家，阿姨做的第一件事，就是给他换衣服。妈妈也应该考虑到啊，来这儿之前，至少应该帮他把衣服换了呀！

"不……不，雪恭！别坐那把椅子，那是阿米的椅子。他们两个各自都有专属的椅子，要是有谁坐了他们的专属位置，他们就要掀起暴风骤雨了。"

"好！来，我们也来挑自己专属的椅子。"妈妈笑着说，然后把医生先生对面的那把椅子拉了出来。班迪现在还直愣愣地站着。

"儿子，你也选一个自己的专属椅子！你说，是要坐这边，还是那边？"每个人都有自己专属的位置，专属的椅子，只有他没有，他只能从别人挑剩的座位里做选择。他默默地在乔德旁边的那把椅子上坐了下来，原本消退的沮丧情绪又涌上了心头。

阿米和乔德嚷着："把这个拿过来，把那个拿过来……嘿，本西拉尔，这里面为什么要放青椒……今天为什么没有葡萄……我的咸饼干呢……"在他们的叫嚷声中，班迪觉得自己看起来可怜极了，不仅可怜，还被无视。

医生先生像对待客人一样热情地款待他："班迪，来，吃这个……孩子，吃那个，你会喜欢的。"他倒真成了客人了。

"别不好意思，班迪，你喜欢什么，就吃什么，在自己家，有什么好害羞的。"妈妈这样说着，就像她自己已经是医生先生家里的人了。也许是这样的，结婚之后她就成这个样子了；但他却不可能像妈妈一样，结婚的又不是他！

他的眼前又浮现出之前在自己家吃饭时的画面。有时是他自己坐在饭桌旁，有时是和妈妈，还有一边照顾他吃饭，一边叨唠他的阿姨："哎呦，你吃完饭了吗？剩下的谁吃啊？……班迪小弟，你要是再不好好吃饭，我就拿竹竿把食物捅进你的嘴里，知道吗！别以为当着你妈妈的面，你就可以在这儿使性子，仗着有妈妈护着，你就在这儿蹬鼻子上脸！"妈妈一直不停地在笑。

他抬眼朝妈妈望去，此刻妈妈也正在笑，一个人怎么会有那么多种不同的笑容呢？

"Hello，医生……是正在办家庭欢迎宴会吗？"

这个声音突如其来，让班迪吃了一惊。一个高个子的男人走了进来，他的声音震得整个屋子都嗡嗡作响。一个人怎么能制造出这么大的声响呢？他真的是太高了！要完全把脖子伸长，才能看得到这个人的脸。

"快来……快来，沃尔玛！你来得可真是时候！"

"沃尔玛先生，您好！"

"叔叔好！"

所有的人都认识这个高个子的男人，只有他不认识。

"今天这个餐桌看起来才真的像个餐桌。"那个高个子男人一边盯着妈妈看，一边说着。

医生先生嘻嘻地笑起来。妈妈的脸，腾的一下，红了起来。最近妈妈的脸动不动就像这样红起来，就好像红玫瑰不是插在了她的发髻上，而是挂在了她的脸颊上。

妈妈拿起一个盘子，放在他面前，他立刻大叫——

"No，No，我一点儿都不饿，乔希太太。"

"乔希太太"！班迪立刻看着妈妈，妈妈什么都没说。一直以来，妈妈不都是被称作"布德拉太太"吗？怎么现在……

班迪突然想起在学校的时候，盖拉什冲他嚷嚷："嘿，班迪，你现在姓乔希了，朋友！班迪·乔希，哦，不对，是阿鲁伯^①·乔希。"

"去你的，我为什么要姓乔希？我是阿鲁伯·布德拉，班迪·布德拉！"

"拉倒吧！乔希医生现在不是你的爸爸吗？"

"完全不是，根本不是，当然不是，我的爸爸是阿吉耶·布德拉，他住在加尔各答。"

"反正现在你们也不住在一起，你那个爸爸！"

"你要是再废话，我就揍你了！"班迪想要把这个叫盖拉什的小孩儿狠揍一顿。

之后，他整天都会在纸上一遍遍地写：阿鲁伯·布德拉……阿

---

① 阿鲁伯（原文Arup），是班迪的大名，班迪（Bunti）是昵称。

鲁伯·布德拉，班迪·布德拉。午饭时间，他就坐在操场上，用手指在地上一遍遍地写：布德拉……布德拉……

"叔叔，您怎么没把达米带过来？"

"我还没回家啊，孩子，我是直接从办公室过来的。想着，来看看你们家的新面貌。乔希太太，怎么样，您喜欢那个卧室吗？觉得称心如意吗？"

妈妈的脸又红了。妈妈这是怎么回事，一遍遍地脸红！这可是从前没有过的情形啊。

"特别好，沃尔玛太太把一切安排得都很妥帖，我怎么会不喜欢呢？我们还想着今天晚上亲自登门道谢呢。"

"哦，不用了，不用了——不用这么客气，今天晚上可不行哦。"随即他的眼光转到了班迪身上。

"这孩子……哦，对……对，孩子，你叫什么名字？"

听起来这问话好像充满爱意，但班迪却觉得他是在指责自己。他的孩子们难道都不害怕他吗？

班迪直勾勾地看着他，毫不迟疑地回答道："阿鲁伯·布德拉！"他把布德拉这个姓说得如此铿锵有力，声音响亮，以至于把前面阿鲁伯的名字都几乎盖住了。

"很好，这倒是个挺好的名字！阿鲁伯和阿米德[1]，这俩名字很相配啊。"说着，他又朝妈妈看去，接着说，"真是个胆大的小伙子。"

无论妈妈怎么盯着他看，他都不害怕，他有什么好害怕的？既然原来的姓氏是布德拉，就要一直是布德拉，就要一直被称作布德拉。他不能像妈妈一样，一下子就改姓乔希了。

吃完饭，医生先生说："乔德，你带班迪到处看看，全部都要介

---

[1] 阿米德（原文Amit），是乔希医生小儿子阿米的大名，阿米（Ami）是昵称。

绍给他，你的书，你的玩具……还有楼后面的滑梯和跷跷板，都带他好好看看。"

妈妈兴致勃勃地坐着，她到现在都没想起来，要给班迪换身衣服。能给他换衣服的阿姨不在这儿，他也不知道自己的衣服在哪儿放着，否则他自己就能去换身衣服！但妈妈呢，她从刚才开始，就一直在那儿红着脸，满面笑容。

妈妈不是说过，在医生先生或者其他陌生人面前不要害羞吗？怎么这会儿，她自己倒害羞起来？再说起那衣服的事，妈妈怎么就自己想不起这件事呢？这两个孩子都穿着光鲜的新衣服坐在这儿，难道妈妈就没意识到这个事情吗？那个高个子男人会怎么想呢：这孩子，怎么穿着这么脏的衣服！

"去吧，孩子，乔德在叫你呢。"

"把衣服给我，我不用换衣服吗？"班迪尽力抑制，还是抑制不住，嘶哑着喊了出来。

"哎呀，对，来吧，我刚才给忘了。"妈妈说着，转而看向医生问道，"今天到的那些装衣服的箱子放哪里了？"

一间屋子里，所有的行李七零八落，散在地上——班迪家的行李！箱子、铺盖卷、装书的包裹……塞满班迪玩具的篮筐……班迪画的画……还有其他许多许多！就好像他所有的家都被装进了包裹和篮筐中，被捆绑着，被塞进这里。

妈妈正在一个箱子里找衣服。班迪看着这些行李。难道行李也有面孔吗？所有这些行李看起来都是那样的悲伤、失落！

班迪的士兵玩具被塞在篮子的一边，歪斜着身子，耷拉着脑袋。班迪迅速走过去把它拿出来重新放好。此刻，他心中波涛汹涌，他想要把他所有的玩具都拿出来……

"来，把衣服换上，去跟孩子们一起玩吧。去跟乔德和阿米一起玩吧，楼后面有一块大大的空地，可以在那儿尽情地玩儿，追逐嬉戏，跑跑跳跳！"

然而班迪的心思却还在那个装着自己玩具的篮筐上，仿佛压根儿没有听到妈妈的话。

"明天我会把所有这些都整理好的，孩子，现在就先这样放着吧！"班迪转身看着妈妈，像是在问：你会把一切都整理好吗？

他走出了这间屋子，感觉就像是走出了自己的家。

乔德把知道的都告诉了他："班迪，你看，这是棵树。这是爸爸出生那天，祖父让人栽下的。每到爸爸生日的时候，叔奶奶就会来祭拜它。"

班迪的眼前立刻浮现出那棵小小的杧果树苗。

"叔奶奶是谁？"班迪从来没听说过这个名字。

"叔奶奶是谁，就是我们的叔奶奶啊！"阿米回答说，乔德笑了起来。

"是爸爸的叔母！她一直跟我们住在一起……前几天才走的！"

"看这个大大的笼子，这是之前本西拉尔养兔子用的，但是有一次，一只猫溜了进来，把所有兔子都吃光了……"

"班迪弟弟，可不是他说的猫，是灵猫①！它们的尾巴比猫粗很多！要是见到，就吓死了。它把所有的兔子都咬死了。"

然后又带他看了本西拉尔的家，还带他看了那棵罗望子树，又讲了姐弟俩在罗望子树上采酸角吃的事儿，那树上的酸角特别

---

① 灵猫（原文Bilav，即Civet），属哺乳纲灵猫科，中小型食肉动物，灵猫长得像猫，但不是猫，是比猫科动物更古老的一个类群。

美味……

乔德和阿米一刻不停地说着，班迪只有听的份儿。当然，除了聆听以外，他还能做什么呢，他有什么可值得拿出来讲的事情吗？

班迪就这样，在"自己的家"里面走着，但他却没有半点儿这是自己家的感觉。冬日的黄昏，夜幕渐渐降临。他融进这无尽的幽暗中，一切都变得越来越陌生。在这里，他感觉不到天空，感觉不到微风，在这个他"自己的家"里，天空和微风都在哪里呢？

妈妈跟着医生先生出门了。他独自一人坐在屋子里。虽然四处灯火通明，但班迪的心中却依然充满了莫名的恐惧。他从来没有晚上在家以外的地方睡觉的经历，现在在这儿怎么睡得着呢？他眼前浮现出了那个挂着深蓝色窗帘的房间，心中的恐惧更加强烈了。他离开原来那个家的时候，感觉好像不过就是要到医生这里来串个门，那时候他并没有如此紧张惊慌；但现在，当夜幕降临，他才意识到他不是来这儿转转就走的，他是要在这里长久生活的，不只是今天，还包括以后的每一个日日夜夜。一想到这儿，他的心就沉进了深渊。

他怎么在这个家里生活呢？这里根本不是他的家啊。这是医生先生的家，是乔德和阿米的家。他不要在别人家里住，他要回到自己家，回到自己家里睡觉。

只有在自己家里，他才不会感到害怕，就算是妈妈出门了，他也不会害怕，就算是夜幕沉沉，他也不会害怕。就算没有妈妈，没有光亮，但至少家还是他自己的家，阿姨还是他自己的阿姨。即使在黑暗中，他也敢在自己家里四处走动。

这里根本不是他的家，也没有他的家人。无论妈妈怎样百般解释，对他都不起任何作用；然而，事实已无法改变，难道他会不清楚吗？他在这里一无所有，难道他不害怕吗？想着，想着，他不由悲从中来，眼泪抑制不住地涌出来。

"哎呀，班迪，你怎么坐在这里？怎么还没换衣服呢？妈妈已经把你的衣服放在床上了。"乔德之前还把妈妈叫作阿姨的，怎么现在就开口叫妈妈了呢？

"吼吼——吼吼——真冷啊。"阿米双臂紧紧环抱在胸前，发抖的身子急忙钻进了被窝。

班迪走进卫生间洗了脸，不知为何，不论他到哪儿，都好像是他自己的家跟来了一样，浴室、小桶、水管……他闭上眼睛，就仿佛身在自己家中，然而睁开眼之后，却完全是另外一个世界。

"现在，我们赶快钻进被窝，开始讲故事吧。妈妈说，你知道很多故事。"

"我也要听故事，班迪哥哥！国王和王后的故事，还有仙子和精灵的故事。"

班迪既没有躺下身来，也没有钻进被窝，更没有给他们讲故事；而是裹着毯子坐在那儿，等着妈妈回来。阿米躺着躺着就睡着了。乔德在跟他打听学校里的事情，又跟他讲了不少趣事。

他一直保持缄默，绝口不提学校的事情，而当乔德给他讲趣事的时候，他竟然默默流下了眼泪。过了一会儿，乔德也翻身睡去了。

班迪既没睡着，也不完全清醒，就这么待着，泪水盈满眼眶。

妈妈刚一回来，他就立刻跳下床，跑了过去。

"哎呀，班迪，你怎么还没睡啊，孩子？你怎么不穿得暖和点儿？是刚从床上跑下来的吗？别冻着！"

班迪跑过去，紧紧抱着妈妈的腿："我一个人怎么睡得着？难道我不害怕吗？"

医生先生手里晃着车钥匙，进来了："嘿，班迪，你还没睡啊，孩子？"

"你别管了。"妈妈紧紧搂着他，把他带回房间。

"为什么会害怕呢？乔德和阿米不是也在这儿睡吗？你看，阿米年纪比你还小，他都不害怕呢，你怎么能害怕呢？"

妈妈的发髻上插满了花朵和珠串，散发着异香，不仅她的头发，她全身都充溢着这股香味。妈妈今天出门的时候就是一种奇异的样貌，现在回来了，还是那种样貌。

"你没事儿吧，大家都在这儿，还有什么可怕的？"

"这个屋子里什么都没有！我怎么睡？我一个人，难道不害怕吗？"

"哦！"妈妈愣了一下，她用手轻抚着班迪的后背，说道，"不是的，孩子，这是专门给小孩子的房间，所有的孩子都要在这里一起睡觉。你看，他们不是也在这儿睡吗？来，我来哄你睡觉。"妈妈满怀爱意地照顾他睡觉，让他躺下，给他盖好被子，在床头坐下，轻抚着他的头，哄他睡觉。

班迪的眼前又浮现出那个挂着深蓝色窗帘的房间，那里摆着班迪原以为是为自己选的床，这些画面一下子破灭了。

"班迪，你喜欢这个房间吗，孩子"——撒谎……撒谎——顿时一阵怒潮在心头涌起，还夹杂着痛苦。他恨不得立刻跑到那间屋子，把里面所有的东西，一件一件扔掉——扯下窗帘，撕个粉碎，看看谁能把他怎么样？

妈妈俯下身来，吻了吻他的脸颊，但他推开了妈妈的脸。

"孩子，你这是发什么疯？你看，他们两个不都在这儿睡吗？这些天，你一直不断给我找麻烦，在大家面前，让我丢脸，这么做，你就特别高兴吗？"

对，就是很高兴……就是要让你丢脸。你没让我丢脸吗？把我带到别人家，抛下不管，说什么"会有自己的家"，根本就没有！我不要住在别人家里……那个房间是我喜欢的，原本以为是为我准备的，而现在却成了你和医生先生的卧室……说了那么多话，没有一句是真的。班迪想要把心中的这些话一吐为快，这么长时间以来，他从不表达自己内心的真实想法。这些日子，他只是听别人说话，只是配合着，对他说什么，他就做什么。但今天不行！

然而，话到嘴边，又咽了回去。他感到，即使他说出来，也肯定会磕磕巴巴，语不成句。

"班迪现在还不困吗？孩子，怎么了？"医生先生披着浴巾，站在门口问道。

"就睡了，可能是因为到了新地方。"妈妈似乎是在为他醒着不睡觉这件事开脱。

"你走吧，我要睡了。"班迪哽咽着从嗓子里挤出这句话。

"孩子，你不要这样，别这样！快睡吧，我就陪在你身边。"

妈妈坐在旁边，摩挲着他的头，轻拍着他的脸颊。班迪闭上了眼睛。过了一会儿，妈妈轻轻站起身，又重新给他掖好被子的四角。啪嗒！灯关上了。闭着眼睛，黑暗更加浓烈了，班迪睁开了眼睛。妈妈整个人隐没在了黑暗中，她发髻上的小珠子在黑暗中发着幽幽的光，渐渐远去了。

走到门边的时候，妈妈轻声地叫了声"班迪"。

班迪不吱声。

"睡了吗？"医生先生穿着睡衣，走过来问道。

"嗯。"妈妈轻声回答。

两个人离开了他的屋子。之后，传来一个轻微的声响，或许是他们那屋的门关上了。

班迪感到，离开家之后，他自己的家和他的花园在半路时都离他远去了；此刻，来到了这里，他的妈妈也离他远去了。

长久以来，他极力压抑在心头的情绪，在门被关上之后，立刻全部爆发了。过了一会儿，那个门突然又打开了，医生先生走出来，关上了走廊的灯。

顷刻之间，整个家陷入无边的黑暗。班迪心中痛苦和愤怒的情绪，逐渐被恐惧所取代。不仅是恐惧，还有惊悚，各种奇形怪状的东西，在黑暗中模模糊糊显露出来。他强迫自己闭上眼睛，然而惊惧的是，眼睛闭上之后，面前那些奇形怪状的东西反而更加清晰了——摇晃着长舌头的妖怪……倒爪长角的白色幽灵，三只眼的女巫，魔堡里会跳舞的骷髅架，围绕在他的四周，群魔乱舞，离他越来越近，越来越近。

他觉得快要窒息了。

"妈妈，开门……开门啊，妈妈！"班迪声嘶力竭地喊着，双手不断用力拍打着门。

"开门啊，妈妈！"班迪的叫喊声刺破了深夜的宁静，在整个家中回响。

吱嘎一声，门开了："谁啊，班迪？孩子，怎么了，怎么了？"

冬夜里，班迪蜷缩的身体哆嗦着。妈妈赶紧把他抱进怀里，紧贴着胸膛。

班迪满脸的眼泪、口水、鼻涕混流下来，他哭得喘不上气来。妈妈用披巾包裹住他的身体。

"我在呢，孩子——妈妈在呢——怎么了？我在你身边呢。"

"出什么事了？"全身盖着被子，只露出头的医生先生问道。

"肯定是害怕了。"妈妈说着，但她的声音似乎有些紧张、颤抖，就好像她自己也在害怕什么一样。

妈妈把他紧紧搂在胸前，坐在床边，摩挲着他的后背："孩子，我就在你身边，妈妈就在你身边。"

班迪的理智渐渐恢复了，妈妈的声音，妈妈的臂弯，把那些妖魔鬼怪全部驱散了，那些紧紧围绕着他，让他窒息的东西。

班迪激动的情绪渐渐平复了——他的身子开始暖和起来，妈妈让他在床上躺好，轻轻地哄他入眠。

"孩子，怎么了，刚才害怕了吗？"班迪这才睁开眼睛，他的妈妈正俯下身来轻柔地问着他——他自己的妈妈。

他想要伸出手，紧紧搂住妈妈——然而他的手却像被定住了，不只是双手，他的整个身体都被定住了，一动也不能动。他只能睁着眼睛四处瞧看，看到了妈妈……这个房间……还有周围的东西。

淡淡的蓝色光线洒满这个房间，洒落在屋里的每一样东西上……

"之前有过这种恐惧的经历吗？"医生先生的声音不知从哪儿冒了出来。

"没有，从来没害怕过。可能是因为到了新的环境，可能是做了噩梦，估计是梦到了平时看的故事书里的鬼怪了，把现实和梦境混淆了，以为都跑到现实世界来了。"妈妈的声音充满了焦虑与痛楚。

之前班迪身处梦魇世界的时候，他看到妈妈的脸庞，听到妈妈的声音，他感到这完全就是那个他自己的妈妈；然而，现在，当他重返现实世界，那沐浴在蓝色光线中的妈妈，这间屋子，还有这屋里的每一样东西，却都让他感到像是身处另一个世界。现在的这个房间跟下午看到的完全不一样了，跟他喜欢的那个房间完全不一样了。这里所有的一切都像是被施了魔法，这让他重新害怕起来，异常的恐惧。班迪赶快闭上了眼，然而，就是刚刚不过看了几分钟的那种蓝色，已经融进了他的眼睛，与他的眼睛紧紧黏在一起，再也无法抹除。蓝色的魔法之国就是这样的吧？

妈妈轻轻拍着他，过了一会儿，一个声音，仿佛从遥远的地方传来！

"你嘴上说着你非常理解，但其实心里肯定会有些不快。但我知道这……"

"没事的，慢慢都会好起来的。"医生先生用困倦的声音说着……

"睡着了吗？"

"嗯，感觉是，睡着了。"又是一阵沉默！班迪想要把眼睁开，想要再看一看妈妈的脸，想要得到安慰；但不行，蓝色光线笼罩的那些……

"我说，你起来把衣服穿上。万一让他早起看到了，就会觉得很怪的。"

突然班迪感到眼前有黑影在晃动，也许是妈妈去关灯了。班迪慢慢地睁开眼睛，蓝色的光线消失了，从窗户洒进来的淡淡的光线，刚好能把屋里这一切辨识出来——尤其是妈妈的面孔。妈妈并没有注意到他还醒着。

医生先生从床的一边掀开被子，站起身来。天啊！班迪大吃一惊，这、这、这算什么？都这么大的人了，还光着屁股。班迪惊得眼珠子都要掉下来了。

妈妈也正在看着。这些人不觉得害臊吗？他都觉得受不了，看不下去了……但他却并没有把眼睛闭上。

这会儿，医生先生已经穿上了衣服，但他刚才赤身裸体的形象却仍在班迪的脑海里盘旋。

之后，妈妈也缓缓下了床，朝衣架走去。她之前也把睡衣脱掉了，那就是说……

恐惧再次爬满班迪心头，令他瑟瑟发抖。这是她的妈妈吗？他从未见过这个样子的妈妈。他的妈妈不可能是这个样子的。这到底是怎么了？

这、这——不要脸——不要脸——他恨不得即刻掀开被子，大喊一声。然而，他喊不出来……

此刻他心中波涛汹涌。他感受到了一种突如其来的刺激——但同时又觉得恶心——对母亲的这种行为举动感到羞耻，愤怒，还有其他很多情绪！

尽管他恼羞成怒，悲伤、痛苦，但说到底，妈妈还是他的妈妈，现在事情已经发生了，又能怎么办呢？他不知道，不知道如何准确地描述这种复杂的情绪，他只是觉得，现在，妈妈的形象在顷刻间破碎了……完全崩塌了。

十二

早上醒来时，班迪仍然带着深深的困意。妈妈和医生先生的裸体，在他心中久久存留，挥之不去。他睁开眼睛，妈妈和医生先生都已离开了房间，但在暗夜中两人交缠着的裸体却一直在眼前摇晃。

他昨晚看到的那些都是真的吗？怎么会是这样？突然间，他的视线落在了梳妆台上。那个瓶子……有魔力的瓶子……瞬间，班迪恍然大悟，他们的身体，他们的变化，都与这个小瓶子有关。他清楚地记得，昨天这个小瓶子并不在那儿，它是怎么到那儿的……什么时候出现的……

"班迪小弟啊，那个闻了魔法瓶的王子，瞬间就迷失心智，鬼迷心窍了。他不认识自己的爸爸了……也不认识妈妈了……就连他自己，他都不认识了……"

班迪立刻跳起身，跑了过去。

穿过走廊的时候，妈妈的声音从餐厅里传来："班迪起来了？快一点，孩子，不然，上学要迟到了。"

班迪想要到妈妈身边停留片刻，但是不行，妈妈会抓他个现形？万一再打他一巴掌怎么办？晚上的妈妈不是已经迷失自己了吗？

阿米和乔德正在收拾，准备上学。看到他俩，班迪仿佛得到了极大的安慰。他抓住乔德的手。他跟她说话，跟她碰触，想要以此驱散心中的恐惧。当自己感到害怕的时候，就大声说话，然后就会舒服多了。自己的声音会带来不少的安慰。

"班迪，你起得太晚了！不怕迟到吗？快去，卫生间有热水，赶快去洗漱，快点收拾好。"

乔德的话，乔德的声音，乔德的脸庞，所有这些都会给他带来极大的安慰。从昨天开始，他就一直这么觉得。每当看到乔德，他都会对她产生极大的好感。他特别喜欢盯着乔德看。

他迅速跑进卫生间，但就在关门的一刹那，他感到，一股异样的恐惧涌上心头。他尿不出来，赶快按动水阀，冲了水，然后迅速打开门。他想尽快看到外面人们的面孔，那里面至少还有能带给他安慰的面孔。

大家围坐在餐桌前吃早饭。妈妈正在把奶油抹在吐司上，分给大家。医生先生穿着光洁雪白的衣服，像是刚从洗衣房拿出来的一样。他吃东西的时候，不时用餐巾擦拭手指和嘴唇。早餐时刻，班迪的心思并不在吃喝的东西上，也并不在乔德和阿米的对话上，而是在对面坐着的咬着吐司的医生先生身上。班迪看着他，感觉他一会儿穿着衣服，一会儿光着身子，光着屁股。

妈妈在吐司上抹着奶油，时不时地呷一口茶；但班迪看着她，感觉像是她脱光了衣服一样。突然间，他像是知道了一个惊天大秘密！最开始是非常恐惧，紧接着是异常的厌恶，而现在，则是既愤怒，又憎恶，又忍不住想要一遍遍地看到那个场景。

之后，班迪就陷入了一种异样的状态。洗澡的时候，他开始用手握住自己的那个部位，感受那种刺激。他开始在心中，暗自与医生先生比较起来，等他长大后，他也会变成那个样子。他想着，他把它拿在手里仔细观察，感受到了一种异样的震颤。他生平第一次感觉到，他多多少少体会到了那种刺激。

课堂上，老师站在课桌前正讲着课，班迪突然觉得，老师被脱光了衣服。这样的情形反复循环，经常出现……有时是乔德的身体，有时是妈妈的身体出现在眼前。他还试着偷偷窥视乔德裹在连衣裙里面的身体，她现在还没有像妈妈那样的身体，也许等她长大了，她的身体就会跟妈妈的一样了。

之后，无论他身在何处，总是会出现那样……那样的状况……

然而，当黄昏来临，所有的情绪和感觉都消失了，只剩下深深的罪恶感，一种干了很多很多龌龊肮脏事情的罪恶感。为什么妈妈要到这儿来？为什么要把他带来？今天在学校，他的心思有片刻放在学习上了吗？他现在这个样子，还怎么能学习呢？他把中指和食指交叉，暗下决心……不，不，从现在开始，他再也不会想这些事情！他最近犯下了多少罪过啊！他该怎么办呢？一种异常的无助感笼罩着他！当夜幕降临，这种罪恶感就会变成恐惧。他不知道自己到底在害怕什么，为什么会害怕？他感到有些东西，正要将他抓住。在餐桌上，"班迪，吃点这个炒饭，孩子——不吃沙拉吗？嗨，这对身体可是非常有益的……阿米，你要什么……本西拉尔，把土豆拿来……"所有这些话语，还有汤匙碗碟的碰撞声，旁边坐着的这些人的吵闹声，紧紧包裹着班迪，他好似陷入了无边无际的黑暗，这黑暗越来越浓重。

妈妈坐在床边，轻轻抚着班迪的头："睡吧，孩子，有我在你身边呢。今天跟本西拉尔说过了，他会在靠近这屋子门口的走廊上睡觉，走廊的灯也会一直亮着。况且还有阿米和乔德在……我心爱的好儿子！"

妈妈抚慰着他，摩挲着他的头，过了好一会儿，妈妈离开了。房间的灯刚一关掉，黑暗就再度充满了班迪的内心，不，不是充满，而是集聚、凝固。黑暗侵入心中，不断凝聚着。这是什么样的感觉，谁人能懂呢？

吧嗒，妈妈房间的门关上了。班迪的眼前开始浮现出那笼罩四周的蓝色光线，之后，又是那种……他赶紧将中指覆在食指上……不行……不要。

整整一夜，班迪一直穿行于形形色色的人群中间……全都是陌生的面孔……陌生的地方！他是怎么到这儿来的？成群结队的人们都光着身子……完全赤裸。他们走过来，走过去……有时还停下来，站在那儿尿尿。他也光着身子，在人群中游荡。他想尿尿了，就站在那儿尿尿。他在那儿不停地尿尿，尿了好多好多。

怎么回事？整个床铺都被尿湿了。刹那间，班迪没意识到刚才发生了什么！而当他意识到的时候，他很快被另一种惊惧包围了。不是惊惧，是羞耻……如同在所有人中间，光着身子一样的那种羞耻。

黎明前第一缕微弱的晨曦透过窗户，照了进来。现在他该怎么办？掀开一看，整个床铺都湿透了，身上的衣服也湿透了。他怎么起床，怎么换衣服呢！还有床铺，该怎么办？一到早上，大家一准儿都会知道的。乔德、阿米、医生先生、本西拉尔——大家会怎么说他？怎么想他！他羞耻、痛苦、愤怒，百感交集，哭了起来，眼泪哗啦不止！

阿米和乔德已经起床了。乔德叫他起床，但他屏住呼吸，不敢发出任何声响。他们两个赶快离开房间啊，要不然他怎么起床呢？

"班迪，起床了，儿子，今天不去上学了吗？"但是班迪依旧躺在那儿。他不要起床。今天不起，明天不起……这辈子都不起来。他并不是在睡觉，而是长在了床上。

妈妈过来掀起了被子。他把眼睛闭得更紧了。有没有能让他和床铺一起消失的魔法呢？

"哎呀，这怎么回事，哦！"

"早上好啊，孩子们！"医生先生的声音从门口传来，充斥着整个屋子。阿米和乔德都已经起床了，医生先生是要来看看他的情况。

妈妈赶紧把被子给他重新盖上。

"你挪过去一点。"妈妈用披巾把他穿着湿衣服的身子包裹严实，然后用被子把湿透的床铺盖上。班迪浑身不停颤抖，不知是因为寒冷还是因为惧怕。妈妈来解救他了，但她又能救他到什么时候呢？

妈妈把他带到自己的房间，迅速给他换了衣服。她的脸上满是焦虑。

"尿床之后就一直没睡吗，班迪？晚上想尿尿的时候，为什么不把本西拉尔叫醒呢？"

然而班迪默不吱声，心中满是畏惧和激动，他禁不住啜泣起来。

"别哭了！要是大家看到你哭，不就什么都知道了？我不会告诉任何人的，快别哭了。"

随后，妈妈把他带到梳妆台前，给他梳理头发。他的目光落在了那个小瓶子上……他心中一阵战栗。

吃早餐时，班迪坐在餐桌前，不敢抬头看任何人。每个人都在着急吃早饭，间或，说个几句。但是，班迪却觉得，所有人都沉默着，什么事都没做，只是在盯着他一个人看，就好像大家都知道他尿床了一样。就算他没有抬头看任何人，他也知道，妈妈的脸上写满焦虑，医生先生的脸上写满忽视，乔德的脸上写满同情，而阿米的脸上则是幸灾乐祸……肯定在取笑他，而正在烤着吐司的本西拉尔，肯定也在笑话他——瞧啊，这孩子都这么大了，却还……

班迪只能忍受着极度的羞愧，低眉垂眼。他感到自己非常的渺小、低贱，魂不守舍的"咕咚、咕咚"大口吞着牛奶，然而，他吞下的眼泪却比牛奶多得多。

妈妈一脸焦急地质问着，手里拿着那个充满魔力的小瓶子。小瓶子现在已经完全空了。

"乔德，是你把瓶子倒空的吗？"

"不是的，妈妈，我连您的房间都没进过。"

"阿米，是你把瓶子打翻的吗，孩子？"

"不是。"阿米漫不经心地回答，连看都没看妈妈一眼。

"如果是你俩打翻的，就告诉我。孩子们，如果不是有意打翻的，只要告诉我你们的无心之失就行，我不会怪罪你们的。"

"没有，那个瓶子，我们连碰都没碰过……难道我们还抹香水吗？"

"班迪，是你打翻的吗，孩子？"

"不是。"班迪这么回答，然而他却并不能像阿米那样底气十足地说"不是"。妈妈现在正直勾勾地盯着他！为什么她不这样盯着乔德和阿米呢？为什么偏偏这样对我！我果然是多余的那一个！

然而这种愤怒并没有维持多久，他转而害怕起来……万一这个瓶子会自己开口说话——我来说出真正的小偷！

昨天，当他把这个小瓶子里的液体，全部倾倒在后院的空地上时，他看到尘土飞扬起来，又飘落下去。当他气喘吁吁跑回来时，他仿佛看到那个瓶子长出了手脚、眼鼻，在他面前跳起舞来，就跟他在电影院里看到的卡通片那样。

"真是奇怪！整个瓶子完全倒着，但是房间里面却一点香味也没有。你们没有打翻它，本西拉尔打扫卫生的时候也没碰它。如果是打翻的话，整个屋子应该会充满香味啊。这里面的香水都跑哪儿去了？难不成它还有什么魔法？"

一听到"魔法"这个词，班迪浑身都紧绷了起来，全身颤抖着。他用两只手紧紧地抓住椅子。

医生先生刮完胡子，一边用毛巾仔细地擦着脸，一边说道："唉，别管这事儿了！星期天一大早起来，就一直为这种小事儿吵吵。已经发生的事儿，就别再计较了。再让人去买就是了。"

"不是什么买不买的问题，至少应该弄清楚香水去哪儿了？"妈妈仿佛自言自语一般，她的声音夹杂着愠怒和焦急，她的脸上布满了深深的忧虑。

"……我不是说了吗，忘了它吧！"医生先生拍拍妈妈的肩膀，说道，"不就是打翻了个香水瓶吗，又不是打翻了全世界。"

"那可是你送给我的东西啊——怎么不心疼呢？一大早起来，心情就糟糕透了。"

哼！怪不得妈妈这么焦虑！与此同时，班迪心中的畏惧很快就被一种满足感所取代，他又一下子看到了妈妈手指上那闪闪发光的戒指——这也是医生先生给她戴上的。

婚礼的所有场景重新又浮现在班迪眼前，他的内心又开始掀起波澜。

进了楼房大门的左手边，有两间屋子和一个走廊。每天早上8点到12点半，医生先生都会在这里给病人看病。走廊的柱子上挂着一块很大的宣传牌："听医生的建议：两个孩子足够了"。

班迪用书包垫着，坐在走廊的一角，眼望着马路。走廊的长椅上坐满了病人，还有几个坐在地上。班迪好奇地看着他们。医生先生在房间里坐着。班迪从这里也能望到他。病人们挨个儿走到里面。他是怎么给病人看病的呢？他怎么知道病人生了什么病呢？

"不，老兄，现在的形势是，别再生孩子了！这个国家的人不应该生三个，而是应该只生两个孩子才好。现在吃的也缺——穿的也缺——住的也缺——工作岗位也缺……"

咚……咚……班迪拿起书包跑走了。

"嘿，班迪，你为什么不坐小汽车上学呢，朋友？"

"我为什么要坐小汽车上学？坐小汽车的话，从家里出来，直接到学校去，一路上连个说话的人都没有。坐校车多好啊。晚上放学回去我再坐小汽车。"

然而，他的心中有个声音说：撒谎，撒谎！

"不行的，儿子，孩子们都要在这里睡。"

此时，在他眼前浮现出了一间屋子，却又瞬间倒塌了。接着，又出现了一间塞满行李的屋子——他自己家的行李——满是悲伤、失落——站在这堆行李中间的班迪也跟它们一样的悲伤、失落……

没人跟他说话的时候，班迪就望着车窗外的马路。突然他想起了阿姨："班迪小弟，说谎话的人，回头可是会受到大神狠狠的惩罚呀——偷东西就是犯下了罪过。"

这些天来，他撒了多少谎啊！还做了很多龌龊的事，想了很多肮脏的事。他将会遭受什么呢？

绘画课上，老师在黑板上画了一个瓶子和一套杯碟，之后，他说："你们在自己的本子上画出来。"

教室里一下炸开了锅。有人在借橡皮擦，有人在借削笔刀，有人开始玩起了井字棋。"安静，安静！"不一会儿，老师就如往常一样吼了起来。

"说，是你把瓶子倒空了——是你把瓶子倒空了——是你……"

黑板上画的杯碟中浮现出了妈妈的脸。他怎么会不知道，妈妈怀疑着他，快说，香水去哪儿了？他要是说了，就有他好看的了！

之后，黑板上画的瓶子，瞬间变成了在医生先生两腿中间倒挂着摇晃起来的东西。不，不，又开始想那种龌龊事。他原本已经在心里暗暗发誓，再也不想这些肮脏的事情了，然而，这些事总是不自觉地在心中浮现。

他把两指交叉，暗暗说道：从现在开始再也不想了，再也不想了。

地理课上，老师正在讲"恒河之旅"——"恒河是印度教的圣河，也是印度斯坦的一条非常重要的河流。它发源于喜马拉雅山的甘戈特里冰川……"

在黑板上挂着的地图中，老师指出了甘戈特里冰川——"它在喜马拉雅山间，与阿拉克南达河和曼达基尼河交汇后，它的河道就变宽，它的水流就变湍急了。到达赫尔德瓦尔之后，它的河道就开始变得平坦了。赫尔德瓦尔是印度教的一个重要的圣地……"

之后，老师又在地图上指出了赫尔德瓦尔的位置。然而，地图上的赫尔德瓦尔并没有浮现在班迪的心中。

恒河在向前流淌，但班迪的心思却停留在了赫尔德瓦尔。在河岸的某个地方，某个叫不出名字的地方，阿姨正在闭着眼睛，数着念珠。班迪冲上前去抢走了念珠。阿姨大叫起来——哎呀，班迪小弟，要造孽呀。打断念颂，是多大的罪过啊！

班迪闭上眼睛，数起了念珠，他大声说着："达磨达磨①，尽除恶果。"阿姨在他身后追赶。他把念珠扔进了水里，突然，念珠一下子变成了香水瓶。他正在倒掉香水瓶里的水……说，是你把瓶子倒空了，是你……

"人们相信，在河流交汇处沐浴，就可以洗净所有的罪孽。"怎么才能去到河流交汇的地方呢？他一定要去一次——班迪的罪孽也必须全部洗净。

"流淌到孟加拉地区，它的名字就变成了胡格利河。加尔各答是胡格利河岸边的一座重要的大型港口城市②。"

加尔各答……"猴子的地方"，爸爸的面孔在众多猴子中闪现出

---

① 达磨（原文Dharma），印度宗教和哲学中的一个重要概念，意为"法、正法"，含义丰富。

② 港口（原文Bandaragah），由两个词Bandar和gah构成，Bandar意为"猴子"，gah意为"地方"，Bandaragah字面意思为"猴子的地方"，现多用其引申义"港口"。下文中所述，班迪上课时听到这个词后，就走神儿联想到了加尔各答是"猴子的地方"。

来，爸爸的各种各样的面孔。

多少次，他都想要给爸爸写信，但却没写。对，就给爸爸写封信吧！他是不是不知道妈妈已经带着他来到了另一个家里。律师叔叔也已经很久没有来了吧？

"阿鲁伯，你来说说，恒河是从哪里发源的？"

班迪站了起来。恒河、地图、赫尔德瓦尔、阿姨、港口、爸爸、河流交汇处——他眼前浮现出了各种名字，各种面孔，交织在一起，挨挨挤挤，乱作一团，重叠交错，根本说不出恒河是从哪里发源的？

班迪从学校回到家，看到了妈妈。阿米和乔德还没回来，只有妈妈一个人在。这让班迪觉得舒服。只有妈妈一个人在，他就感觉这里就是自己的家了。

"你今天没去学院吗，妈妈？"

"没有啊，儿子！这么多行李都需要整理归置，所以我请了两天假。"妈妈从班迪手中接过书包。班迪走进房间，发现乔德和阿米的柜子旁边多出了一个高高的柜子。

"班迪，你看，这是专门为你准备的柜子。两层放你的衣服，两层放你的玩具。现在好好收拾一下你的柜子吧。"

此时的妈妈看起来是多么的亲切啊！就像是迪杜的阿妈为迪杜做事时给人的感觉一样。

班迪打开了柜子，一股难闻的药味扑面而来。

"这是怎么回事，里面为什么会有难闻的药味？"班迪赶紧退到妈妈身后。

"没什么的，儿子，这个柜子原本是医生先生的药柜，我让人清空出来给你用的。过两天，这味道很快就会散没的。"

"我不需要这样的柜子！家里什么多余的、无用的东西都给我！你们自己却有那么好的房间，那么精致的柜子……"

妈妈立刻转过身来，站在那儿盯着班迪的脸看了片刻，然后走到他身边，抓起他的双手，把他拉到床边坐下："你说的是什么话？这怎么就是多余的、无用的东西了？你知道医生先生花了多少工夫来清理这个柜子吗——我让他专门为你清理出来的，可你却……"

"谁让你叫他清理了？把医生先生的柜子给他还回去……"

"班迪！"妈妈紧紧盯着他的脸。她为什么要这样看着他的脸？

"孩子，我就问你一句话，好吗？"

此刻，班迪也直视妈妈。

"你为什么不叫医生先生爸爸呢？"

班迪沉默了。他的眼前浮现出自己爸爸的身影。

"你说，从现在开始叫，好吗？"

"不行！"

"为什么？"

"我的爸爸在加尔各答。"

妈妈一下子愣住了。她的脸色有些凝重。

"好吧，是的。但是，乔德和阿米都叫我妈妈了呀。"

"那是因为他们的妈妈死了，所以才叫的。我为什么要叫？"

妈妈看着他，他也看着妈妈。两个人就这样对视着，目光坚定，毫不犹豫，毫不迟疑。

正在这时，门廊处传来停车的声音。妈妈放开了班迪的手，站起身来："好吧，班迪，你想怎么样就怎么样吧！"她并不严厉，也不愤怒，或许是痛苦的吧。

乔德和阿米拿起各自的书包，下了车。

"班迪，你为什么不坐小汽车呢，朋友？"这句话突然从他心里冒出来，但随即又沉寂下去。

"你们回来了？走，快去洗手洗脸，然后把衣服换了。我让人准备了点心。你们瞧，班迪一直等你们等到现在！"

是啊，班迪就是多余的。要是这些人到现在还没回来，你就会让班迪继续等，一直等——班迪一点儿都不会觉得饿！

"嘿，班迪小弟，你先吃点东西，早上耽搁这么久都不吃东西，你不饿吗？你要是有个什么好歹，可是会让我心疼的……"他一下子想起了阿姨。

正在摆着餐桌的妈妈看起来是一种什么样的感觉呢？完全是一个校长的样子。

"这个高大的柜子是班迪哥哥的吗？"那个像猴子哈努曼一样穿着红衣服的阿米走了过来。什么"高大"，还"头大"呢——哪儿来的野猴子！把这种无用多余的东西给他，是想让所有人看他的笑话吗？

他正在餐桌前呆坐着，这时候，学院的花匠来了，他鞠躬致敬后，又向班迪打招呼。

"你好啊！班迪小弟，最近好吗？"他双手合十地问候班迪。班迪一下子跳起来，来到了花匠身边。

"花匠爷爷，我的花园现在怎么样了？你有没有好好地给它浇水啊？黄玫瑰开花了吧。"他有好多问题要问。花匠一来，就仿佛班迪的家跟着他也来了，班迪的花园也跟着来了。

刚问完一种花的情况，接着马上又问起另一种花的情形，说着这些花的名字，让班迪满心欢喜，激动不已。

"花匠，你现在在这儿为班迪建造一个更好的花园吧。先把这儿的空地清理一下，然后再施肥。把那些花盆和花苗尽快都移到这儿来，其余的……"

"不要动我的花苗！我的花园，谁都不能动！我现在跟你把话说清楚，花匠爷爷，你千万别动我的花园！"班迪激动地命令道。这花园是他仅剩的权利和最后的底线。你可以不把房间给他，可以给他安置一个"高大"的柜子，他想要的其他东西，他也可以不要，唯独他的花园……

花匠的眼神中好似有什么东西在浮动。

"你就在这儿建一个自己的花园，好吧！"妈妈怜爱地用手抚着他的肩头，劝说道。

"不行，绝对不行，那是我的花园！只有亲手播下种子，养育花苗，才能建成一座真正属于自己的花园！"

"就是这样，夫人，就是这样的。自己播下种子，浇灌它们，就如同养育自己的孩子一样。在哪里种下了，就要在哪里养育，是不能将它拔出再栽到别的地方的。"花匠的声音颤抖着，他接着说，"班迪小弟，你一定要回去看看！我一定会像爱惜生命一样照看好你的花园的。"

班迪紧紧握着花匠的手，不愿松开。触摸着他的手，就好像触摸到自己的花园一样……摩挲着他的手，就仿佛抚摸到那些花儿一样。早晚哪天，他一定要回去看看。

就在妈妈吩咐花匠在这里都需要干些什么活儿的时候，班迪一直那样抓着花匠的手不放。花匠要走的时候，班迪一直送他到门口，才松开手。

"花匠爷爷，你明天再来啊……每天都要来啊！"班迪一直看着花匠远去，直到他消失在视线中。

孩子们坐下来学习的时候，一场"摩诃婆罗多"大战就爆发了。阿米把班迪的书从自己的桌子上拿起来，扔了出去，大声叫着："谁把我的书从这儿拿走了？这是我的桌子。我的桌子谁都不给用，这是我的！"

"阿米，你发什么疯呢？妈妈把你的书放到我的桌子上了，你坐在我这儿看吧。"乔德制止阿米的时候，班迪冲进来，拿起阿米的书，说："你来拿啊……拿呀，竟敢扔我的书，你再扔……"说话间，班迪就把阿米的书也扔了出去，只见阿米的书在空中翻滚着掉在了地上。紧接着，两人就扭打起来……拳脚相向，在撕扯的时候班迪打了阿米两巴掌，然后阿米尖叫着，朝着班迪的胳膊狠狠地咬了下去。

"打人啦，打人啦……"

妈妈跑了过来："这是干什么？"她冲上去把两人分开了。

束手无策的乔德内疚地站在一边。

"我要打死他……打死他！看看他对我做了什么？"班迪气得发抖，伸出自己的胳膊，两道深深的牙印清晰可见，还渗出了血来。

"阿米，你怎么能这么做？怎么能这么咬哥哥？"妈妈用非常严厉的语气说道。

阿米一边不停地大哭，一边死死地瞪着班迪。

就这样吗？这就算教训完了？怎么不给他也来一耳光！他咬人咬得这么严重，就给他这点儿教训吗？本西拉尔把阿米带到了外面。妈妈怜爱地抱住班迪说："走吧，我给你上点药。"

"我不要抹药，我什么都不要！"不知是因为他声音里流露出来的愤怒，还是痛苦，妈妈的眼中泛着泪光："走吧，孩子，等晚上的时候，让医生先生狠狠教训教训阿米。"

好啊，让医生先生教训！难道你自己不会教训吗？班迪甩开了妈妈的手，跑走了，他不要抹什么药。那天晚上，班迪没有去吃饭。医生先生训斥了阿米，揪了他的耳朵，还怜爱地抚慰了班迪，对班迪解释说："给你定做的桌子两天后就会送来——全新的，比他们的桌子还要精美。"但班迪躺在自己的床上一动不动，毫无反应。

"你可真是个小顽固，朋友！"医生先生说着，回屋去了。班迪仿佛看见爸爸来了，他坐下来说："班迪，你跟我一起去加尔各答吧——好好逛逛，玩玩。"

明天，他一定要给爸爸写信。

班迪站在那里等校车，无意间瞥到，医生先生如往常一样在给病人们看病，他很快把头扭向了另一边。他现在不愿意再看到任何人，昨天的怒气，现在还盘踞在心头。今天早上，他就一直不发一言，从现在开始，他再也不会跟任何人说话了，再也不说话了。班迪盯着面前那块宣传牌上的红色倒三角，医生先生的言语在脑海中浮现出来——这个国家的人不应该生三个，而是应该只生两个孩子才好。

第三个孩子是无用、多余的孩子——第三个孩子是班迪，无用、多余的班迪……

"你现在为什么不坐小汽车上学呢，朋友？"

阿米和乔德的柜子——"这个高大的柜子是班迪哥哥的吗？"

阿米和乔德的桌子——"我的桌子谁都不给用，这是我的！"

阿米和乔德拿着各自的书包，坐进小汽车，飕一声出门，又飕一声回家。

司机，去，把医生先生接回来。

司机，去，把夫人从学院接回来。

只有无用、多余的班迪站在那里等校车。

十三

与自己的家疏离的班迪，似乎与所有的地方都疏离了。在教室里坐着的时候，家里的景象就在他的心头浮现，妈妈、阿米、妈妈的房间、房间的魔力……还有许多。他在众人中间，却游离在外，自我隔绝，冷漠地看着周围的一切人和事。当他在家时，学校的景象又浮现在他眼前，有时候还会浮现出他过去的那个家、他的花园、花园中的每一株花苗和花苗上的一片片叶子、阿姨、花匠爷爷、妈妈——过去那个家中的妈妈。

晚上看故事书，书中的王子千辛万苦得到的魔法望远镜，此刻似乎放在了班迪的眼前。他用这个望远镜，看到了沐浴在蓝色光线中的妈妈的房间，在他眼前若隐若现……房间、房间里的每一样东西，还有所有那些他亲眼看过的场景。无论他身处何地，他的心思都完全不在那儿，而是天马行空地胡思乱想，在哪儿都是心不在焉。

"一辆火车上载有125位旅客，中途停驻一站时，从火车上下去了48位旅客，又上来了56位旅客，请说出……"

爸爸什么时候坐火车来？今天他是一定要给爸爸写信的……把所有的事都写下来。

"首先，从旅客总人数中减去下车的人数，然后用剩下的旅客人数与上车的人数……"

仆人当时是把阿姨好不容易推到火车上去的。那上面有多少人啊！一定非常非常的拥挤……成百上千的人！数都数不过来。此时，喧嚣声在周围嗡嗡响起，哦，或许是班上的男孩子们在大声聊天。

他不知道应该把谁减去，把谁加上。幸好，老师一次都没提问他，否则的话，他能回答出来吗？他这种表现，妈妈会怎样对待他？他心想，他对这些根本一无所知，考试肯定会全部答错，他会不及格的。之后，妈妈就会质问他为什么会不及格。

要是真的不及格了，阿米和乔德会怎么想他？阿米会喊着"傻瓜，傻瓜"得意地从他面前跑过。医生先生会怎么想？但是他这次肯定是要不及格了。他的脑海一片空白，什么都听不进去，他根本没有心思学习。万一爸爸知道了，那该怎么办？

班迪从学校回到家，进门的时候他的视线又落在了那个红色倒三角上面，想着自己是第三个孩子。

这个时候家里没有别人在，这不是什么新鲜事，以前在那个家的时候，从学校回到家，也是只有他一个人，妈妈要在他之后才会下班回家。然而，在这个家里面，虽然他到家时仍是一个人，但他的感觉却完全不同，完全是全新的、怪异的感受！在这里，一个人的时候，他觉得异常的孤独；就算是所有人都回来了，他还是会觉得非常孤独，只是一个人静默地坐着。

他把鼓鼓囊囊的书包放在房间的一角，用手抚摸着心爱的书包。这时，靠墙摆放的一张新桌子映入了他的眼帘。带着一丝兴奋，他来到了桌边。这是一张全新的、光滑的桌子，看上去，摸上去，感觉都很好。然而，不知为何，不好的心情又涌上心头，胳膊上的两道牙印又开始隐隐作痛。不，他才不要什么桌子，这儿的一切东西，他都不会要。

阿米和乔德坐在各自的桌边写作业，而班迪却坐在一个角落里，把自己所有的东西都堆放在地上。跟他们两个在一起的时候，他非要固执地坐在地上看书学习，而妈妈看到了以后会非常痛苦，非常焦虑。这样正好，他就是想让妈妈痛苦、焦虑。

来这儿之后，只有看着妈妈痛苦、焦虑，他的内心才会感到高兴、满足。这是一种报复……

报复！随即他又想到，这会儿为什么不给爸爸写信呢。如果今天写不完，那就等明天的这个时候继续写，两三天之内，肯定会写完的。写信的时候绝对不能让别人看见，这是隐秘的事，要完全保密！没写完的信，要藏在自己衣服的最里面，就是这样！这次，如果爸爸跟他说要带他走，他一定会跟爸爸走的，而妈妈肯定会痛哭不止……一直哭，一直哭。

本西拉尔进来了，不知道他要做什么："班迪小弟，你回来了？"然后，他就走了，没有一句关于吃点什么或者下午茶之类的问话。谁会在乎他饿不饿！

妈妈房间的门虚掩着，他产生了要再进去看一看的冲动。班迪轻轻推开门，房间很整洁，一切井井有条。突然，一种异样的恐惧闯入他的心中，他感觉此刻自己就像正在偷东西的小偷一样。刹那间，一个念头冒了出来——他要从这儿拿走一样东西，藏进自己的柜子——那个高大的柜子。

一看到床，他的脑袋里立刻就想到了那些龌龊、肮脏的事。在这种状况下，两指交叉的动作不会起到任何作用。

紧接着是一阵害怕，但从害怕中又衍生出极大的好奇，他慢慢打开桌子的抽屉——不知道里面会出现什么。然而，他却没有足够的勇气去翻看，所以他又把抽屉合上了。每天稍微看一点儿，总有一天肯定会什么都弄清楚的，但要弄清楚什么呢？他自己也不知道到底要弄清楚什么事情。他知道的是，这个房间有很多很多特别奇怪的事物，都是晚上才会出现的，会隐藏起来的东西！那天晚上，他因为害怕而进到了这个房间，那时他怎么会知道这里存在这么多奇怪的事物；不仅如此，还有很多发生在这个房间里的，他看到和知道后会觉得心神不宁，甚至烦躁厌恶的事情。

突然间，外面传来了"嘎吱"的开门声，班迪立刻跑回了自己的屋子。他忘记了要把妈妈房间的门关成虚掩的状态，现在可好，他们一定会知道的。

给爸爸的信，明天开始写，今天他要先想想写些什么。班迪站在门廊的台阶上，他的面前是一块坑坑洼洼不太平整的空地，他仿佛看到自己的花园在这块空地上升起来，玫瑰花、大丽花、凤尾花丛、在风中摇曳的小草、在草丛中盘绕的水管……

今天花匠爷爷又要来了，他会把班迪的浇水壶，还有小铲子、小锄头那些东西全部拿过来。这些东西现在也要离开那个家了。

小汽车开进了大门，他觉得，好像他站在这儿这么久，是为了等阿米和乔德。他走近车旁，向里张望，看到妈妈也跟他们一起回来了。

很快，车门就打开了。阿米和乔德拿着书包最先下来，后面跟着手拿钱包的妈妈。

"你一直站在这儿，是为了等我们吗？"乔德把手搭在班迪的肩头。

"孩子，你看到自己的新桌子了吗？喜欢吗？怎么回事，怎么还没把书本收好摆上去？什么事都要我为你做吗？"

晚上8点，医生先生回来了。8点半，所有人都坐在了餐桌旁。

"爸爸，班迪哥哥的新桌子到了，但他却不肯把自己的书本摆放上去。妈妈劝了他好半天，但是……"

"您要米饭，还是面饼？"

医生先生并没有接妈妈的话头，他的目光在班迪的脸上凝结了。班迪一迎上他的目光，立刻把头低了下去。班迪斜眼瞧了瞧妈妈，她那双精心护理的手停顿了一下。

"班迪，为什么，为什么不喜欢那张桌子呢，孩子？我们都觉得，给你的桌子可是最好的。"医生先生说。

班迪沉默着。妈妈也沉默着。

"班迪哥哥说，他就是要在地上看书，永远都不到桌子上去。"

"告密贼！一头猪！"班迪心中暗骂。

妈妈一言不发，挨个给大家的盘子盛上饭菜。

"孩子，你为什么这么顽固？你这么顽固，是什么好事吗？现在吃饭，吃完饭，去把你的书本都摆放到桌子上。我们要去查看的，明白吗？"

医生先生下了最后通牒，之后就开始吃饭了。班迪听着他的最后通牒，仍旧沉默着，然后也开始吃饭了，默默地吃着饭，眉眼低垂。

阿米一直在那儿叽叽喳喳说个不停，像个傻蛋一样。妈妈一直在给大家夹菜，招呼着，也给班迪夹着菜，但班迪却能感受到，妈妈此刻完全跟他一样沉默。

她是怎么做到的呢？她的眼光像是粘在了班迪的盘子上，一直盯着班迪……一直盯着不放，那双眼中似乎有泪光闪动，她的双眼湿润了。

吃完饭，妈妈迅速将班迪的书本收拾好，摆放在桌子上。

"班迪，快把书本收到桌子上，爸爸要生气了。"乔德在劝他。妈妈也动了动嘴唇，说了些什么。然而，班迪只是默默地站着，不说话，不反抗。

当所有情绪聚集起来，超越了忍耐的极限时，妈妈终于发火了，她怒气冲冲地说："不要为了无谓的事情瞎固执，明白吗？什么事儿你都要对着干吗？"

当妈妈回到自己房间的时候，班迪默默把桌上所有的书本又都放回地上。

"爸爸，妈妈，班迪哥哥他……"阿米跑去告状。

医生先生站在那儿，看起来很生气；妈妈跟在他后面站着，看起来似乎有些畏惧；而班迪站在那儿，像一块石头。

"班迪，你这又是做什么？好，你的桌子，我明天就退回给商家。你就在地上做作业吧，明白了！如果以后你还是这样任性、顽固，孩子，我是绝对不会再迁就了，知道吗？不能再纵容你了！"

班迪死死地盯着地面，那目光似要把地面刺穿。此刻他的目光，似乎与妈妈的目光交会在了一起，与之前粘在他盘子上的妈妈的那双湿润的眼睛一样，泛起了泪光。

吧嗒、吧嗒，眼泪从他眼睛里掉落，妈妈的眼睛也在落泪，两人的眼泪仿佛汇聚在了一起。

太阳已经落山了，但他依然能感到灼热和刺眼。班迪和乔德站在楼顶吃着花生。乔德一直不停地说话，说了好多好多。

班迪沉默不语。从这儿的楼顶，可以看到小城的全貌，原来的家，小巷子，来往的行人，马车，群山下的大片荒野，尽收眼底。不知不觉间好多天过去了。这么久了，他还从没到那边的荒野去逛过，也没有到大山里面瞧个究竟，在火堆旁修行的仙人，患麻风病的公主，折翼的蓝仙女……

"班迪，你为什么不说话？还在生气吗？"

"哎呀！班迪，不能这样一直生气的，否则你的血液就会燃烧起来，知道吗？会犯下嗔怒的罪过！"

班迪突然想起爸爸，爸爸红着眼睛、面目狰狞地咆哮着："你给我闭嘴……"

"乔德，你会常常想起你的妈妈吗？你的妈妈是什么样子？"突然班迪张口问道。

"嗯！偶尔会想起吧。不过，现在都不想了，倒是会常常想起叔奶奶。假期的时候，我们就要一起去阿拉哈巴德，去看望她。你也一起去吧。"

"你喜欢我的妈妈吗？"

"是的！喜欢。"

"你要是见到我爸爸的话，你也会非常喜欢他的。我爸爸可好了。我要给他写……"他立刻中断了言语。我的天！他可完全不能这样做。要是连这点儿事都藏不住，那他还能干什么？

"这次，等我爸爸来的时候，我也把你一起带去吧。我会带着你好好逛逛，我想要什么，就买什么。你要跟着一起去，也给你买。"

"你为什么不把我的爸爸叫作爸爸呢？我的爸爸也特别好啊。"

班迪再次沉默不语。

"班迪，我的儿子！"他立刻想到了爸爸的话，以及他伸出双臂紧紧拥抱班迪的情景。

今天晚上当所有人都睡着的时候，他就要偷偷起床给爸爸写信。

"如果以后你还是这样任性、顽固，孩子，我是绝对不会再迁就了，知道吗？"班迪突然想起医生先生的话，他暗下决心：他一定要跟爸爸走。

妈妈和医生先生坐在餐桌旁。班迪来了以后，妈妈一看到他，就想对他说些什么，却欲言又止了。一定跟昨天的事情有关吧，肯定是想要埋怨他，除此之外，还能有什么。

开始吃饭了，跟往常一样，每个人都在说话、聊天，只有班迪默不作声。现在，在这个地方，班迪已经拒绝再说话了，他只是该吃饭的时候吃饭，该睡觉的时候睡觉，剩余的时间就在那儿看书，看故事书，那些故事他已经看了很多遍了，或者偶尔画个画。

医生先生一直瞧着他，他为什么要这样看着他？医生先生在看什么，他要从他的脸上看出什么东西来吗？医生先生该不会是知道他偷偷溜进他们的房间，翻看他们东西的事了吧，或是他想给爸爸写信的事？

班迪感到异常不安。医生先生看着他，就好像是所有人都在盯着他看一样，就好像他是一个笑话。他朝妈妈望了过去，虽然现在妈妈已经不再是他自己的妈妈了，但他还是想要趁机看上妈妈几眼。然而，妈妈却正在看着医生先生。医生先生看着班迪的时候，不知为何妈妈总是看着医生先生。

三角形有三条边，现在他们三人的视线正如同ABC三条边一样。

"班迪，明天跟我一起出去逛逛，怎么样？"

课堂上，正在讲课的数学老师突然变成了医生先生。班迪试图去理解他的意思，A、B、C——出去逛逛——最近他是什么都听不懂了。

"走吧，明天带你出去转转。到很远的地方……来场公路旅行。"

"爸爸，我也要去，公路旅行。一定很有趣，太棒了！"阿米兴奋地瞬间从椅子上跳了起来。

"No，No，明天谁都不去，你就更不能去了。就是因为你，挑起关于桌子的争端，让班迪哥哥生气了，所以现在，我要带他出去逛逛，散散心，让他开心起来。"

这是医生先生说的话吗？他鼓起勇气，抬头看了一眼医生先生。他正朝着班迪微笑，顿时班迪觉得他开始喜欢医生先生的笑脸了，他很喜欢！瞬间，班迪生出一种莫名的感觉，医生先生的面孔上开始浮现出爸爸的面容，就好像换了副眼镜的爸爸坐在那里微笑。接下来，那张面孔上的微笑，开始粘贴在班迪的脸上，不只是脸庞，还粘贴在他的手和脚上，还粘贴在他的心上。

"我去。"班迪低声说道。

"班迪怎么能一个人去呢，我也要去。我一定要去。班迪哥哥是什么大人物吗，非要让他一个人去！"阿米恼怒着上前踹了一脚椅子。

"阿米！"医生先生怒吼了一声，班迪此时正开心，也跟着颤抖了一下。多么严厉的批评啊，也许所有的人都被吓到了。

阿米哇哇大哭起来，又哭又闹地跑进里屋去了。现在看你还说不说这些话了：这是我的车，这是我的桌子，把班迪哥哥赶回他那个家……

妈妈把阿米抱了回来，说着："没关系，我带着你们两个出去玩。我会给你们买好多好东西……"

带吧，你带吧！反正我们是要坐小汽车去逛的，而你们却要步行走路去逛，还需要坐马车——咔嗒，咔嗒地往前走。

晚上睡觉的时候，他想着，本来今天应该给爸爸写信的，但现在就先不写了，明天再写，或者改天再写吧。

他闭上眼睛，一条宽阔的马路浮现出来，笔直的马路……带着他们奔向荒原，他坐着小汽车在路上飞驰，无论如何得让维普和盖拉什瞧瞧，什么时候也得让迪杜来瞧瞧。

不带上你阿米，也不带上你乔德，也不带上你雪恭……只带上班迪。班迪生气了，必须要让班迪开心起来。

而那个红色的倒三角，也仿佛瞬间被人用别的颜料给涂抹掩盖上了。

医生先生昨天说了今天下午6点钟出发。正常情况下他本应是8点钟才下班的，但今天为了班迪，他要提前下班，不接待病人了，他会专门赶回家来。班迪5点半就已经收拾妥当，整装待发了。他已经很久没逛街没买东西了，今天一定要买一些，给乔德买一些，好吧，给阿米那个小坏蛋也买一些回来。

此刻他已释然了，只有一颗想要给予别人的包容之心。他每隔一会儿就跑去看看时间，如此兴奋激动的状态，原本只出现在爸爸来的时候。如今，爸爸和医生先生的两张面孔融合在了一起，他想到爸爸的时候，就会出现医生先生的面庞，而他想起医生先生的时候，就会出现爸爸的面孔，仿佛两张面孔是同一张，不分彼此。

魔法能使面孔改变，那也能把两张面孔变为一张吧？一定可以的，变化已经发生了，今天说不定他有可能叫医生先生爸爸呢！

妈妈让乔德和阿米去坐下看书了。她肯定给他俩许了什么好处，也许明天妈妈会带他们两个出去逛。医生先生的训斥，真的是把阿米大王的嚣张气焰瞬间打压了下去！

6点到了，医生先生现在本该回来了，要想从一堆病人中间脱身，可不容易。他早上亲眼看到，那儿的病人好多啊，所有的长凳和椅子上都坐满了人，连个落脚的空地儿都没有。

他可是这城里的大医生呢！第一次，班迪发自内心的为医生先生感到骄傲，就像他经常为妈妈感到骄傲一样，他也能够为医生先生感到骄傲。医生先生对他也……

莫名地，爸爸模糊的身影再度浮现出来。已经6点半了！此时，班迪开始焦急不安起来。妈妈悠闲地坐在那儿，就好像她不知道今天6点钟他们有出行计划的事一样。接下来，伴随着时间的流逝，班迪心中的焦急不安开始渐渐地转变为再次的痛苦和愤怒。大约7点钟的时候，药剂师过来说"医生先生正打算回家的时候，突然传来了沃尔玛先生心脏病复发的消息，他让我过来传信儿，他去沃尔玛先生那儿了，因为今天病人太多，所以我没能及时赶过来告诉你们。"

班迪愤懑地脱掉鞋子，扯下袜子，扔到一边……谎言……全部都是谎言！不过是为了敷衍他，凭空找个借口罢了！既然不能带他出去，当初为什么还要许诺呢……

阿米幸灾乐祸地做着鬼脸，用手捂着嘴，发出"嘟噜噜"的怪声儿。班迪恨不得立刻上前，一把掐住他的脖子。怎么可能带他去旅行呢？平时连句吩咐司机把他接回来的话都没说过……难道他不清楚这个家不是他的，这儿的任何东西都不属于他，这儿的任何一个人都与他无关吗？为什么要抱有这种不切实际的幻想？

"孩子，那儿会有我们自己的家——我们的亲人"妈妈的话全都是谎言！在这儿，就连妈妈都不是他的了。此刻，他想要跑到妈妈的房间，把里面的东西一件件扔掉，把这个家里所有的一切都摔得粉碎；但他却只能怒气冲冲地打开他的柜子，这是他仅有的一点儿权利了，他拿出柜子里的玩具，一个一个全部扔掉，把衣服一件一件扒出来，四处乱丢。

"班迪！"妈妈冲上来抓住他的胳膊，"你这是发的什么疯？"

班迪用尽全力，挣脱出来，用脚使劲儿踩踏着地上的衣服："给你，给你，都拿走啊！"

"你疯了吗？在这个家里，你总是为点小事儿，就要掀起狂风骤雨。我越是不说你，你的胆子就越大。"妈妈把他推倒在床上，双手使劲摁住他。

"你真是一点儿都不懂事，别蹬鼻子上脸——够了！"

"闭嘴！"班迪声嘶力竭地喊道，之后是无尽的厌倦，他痛苦难耐，号啕大哭起来，大滴的泪水滚落下来。妈妈稍一放松，班迪就趁势起身，抓起各色颜料瓶乱砸一通，有些滚落在了地上，有些被摔得粉碎。

破碎的瓶子里流出的红色、黄色等颜料混杂在一起，流了一地。伴随着一地的狼藉，传来"啪"的一声。

"打啊，你再打啊！"班迪整个人扎进了床上，把脸深埋了进去。

他感觉所有人将他团团围住，阿米、乔德、本西拉尔、妈妈，他们的身影不断在他的四周盘旋，还有他们所有人的声音……

刹那间，碎落一地的颜料突然变成了散落一地的牛奶粥，阿姨的话在他耳边响起："不用这么趾高气扬，夫人！不然，哪天您……""班迪，你这样做，对吗？孩子。"

一双充满怜爱的、颤抖的手……"啪"的一记耳光……所有各色的颜料瓶被摔得粉碎，碎片和颜料散落一地。

各种声音从遥远的地方传来，不知来自何方。

"你今天都做了什么？班迪的命都快哭没了。"

"我做了什么？啊呀！看你说的是什么话？那是非常严重的心脏

病，我可能今晚还得过去。沃尔玛现在完全……"

"本西拉尔！去把洗澡水准备好，你再煮杯茶端过来……"

就这样了？再没有别的什么了？没有一句话，哪怕是一个字，要对班迪说的吗？就好像他完全不存在一样吗？

"一辆车每小时行驶40千米，那么请回答，行驶360千米……"

本来要行进的车，突然就停了下来。Heart-attack①，attack就是进攻了。沃尔玛先生那高大的身子躺在那儿，成堆的士兵举起步枪，向他瞄准射击，扣动扳机，砰，砰……

他已经有很久没开步枪了，今天他一定开枪，他也要扣动扳机——砰，砰……

沃尔玛先生的胸前布满伤口，朝他的心脏射击的那一枪，肯定就造成了他那么严重的伤吧？

当……当……当，上课铃响了，另一位老师走进来。教室里一片喧闹，老师用尺子敲打着桌子，说道："孩子们，保持安静，安静！"

班迪现在要永远保持安静了，他再也不会跟任何人说话了，跟乔德也不说话了，跟妈妈完全不会再说话了。

一靠近这个家，他心中那种莫名的恐惧就会越来越深沉。永远保持安静，永远沉默不语，但现在呢？他孤单的心害怕这种安静和沉默。一踏进这家的门，脚就仿佛不会走路了，迈不动步子。

红色倒三角！他站在门外死死地盯着它看，仿佛看到那里面有一个做着鬼脸，怪里怪气发出"嘟噜噜"声音的小男孩在他面前晃

---

① 原文是英语词汇，前文译作"心脏病"，此处保留英语词汇，是因为故事情节需要——上课走神儿的班迪将单词Heart-attack拆分为heart和attack后开始胡思乱想。

来晃去；还看到妈妈牵着两个孩子的手说："走，我带你们出去玩。"

这个国家的人应该只要两个孩子，只要两个就够了。不只是这个国家，这个家也一样，只要两个孩子，两个孩子就够了。

"大妹子，那儿也有孩子啊，去那儿好！他一个人在这儿，孤孤单单，多可怜……"

"不，总共只有两个孩子。"

班迪把书包挂在一边，站在那里望着马路。他一点儿都不想进这个家，他不会再进去了。他要顺着马路跑下去——一直向前跑，但到哪里去呢？这次，"哪里"这个词并没有阻挡住他，他真的跑了起来，跑着跑着，就来到了自己原来那个家的大门前。他呼哧呼哧，喘着粗气，不知是因为奔跑，还是因为害怕。

这是他自己的家，他自己的花园！然而现在似乎也不再是自己的了。家里所有的窗户都关着，所有的门都锁着，他根本进不去，自己的家怎么会想进却进不去呢。

"孩子，那儿会有我们自己的家……"

哼！他不会再回到"那儿"去了，永远不再去了。

这时，马路上出现了两个人，他们边走边聊。班迪躲在桃金娘花丛下，他们没有看见他。

之后，他开始绕着他的花园打转。花园里的小花圃在干燥的冬天依然还是湿润的，肯定是花匠爷爷每天下午都来这里浇水。他开始细细打量每一株花苗，抚摸每一片叶子。角落里的那株杧果树苗，已经长出了多少新叶啊！

他在花园里转了个遍，看了每一株花，每一片叶子——现在呢？妈妈、阿米和乔德应该都已经回去了。没看到他，妈妈应该会询问本西拉尔，不知道她会不会看到他挂在门廊那儿的书包！

妈妈会焦急，会四处寻找他，会呼唤他……很好，他来这儿就对了，现在他再也不会离开这里了，永远不离开。

"爸爸，班迪哥哥根本不在家，不知道他跑哪儿去了……"

医生先生肯定是眉头紧锁……妈妈则是眼睛湿润，面色苍白憔悴。妈妈是校长，却还会害怕医生先生。之前妈妈在这个家的时候，她会训斥所有人，唯独从不训斥他，对他只有满满的爱。然而，在那个家，妈妈却只训斥他一个人，而对其他所有人……好，今天就有好戏看了。他心中不由自主地产生了一种满足感，他就是要做些不该做的事情——让妈妈焦虑、伤心的事情。

路上一有人经过，班迪就立刻躲藏起来。万一要是希拉勒尔或者花匠爷爷来这儿看见了他，那可怎么办？一切就玩完了，没戏唱了。

现在要干吗呢？迪杜家的灯亮了起来。看着灯光，他心里突然冒出念头来，要不去迪杜家？

"哎哟，我原本想着你们那儿会有多豪华，多舒服呢，怎么现在又晃荡到我们这儿了"——天！一想到迪杜的阿妈，还能去他家吗？

夜幕降临，四周的黑暗也沉入了班迪的心中。恐惧，一种异常的恐惧。妈妈为什么还不来找他？难道她现在根本不在乎班迪了吗，根本不在乎他是否在家的事儿了吗？

又或许是，医生先生下命令说，谁都不准到这儿来，并且拦住了要出来的妈妈。

现在怎么办呢？如果直到深夜，妈妈还没有来，那该怎么办？他站在大门口，眺望着马路的尽头。现在没有一个人从那边过来。这条马路显得更加寂静了。他现在倒是希望有人能过来，看到他，或者就算是来往的行人看到他也可以啊。然而，现在路上没有一个

班迪　193

人。班迪爬到了树上——从这儿可以看到远处，万一有辆车来，或是有脚步走来，或是……

然而，现在路上什么都没有。他哭了起来，泪水滑落脸颊。被忽视的屈辱感涌上心头。他心想，现在就从树上跳下去。最好伤得很重，比心脏病什么的都严重。那样妈妈就会为他伤心落泪，泪水从她的脸颊滑落，她还会呼唤他的名字："班迪，班迪！"

他从树上下来了，愤怒、恐惧交织在他的内心。他拍打着自己，仿佛要把自己的手脚打断。他捡起一根干树枝，挥动起来，用力鞭打桃金娘花丛。

到现在还没人来吗？

他开始揪花，掐叶，什么深重罪过，他已经不管不顾了。他一把一把地揪扯，仿佛只有把自己亲手种的花木连根拔除，他的内心才能获得满足。

到现在还没人来吗？

他蜷缩在草地上，来回打滚。饥饿、寒冷让他不住发抖，他呜咽着。

突然间，家门仿佛被打开了，断断续续地传来阿姨的歌声——我的郎，托山者牛护啊……他瞬间屏住了呼吸，赶紧闭上眼睛，但阿姨好像越来越靠近了。这是阿姨的鬼魂吗，阿姨死了吗？

王后死了以后，她的魂魄停留在了她女儿的身体里，从此她女儿变成了一只小鸟，飞进了她原来的房间……

阿姨的魂魄也停留在这个房子里了吗？

他紧闭着眼睛，却仿佛看到一个白色的物体悬浮在半空，正在做操：一、二、三、四……①

---

① 原文为英文one，two，three，four……

班迪屏住呼吸，感觉自己整个身体不住下沉，越沉越深，越沉越深……叮当，叮当……是索娜尔王后的脚环声。现在她已经把国王所有的孩子都杀死了。她饿了，就会杀掉孩子……声音越来越靠近，班迪沉落得更深了。

呼哧，呼哧，那是索娜尔王后的喘息声。哒，哒，哒！传来了奇怪的声音，随即有只手在他的胸前……攻击！

"别杀我！"他喘不上气来，却仍旧大喊，根本不知道这声音有没有发出来。但那只手却已经侵入了胸膛。

"班迪，班迪。"有个人用手臂揽着他坐了下来，用心碎的眼神看着他——面前这是谁。

"你怎么……怎么到这儿来了，什么时候来的？"那人摇晃着他的肩膀。渐渐的，黑暗中那张面孔逐渐清晰起来。一张惊惶的脸！一双红红的眼睛！

"你说，说啊，为什么这么做，只有这么做，你才会心理平衡吗？你非要将你和我的生活搅入毒药，你才会心理平衡吗？你在那个家是受了什么灾难折磨了吗？还是受什么痛苦委屈了？"啊！是妈妈。然而，看到妈妈之后，他并没有感到丝毫的安慰，也不再感到恐惧，什么感觉都没有了。

"你每天都要闹一出风波，闹一出洋相。要让人忍受到什么时候？凭什么要忍受？"左脸颊传来"啪啪"的声音，或许是妈妈在打他吧。

"好！你爸想让你到他那儿去，我把你送去。你就跟他住吧——"妈妈强拉硬拽，把他往车的方向拖，然后将他使劲摔进车里。

他一动不动。现在妈妈还在不停地说着什么——不知都说了什么，他完全听不清楚，他完全没有任何感觉。也许妈妈不知道索娜尔王后已将他……

刺啦，刺啦……他现在根本听不到妈妈说的话了。

十四

班迪慢慢安静下来，不再闹事，再没有顽固、愤怒、哭闹叫嚷的言行举止了。不止外在，他的内心也一样静如死水。或许那并不是安静，而是面对一切人事时怀有的深沉的恐惧。

放学回来，他就站在门廊等阿米、乔德和妈妈。然而，当他们回来时，他却觉得，不，他并不是在等他们，他们三人有说有笑一起下车，看起来还挺不错。

"嘿，班迪，走，咱们去玩拉米纸牌。"他就跟着一起坐下玩纸牌。

"刚放学回来，就开始玩纸牌了？……今天不做家庭作业了吗？"妈妈训斥着，他就顺从地去坐着写作业。

有几次，他想画画，但颜料瓶子都被他摔碎了，颜料基本都流光了，没剩下多少，根本不够他用来画画。

现在当妈妈身边只有他的时候，妈妈就会过来，有事儿没事儿地爱抚他，疼爱他一会儿。那个时候妈妈的眼中不知道有些什么东西在闪动。

坐在餐桌前的时候，他的头一直低垂着，但时不时会出现三角形的 ABC 三条边一样的视线，他这边的视线会来回流转。妈妈的眼光像是粘在了他的盘子上一样，一直盯着他。当医生先生在家的时候，妈妈无论在哪儿，无论在做什么，都有双眼睛，一直在盯着班迪的上上下下，前前后后，一直盯着不放。他看书的时候如此，他吃饭的时候如此，他睡觉的时候也如此——那双充满谨慎、警觉、直勾勾的眼睛。起初，班迪觉得盯着自己的那道目光，像一根尖锐的刺，扎在身上；现在他仿佛已经习惯了那种目光的存在。

早上，医生先生去上班了，他离开家之后，妈妈才开始顾及自己。她迅速收拾好，做好去学院上班的准备。而在这个时候，她完全又是另外一种神态。

是啊，妈妈的眼睛不在他身边的时候，她还怎么能盯着他呢？然而，是完全可以盯着他的。就如同现如今他虽然长着眼睛，却什么都看不见的道理是一样的。又或许是因为，妈妈有两对眼睛，面孔也是一样……

班迪正坐在医生先生的旁边——他们要去火车站迎接爸爸。

上一次，是花匠带着他去找爸爸的。坐在马车上的时候，他是多么的开心兴奋啊！一路上喋喋不休，说个没完。这个时候，一想到爸爸要来了，他也想让自己开心、兴奋起来。然而，此刻，他的心却没来由地害怕起来，那是一种发自内心的恐惧感。不，并不害怕。既不高兴，也不害怕，什么感觉都没有。爸爸真的是为他而来的吗？

昨天放学回家的时候，妈妈就已经在家了。妈妈赶忙走上前，接过他的书包，说："儿子，你回来了？"

难道今天妈妈没有去学院上班吗？但从她穿的衣服和挽起的发髻来看，她应该是去上过班了，也许她是提前回来了，可这是为什么呢？

"来，把衣服换了吧。"许久以来，妈妈这是第一次为了让他换衣服亲自来到他身边。他觉察到妈妈的神情有一些焦虑、悲伤，但是他并没有做什么出格的事啊。不知道为什么他在内心深处非常确定，妈妈的焦虑、悲伤是因他而起的。

换衣服的时候，妈妈用手支着他的肩头，给他换上了衣服。他内心的恐惧更加深重了。他立刻开始回想这一天都做了什么，万一有什么事惹祸了。

他一下子看到了床边有一些展开的纸。班迪认了出来，那些是他给爸爸写的信，他从来没能写完的信。不知道有多少次，他都只写了个开头，却从来没能写完过。他把这些未能写完的信都藏进了衣柜里，压在了最下面。

这些都是妈妈取出来的吗？顿时，愧疚感和满足感交织在一起，在他心中涌现出来。他看向妈妈，妈妈也正在目不转睛地盯着他看。

"班迪，这些信是你写的吧？"

班迪沉默不语。难道妈妈认不出他的字迹来吗？还为什么要问呢？

"给爸爸寄过信吗？"

班迪沉默不语。班迪心中暗暗懊悔，为什么当初不把信写完，都寄出去呢？如果寄过去的话，他现在就可以向妈妈怒吼说："对，已经寄过去了，我还会再寄信过去的。"

"说啊，孩子。我不会生气的。我只是问问你，你给他寄过信吗？怎么寄的？经谁的手！"

班迪沉默不语。他要怎么回答呢，说他从来没寄过。

"我原本想着，这不过是他自己一厢情愿，固执己见。但现在看来，既然是你写的信，那就……"不知道妈妈是在跟他说话，还是在自言自语。

忽然，妈妈一把把他拉到身边，抱住他说："班迪，为什么，你心里真的是这么想的吗？你想去爸爸身边，你要去爸爸身边？"

"好吧，孩子，你去他那儿吧，你的爸爸要来接你了。现在我不会再阻拦了，既然你在这儿不开心，那就……毕竟那是你爸爸，你在他那儿，也就不会再这么任性、顽固了吧。"

妈妈紧抱着他的手松开了。

到这一刻为止，班迪还是一言不发。

她一早就知道了所有的事情。然而直到现在，他却对整件事情一无所知。他只知道爸爸要来了。但这事肯定不只是爸爸来看他这么简单。上次爸爸来的时候，就不仅仅是为了见他而来的。他还做了好多别的事情。班迪也是后来才知道的。那些事之后，妈妈就哭了。

这次爸爸来做什么？班迪看了一眼医生先生。他正开着车，盯着前面的路况。爸爸之前见过医生先生吗？如果不认识的话，他又怎么开口说出要去医生先生家的话呢？

早上的时候，妈妈亲手为他收拾妥当。然后她就自己在那里走来走去。医生先生就问她："你不去火车站吗？"

"不去。"

"为什么？"

"就是不想去，你和班迪去吧。"

医生先生盯着她看了一会儿，说："行！好的。"之后，他的脸就被报纸挡上了。

"你今天不去学院上班了吧？"医生先生把报纸放在一边，问道。妈妈望着他，仿佛在说："怎么了？问这个做什么？"

"哎，是这样的，家里至少应该留个人在吧。我今天上午10点钟，要去开一个重要的会。"

"但是，他是不会来这儿的。"

"为什么不来？我会坚持要求他过来。班迪，到时候你也要坚持让他来，孩子，明白吗？"

此时，班迪却在想：到时候他连一个字都不会说，让爸爸来这个家的话，他怎么说得出口？在这个家，他有说话的权利吗？他有多少要说的话啊，然而每次，只要他一开口，情形立刻就会变得很糟糕，事情就完全被搞砸了。

让爸爸来这个家？爸爸会来吗？

爸爸是不会来的。

在火车站，班迪一眼认出了爸爸。爸爸一见到他，就像从前一样，快步上前紧紧地搂住他，把他抱起来，在他的脸上亲了又亲，之后，把他紧贴在自己的胸膛上说："班迪，我的儿子！"

紧拥的手臂，紧贴的胸膛，让长期以来郁结在班迪心中的某些东西得到了纾解。霎时间，他的泪水就要夺眶而出。然而，他努力地把这些泪水咽回去，他从爸爸的怀里下落到地上。他已经长大了，不能再哭了，也不能总是往大人怀里钻了。爸爸之前说的话，他一直记得很清楚：你哭起来像个女孩子……

爸爸按着他的双肩，看着他。但却不像之前那样看着他，而是直直地盯着他。班迪突然觉得，爸爸的这种眼光，完全就像妈妈那样，一直在盯着班迪的上上下下，前前后后，一直盯着不放。为什么所有人都要这样盯着他看？这只会让他感到害怕。

爸爸就那样子盯着他跟他说话。医生先生站在一旁，默不作声。

之后，医生先生就走上前来，跟爸爸握了手，并坚持要爸爸去家里，他费了好多口舌，也听了爸爸许多婉拒和解释的话。班迪站在一旁，沉默不语。

"班迪，你快来把爸爸拽回家，你看，他根本不接受！"

班迪看着爸爸，爸爸在微笑着，但他的那种笑完全像是没在笑。怎么还会有这种笑容？虽然在笑，但整张面孔显得是多么的严肃啊！难道爸爸也成了校长吗？直到这会儿，爸爸的眼睛还在盯着班迪的脸庞。

"孩子，你快说，让爸爸跟咱们回去。"

"爸爸，一起去吧！"

他用怯怯的声音说着。爸爸如芒刺的目光更加锐利了，班迪更加害怕起来。

"事情是这样的……"爸爸跟医生先生又接着说了起来。

一瞬间，班迪的眼前浮现出那个黑暗的夜晚，爸爸的手从他的小手中渐渐滑落，爸爸离开了，只剩下他和妈妈孤独地站在自家大门前！

班迪、爸爸和医生坐车一起往回走，不过爸爸在招待所下了车。直到下车，爸爸都没跟他说一句话，可是他却有好多好多话要讲给爸爸听，现在还怎么说呢？爸爸已经说了下午4点会去医生先生家里，班迪还能再说什么呢？爸爸身边还有比班迪更重要的事情吗？爸爸不是为他而来，是为了自己的工作来的。不久前，班迪心中原已纾解的那些情绪，再度郁结起来了。

今天他没去上学，爸爸也没来把他带走。现在他要做什么呢？他从这个房间，晃悠到那个房间，又在楼里楼外，来来回回漫无目的地瞎逛。家里只有他和妈妈两个人在，最近已经很难得有这种情形了。每当家里只有他和妈妈时，他会感觉还不错，那时候妈妈会非常疼爱他，这会让他觉得，他从前的那个妈妈又回来了。

今天也一样，家里只有他和妈妈两人。他时不时找点儿什么由头，刻意往妈妈身边蹭，妈妈盯着他看了一会儿，然后就把目光移开，做别的事情去了。他能感觉到妈妈又流露出了那种心碎的眼神。

他是从爸爸身边回来的，所以妈妈就生气了，痛苦了。很好，就是要让她生气，就是要让她痛苦！现在他在这儿，不过就是来串个门，逛一逛的，等到他跟着爸爸一起去加尔各答时，妈妈可就傻眼了！要是她现在能对他说不要走，他倒还可以考虑考虑，再晚的话，可就没机会了。然而，妈妈仍然沉默着，一言不发。

下午4点半前后，爸爸来了。妈妈向他问好的时候，就如同向一个陌生人问好一样客气。乔德会怎样看待爸爸？班迪心想，要是爸爸能多跟乔德聊聊天，对她多表达一些关爱，那么乔德就会喜欢爸爸了。他曾经对乔德说过：我爸爸可好了。然而现在，爸爸却……

招待爸爸喝茶的桌子上摆满了各种各样丰盛的食物，就跟他和妈妈刚来到这幢楼的那天一模一样。只不过，那天是医生先生款待妈妈，而今天是妈妈正在款待爸爸吧？

他时时想着，会不会这个时候那个高个子的男人又突然来到这里，并大声喊着：哇！今天这个餐桌看起来才真的像个餐桌。

阿米和乔德在陌生人面前一直安静地坐着，就如同那天他安静地坐着一样。然而今天，他也还是一样沉默，一言不发。现在他心里特别想，至少这会儿他能说些什么，就如同那天阿米和乔德一样说话，那种喋喋不休的样子。然而，爸爸那犀利的目光扎在他的脸上，让他一个字也说不出口。不仅是他，连妈妈也一样的沉默。况且，如果他跟爸爸说些什么，而爸爸却不应答，那乔德会怎么想——你爸爸怎么这样？

爸爸为什么对他不闻不问！他现在跟自己的妈妈和爸爸，一起坐在餐桌前，然而这餐桌看起来一点儿都不像个餐桌。

喝完茶，妈妈把爸爸带到了客厅。他也默默地跟在后面。妈妈在客厅不住地东张西望，就仿佛她也跟爸爸一样，是个外人，刚到这里。而爸爸却端坐在那里，对屋子根本不瞧一眼。

"我得知消息的时候，已经晚了，所以也没能来得及道喜。"

妈妈沉默不语。

班迪心想，至少说点什么啊，说什么都行呀——妈妈，爸爸和他是第一次在一起吃饭，现在又一同坐在这个房间里。他从心底觉得，此时此刻，此情此景，他感受到了他们这个三口之家的某种完整。然而，他却凝固在那里，一动也不能动，一个字也说不出。

他突然生出一个念头：跟爸爸说，走，爸爸，带我出去逛逛。就这么干坐着，估计坐到半夜也说不出一个字来，他有好多话要说呢……要是看到乔德，就跟爸爸说：爸爸，也带上她吧。他们会买好多好多东西回来，阿米一定会蹦跳着跑过来看他们买的东西，叫道：嘿，还有这个东西呢，班迪哥哥。

"之前我在信中提到的那些事情，今天早上我都已经很……"爸爸话说了一半，突然停住了，他转眼看向班迪。妈妈也朝班迪看了过去，之后又看向爸爸，然后，她就低头盯着地面，她的脸色是多么苍白啊！

这下好了，妈妈傻眼了吧。他会告诉爸爸，妈妈自从来到这里以后，就开始打他了，再也不跟他睡在一起了，还有许多事情——还有那件总要让他两指交叉的事情。

"班迪，你去跟阿米和乔德一起玩吧，儿子！"

哼！妈妈这是想把他打发走，肯定是害怕他把所有这些事告诉爸爸吧。他才不会出去呢，他要把所有的事情都告诉爸爸，爸爸是专门为他而来的，就算妈妈和爸爸已经绝交了，那又怎样？

他绝对不会让步、退缩了。

爸爸在看着他，但好像不是在看他的脸，而是想要透过他的脸看出些什么。妈妈神情紧张，惶恐地看着爸爸。

又是那种ABC的三角视线……

"去吧，孩子，去外面玩吧！"这时，爸爸发了话。班迪气呼呼地离开了。在火车站的时候，爸爸明明说："孩子，这会儿我有些重要的工作必须做，等到下午我就会过去。"下午这会儿倒是来了，却说，"孩子，去外面玩吧"，爸爸到底是为什么来这儿的，难道不是为他而来的吗？顿时，他眼前浮现出阿米打着"嘟噜"奚落他的那种样子来。

可他却不生爸爸的气，而是在生妈妈的气。从前妈妈不在的时候，爸爸总是带他出去痛快地玩一整天，今天一定是因为妈妈在……新仇旧恨一股脑儿纠结在一起，让班迪火冒三丈，他一定要给妈妈点颜色瞧瞧！

过了一会儿，他就又被叫了回来。爸爸怜爱地把他抱在怀里，问："儿子，跟我一起去加尔各答吧？我是来带你走的。"班迪转头看向妈妈，他满腔怒火地看着妈妈，回答说："我一定要去！我根本不想在这儿生活。"仿佛这话不是在回答爸爸的问题，而是要故意说给妈妈听。这句话他曾经有成千上万次想说给妈妈听，现在好了，妈妈也听到了。

爸爸把他抱得更紧了。凝聚在班迪心中的怒火，渐渐熄灭了，他紧紧地抱着爸爸，痛哭起来。

爸爸更加用力地把他紧贴在胸前："孩子，别哭，班迪，别哭……"爸爸的声音也有些哽咽了。

班迪不经意间望见了妈妈的眼睛，那双眼睛已经完全干涸了，但纵然没有了泪水，眼眶却是湿的，还有那张惨白的面孔。现在妈妈完全傻眼了吧！

爸爸带他出门逛了，还给他讲了好多关于加尔各答的事情，但班迪一个字都没听进去。他正在想，不是想，而是仿佛看到了妈妈正坐在他的床边，一边哭一边说："班迪，不要走，不要走！离开你，我还怎么活得下去。从今往后，我再也……"

他开始在心里盘算，他要在妈妈面前摆出的那些条件。如果妈妈全部接受的话，他就会留下来，不走了。妈妈是一定要郑重起誓的，不能再找借口骗人了。

难道他会不知道，离开他，妈妈就根本活不下去吗。医生先生、阿米、乔德，还有高大的楼房，所有那些，好是好，可是能跟班迪比吗，班迪才是……

"班迪，你说说，你觉得那个医生先生怎么样？"爸爸突然问。班迪觉得，爸爸的目光仿佛扎在他的脸上，一时之间，他也不知道该怎么回答。顿时，医生先生的面孔淡淡地浮现出来，班迪轻声地说："挺好的。"

"他的那些孩子们怎么样？"

"乔德特别好。她很爱护我，她从不跟我吵架……"

咦，爸爸为什么这样看着他？就好像他犯了什么错一样。但是，他可从来都不会说任何人的坏话的。

"好啊，你喝鲜酪乳吗？"爸爸不再问什么了。

晚上，班迪躺在床上，翻来覆去，一直等着妈妈的到来，等着她在他面前，哭着哀求他。他把傍晚跟爸爸出去逛时在路上盘算的那些条件，又在心中默想了一遍。

乔德到她的朋友家去了。阿米也赖着，跟着一起去了。班迪独自一人躺着，觉得时间特别漫长，不好打发。他随手打开一本书翻看，但精神却完全不能集中……

妈妈跟医生先生在他们自己房间。她这会儿一定在哭吧。很可能，她正在跟医生先生哭诉，而医生先生正在劝慰她。她肯定会想到，我现在不会再怕她了，现在有我爸爸在，现在我会说，这一切都不能再这样下去了，我不会再容忍了。

可要是医生先生过来劝解，那该怎么办呢？要怎么回答他呢？完全没有想过这种情况。不，如果医生先生来劝的话，就不对他做出任何回应。

然而此刻却没有任何人过来，也许他们连过来的勇气都没有！这时候，乔德和阿米回来了，他们直接闯进了妈妈的房间。那是妈妈的房间，这两个人怎么能这样肆无忌惮地闯进去呢？为什么他从来都不能这样大摇大摆地闯进去？要么是妈妈把他领进去，要么是他自己偷偷摸摸溜进去。

过了一会儿，乔德回到房间，问他说："你明天就要跟你爸爸去加尔各答了吗？"

原来他们刚才在那个屋子里，都已经知道了这件事。

"是的，我爸爸来接我，我能不去吗？"班迪如此大声地回答，是想让妈妈在她自己房里也能听到。

不确定妈妈有没有听到这句话。不过，乔德倒是听得很清楚，她去换衣服了。无论在哪儿，妈妈的眼睛不是一直都盯着他的前前后后不放松吗？不是要把他里里外外都看透吗？今天这是怎么了？

怎么不盯着他看了呢？他也要用这种眼神盯着妈妈，要看看她正在做什么，正在说什么？

不多久，妈妈就出现了，她站在班迪的房门口。班迪睁大了眼睛，瞧了妈妈一眼，然后又开始低头看书，仿佛他刚才什么都没看见。妈妈缓缓来到他的身边坐下。班迪赶紧在心中又快速地回顾了一遍那些原本盘算好的条件，整理了一下心情。万一一会儿妈妈哭起来，他也跟着再哭起来，那还能谈条件吗？不，这次绝对不能再哭了。

然而，妈妈什么都没说，只是轻轻抚摸着他的头。他再一次看向妈妈，妈妈竟然没有哭。哼，她现在立马就会哭了！班迪看到她没有哭，就说道："我明天就要跟爸爸一起去加尔各答了。"

妈妈顿时抬头看着他，像是要努力地理解他说的这句话的意思，又或是不敢相信这是他说的话。但妈妈却仍然没有哭。

"我再也不会回到你身边来了。我要跟爸爸一起住，一起生活，永远……"妈妈一直抚摸着他的头发，他的脸颊。紧接着，她用低沉的声音说："班迪！"

班迪满心期待地在等着妈妈说出下一句话！现在快说啊，说"别走"！

"孩子，我需要给你准备哪些东西呢？你喜欢什么尽管告诉我，我会准备好所有……"

为什么妈妈不阻拦他？她真的要把他这样送走吗？他的内心一阵痉挛，止不住抽搐起来。

"我什么都不要。我不会要你的任何东西。"他用焦灼的眼睛凝视着妈妈，仿佛在说，现在，就现在，快说啊，快来阻拦啊！

即便如此，妈妈仍然没有哭。她只有一双干涸的眼睛和一张枯槁的面孔。

因为现在有医生先生在家，所以她才不敢哭的吧，她就是害怕医生先生，估计明天她就会大哭特哭，走着瞧吧！不哭就算了，反正他就要走了。他要跟爸爸一起去加尔各答了，爸爸会带着他到处逛，痛快玩，带他看好多新奇的事物。那么大一个城市，就是逛到死，都逛不完。

夜里，他梦到，跟爸爸在很多怪异的地方游荡。突然，妈妈从某处出现了，一下子上前来，把他搂在怀里，大声痛哭。他、妈妈和爸爸就回去了。走着，走着，不知不觉到了家门口。这时，爸爸突然变成了医生先生。他也不知道这到底是谁的家。早上，睁开眼睛，他才意识到自己正躺在这张床上。

第二天，妈妈仍然没有哭，也仍旧没有跟他说过一句"你别走"。班迪自己倒哭了起来，不过却是躲在卫生间里偷偷地哭泣。

吃早饭的时候，所有人坐在餐桌前，都沉默着，不发一言。乔德和阿米看着他，就仿佛是看着一个陌生人一样。医生先生和妈妈眼睛死死盯着餐桌，却仿佛也在盯着他一样。所有人都看着他，然而却没有一个人说出那句话"别走"。难道所有人都想让我走吗？妈妈也是吗？

心中的委屈一股脑儿涌了上来，喉咙好像被堵住了，他泣不成声，吃不下饭，只是泪眼蒙眬中，仿佛又一次看到了那个红色倒三角。

妈妈没去学院，也没送他去上学。他很想问问，为什么不让他去上学了？昨天就没有去，今天也不去？他不用读书了吗？他不用学习了吗？但是，没有任何人告诉他这些事情，他仍然一无所知。他的脸顿时像被什么东西猛扎了一下，不只是脸颊，他浑身上下都感受到了这种刺痛。

妈妈默默地为他收拾行李。他的衣服，他的玩具。他想咚咚咚跑过去，把衣服一件一件拿出来。他不要去什么加尔各答，他为什么要去？他怎么能去？还有一个月他不就要考试了吗？没有妈妈在，他能待得住吗？

但是什么都没有，没有谁再跟他说什么了。他把泪水咽进肚子，漫无目的地四处晃荡。妈妈一直在整理行李。时间就这样流逝着，他的眼泪也慢慢在心中凝固了。

把所有行李都整理妥当之后，妈妈站在他的面前，抓住他的两个肩膀，问道："班迪，去了那儿之后，一定不会忘了我的，对吧？会给我写信的吧？孩子，记得，如果你在那儿……"

"我完全不会想你。一封信我都不会给你写。你也别想我……"剩下的话仿佛卡在了他的喉咙里，让他喘不过气。

此刻班迪心中仍在呐喊：你说啊，就现在，你哭啊……快哭啊！

只见妈妈眼中真的溢满了泪水，然而，她仍旧一个字都没说，默默转身离开了。

小汽车已经把爸爸接过来了，班迪所有的行李都收拾好了。在班迪的行李上还放了几个小包裹，那是妈妈拿来放上去的。他是绝对不会要这几个小包裹的，就算妈妈一再要求，他也不会要。医生先生也来了。

"班迪，放暑假的时候，你就回来吧，然后咱们一起去叔奶奶家。"

班迪看了一眼乔德，然后回答说："不，我为什么要回到这儿来，我哪儿都不跟你们去，我就在加尔各答过暑假。"

他觉得，他这句话不是回答乔德的，而是说给他自己听的。现在他真真正正地不能回头了，回不去了，永远回不去了。妈妈能明白他吗？

"您可真是大忙人啊！我们一直等着您再来家里做客，到现在连跟您坐坐的机会都没有。"

爸爸并没有进屋，站在外面说："实在抱歉！一直在忙，不知不觉就到要走的时间了。"他将起袖子看了看表说："现在得赶去火车站了。班迪，准备好了吗？儿子。"

班迪飞快地跑到爸爸身边站着，内心惶惶不安，但是表面上却装作若无其事，习以为常。让大家都看看，最爱他的爸爸，来接他到他的身边一起住了！这儿的人，谁都留不住他。

妈妈到现在还没出现吗？或许爸爸也正在搜寻妈妈的身影，妈妈为什么还不出现呢？

本西拉尔把行李归拢在一起，但班迪把其中那些小包裹都捡了出来，扔到一边。

"哎哟，孩子，这可是特意为你准备的，你带上吧。"

班迪一句话没说，默默把这些小包裹放在了台阶边上。爸爸紧盯着医生先生看，医生先生脸上红一阵白一阵。

这时，妈妈从里面走了出来，她看了一眼爸爸，又看了看班迪，然后把目光停留在了那几个小包裹上面。她慢慢走上前，一把抓住班迪，搂在怀中，爱抚着他，但仍旧一言不发。

班迪挣脱了出来，来到爸爸身边，拽着爸爸的胳膊，站在那儿，仿佛他要以此向大家宣告，他现在变成爸爸的班迪了，现在他要跟爸爸生活在一起了。

医生先生、阿米和乔德都坐上了车，只有妈妈站在汽车外面。

爸爸看着医生先生……

"啊，她太伤心了。"说完，医生先生发动了车子。

虽然极力控制，但班迪的眼光仍然不由自主地朝妈妈望去，只见她的一只手在不停地挥动，也许她正在痛哭流涕。

哭泣的妈妈渐渐远去了，那幢小楼，楼后的空地，还有楼外面的红色倒三角标志，所有这些都渐渐离他远去了。

火车站到了，这里人潮汹涌。坐在火车车厢里的班迪，望着窗外，月台上站着医生先生、爸爸、阿米和乔德！还挨挨挤挤地站着许多人。

医生先生吞吞吐吐地说着："请您经常传个他的消息来……你知道她……如果她过分伤心，就……"

"班迪哥哥，我也要去加尔各答玩！"

"班迪，你要给我写信哦。"

他们这样说着话，周围熙熙攘攘，人声鼎沸。刹那间，班迪觉得，所有的喧嚣都被一个声音覆盖了——班迪，别走，我的孩子，没有你我怎么能活。他幻想妈妈跑来了，惊慌失措的神情，哭得红肿的眼睛，但也许妈妈没能来到他身边，只有她的声音在他四周回响。

火车开动了，人们渐渐远去。挥动着手臂的医生先生、阿米和乔德，都渐渐变得面目模糊，逐渐融在了一起，再后来，就只凝聚成一个个小黑点。月台上的拥挤、喧嚣，小城的各个地方，认识的，不认识的，所有的一切都溜走了，都远去了。不一会儿，火车就飞驰在了田野和一望无垠的荒原上。

班迪转头向车厢里望去，全都是陌生的脸孔。班迪内心十分惶恐不安，他立刻起身走到了爸爸身边，跟爸爸紧紧地挨在一起。爸爸非常怜爱地抚摸着他的后背，说："班迪！"

班迪立即脑补爸爸可能说的话："那儿会是我们自己的家，你肯定会特别喜欢那儿的，孩子！"

然而，爸爸接下来说的却是："我把床铺给你铺好，你想躺下吧？"

在如此众多的陌生面孔中，班迪胆怯起来，只能不断抬眼朝爸爸看去，只有爸爸这张熟悉的面孔才能让他安心。他想要紧紧抓住爸爸，就好像他稍一松手，爸爸就会远离一样。他会时不时地找个借口，往爸爸身边蹭，碰触爸爸，或者用手紧紧抓住爸爸。

夜晚来临，班迪在梦中，又回到了熟悉的地方、熟悉的面孔中间，有眼睛紧紧盯着他的妈妈，或者悲伤失落的妈妈，上蹿下跳的阿米，爱意满满的乔德，板着脸孔的严肃的医生先生。讲解课文的老师说着："安静……安静"维普、盖拉什、迪杜会说："朋友，班迪去哪儿了？"本西拉尔、红色倒三角、花匠爷爷、杧果树苗……所有这些都环绕在他的周围，如往常一样，萦绕在他的心中。

然而，早晨，一睁开眼睛，却发现四周全都是陌生的面孔。他急忙来到了爸爸身边。

第二天，火车到达了豪拉。刚一下火车，班迪立刻感觉到，自己好像被人从一个陌生的小圈子里拔出来，又被投入了更加陌生的汪洋大海之中。

这儿是多么的拥挤，多么的喧闹啊。所有的一切都是那么陌生，一切都是未知的。

他的内心不由自主地被恐惧所占据。他紧紧抓住爸爸的手指头。在人潮的推搡中，他非常担心，一旦松开了爸爸的手，他就不知道身在何处，就会迷失自己了。

爸爸正站着排队打出租车。班迪不理解这个事情，他只是瞪着无助的大眼睛看着爸爸。

"你去那儿坐会儿。"爸爸可能觉得他累了，就让他过去坐在行李箱上歇会儿。他眼望着四周，这个完全陌生的新地方拥挤而喧闹，但此刻他却觉得一切都是寂静的，他只是盯着爸爸，就仿佛他被谁钉在那儿了一样，太阳把爸爸的影子拉得很长，非常长。他坐在那里盯着爸爸，却又很想站起身，走上前去，紧紧抓住爸爸的手，因为只要跟爸爸的手分开一会儿，他就会感到异常的焦虑、不安。

他终究还是站了起来，走到爸爸身边，跟他并排站在一起，紧紧抓住爸爸的手，一刻也不愿分开。

他那小小的身影，跟爸爸那长长的影子融在了一起。

十五

辩解！

为什么要辩解！要为什么事而辩解？雪恭做了什么需要辩解的事？

阿吉耶想要带走班迪，而班迪自己也想走。班迪完全不喜欢这里。无论付出怎样的努力，她还是不能让班迪适应、接受这个家。他不能把这里当作自己的家。不知道，他究竟想从这个家得到什么？不，也许是他想从雪恭这里得到什么。

阿吉耶也想从她这里得到什么。既然阿吉耶已经从她的人生中被清除了，她就什么也不会给他了。现在班迪又想从她这儿得到什么。是不是阿吉耶进入了班迪的灵魂，想要重新开始从她这儿索要她不给他的东西。不，不，这一定是她的错觉。阿吉耶不会再想要什么的。他完完全全有自己的生活。他早已把雪恭拦腰截断了，也许一点复原的希望都没留。雪恭想要重新拥有自己的生活，就必须忘记阿吉耶带来的伤痛，然而班迪……

所有人都只想从她这儿索取，而对她来说，她也只有不断地满足他们这一条路可走。她不会希望什么了。为什么凡是她希望得到的东西，都会同时给她带来罪恶感呢？种种的禁锢也使得她不去希望什么了。而过着现在这种正常的平凡的生活，至少会让她觉得她还活着。这样不仅仅使她感觉到太阳的东升西落，除此之外，还有另外的"某种东西"。

她的愿望是多么的平凡普通啊！但就是因为这个，所有的罪过都要由她来承担。

"哪里有辩解，哪里就有罪过，解释就是掩饰。如果人们不为自己的罪过辩解，那就……"依稀记得，在某个场合下，医生曾说过这句话。

也许说过吧。此刻，雪恭觉得，她的内心空洞无物，既没有罪过，也不需要辩解。她心中所有的只是痛苦，班迪离去的痛苦，班迪在将来的某天也不会喜欢那个地方的。他不会喜欢阿吉耶的家，也不会喜欢寄宿学校。没有雪恭在身边，他到哪里也不会快乐的。况且这些天他和雪恭待在一起也并不快乐。

他不会明白他对雪恭的报复就是对他自己的报复，他对雪恭的折磨就是对他自己的折磨。他的报复有多激烈，对雪恭的折磨有多巨大，他自己罹受的痛苦就会有多深重，多残酷。

他不明白，但是雪恭却很清楚。然而她选择沉默。难道她不知道班迪是她寻求平凡稳定生活过程中的障碍吗？她即将开始实施她新的人生计划时，班迪却给她带来羁绊、阻挠，让她的新生活无从开启。

忏悔！

不，她没什么好忏悔的。人们是不愿意承认错误的，在别人的眼中他们是有错的，但在他们自己的眼中他们是无罪的。他们不承认自己的罪过，而是十分冷漠地把责任推卸到别人头上，以求得自身的解脱。

但雪恭绝不会这么做，她也不能这么做。班迪是她生命中不可分割的一部分，是她身体的一部分啊。他离去的痛苦也使她痛苦，而把他送走之后，如果他犯了什么错，那也是她要承担的过错啊。所有这一切责任、过错、痛苦，她既不可能让人分担，也不可能推卸给其他人，她不可能就这样轻而易举地脱身。

班迪自负、骄傲，还怀着满腔怒火，雪恭拿给他的东西，他连看都不看一眼，碰都不碰一下，就推到了一边。她强忍着内心翻涌上来的泪水，用那双干涸的眼睛望着班迪坐上车离开。这种分离给她造成的痛苦比班迪所受的痛苦还要深重啊，而且这种痛苦是不能割舍的……现在不能，将来也不能。

车子回来了。她看到医生先生、阿米和乔德一起下了车，这对于她又是一次新的打击。班迪就这样走了吗？一时间，她虽然知道，想得再多，都为时已晚，但是她却不由自主地浮想联翩，一幅幅画面在脑海中不断涌现，却又很快消失：失去了这里熟悉的环境和雪恭的陪伴，班迪暂时按捺住的冲动在火车站那种陌生的环境中爆发了出来："我不要走，我要回到妈妈身边——我要跟妈妈生活在一起。"阿吉耶焦急又无可奈何的脸，医生的不知所措，还有紧挨着乔德站着的班迪，紧张又害怕。"妈妈……"班迪刚从车上下来，就立刻上前来，紧紧抱住她，两人泪流不止，冰释了所有前嫌。

"那会儿走得着急，连口茶都没来得及喝。赶快给我端杯茶来，喝完我就得走了。我已经迟到了！"

就只有这些话？

"火车也晚点了半小时。"

还有呢？

"妈妈，我告诉班迪，让他一定要给我写信。"

"我也跟布德拉先生叮嘱了，让他一回去就一定要给我们写信来，关于班迪的一切，事无巨细，都原原本本地告诉咱们。"

还有呢？

大家都不再言语！

餐桌上放着倒好的两杯茶和两杯牛奶，只有班迪的椅子是空的。

"爸爸，我的几何绘图工具坏了。我需要一个新的套装，明天我们学校就要测验了。您让司机买一个回来吧。"

乔德和阿米今天都向医生讨要了他们各自的必需品。如果班迪有需要的东西，他会怎么办呢？班迪在那边又会跟谁讨要呢？

"冬天已经过去了。再过个十多天，大汗淋漓的季节就要来了。今天在火车站，就已经感觉到有些燥热了。"

"爸爸，为什么火车上有那么多人挤来挤去啊？这些来来往往的人每天都是从哪儿来，到哪儿去的呢？"

火车晚点了，车站里很热，车站里人很多。什么都说了，却没有关于班迪的只言片语，就好像他不在现场一样，就好像所有人都跟他隔绝开了，没有人去到他身边，或者他们根本就不想去。

"今天的茶怎么这样？好像水没有完全烧开啊。"

重新烧了水后，茶端来了。

"今天下班回来的时候，我会去沃尔玛家看望他。你也一起去吧，我让车回来接上你。得去看看他了，已经有三四天没去了。"

雪恭看着医生，低声说："今天就算了吧，让我在家待着吧。"

"嗯？好吧！"医生转过身。

"爸爸，记得要给我们买的东西啊，要特别好的那种！"

大家费劲地说着这些突兀的话，就仿佛事先已经商量好了，绝口不提关于班迪的任何话题，并且他们说的这些话，完全跟那个话题搭不上，两者中间没有任何联系的纽带。

纽带！班迪不再是纽带了，也许正是这个原因，他就被剪断了，被无视了。

医生上班去了，阿米和乔德坐下来学习！一切都是那么井然有序，那么顺理成章，没有一丝波澜。而班迪，就好像之前被塞进这里的一个多余、无用的东西，总有一天会被清理出去。仿佛所有人之前都在等待着这一天的到来。

她也在等着吗？事实上，在某些时候，她确实有过这样的想法。连她自己都开始觉得，班迪是一个多余、无用的东西……也许他早已是这样的存在，也许他会一直是这样的存在。

"这孩子是谁的？"本西拉尔的媳妇儿嘀嘀咕咕地问道。

"她之前那个男人的孩子。"一个声音故意压低着回答。

"这也算是她带来的嫁妆吧？嘿嘿嘿……"

那种嗤笑声让她感到焦虑不安。

"这孩子？哦，对！孩子，你叫什么名字？"沃尔玛高声问道！

"阿鲁伯·布德拉！"班迪同样高声回答。

两人的一问一答之间就凸显出了这样一个话题，一个即使想要刻意避而不谈，但仍然还是会在某个瞬间不得不被关注的话题。

还有那个寒冷的冬夜，她把惊恐不安的班迪紧紧抱在怀中，贴在胸前，他是那样的害怕，身体蜷缩着，不住地颤抖，喘不上气，感觉快要窒息一般。

"他总是这么胆小吗？"不知医生的语气里包含的是困倦，还是嫌恶，这让人不由地生出了一种被冒犯的愠怒，至少雪恭这么觉得。她将班迪搂得更紧，心中悄然产生了一丝戒备。

"这孩子真的是太顽固了！我觉得，你之前对他太过溺爱了！"医生的声音带着一丝谴责的意味。

"不用这么趾高气扬，夫人！不然，哪天您就得痛苦难过了。"

同一句话，在不同的背景和语境下，意思就截然不同了。

然而之后的第二天，她那轻微的戒心忽然就转变成了轻微的内疚感，就好像固执任性的人不是班迪，而是她一样，一种完全错误的、不合时宜的固执。

不知道，也许是心中的情绪写在了脸上，医生看了之后，把手放在她的肩头问道："我说的话，你介意吗？"她说了谎，与此同时，她意识到，从今往后，她不知道还要说多少次谎。

医生一直面带微笑，仿佛无论班迪做什么，都根本不会惹恼他。

她也笑着，仿佛她根本不介意医生说的话。从那天起，他们开始戴上了面具，将自己的真实想法掩藏了起来，至少是在事关班迪的时候。

他们的言行开始充满了虚假客套，这种因子不断滋生，以至于让那些发自真心的言行看起来都像是在演戏！他们再也不能对彼此敞开心扉，在谈论任何话题时，都小心翼翼，字斟句酌。

然而，班迪每天都会闹一出新的风波。无论他怎么闹，雪恭都暗自在心中做好了为自己辩解的准备；但是，医生虽然心知肚明，却仍然保持沉默。比起班迪的任性和胡闹，医生的沉默却成为更加沉重的包袱，压在雪恭的心头，让她喘不过气来。

雪恭原本已经决定将自己的每一个问题，每一个负担都毫无保留地交托给医生，然而现在，她的心中却出现了一个隐秘的角落，她将许多不愿碰触的问题，不能说出口的言语，都堆积在这里，并严守着这个角落的边界，不让这些问题扩散出去。与此同时，她也一直战战兢兢，担忧自己心中的那个角落会随时被不断堆积的问题和言语所压垮，担忧原来只是堆在一角的问题和言语会漫过边界，在心中泛滥。

她知道这个需要深藏的角落如同一柄利刃，一旦不够小心谨慎，使它暴露出来；那么，它会把所有的一切都切断，信任、善意、亲情，全会被切得粉碎！随之而来的，将会是被切割成一段一段、一片一片的破碎的生活，完整的人生将不复存在，也无法复原……不，现在的她再也不愿经历那种破碎的生活了，就算要付出再多再大的代价，她也在所不惜。

然而，付出代价之后的她，却感受到了极度的空虚。

"妈妈，给我讲解一下语法吧！"

雪恭躺着，看着站在一旁的乔德。她的声音充满了恳切。她一直都是这样提出要求的吗？她从来没有留意过。

也许从现在开始，需要重新认识阿米和乔德了。直到现在，他们两个也没有任何与班迪分离的伤感，仿佛跟班迪仍会保持联系。班迪跟他们在一起的时候，他们的生活也是照常进行，自由自在。

"乔德，你去看看！阿米在做什么？去把他叫过来，你们两个人一起在这儿学习吧。"

"阿米——"乔德跑了出去。

她从来没让班迪坐在这个房间看书学习，他也不情愿进来。一种深深的恐惧在她的心中扎了根，她一走进那个屋子，就会惶恐不安，尤其看到班迪的那张桌子……班迪坐在地上学习的那个角落。

"妈妈，我已经做完四道题了，正在做第五道，一共要做十道。然后，作业就完成了，作业就没有了。"

两个孩子各自坐着写作业的时候，她就想，现在班迪不在了，她能像爱班迪那样爱这两个孩子吗？能像理解班迪一样，理解他们吗？或许不能。

米拉也会为班迪这样着想吗？米拉会觉得跟班迪没有任何联系，她也不可能像爱自己的孩子那样疼爱班迪。

想到这儿，雪恭突然将正趴在作业本上的阿米揽进怀中，爱抚着他的双颊。阿米有些难为情，局促不安地从她怀里挣开了。乔德用惊异的眼神，看着这一幕。

之前，她这样抱着班迪的时候，班迪随即会用胳膊环抱住她的脖子。他总会躺在她的怀里背课文，大声地朗读。当班迪学习的时候，除了陪着他，雪恭就什么都做不了。

时光飞逝，往事仍旧历历在目，却只能回味！

阿吉耶的信放在两人中间，雪恭和医生面对面坐着。两人之间被一片无声的阴云笼罩——一种充满张力的沉默！至少雪恭是这样觉得。

阿吉耶的信写得很克制，很简短，没写别的什么，只是强调说他想把班迪带回自己身边，当然在这个问题上，需要征求他们两人的意见，否则，他也不会做什么。

医生看完信后，一直沉默不语，而雪恭的心中却有千言万语涌动。她把班迪送走，她就可以从这个家的紧张局势里脱身。然而，她为什么要把班迪送走，阿吉耶有什么权利把班迪留在自己身边？因为她再婚了，所以她对班迪的所有权就结束了吗？阿吉耶自己不也再婚了吗？

医生会认为，对于这个家来说，班迪是多余的，无用的；但终归有个家是期待班迪的，那里才是班迪的归宿；班迪在这儿，只会变得顽固、古怪，但在那儿……尽管阿吉耶跟雪恭再没有任何的联系了，但是他跟班迪仍然还存在亲密的联系，这是亲情和血缘的联结；现在阿吉耶想把班迪带走，这样一来，雪恭对于班迪的事情应该就不会有太多内疚感了。

就算医生这样想，她也不会把班迪送走。他要和雪恭在一起，就必须接受班迪。班迪要跟她在一起，永远在一起。

过往的谈话在她的脑海中一幕幕滑过。

"看过信后，你没有什么要说的吗？"雪恭用如芒刺般的目光直直盯着医生，仿佛医生的言辞已不足以让雪恭相信他，不足以让她接受他，她一定要看穿他掩藏在内心的真实想法。雪恭不由地产生了极强的戒心。

医生陷入了两难的境地，犹豫不决，却依然沉默不语。然而，他的沉默不语却已显露出了千言万语。

"你说说嘛，要给阿吉耶什么样的答复？"雪恭不仅仅是需要答案，她更需要医生的答案！

"我完全不了解布德拉先生。他为什么写这封信来，我也完全不理解，怎么能给出答复呢？我能说什么？"

一脸的视若无睹，一脸的无动于衷，说完之后就再度保持沉默，难道就再没什么可说的了吗？雪恭是知道医生会表现出这种沉默的，但这是为什么？

"为什么？如果现在叔奶奶写信来说，阿米从小是她养育长大的，现在把他送到她身边来，那么，你也会不做任何答复吗？什么都不说吗？"雪恭激动地说着，声音在颤抖。

"这完全是另外一回事。"医生的语调平稳，没有任何起伏。多么笃定啊！他从不会对自己的信念产生任何的怀疑和动摇。面对理性的医生，雪恭感觉自己更加崩溃了。

"这不是另外一回事，你不过是想说，这是别人的孩子。阿米是你的孩子，你能为他做决定，而班迪跟你……"

"雪恭！"医生用双手使劲抓住雪恭的肩头。

雪恭的话被打断了。她直勾勾地盯着医生的脸，她发现医生的声音、医生的面容都发生了改变，隐藏在内心深处的焦躁情绪不由自主地渐渐显露出来。

"你疯了吗？我知道，是这封信让你焦虑不安，但你就是再焦虑，也解决不了任何问题啊。"

雪恭感到她的双肩仿佛是由医生的双手支撑着。

"你们不能只为自己，将自我意识强加在班迪之上，而是应该把班迪放在第一位。我是说从班迪的角度出发，设身处地为他考虑，才是解决这件事情的正确方式。"

如此理性的声音，如此冷静的视角。雪恭之前对医生所有的怀疑如尖刺一般，反而刺伤了自己。

她觉得自己那颗愚钝的心，始终不能正确地对待人、事、物。

"就这件事儿，你再怎么忧虑，也于事无补。我一个人会带着班迪来一次公路旅行。我会满怀爱意和信任地跟他聊聊，努力了解他的内心世界，弄清楚为什么他不能适应这儿的生活……还要我说什么呢？雪恭，我总是没有时间。"

这些话就是医生说的全部了！连一句征求她意见的话都没有，为什么不说一句："如果你相信我，我就把班迪带去旅行。"难道医生从来没有想过，在事关班迪的问题上，她并不能从医生那里得到足够的安慰和鼓励，无论再怎么努力尝试，也依然没有得到过；难道他从未想过，如果她接受了这个机会，把班迪送走了，那么她和医生之间就会出现一道轻微的、不易被察觉的裂缝，并且会一直担心，这裂缝会否日渐增大，成为一条鸿沟，然后是另一条鸿沟！

"就连你，我都不会带上的，知道吧。这次旅行之后就会有答案了，OK？"随后，医生用力地拍了拍她的肩膀，把手收回去了。

医生这种格外的自信，彻底把雪恭内心的怀疑和顾忌压倒了。雪恭突然觉得自己充满了罪恶感，罪恶又渺小，为什么她总是把事情往错误的方向引导呢？为什么不能以正确的方式来对待呢？

但或许因为这些事情一开始就是错误的，所以无论用哪种正确的方式对待它，最终它还是会走向错误。

雪恭知道，阿吉耶是不会来家里的。但如果到火车站去接他，并请求他到医生家里来的话，阿吉耶就会同意。

然而，当得知阿吉耶4点钟到家里来的时候，医生又告诉她，那个时候他还在开会。也许他想的是，这件事是雪恭和阿吉耶之间的事，由他们自己决定；医生作为一个外人，为什么要掺和这个事情呢？阿吉耶到家里来的时候，医生的缺席，让雪恭觉得喜忧参半。事实上，她自己都不清楚是什么感觉。

雪恭也不知道自己是怎么了，在同一时间，对同一件事，她都会觉得喜忧参半，或者还会夹杂其他的感觉。在她心中，每一件事都会同时在好多个层面展开，这连她自己都不能理解。对她来说，每一件事情都是一个复杂的谜团，甚至连她自己都成了一个难解的谜题。

医生怎么就能只生活在一个层面上呢？他过得完全是一种清醒而又简单的生活。她对医生既羡慕又恼怒。为什么他就不能理解雪恭心中重重的矛盾和纠结呢？为什么他就不能看到她所思所想的方方面面呢？

但是，难道她就能完全理解医生的所有想法吗？会有这样一个能完全理解她的人存在吗？她这一生早已被分割成了许多碎片，而每一片都拥有自己的生命，它们各自会用不同的方式进行思考。

4点钟，阿吉耶就要来了。这件事对她来说，也是喜忧参半。

她心里不由地生出一种满足感，她希望向阿吉耶展示她的美满幸福和她的富足生活。

然而班迪写的信却让这一切的幸福有如蒙尘明珠，现在再去展示给他看的话，将会是多么滑稽可笑啊。这一点深深刺痛了雪恭的心。

与此同时，她还希望，班迪只不过是一时冲动才写了那些信，不论他在信里怎么写，实际上他都不会走的。纵然他在这儿又哭又闹，跟雪恭缠斗不休，但是，离开了雪恭，他哪儿都待不住。之前，班迪跟爸爸在招待所，连一个晚上都待不住，现在又怎么可能会跟爸爸永远在一起！

孩子的愤怒，孩子的骄傲，孩子的自负……都是那么的弱小而无辜！班迪，就像一个影子一样粘着她，与她形影不离！

"要是一个人，任何时候我都不会去的……"她曾靠着班迪这句话一直坚持着，然而，在后来八九个月的时间里，他却完全遗忘了这句话。时移事易，一切都在改变！

一整天，雪恭都在家里收拾，准备。每样东西都光彩明亮！为了这次见到阿吉耶时表现得轻松自然，她在心中不停地演练。她希望在这种尴尬的时刻，能通过自己的言行举止，轻轻松松就让阿吉耶空手而回，不仅如此，还要让他心里带根刺回去。到时候，见识过这个家的一切，他就会明白，自己要带走班迪的想法是多么的荒诞无稽，他将会完全放心，把班迪留在这里。

之前，她回信的语气也十分简单自然。

然而，在家里，请阿吉耶喝茶的时候，坐在桌前，她内心的轻松自然很快就被笼罩其间的沉默气氛压抑并消解了。餐桌上，摆满了各种茶点。她自己也是盛装打扮。可是，阿吉耶并没有注意这些。他同阿米和乔德寒暄了一会儿，对他俩表示了关切之后，就一直用眼睛盯着班迪的脸瞧看，然后，就把目光锁定在了那里。

雪恭也重新把注意力放在了班迪身上，她也开始看着班迪，并非用自己的眼光，而是试着从阿吉耶的眼光去看他。

随即，她的内心开始混乱不安起来。

许久之后，阿吉耶和雪恭终于又在同一间屋子里，面对面坐着。这间屋子十分舒适。然而他们的心却未必这么舒适，至少雪恭是这么认为的，她觉得此刻就仿佛坐在考场里等待考试时一样的焦虑、紧张。

"班迪的事，考虑过了吧？"雪恭的目光立刻转到了阿吉耶的脸上，她在他的脸上感觉不到任何的紧张。他的问话也不含任何的固执和偏见，完全像是大家坐在一起商量的口吻。

即使是现在这种状况，也仍然有一些事情是需要坐下来一起商量的。在这一瞬间，看起来仿佛两个人又重新坐在了一起。

"现在，我确实是想把班迪带去跟我一起生活的，但是我不能一个人就决定这个事情——我的意思是……"

"但是这会儿，班迪是不能就这样走的啊。他下个月就要考试了，要是走了，没参加考试，他这一年的学业不就白费了吗？"

阿吉耶看着她，她觉得他仿佛是在反问她——就这些了吗？就这点儿反对的理由吗？雪恭立刻觉得自己好像犯了错误，她得开始另寻角度来找反对的理由了，她开始思索下一句话该说什么。

"据我所知，加尔各答的学期是1月份开始，直到4月份，这期间都可以申请入学。"

"在陌生人中间，他会害怕的。他这个年纪就是这样，很容易就会变得非常内向。我觉得……"

"对！这个现象我也看出来了。今天上午见面时，他就不怎么开口说话；现在更是胆怯，不言不语。"说着，阿吉耶自己也沉默了，他似乎陷入了深深的焦虑之中，甚至有些酸楚。

雪恭的攻击反而让自己理亏，自食其果。此刻，她心中波澜起伏，顿时心中的千言万语想要一口气全部说出。她想说：班迪是离异家庭的孩子，当然会显得古怪；他如果去了你那儿，能有个熟悉他，知冷知热的人，关心照顾他吗？说起来，你是他的爸爸，你又了解他多少呢？他又了解你多少呢？你知道他穿多大的衣服，穿几码的鞋吗？

"如果班迪同意的话，我这次就带他一起走，你不会反对吧？总来这儿就有些……"

雪恭心想，我一点儿都不反对。事实上，我现在正想把他送到你那儿，让他在你那儿好好待一待。这样至少我可以过我自己的生活了——完全是一种简单自在的生活，心中不会再有层层的烦扰和重重的顾忌；而你和米拉之间则会产生嫌隙，无时无刻不会焦虑烦恼，每天家里都是暴风骤雨……

然而表面上，她非常克制，只说："请您去问问班迪的想法吧。我们这些大人为什么要把自己的想法强加给他呢？"雪恭觉得此刻说话的这个雪恭和刚才那个在内心作祟的雪恭完全是一个人，都是她自己。

班迪来了，雪恭犹如站在法庭的审判栏中——等待最后的判决。

"我去，我一定要去。"

此刻，雪恭骤然觉得房间里所有的东西都暗淡无光，那晃动的窗帘，忽明忽暗的水晶吊灯，四周的一切凝聚成了一个黑点。雪恭的内心燃起了熊熊烈火，她想要上前一把揪住班迪，把他拖回屋里去坐那儿学习，或是立刻把他撵出去，冲他喊："你走，你现在就走！"但她根本不能够这样做。自从搬来这里之后，她已逐渐丧失了对班迪的所有权。今天，此刻，纵然她很想说出口，但是她一个字也不能说，她为什么要说？

之后，阿吉耶独自带着班迪出去逛了。雪恭就想起了班迪耍脾气出走的事。医生本来是打算独自带着班迪做一次公路旅行的。为了跟班迪谈心，为了理解和开导他，医生本来想要用满满的爱唤醒他心中的信任感，跟他建立亲密关系……

然而，那天医生没能履行承诺，所以造成了今天这种局面。

此刻，雪恭独自一人，站在楼顶，思绪如潮水般汹涌。算了吧，就这样吧。再说什么，做什么，都是枉然。雪恭再婚了，这多多少少伤及了阿吉耶的自尊心。他要把班迪带走，也只不过是想要以此来安抚他受伤的自尊，不止如此，他还想以此来折磨雪恭。

当阿吉耶再婚的时候，她也曾这样想过：她永远不会让班迪去到阿吉耶身边——从现在开始，她要断绝阿吉耶与班迪的任何联系；她能够凭借班迪来折磨阿吉耶，她就要这么做。

天啊，我们竟然把班迪仅仅看作一个工具！我们都只顾及自己的自尊，自己的目标，自己的失意，以此出发点去考虑问题，却从未顾及过班迪的感受，从不曾以他的角度出发去考虑问题。

她在楼顶呆呆站立了两小时，她的脑海中不断思索着她、班迪、医生以及阿吉耶之间的分分合合。

一瞬间，她眼前浮现出了班迪盯着她瞧看的那张面孔。他并没有说什么，但他翕动的嘴唇仿佛在说，妈妈，别让我走，别让我走啊。随即仿佛有千万个班迪的身影围绕着她，爱抚着她的，伸手拥搂着她的，躺在她身边的……用稚嫩的小手修建花畦的……

她似乎同班迪的这些身影一起，沉入了深渊，不断下坠。这些日子，她已不再回顾心中留存的过往了。跟阿吉耶分开之后，她一直陷在过去爱恨纠缠的泥沼中；而跟医生的结合，又让她重新回到了现实生活，也让她开始憧憬未来。

然而，今天，此刻！如此多的话语，如此多的画面，不断涌现出来，依然是那么的鲜活。

"阿吉耶先生的所作所为给您带来了伤害，而您现在的所作所为正在给这个孩子带来伤害。您看到孩子阴郁的小脸儿了吗？"

为什么她就从来没有看见过班迪那张阴郁的脸？阿姨，你在哪儿啊？

"花匠，这些花木枯萎了吗？"

"没有，夫人，它们没有枯萎，它们现在都已经在土里扎根了。"

"有吗？这些叶子都干枯了。"

花匠笑着说，叶子肯定都会干枯的，干枯的叶子会化成土地的肥料。叶子干枯之后就会簌簌落下，会再长出新的叶子。花木扎了根以后，就不用担心了，它会自行生长，那些枯萎的叶子会自己凋落。

"您要是对园艺的事情有不明白的地方，就去问班迪小弟吧——他什么都懂。咱们的小弟这么小的年纪，就学会了这么多东西。"

只不过是一句话而已，听起来怎么就能包含这么多层意思？

"雪恭，你的儿子极具天赋！将来肯定是个大艺术家。"

她把仅剩的颜料和刷子都收拾好，帮班迪拿来，放在小包裹里。她想着，他到那儿之后，百无聊赖时至少可以画幅画，保留他的爱好。但是班迪自己把所有的颜料和画笔扔在了一边。为什么她没有阻拦班迪，为什么不挽留他？

突然，雪恭号啕大哭起来。不只是近两天的情绪，而是长久以来，压抑在她内心的情绪全部爆发了出来，那些时而恐惧，时而内疚的情绪。从今以后，她再也不会害怕任何人、任何事，再也不会心怀愧疚地生活。然而，面对她的这个想法，她的内心却没有足够的自信。她的心仍在不停地啜泣，责备着自己。

"妈妈，别哭——别哭啊。"两只小小的手臂紧紧抱住她。已被分割成无数碎片的雪恭，试图要把自己拼凑完整，可是，无论她如何努力，雪恭却依然……是破碎的，碎成了一片一片。那双小小的臂膀并不能帮她拼凑完整。

"雪恭！"医生的声音在空旷寂静的楼顶回荡。

"原来你在这儿，你怎么不跟下面的人说一声。哎呀，怎么了，你怎么哭了？雪恭！"一双强有力的臂膀将她紧紧箍在怀中，慢慢地，雪恭觉得自己完全与医生绑在了一起，破碎的她在医生怀里重新集聚成了一个整体。

而那两只小小的手臂，也许不知不觉中，已被那双强有力的臂膀完全掩盖了。

十六

又一场旅行！

火车车厢里，坐着爸爸和班迪，还有好多好多陌生人。班迪坐在那里，眼睛直愣愣地盯着那些人看，却又似乎什么也没看到。

不知从什么时候开始，班迪的心里也莫名其妙地长出了一双新的眼睛，之后一切都变得很糟糕。外面的那双眼睛看到一样东西，但心里的那双眼睛看到的则是另外一样东西。有的时候心里看到的东西会掩盖住外面那双眼睛看到的东西，而有时外面的眼睛看到的东西会掩盖住心里看到的东西。外面眼睛看到的东西，与心眼看到的东西时时混杂在一起，难以分清彼此，他变得茫然无措。对他来说，世界成了一片混沌。

不止如此，他的心里还长出了耳朵。一句话刚进来，就被另一句话挤了出去。刚听到一种声音，立刻就被另一种声音覆盖，各种声音在他心头盘旋，闹闹哄哄，喧嚣不止。

之所以会这样，是因为孟加拉的魔法吧。除此之外，不会有别的原因了。之前，他可从来没有过这种经历。他不住地触摸、观察自己的身体，那些眼睛在哪儿？那些耳朵在哪儿？但他却没有看见，施了魔法的东西怎么可能会被看见呢？心中那些眼睛从来不会显露出来，但它们看到的景物却屡屡浮现，那些景物刚一看到，就又消失；对班迪来说，他面前所有的事物、景象都是如此，它们刚一出现，就又全部消失。他外面长的这双眼睛，虽然是睁开的，但其实已经闭上。

这就是魔法吧！但又是谁施的魔法呢？在什么时候？即使知道了这些，那魔法又是什么呢？

他从来没看过索尔卡尔先生的魔术，不仅如此，植物园里那些大树，动物园，南部的大神，白鲁尔庙——这些事物他也只是听说过而已，直到现在，他也只知道它们的名字而已。

"班迪，等你放寒假的时候回来，我会带你出去好好逛逛，儿子，我会带你看各种景物。那个时候，加尔各答的天气真是好的没话说，特别棒！圣诞节假期你也跟我们一起过。"爸爸一边整理行李一边说。这时候，仿佛从爸爸的身体里蹦出了另一个爸爸来。

儿子，你想去哪儿，咱们就去哪儿，要逛遍加尔各答所有好玩儿的地方！每个星期天咱们都会出去野餐，晚上还可以去周六俱乐部！要带你去学游泳，每天都要去游泳，你要学吗？从现在开始，不要再玩那些女孩子的游戏……

傍晚时分，班迪坐在阳台上，望着他前方的柏油马路，这条路一直伸向远方。看着看着，他觉得这条路成了一条波浪起伏的河流，路上跑着的有轨电车和公交车，还有那么多匆匆奔走的行人，全都变成了各式各样的鱼，在河流中犹如离弦之箭，劈水穿行。

"嘿，你为什么默默地坐在这儿啊，孩子？你这么一声不响地坐着，算怎么回事？来，跟我一起进屋去，跟吉努一起玩吧，你要爱护他呀，过些日子，他就要叫你哥哥了。"

当这个声音正在心中回响之时，另外一个声音突然出现："班迪哥哥，我也要听故事……"

"你躺下歇会儿吧，我来给你铺床？"似乎爸爸在问他什么。

他瞬间看着爸爸，就好像完全不知道他在说什么。最近这些日子他经常这样迷迷糊糊，对什么都没有意识。

"你要躺下歇会儿吗？"爸爸看着他沉默无语的样子，又问了一遍。

班迪缓缓地摇摇头，来到窗边，两手趴在窗户上，下巴顶着玻璃窗，向外眺望，高大的树木，矮小的灌木丛，电线杆子和绑在上面的电线。他有时会觉得这些景物在跟着他一起奔跑，正在不停地奔跑。有时又会觉得，只有他自己在跑，其他所有的事物都在离他远去。他又伸长了脖子张望，事实上是所有的事物都被抛在了身后。没有任何东西跟着他一起奔跑，所有的事物都站立在原地，只有他自己，一个人不停地向前奔跑。但他却很疑惑，为什么有时候会觉得这些事物在跟着他一起奔跑呢？他心想得去问问爸爸。

他稍稍转头，却瞧见爸爸正在看书。哼！算了，也许那些事物本来就是那样的。

他望着望着，仿佛看到被灌木丛和大树覆盖的那些平原上，出现了许多道路——又长又宽，熙熙攘攘，四通八达。班迪坐的出租车在路上飞驰着，他紧紧攥住爸爸的一根手指头，朝四周张望，心中充满了初到陌生之地的惶恐和看到新鲜事物的欣喜。

"看，这儿有好多高高的楼房！"班迪一边抬头望着，一边说。

"这双层巴士，真的有两层。"等他有机会坐这种巴士的时候，他可要坐上面那层呢。他很好奇，上面的那层巴士是怎么开动的呢？

"这有轨电车，是在火车轨道上跑呢。这广场——好大，好大啊……"

"这就是自己的家了。"走上台阶，站在门廊处，爸爸按了一下门铃。班迪看到门上挂着一块写着名字的门牌。此刻，除了他和爸爸之外，再没有别人，但是他还是那样紧紧攥着爸爸的手指头。在这个陌生的地方，只有触摸着爸爸，紧紧抓住爸爸，他才能感到有所依靠。

"咔哒"门开了，班迪立刻低下了头。

"啊，你来了？我还以为，这次可能会再耽搁几天才回来呢。"传来了一个女人的声音。班迪低垂着眼，只看到了她的脚指头、凉鞋和纱丽的裙边。

班迪心中涌出的第一句话就是"这不是妈妈"。他非常熟悉妈妈的脚，妈妈的凉鞋，还有她纱丽的裙边。

"啊！这位就是班迪吧！你倒真是个可爱的小家伙！"说着她就伸出一只手臂揽住了班迪，那只手亲切地搭在班迪的肩头。

班迪心中再次浮说："不，她不是妈妈。妈妈的手臂，妈妈的碰触……"顿时，他极度思念起妈妈来，同时他把爸爸的手指头攥得更紧了。

"到我这儿来，孩子！为什么这么害羞啊？"

孩子！班迪猛地抬起头，仿佛从面前的这张脸中模模糊糊看到了蒂帕阿姨的影子。面前这张脸逐渐变得清晰起来，这是一张微笑着的脸庞，跟蒂帕阿姨的脸不一样，跟妈妈的也完全不同。

他又低下了头。他靠在爸爸身边，挨得更紧了。这个女人应该就是爸爸在路上跟他说过的米拉。从今以后，班迪要跟她在一起生活了。

"伯哈杜尔！去把吉努抱过来！"一个少年怀里抱着一个白白胖胖的婴儿进来了。

"吉努，我的儿子！"爸爸兴冲冲地张开双臂，把婴儿抱在了怀中，"班迪，我的儿子。"是不是爸爸拥抱所有人都是这个样子？

"班迪，这是你的弟弟，吉努！跟他一起好好玩吧，他很爱笑！"听了这话，班迪也想要再去瞧瞧那张肉嘟嘟的小脸。他抬眼看着那张小脸，突然之间，阿米的那张脸也浮现出来了："这是阿米，你的弟弟。"与此同时，他还想到了乔德，乔德这会儿正在做什么呢？

"来，我带你看看房间！这是客厅，这是餐厅。还有，你看，这是卧室。"他刚摆脱那个蓝色的房间，却又得来看这间卧室。医生先生长得比爸爸高又长。

"挨着卧室的这间小屋子——从现在开始，就是你的房间了。班迪是小孩子，所以班迪的房间也是小房间。这是阳台，站在这儿，可以望见加尔各答热闹繁华的街景。"转了一圈，班迪又来到了客厅。

这就完了？这个家就这么大点儿！所有这些人就住在这么一点儿大的家里吗？连一块开阔的空间都没有吗？这么些日子以来，一直在班迪心头萦绕盘旋的、宽敞开阔的加尔各答，加尔各答的高楼大厦，所有这些都在一瞬间噼里啪啦，化为乌有。

大家围坐在餐桌旁。班迪还是默不吱声，低头垂眼。

"今天因为你爸爸着急去上班，所以我就匆匆忙忙做了这些。孩子，你告诉我，你都喜欢什么，爱吃什么？回头我全部做给你吃。"米拉说道。

班迪沉默不语！

"说吧，孩子，别害羞啊！这就是你自己的家，在自己家里，有什么可害羞的？"

"哎呀，为么要跑别人家去玩儿，在自己家里玩儿，难道不好吗？还有什么地方能跟这儿比，伺候小孩儿跟伺候大人物似的！……班迪小弟，你怎么垂头丧气地回来了，吃亏了？受欺负了？你也就只能在自己家里称王称霸……"

他的眼前即刻浮现出了那个家，带着露台和走廊的几间大屋子，前院那个枝繁叶茂的花园，后院种满罗勒草的圣坛上摆放着的微光闪烁的酥油灯，还有阿姨的哈奴曼大神……

"孩子，那儿会有我们自己的家，我们的亲人。"搬家之后，那个枝繁叶茂的花园一下子变成了一个干涸荒芜的院落，而现在又被这个局促狭小的家不停环绕着。

"这棵楝树，是爸爸出生那天，祖父让人栽下的。"很快，这两个"自己的家"，开始缠绕、融合在一起，然后又慢慢消失了。只剩下，黑色的斑点，一片混沌！

"班迪，要吃点东西吗，孩子？给你拿出来些吃的吧？"班迪呆坐着，毫无反应。不知道爸爸什么时候已来到了班迪的身边，站在那里，摇着班迪的肩膀。班迪缩了缩脖子，回过神来看了看车厢里坐在周围的那些人，他们正在为某件事情激烈地争论着。班迪刚才根本没听见他们的争论，也许，他外面的耳朵已经关闭了！

"饿不饿？"

"不饿。"

爸爸坐在了他的身边，伸出手臂，紧紧地把他搂住。

"班迪，你为什么这么无精打采、萎靡不振啊，孩子？看到你这么忧郁、失落的样子，我觉得很难过。"

班迪看着爸爸，不知道眼泪是在他的眼睛里，还是在爸爸的眼睛里。

"班迪，我的儿子，你就要去上寄宿学校了，在那儿你会变得非常机智聪慧的，在那儿你会学到很多很多东西，你就会……"

爸爸接着又说了好多好多话，而他只是听着，却完全不知道爸爸在说什么。他也不知道最近自己究竟是怎么了，什么话都听不懂，什么话都不明白。

那天，也许就是因为他根本没听懂爸爸的话，现在这一切才变得混乱不堪，糟糕透顶。他要去参加入学考试，爸爸对他说："别担心，别紧张。你会什么就写什么，老师问什么你就答什么。别拘束，别害羞，要大胆，要聪敏。"

此时，班迪觉得，爸爸的脸上浮现出了妈妈的脸庞，而爸爸的声音里则回响起了妈妈的声音："孩子，一定要认真、仔细地思考之后，再把答案写下来。"早上起床给他收拾的时候爸爸会说："给定一个价格，如果要求更多值，就要用乘法；如果给出很多价格，只要求一个值，就要用除法。"

吃饭的时候爸爸会说："四面环水的陆地区域被称作岛屿。"站在公交车上爸爸会说："除了伊斯兰教，阿克巴大帝也尊重其他宗教，他实行宗教开明政策，他对拉其普特人……"

难道在这个家里，爸爸变成妈妈了吗？

不，不是爸爸变成了妈妈，而是爸爸不再是从前那个爸爸了。之前分开住，离得远的时候，他觉得爸爸其实就在身边，很亲近，他熟悉爸爸的每样东西。然而，现在住在一起时，他却觉得他根本不了解爸爸。之前分开住的时候，他见到过几次，爸爸埋头在一堆文件之中，眉头紧蹙，表情严肃。他眼中浮现出以前见过的爸爸，他会在洗脸池边刮胡子，会在吃早饭的餐桌前看报纸。而现在他看到的在这个家里的爸爸，会在餐桌前刮胡子，在客厅躺着看报纸。每每看到这个家里的爸爸，班迪就会想，他也许是迪杜的爸爸，他也许是医生先生，怎么这些爸爸都……

拥挤不堪的电车！爸爸给班迪找了个位子，让他坐下，而他自己则抓着横杆站在一边。不仅是眼睛，班迪浑身的每一个毛孔都在紧盯着爸爸，他不敢向窗外张望，不敢看路上的景致。要是爸爸突然在哪儿下车，留下他一个人在这拥挤的人堆里，那可怎么办？电车停下，又猛然启动，每次电车重新启动时，他都会觉得，自己像是被落下了一样，他就会紧张、害怕，感觉快要窒息。他想站起来，去抓着爸爸，但他却在自己的位子上，一动也不能动。

他抓住爸爸的手，跟他下了车，然而他又立刻恐惧起来，路上更是拥挤不堪！难道这里的人都不在家里住吗，他们都住在街上吗，一天到晚地晃荡吗？尽管他更加用力地紧抓住爸爸的手，但他依然害怕，万一爸爸的手松脱了，而他迷失在这拥挤的人潮中，可怎么办？如此多的陌生面孔，如此拥挤的陌生人潮，他能在这么拥挤的人潮中找到爸爸吗？他看着爸爸的外套，他根本认不出爸爸的衣服，浅灰色的衣服上面是黑色的格子，他牢牢记住了这件外套。

"绿灯了，走！记住，红灯的时候，千万不要过马路。"他攥着爸爸的手指头，过了马路。

"看那儿，那就是你的学校。"

他不知道，爸爸究竟在指哪儿。班迪的眼前浮现出了他自己的学校，今天是星期几？可能是星期三！这个时候应该正上着地理课呢，老师现在讲到第几课了？马哈拉施特拉邦，还是孟加拉？他现在就身处孟加拉呢。

"孩子，别害怕，一会儿说英语，好吗？想好再写。"

老师问道："你叫什么名字？" [1]

---

[1] 原文为英文 What's your name, dear?

"阿鲁伯·布德拉！"班迪觉得自己的声音正在颤抖。

"你跟你父亲一起来的吗？"①

班迪只慢慢地晃了晃头。

"你父亲是做什么的？"②

班迪瞬间看着老师，然后又低下头，他不知道该回答什么。

"告诉我呀，阿鲁伯！"③

但是他不会回答，他根本不知道答案。

"我妈妈是校长！"④

这句话莫名其妙地从他口中冒了出来，说这句话的时候，他都快哭了。

老师笑了。班迪觉得，要是老师继续笑下去，他就要哭出来了。

老师给了他纸和笔，让他坐下来："用你自己的话写一个故事。什么故事都可以，只要是你喜欢的。"⑤

班迪的脑海中浮现出了无数个故事——妈妈讲的故事，阿姨讲的故事，但这些故事要怎么用英语写出来呢？他根本写不出答案。老师会怎么想？爸爸会说什么？面对着眼前铺开的纸张，他的眼泪吧嗒吧嗒地掉了下来。

傍晚时分，律师叔叔来了。一看到律师叔叔，班迪就想要立刻跑过去拉住他的手臂，摇来摇去，就像从前那样摇来摇去。然而，他却站在那儿，一动也不能动。他只是抬头望了一眼律师叔叔，然后又把头低了下去。

"嘿，怎么回事，班迪，你怎么不言不语地站着呀，我可是专门

---

① 原文为英语 You have come with your father?
② 原文为英语 What's your father?
③ 原文为英语 Tell me, Arup!
④ 原文为英语 My mommy is principle!
⑤ 原文为英文 Write a story in your own words. Any story you like.

来看你的啊。"叔叔走到他身边，把他抱在了怀里，一直莫名地盯着他的脸瞧看。在叔叔的怀里，班迪觉得，不仅仅是叔叔来了，班迪从前那个自己的家，还有班迪的妈妈，也跟着叔叔一起来了。他不禁想道：之前，叔叔来的时候，都会带来爸爸的消息，或者带来爸爸送的东西；那现在是不是？一想到这儿，他就满怀期望地，用热切的眼神看着叔叔。

"啊，律师叔叔，您来了！"米拉阿姨从里屋走了出来。

"怎么样，已经参加完考试了，得到入学许可了吗？"叔叔把班迪拉在他身边，紧挨着坐下。但班迪此刻，心里却很想站起来跑掉，他的头更低了，恨不得扎进地缝里。"哪儿有什么入学许可啊！什么都没答，可能是太紧张了吧，所以……"米拉阿姨说着。

此时，班迪脑海中突然冒出一个声音："阿姨！今天得做个好吃的哈尔瓦酥糖。班迪考了年级第二名，他们年级有三个班呢。"

"我感觉，那儿的标准跟这儿的标准差别太大了。他爸爸过去总是说他在班上……不知道是不是因为英语的原因。"米拉阿姨一直在说着，而叔叔却沉默不语！

律师叔叔沉默着，一句话都不说，这就意味着情况糟糕，出问题了。班迪想要赶快走开。

"这所学校里，拉吉耶也是有一些人脉关系的，您好好劝劝他。他根本不听我的话，况且我的话……"

叔叔看着班迪，那目光让他觉得如坐针毡。

"我跟他解释了多少遍，现在先不要带回来，让班迪在那边参加考试，每到假期再把他带到这儿来，如果他习惯了这里，觉得自己在这儿很自在很舒服，那时候再申请这儿的学校。不然，对孩子也是不公平的。但他已经下了决心要这么做，我也拦不住他。为这事

班迪　　239

儿，他成宿成宿睡不着觉。"

叔叔为什么还是一言不发？

"……不知道那边怎么也同意，就这样把孩子送过来？我是不会把宝宝……"说着，她把抱在怀里的吉努搂得更紧了。叔叔还是一言不发地坐着。班迪腾地一下站了起来，来到了外面的阳台。没有人阻拦他，也没有人叫住他。他要跟爸爸说，让爸爸再把他送回到妈妈那儿去。他不要在这儿住，不要在这儿读书，他要在自己那个学校读书。然而，外面马路上的重重喧嚣声，将他的思绪湮没了，尘土飞扬中公交车的轰鸣声，电车的叮叮声，小汽车的嘀嘀声，人群的喧闹声，卖报人的吆喝声，各种商贩的叫卖声……四面八方的喧嚣，一起向他涌来。

啊！火车到达了一个车站。

"儿子，下去活动活动吧？"爸爸问道。

班迪摇了摇头，但是爸爸下了火车，走到了站台上。此刻，他觉得，他自己一个人，被丢在了这里。他的目光一刻不停地追随着爸爸的身影。只见爸爸手里端着个小盘子回来了。

"来，吃吧！"面前的盘子里装着咖喱角和带有苹果块的干炸小零食。

班迪吃了起来。

"不觉得辣吧？"

班迪摇摇头。爸爸把水递过来，他就接过来喝。

汽笛声，信号旗，又是汽笛声，火车缓缓地开动了。站台，站台上拥挤的人群，还有那些喧嚣声，都停留在了他的身后。爸爸又来到班迪身边坐下，他的手搭在班迪的肩头上。

"现在完全不用害怕了，儿子，那儿不会再有什么入学考试了，我把一切都打点好了。现在，直接过去上课就行了。"记不清爸爸的这句话已经说过多少次了。每一次，班迪都会在心中默默复述"我父亲是部门经理"，他一个词一个词地背诵着爸爸的话，但这就算完事儿了吗？

班迪用下巴顶着车窗，朝窗外望去，外面什么东西都没看到。也许是心里的眼睛张开了。

他躺在床上，爸爸挨在他的身边，解释说："没拿到这儿的入学许可，没关系的，我已经给寄宿学校写了申请信。"

班迪鼓起勇气，想要对爸爸说："他不想去寄宿学校。"他日日夜夜都在思索着这个事情，把他所有的想法都告诉爸爸，但是，他一个字也说不出口。

"你会很喜欢寄宿学校的，你应该同寄宿学校里面的同龄孩子们生活在一起。跟像你一样的同龄男孩们一起读书，一起玩耍，一起生活……"

"你会喜欢那里的，孩子，那儿有像乔德、阿米一样的好多好多同龄人，你会跟他们一起生活，你在这儿孤孤单单的，会觉得生活乏味，日子无聊的。"

"那位校长是我的朋友，他会是你在当地的监护人。每个星期天，他都会把你带到他们家去过，我跟他很熟。"

不知不觉，班迪眼前浮现出乔希医生的脸庞——你为什么不叫他爸爸呢？

爸爸不知道说了多少关于寄宿学校的事情。班迪努力思索着爸爸的话，但却没能在脑海中形成关于寄宿学校的画面。

之前，当爸爸告诉他关于加尔各答的事情时，他的脑海中立刻浮现出了关于加尔各答的很多很多画面，关于那里的每一处地方，都会浮现出许多幅画面。

"班迪，你没有把你画好的画带过来吗，孩子？米拉都知道，你画的画特别棒。没画幅画，带给律师叔叔吗？"

"在这儿，你应该保持你的爱好，园艺啊，绘画啊。在加尔各答这儿好像没有什么能做园艺的空余地方，你的那些爱好在这儿都得被迫停止；但是，在寄宿学校就可以……"

爱好、绘画、园艺、加尔各答、寄宿学校，所有这些争先恐后地涌进大脑，相互混杂在一起。爸爸又跟他讲了好多好多事情，爱抚着他，轻拍着他。当他眼睛闭上睡着之后，爸爸就站起身，回到了自己的房间。

班迪梦见，他攥着爸爸的手从学校里走了出来，爸爸特别生气，一直在训斥他："连加减法的常规问题都不会？就知道时时刻刻攥着我的手，你是跟屁虫吗？在任何人面前都从来不说一句话，就知道哭，就知道害羞，跟个女孩子一样……"爸爸怒气冲冲地甩开了他的手。被抛开的班迪，即刻像在人群中迷失了一样，他惊慌失措地望着四周，跑上前去抓住每一个人的手，但是每当他抓住一个人的手，那只手随后就会慢慢地松开，远去了，陌生的面孔，陌生的人群，陌生的城市，他大声叫喊着"爸爸"。

"班迪，班迪，孩子！"似乎有人将他搂在了怀中，怎么会有人知道他的名字呢？他看不到那个人的脸，只能听到声音……

"班迪，你害怕了吗？做梦了吗？你看看我，我是爸爸……"

班迪睁开眼睛，目不转睛地看着，眼前出现了爸爸的面容。怎么回事，是他哭了吗？不，这些泪水没在他的眼睛里，也许是爸爸眼里的泪水吧！

爸爸再次哄他入睡。熄灯后，房间再次黑了下来，只有声音在飘荡。那些声音在黑暗中听起来是如此的异样！

"这孩子究竟是怎么回事？怎么这样胆小、怯懦。他这个样子，我怎么把他送到寄宿学校去？如果他跟以往的生活都断开了联系，跟像他一样的同龄孩子在一起生活一段时间，应该就会变正常了。至于学费花销，就那样吧——别计较了。"

"您没有正确理解我的意思。好吧，从今往后，关于这件事，我再也不说什么了。"之后，那些声音也被湮没在了黑暗里。

"现在你去睡觉吧，外面天也黑了。"这时，他才意识到外面的天真的是黑了。他用下巴顶着车窗，看着外面看了这么久，都看见什么了？爸爸铺好了床位，放好了枕头，班迪一言不发，默默地躺下了。

"你要是不困的话，把书给你拿出来？你躺着看会儿书？"

"不要。"班迪不困，但他还是闭上了眼睛。闭上眼睛之后，他觉得黑暗在他周围不断蔓延，车厢里坐着的陌生人，爸爸，所有人都融入了黑暗之中。各种颜色，各种形状的，大大小小的斑块在他的四周飘荡，有的相互分离，有的相互融合。

之后是各种景象，各种画面争相遮掩着彼此，挨挨挤挤……

爸爸急匆匆地吃完饭上班去了。班迪一个人待在家。尽管家里有米拉阿姨，有伯哈杜尔，还有被抱在怀里的胖嘟嘟的吉努，但他依然觉得，爸爸把他一个人丢在了这里，这个陌生的家看起来更加陌生了。班迪要去哪儿，能在哪儿坐，要做什么？无论他身处这里的哪个地方，无论他坐在哪个位置，他都会觉得，好像有股强大的力量要把他往外推。

爸爸每天都会这样，把他一个人丢下就走吗？他原本以为，他和爸爸每天都会出去游逛。

"孩子！把你的玩具和书什么的都拿出来吧？玩会儿玩具，看会儿书吧！你在那边，放假的时候，跟你的妈妈在一起都会做些什么呢？"

不知为何，每当这个时候，他都会想起蒂帕阿姨。米拉阿姨一直在打听那个家的事情。他的脑海里浮现出了妈妈、乔德、阿米、医生先生，还有那幢楼房，这些不停在他脑海中盘桓。他怎么说呢，从何说起呢？他一个字也说不出来。

"好吧，算了，你不跟我聊天，你就玩玩具吧。"

玩具、步枪、书籍都摆在了班迪面前。然而班迪依然沉默地坐着，在这个陌生的家里，这些玩具和书也变得一样陌生了。

"来，我们跟你一起玩。"米拉阿姨抱着吉努走过来，坐下了。吉努欣喜地把玩具拾起来又扔出去，玩具四散。此时，班迪心想，从前他根本不让阿米碰这些玩具。

插了钥匙的小汽车上了弦之后，开始满地跑；飞碟闪着红黄相间的光，四处盘旋。吉努看了，欢叫着，用手拍打它。

"吉努，看，它掉下来了！吉努，看……"米拉阿姨跟着吉努一起，哈哈大笑起来。她把那些玩具一样一样打开给吉努瞧看。

班迪站在阳台上，再次在眼前的拥挤和喧嚣中沉思。各种各样的声音，但他什么也听不清；各式各样的形状，但他什么也辨不清；他的心里只有一个念头，压制住了这所有的喧嚣——傍晚爸爸会回来。

傍晚，爸爸回来了："班迪，怎么样啊，这一整天都做什么了，孩子？"这个问题是由米拉阿姨代答的："他一整天就站在阳台那儿，一言不发。我还跟他一起坐着玩……我真是觉得，这孩子好可怜。啊，你快来看看吉努吧，从下午5点开始，就瞪着眼睛，望着四周，像是在寻找什么东西。哈，原来是在找你啊！吉努这孩子现在，会非常想你了……"

她把吉努放进了爸爸的怀里。吉努笑着，在揪爸爸的头发。

"来，揪揪哥哥的脸。"爸爸抱着吉努，靠近班迪身边，吉努揪起了班迪的面颊。

"来，你要好好爱他，跟他一起玩，跟他建立情谊，孩子！"班迪用手指头轻轻抚着吉努那胖乎乎的小脸。

吉努在爸爸的怀里站起来，揪着爸爸的耳朵。吉努笑了，米拉阿姨也笑了："他揪着你的耳朵，是要教训你呢。"爸爸也笑了。

班迪静静地站起身，走到了阳台，闪亮的灯光，红、黄、蓝交错的霓虹灯，夜晚的马路完全变了个样子。为什么事物会产生这么大的变化？

还是那个问题！

"自己睡，不要害怕，快睡吧，好吗？"

班迪心里很想说，他真的是非常非常害怕，在这个家他真的不能一个人睡觉。在那个家，至少还有阿米和乔德在，而这儿他一整天都活在恐惧里，那是一种怎样的恐惧啊！

"嗨，班迪是个勇敢的男孩子，可不是只会害怕哭鼻子的女孩子，对不对？"

"如果不行，就让伯哈杜尔也在这儿睡，怎么样，孩子？"

"中间这扇房门，就一直让它开着，孩子，我们就在那边睡。"

米拉阿姨和爸爸不停地劝说着，班迪一直沉默着。

"快睡吧，好吗？"

班迪又看了爸爸一眼，爸爸身边还有米拉阿姨。班迪低声说："好！"

伯哈杜尔刚一倒下，就睡着了。班迪一个人在毛毯下瑟瑟发抖。从前有在各自床上睡觉的阿米和乔德，从那个房间里透进来的零星的灯光，他们谈话的只言片语——班迪努力地捕捉着这些东西。

"咔啪"一声，那个屋子的灯关上了，那些微光也从班迪手上滑走了。脑海中乔德和阿米的床也湮没在了黑暗之中，只留下了一些细碎的声音。班迪觉得自己是如此孤独。

爸爸和米拉阿姨是不是也……他想起身去瞧瞧。曾经的那个画面，在黑暗中不断浮现。他不知从哪儿来的勇气。

班迪蹑手蹑脚，站在门边，向里面窥视——黑黢黢一片，什么也看不见。就在这时，一颗微小的红色星星，在一个地方闪烁着，一点火红，那是什么？

"谁，班迪？"

他赶紧跑回自己的床上躲藏起来，但躺在床上的班迪，心依然是"怦怦"直跳。那个火红的闪烁着的东西是什么？爸爸有没有看到他呢？

还是那件事。

爸爸坐在他身旁，问道："儿子，跟你说件事儿，你答应吗？"

班迪盯着爸爸的脸庞。

"你叫米拉什么？"

班迪默不吱声。

"叫妈妈，好吗？"

从前妈妈曾说："班迪，叫医生先生爸爸吧，孩子"他迅速做出了那个回答，那个一直在他的耳朵里嗡嗡作响的回答——我的爸爸在加尔各答。

　　但现在呢，现在他再想不出任何的答案。他只能直直地看着爸爸。

　　"小妈妈！好吧？"

　　霎时间，他仿佛看到妈妈站在他面前。班迪的目光躲到了地上。

　　"还害羞啊？没什么可害羞的，你是有个妈妈，但那儿的妈妈是那儿的，这儿的妈妈是这儿的。叫她妈妈，好吗？"

　　班迪低声说了个"好"，与此同时，他内心的那双眼睛一下子涌出了泪水。爸爸拍了拍他的后背，爸爸再也不会看到班迪像女孩一样地哭……

　　"孩子，起床了，孩子，已经是大白天了。"

　　班迪紧闭着眼睛听着，他在毯子里蜷缩着——羞愧、惊惧、痛苦……

　　"哎呀，是尿床了吗……"

　　之后，他就失去了意识，也许是伯哈杜尔给他换了衣服，整间屋子里只有声音在回荡——她的声音，爸爸的声音，伯哈杜尔的声音。突然有一双手出现，击碎了这些声音，这双手快速用被子掩盖住被尿湿的床铺，然后用披巾把班迪包裹得严严实实——这一切做得悄声无息！

　　"伯哈杜尔，把这些床单拿去洗了，褥子不用洗，只清洗上面尿湿的地方，然后拿到外面摊开晾晒。把褥子摊在外面，外面路上来往的行人就会知道……班迪现在在哪儿杵着呢？他在自己家的时候倒是从来不尿床，怎么现在……"

一天总算过去了，傍晚总算到来了。爸爸下班回来了，班迪觉得爸爸的面容一下子变得跟妈妈一样。坐在餐桌前的班迪觉得，爸爸看他的目光跟妈妈一模一样，爸爸的目光像是黏在了班迪的盘子上一样，直勾勾地盯着他。班迪不敢看盘子，也不敢看米拉阿姨和爸爸，只能将身体蜷缩在椅子上。

尽管他没有看他们，他也能感觉到此刻那种ABC三角形的视线……

突然，他产生了强烈的尿意。啊呀！他知道，如果尿在这里面，那么全火车的人都会知道了；要是回头在寄宿学校里也这样尿，那就糟了。他猛然站起身来。

车厢里面充满了光亮，爸爸正坐在对面看书。"孩子，有什么事？"爸爸问道。看着爸爸的面容，听着爸爸的声音，不知从哪儿来的勇气，让他说了出来："我要去卫生间！"

爸爸带着他一起走到卫生间。卫生间里面有人，他们两个就在外面站着等。爸爸点燃了一根烟，靠在车窗边。车窗外面一片黑暗，爸爸深吸了一口烟，烟头发出了光亮。

红色星星！在外面的一片漆黑中，这颗星星几乎要被吞没。这个秘密终于揭开了，班迪感到了某种释然。

班迪有些害怕进入火车上的卫生间，因为车身摇晃不定，但他还是鼓足了勇气，走了进去。

"现在吃点儿东西，吃完睡觉。"爸爸从小篮筐里拿出了饭盒。

班迪透过车窗，注视着外面，在漆黑的夜色中，一排排小方格一样的灯光跟随着他一同向前，瞬间班迪心中一阵兴奋，他想伸出手去抓住一个方格。如果他把头伸出去，会怎么样呢？

在面前的一排排小方格的光亮中，出现了一个黑色的影子，班迪晃晃头，摆摆手，那个影子也跟着变化出不同的形状来。要是乔德和阿米在的话，就让他们也瞧瞧，班迪心里还想着，一会儿把爸爸叫过来，也让他瞧瞧。

"孩子，过来。"

班迪一边吃着东西，一边打量着这节车厢。这是他第一次看清楚整节车厢，看清楚周围坐着的那些人，就如同他刚刚才进入这节车厢一样。这个蓄着胡子的男人真的是跟他的老师长得很像啊！

他又吃了一张普里炸饼，他觉得这些饭菜很好吃，等吃完饭，他就会将那些神奇的小方格灯光指给爸爸看。

"啊，先生，上寄宿学校的花销得不少钱吧？"一人打听道。

"这个大概……大概250卢比，但是……"爸爸话说了一半，就中止了。

寄宿学校！

突然，一层浓雾覆盖住了小方格的灯光。当他躺下来的时候，所有与他一起向前奔跑的方格灯光都湮没在了那片黑暗中，那闪亮的红色星星也沉没了，班迪也淹没在了那片黑暗中，然后，从那片黑暗中又出现了另一片黑暗……

整个大厅一片漆黑，只有声音在漂浮。班迪不由心跳加速，这是什么魔法呢？慢慢地，出现了一束巨大的淡光，它不断延展开来，随之，头顶上就出现了一片天空，各种星体在天空中熠熠发光。

班迪感到非常惊奇，他完全沉浸在了这种魔法中。不同星星的名字，还有其他许多许多，使他渐渐忘掉了他此刻正坐在天文馆里。

这就是孟加拉的魔法！白天也可以制造黑夜，天花板上也会有星空，这比电影里的那些要真实多了。班迪兴致勃勃，他终于见到了魔法。

从天文馆到维多利亚纪念堂，班迪跟着爸爸，一路上蹦蹦跳跳。米拉阿姨，伯哈杜尔，还有吉努在一边坐着。四周到处都是成群结队的人，这儿的人从不待在家里吗？

米拉阿姨把吉努放入了爸爸的怀里。

"穆瑞米花……巴旦木坚果……"叫卖声此起彼伏。

穆尔穆瑞大米花和花生！天啊，这些街头小吃的名字可真是五花八门，千奇百怪。班迪被逗乐了，笑了好久。

旁边出现了一个种着香蕉树的花圃，里面有好多垃圾。班迪走了过去，开始清理那个花圃。啧啧，这个花圃怎么这么脏！

"哎呀，孩子！你干吗去泥土里翻翻捡捡，把手都弄脏了。"班迪即刻把手抽了出来。

"花圃里太脏了，爸爸，这对花木会有危害的。"他跟爸爸澄清道。

刹那间，爸爸望着他，面容立刻产生了变化。班迪是做错了什么吗？并没有，爸爸随后把他拉到自己怀里坐着，爱抚着他。

晚上睡觉的时候，天花板上仿佛还有群星闪烁，地上还有上了弦的汽车到处跑动，飞船在不停打转，两个大力士在比赛拳击；还有吉努的欢叫声；"我们也来一起玩啊，小伙子，我们也来玩"；而伯哈杜尔则睁着他那忽闪忽闪的大眼睛，充满好奇地盯着这一切；微风中传来大丽花和茉莉花开的阵阵清香。

"米拉，你不要吵，在这件事情上，你最好闭嘴。"顷刻间，所有的星光都熄灭了，大丽花和茉莉花的清香也消散了，所有美好的景象都消失始尽，时间和空间都静止了，只有爸爸的声音还在那里回响，那充满愤怒的声音。

"我不要再去试什么别的学校了，我要把他送到寄宿学校去。我不是要把他带到这个家，我怎么会不知道这个家里……"

之后就只听到只言片语——"古怪"……"一个月怎么行"……"你的固执"……"我说什么都是错"……

再之后就只能听到声音，听不清任何词语的声音——时而大声，时而低沉，继而转为低声细语。

再之后就是一片寂静。

爸爸真的要把他送到寄宿学校吗？是为了把他送到寄宿学校，所以才带他来这里的？

这片寂静变得更加孤寂了！

班迪把双脚蜷缩在胸前，两只小手紧紧地抱住自己的腿弯，极力地要把自己缩成一团。

新市集里人潮汹涌！这哪里是市场，跟个展览馆一样。爸爸手里拿着购物清单来买东西。手里拎的大包小包，越来越多。

班迪一会儿在裁缝这里量尺寸，一会儿又去鞋店那里试鞋子。

"拿个大一码的来，孩子都是长得很快的……"

鞋子、袜子、背心、裤子、衬衫，买了好多好多！

班迪只是跟着爸爸，站在那儿负责试尺寸。根本不需要挑选，衣服、颜色、款式、数量，所有都是之前已规定好的……

不要这种，要那种；不要蓝色，要棕色；不要系扣的，要带拉链的；不是要一个，要两个……如果他的这些东西是由妈妈来买的话，那就会让她很伤脑筋了。

清单上一一标明了，行李箱、旅行袋、安全气袋、手提包——

所有这些上面都要缀上班迪的名字和地址！班迪看了地址才知道，爸爸现在住在乔伦基路。他到现在还一直认为是埃尔金路。

从人声鼎沸的外面回到家，家里寂静无声。这是一种异样的寂静！在家里，但凡米拉阿姨、爸爸，还有班迪坐在一起的时候，班迪的心中就会不自觉地浮现出ABC三角形视线。每当此时，班迪总会觉得，他全身上下都被爸爸的目光一直紧盯着。然而他从来没有像看妈妈那样，看过爸爸的眼睛——既没有盯着他面前的盘子，也从不东张西望。

自从最后一次看见妈妈的眼睛，到现在，已经有多少天过去了！

"所有班迪的物品上都要缝上名字，可以吗？"

"我今晚就缝。"

"今晚必须全部缝好。这是必需的。"

"我知道。"

晚上，班迪起身去卫生间，他看到周围全是他的衣服，而米拉阿姨正在给这些衣服缝上他的名字。班迪驻足停留了片刻，看着这一切。

"去吧，孩子，你先去吃饭，然后睡觉。我会把所有的书都包上书皮。"瞬间，爸爸和妈妈的两张面孔，两个场景，融合在了一起。

行李已经打包捆好。他的那些旧衣服、玩具，还有旧箱子，并没有打包到行李中。

班迪静静地坐着，看着这一切，耳畔回响起之前妈妈的唠叨："把这些玩具都放进这个篮筐里，本西拉尔，这些都是班迪最喜欢的玩具，步枪装不下的话，就用手拿着，这可是班迪最喜欢的玩具。"

然而现在，伯哈杜尔和吉努与这些玩具联结在了一起。

出租车停在楼下。伯哈杜尔把行李装上了车，所有那些新的行李，那些如果上面没有他的名字，他就一件也认不出来的行李。

米拉阿姨站在楼下，伯哈杜尔抱着吉努站在旁边，爸爸在车后面整理行李。一番亲昵和告别之后，班迪坐上了出租车。

不知为何妈妈的面容同米拉阿姨的面容黏合在了一起，所有过往与妈妈生活的场景与当下生活的场景交织在了一起，有时候米拉阿姨变成了妈妈，有时候米拉阿姨却仍然是米拉阿姨。

出租车开走了，米拉阿姨稍稍抬手挥动了几下。米拉阿姨、伯哈杜尔、吉努都在他身后渐渐远去。顷刻间，他的眼前浮现出那个房间，里面摆放着他所有的旧行李，所有的玩具。从现在开始，也许他再也摸不到那步枪的扳机了。

他一次又一次地感觉到爸爸会抱着他，把他抱在怀里，说些什么。不，这些本该是妈妈做的呀，不知为何，爸爸的面容，妈妈的面容，还有米拉阿姨的面容交织在了一起。

"哈瑞，克里希纳①；哈瑞，克里希纳；克里希纳，克里希纳；哈瑞，哈瑞"……传来了一阵响亮的歌声。

班迪睁开了眼睛——啊！他正在火车上。火车或许正停在某站。车厢里有人唱歌，他爬起身坐着。

两个少年，手持响板，打着节奏，边歌边舞。

---

① 哈瑞，克里希纳（原文 Hare, Krishna），此句是印度中世纪虔诚运动时期孟加拉地区耆坦亚教派（Chaitanya sampradaya）的主要唱颂咒语（大咒语，Maha/Great Mantra），该派倡导"齐颂圣名运动"（Sankirtana），主要崇拜并歌颂印度教大神黑天（Krishna），"黑天"是 Krishna 的意译，"克里希纳"是其音译。

"儿子，你喝水吗？"爸爸看到他坐起身，紧忙问道。爸爸这么一问，他倒真觉得口渴了，也许他已经口渴很久了，只不过自己没有觉察而已。

喝完水，班迪又躺下了。那两个少年"哈瑞，哈瑞"的歌声在整个车厢中回荡，那声音仿佛从四面八方向班迪涌来。随着音乐的旋律和火车的摇晃，班迪似乎感到他陷入了更深的旋涡之中。

歌声中隐约夹杂着好多其他声音："……前进，前进，实现，实现……革命万岁……"那些呼喊的人们高举拳头，手拿红旗，组成了长长的队伍。

"这是共产党的游行，加尔各答是共产党执政的城市。"爸爸告诉他。

班迪每天看着这些游行，他也跟着人们一起高喊起来，他也学着他们的样子，喊着"前进，实现"，但只是在心中呐喊。他每天都想要在风中挥舞拳头大声疾呼"前进……前进"，然而，他却从没能做到。

"颂诃利①之名，颂诃利之名……颂诃利之名，颂诃利之名……"又有一阵歌声，随着摇铃声传来。

"死去的人就是这样被送到这里来的。"爸爸告诉他。班迪不由一脸惊愕，他即刻双手合十。童子军领队曾说过："看到死者，应该向他们致哀。"

他们的嘴竟然是张开的！死去的人，怎么看起来跟活人一样呢？他们会不会把活人带走呢？

---

① 诃利（原文Hari），印度教大神毗湿奴的名号之一，亦是毗湿奴大神的化身黑天的名号之一。

接下来的两三天里，无论班迪是坐是起，是睡是醒，那"颂诃利之名"的声音一直缠绕着他，挥之不去，使班迪心中异常的恐惧。

渐渐地，所有的声音都消失了。

他跟着爸爸一起前行，很快就来到了一个陌生而寂静的地方。

"前面不远，就是你的寄宿学校了。"爸爸说着，班迪听后，抬眼向前方张望，却什么都没看到。

"带你见了校长，把学校全部熟悉一遍之后，傍晚我就坐火车回去了。"不知为何，班迪突然想要在爸爸离开他之前，先逃离爸爸。他想一刻不停地向前奔跑，不回头，不断向前，翻过高山，越过平原，跨过江河湖泊，闯进某个地方。

白色的胡须，蓬乱的白发，脚着木屐，手托木钵……一位圣仙站在他的身边。他一点都不害怕，因为他感觉自己已经见过这位圣仙好多次了，但却记不起来，是在何时何地……

"孩子，你是谁？从哪儿来？"

班迪努力地回忆，却什么都想不起来。

"孩子，你说说啊！"

他竭尽全力地回忆……他从哪儿来，从哪儿来……越是这样，他的心中就越是充满了紧张和恐惧。

"别害怕，孩子，跟我说说。"圣仙拍了拍他的肩头，"班迪，快起来，孩子，马上要下车了。"有人按着他的肩膀，他还正在努力地思索着，他能回答出什么来……

那人把他抱在怀中站了起来，白胡子圣仙的面孔中浮现出了另一张面孔——爸爸的面孔！

"快去洗个脸，解解乏，再有个五六分钟，车就到站了。"

班迪这才慢慢回过神来。火车的车厢，车厢里坐的人们，正在整理行李的爸爸，晨光洒落大地。

　　不知怎的，长久以来累积在心中的那块石头，突然被撞碎了，大滴大滴的泪水奔涌而出，不只是心眼在流泪，还有外面那双眼睛。

　　泪眼蒙眬中，车厢里的所有事物，坐在这里的所有陌生人的面孔，都逐渐模糊不清，逐渐融为一体，而爸爸的面孔，也融了进去，渐渐地，混杂在了所有那些面孔之中。

短篇小说

这才是真的

坎普尔

　　眼前，院子里，散落的阳光聚拢后又爬上了墙，一群又一群可爱的孩子背着书包走过，刹那间，我陷入了时光的错觉之中。站在这儿已整整一小时，而森吉耶，到现在还不知所踪。我怅怅不乐，回到屋中。角落里，各种书本，或开或闭，堆满桌子。我拿起书来瞧了一会儿，却毫无心思，便又站起身，打开了衣柜，草草看了看，所有衣服混乱地堆在一起。这会儿站着也是无聊，想着不如把衣服收拾妥帖，却提不起丝毫心劲儿，随即关上了柜门。

　　既然没来，我又何苦浪费时间呢？这事绝非只有今天才会发生。他永远会比约定好的时间晚到一两小时，而我却从约定的那一刻起，就开始等待。之后无论如何尝试，都不能专心致志去做任何事情。他为什么就不明白，我的时间是很宝贵的。为了完成毕业论文，我现在必须把所有的时间都用来读书，但这事我要怎样才能跟他解释得通！

在桌旁坐下，我再次想要开始阅读，心却依然无法专注。窗帘的一丝摇曳都会让我心跳加速，眼睛一次一次瞥视钟面上不停移动的指针。每一秒钟都这样感觉：他要来了！他要来了！

这时，梅赫塔先生五岁的小女儿壮起胆子跑进屋子说："阿姨，给我讲个故事好不好？"

"不，现在不行，过后再来！"我冷淡地答道。她跑开了。

梅赫塔太太也一样惹人厌！虽然成年累月也没见过我一面，却总让小女儿来烦我。梅赫塔先生倒是隔三岔五来问个好，却十分傲慢。如果真的是关注我的话，我还能如此来去自由吗？

咔嗒、咔嗒、咔嗒……正是那个熟悉的脚步声！森吉耶来了！我强迫自己把所有的注意力都集中在书本上。森吉耶笑眯眯地站在我的门口，手中捧着一整束夜来香。我望过去，并没有微笑着欢迎他。森吉耶笑着走了进来，把花搁在桌上，从后面将双手搭到我的肩上，问："很生气啊？"

夜来香让整个房间都充满了花香。

"我生气了又能如何？"我冷冷道。

森吉耶把我连同椅子一起转过来拉到他面前，万分怜爱地轻轻托起我的下巴道："你来告诉我，我该怎么做呢？跟朋友们在'品质'餐厅应酬，实在是脱不开身啊。再说了，为了来找你而扫了大家的兴致，也不好啊！"

我本想说："你从来都只为朋友着想，害怕伤害他们的感情，却从不为我着想！"当我凝视着他的面颊时，却什么也说不出口。他黝黑的面颊闪烁着汗珠，要是在平时，我会用裙裾轻轻帮他擦去汗水，今天却没有。……他微微笑着，用眼神乞求着我的原谅。我能怎么办呢？他习惯性地坐在椅子扶手上，轻轻抚摸着我的面颊。这事让我很是气恼。他一贯如此，先是迟到，然后再极尽温柔地爱抚我、亲我哄我。因为他知道，在这样的温柔攻势面前，我便无法继续生气……之后他站起身，将花瓶中原有的花束扔掉，插上新的花束。插花时的他，看起来是多么专业和娴熟啊！我只不过是偶然说起我非常喜欢夜来香，之后，他每隔四天便会带来一整束夜来香放在我的屋中。如今，我已习惯了满屋子的花香。如果屋中一天没有夜来香，我便无心读书，无心入眠。这些花朵有如森吉耶陪在我身边。

稍后，我们外出散步。我突然想起了伊拉的来信。原本从今天清晨起，我就惦记着要早点把这事告诉森吉耶，谁知后来一生气竟把这事给忘记了！

"哎，伊拉写信来说，指不定哪天我就会接到面试的通知，我应该提早做好准备。"

"哪儿的面试？加尔各答①？"森吉耶一边思忖着什么一边问道，之后又立刻雀跃起来，"如果你能得到这份工作的话，那就太好了，蒂帕，太好了！"

幸好我们是在大路上，否则一旦他激动起来，肯定会做出越规的行为来。不知为何，他表现得如此开心，却令我很不开心。难道他是在想，如果我去了加尔各答，就会离他远远的？

他接着说："如果你得到这份工作，我也会把自己的工作调到加尔各答的总部。这儿的办公室，每天的琐碎纷扰让我觉得很闷、很无聊。好几次我都动了调动工作的念头，但因为你的缘故，我都搁置了。之前曾顾虑：到时候工作倒是调动了，办公室倒是安宁了，

---

① 加尔各答，印度西孟加拉邦首府，位于恒河支流胡格利河东岸，是仅次于孟买和新德里的印度第三大城市。

但那样的话，我的夜晚将是多么孤寂啊！"

他的话语浸润了我的心田。转瞬间，我觉得这个夜晚是多么美好啊。

我们走了很远，在那座我们最喜欢的小山丘上坐下。这里远离了城市里弥漫的烟尘喧嚣，只有轻盈的月光洒落下来。森吉耶两脚摊开，坐在地上，滔滔不绝地向我讲述着办公室里的纷争，描绘着对我们在加尔各答将要开始的新生活的畅想。我不发一言，只是凝望着他，久久注视着。

当他讲完后，我才开口说："对于将要参加的面试，我十分害怕。不知会如何面试，会问什么问题！毕竟这是我的第一次。"

森吉耶放声大笑起来。

"你还真是个大傻瓜！离家那么远，你一个人在这里租房子住，还读着研究生，一个能够满世界游走的人，还会害怕区区面试吗？"说着他用手轻轻拍了拍我的脸颊，之后又开导我说："你看，这年头所谓的面试都只是表面功夫，都需要找熟人、走关系、铺路子啊！"

"可是，加尔各答对我来说完全是一个陌生的城市。除了伊拉，我在那里一个人都不认识。你说的那些找熟人走关系的事，对我来说根本不可行啊。"我无奈地说。

"再不认识其他人了？"他眼睛直勾勾地盯着我问道，"尼希特不是也在那里吗？"

"也许吧，但这事跟我有什么关系？"我立刻气恼地答道。不知为何，我觉得他还要跟我继续这个话题。

"没有什么关系吗？"他逗弄我说。

我恼怒道："森吉耶，我已经跟你说了成千上万遍了，不要拿他跟我开玩笑！我丝毫不喜欢这种玩笑！"

他大笑起来，但我的心情却变得糟透了。

我们起身返回。他为了哄我开心，便一手搂上了我的肩头。我难为情地推开了他的手，说："你干什么呢？被人看到了怎么办？"

"这里有谁会看到啊？看到就看到呗，你不是心情不好嘛。"

"不，我不喜欢这样不知羞耻！"我真的不喜欢在大街上这样做。不管街上有没有人，毕竟是在街上，况且还是在坎普尔①这样保守的小地方。

回到屋里，我让他坐下，他却不坐，只将我拥入怀中，亲吻起来。这也是他每天的惯例。

他走了。我来到外面阳台上张望，看着他的背影渐渐缩小，直到在街头转角处消失。我望着他消失的地方，怅然若失。然后，回到屋里，坐下读书。

夜晚，我躺在床上，久久凝视着桌上那束夜来香。不知为何，我时常会出现这样的幻觉：那一簇簇绽放着的，并非夜来香的花朵，而是无数只森吉耶的眼睛，注视着我，爱抚着我，宠爱着我。我幻想着，这无数只怜爱的目光正注视着我。一想到这儿，我就会立刻害羞起来。

我跟森吉耶说起过这件事，他听后大笑起来，一边爱抚着我的面颊，一边说我疯了，彻彻底底是个大傻瓜！

谁知道呢，也许他说得对，我就是疯了！

---

① 坎普尔，印度北方邦城市，临恒河，位于加尔各答以西970千米。

坎普尔

我深知，但凡涉及尼希特的事，森吉耶总是存疑在心的；但我要如何才能让他相信，我憎恶尼希特，对尼希特的回忆只会让我心中充满仇恨。何况，十八岁时发生的爱情能是真爱吗？那时的我们只是孩子，不过是胡闹罢了。那时的感情，有激情却不稳固，有速度却无深度。那爱情以何种速度开始，在历经芝麻绿豆点大的挫折后，便会以同样的速度终止……随之而来的便是一轮哀叹、泪水和哽咽，自我的世界充斥着空虚、一次次自杀的绝望和强烈的憎恨。然而一旦遇到另一个生活支柱，要不了一天的工夫，所有那些过往就会很快被遗忘，之后便会觉得之前的一切是多么愚蠢、多么可笑，会觉得之前所有的眼泪和哀叹并非是因为爱情，而是因为生活的空虚与孤寂。正是这空虚与孤寂，让生活变得枯燥乏味，让生活成了沉重的负担。

当得到森吉耶，我就立刻把尼希特忘记了。我的眼泪转成了微笑，我的哀叹变成了欢呼。但凡涉及尼希特的事，森吉耶都只是徒增苦恼而已。每每听我解释之后，他定会大笑起来；但我深知，他并没有完全释怀。

我该如何向他倾诉呢？我的爱，我的柔情，还有未来许多计划，这所有的中心都只有一个，就是森吉耶。再者说，那些月夜里，我们倚坐在大树下，我聊论文，你讲故事，有关办公室的、朋友的或者别的什么……这一切不正意味着我们是相爱的吗？他为何不懂，如今我们的感性已转化为理性，现实的生活取代了虚幻的梦想。我们的爱情是踏实的、长久的、稳固的、历久弥坚的。

教我如何向森吉耶解释这一切呢？我要如何同他解释尼希特羞辱了我，直到今天我依然能感觉到这种羞辱所带来的剧烈刺痛。难道分手之前，尼希特就不能告诉我一次，我究竟是哪里做错了，才让他对我做出如此严苛的惩罚？我不得不吞下由世人的谩骂、侮辱、嘲讽和怜悯酿成的毒药……叛徒！下流无耻之徒！然而森吉耶竟然还认为，时至今日，尼希特依然存在我心中某个柔软的角落！嘁！我憎恨他！说真的，我十分庆幸自己逃脱了他的掌控，对他来说，爱情只是一场儿戏！

森吉耶，你想想，如果不是这样，我怎会完全顺服于你所有那些恰当或者越规的行为？我又怎会任由你的亲吻和拥抱？你知道，在结婚之前，任何一个女孩子都不会赋予男人这样做的权利。难道这些不足以证明我爱你吗，非常非常爱你吗？森吉耶，请你相信我，我们之间的爱情才是真的，而尼希特的爱情不过是充满了欺骗和虚伪的谎言。

坎普尔

后天我就要去加尔各答了。我很害怕。那里会是什么样子，又会发生什么呢？如果面试的时候我特别紧张，怎么办呢？我让森吉耶陪我一起去，但他说办公室不准假。一个完全陌生的城市，还是去面试！如果有谁能陪我一起去该多好，那对我来说将会是极大的安慰与支持。森吉耶认为，我既然可以一个人租房子住，当然也可以只身前往大城市。他认为我具有极大的勇气，但事实上，我真的很害怕。

我一次又一次地遐想，如果获得了这份工作，我就可以同森吉耶在那里一起生活。那是多么美妙、多么令人兴奋的梦想啊！但是对于面试的恐惧，却瞬间把那充满愉悦的幻梦之网撕碎了……

唉！无论如何，森吉耶都应该陪我一起去的！

加尔各答

当火车缓缓驶入豪拉火车站[①]的站台，我的心被一阵莫名的疑虑与恐惧所充斥。在站台上数不清的男男女女中，我寻找着伊拉的身影。然而，却没有寻见她。我没有立刻下车，而是朝窗外远远地望去……无奈之下，我只得招呼来一个"苦力"，让他把我的小行李箱和铺盖搬下火车。我跟着下了火车。看到这拥挤的人群，我内心的恐惧更加浓重了。突然，有人用手碰了我一下，吓了我一跳。我回头一看，伊拉站在那里。

我一边用手帕擦拭脸上的汗水，一边说："天啊！刚才没看到你，我正担心我一个人怎么去得了你家！"

走出车站，我们坐上了出租车。直到现在，我还没从惶恐中恢复过来。当车子驶上豪拉大桥[②]，浸染着胡格利河水的凉风使我的身心顿时感到清新、振奋。伊拉向我描述了这座大桥的奇特之处。我惊奇地观望着大桥，继而又向远处那宽阔的胡格利河望去，望着河面上或停泊或行进的小船，望着那巨大的游轮……

离开豪拉大桥，出租车走走停停地驶上了一条极为拥堵的路。那些高耸林立的大楼与四周充斥着的巨大陌生感，让置身其中的我感觉到了强烈的迷茫与无助。巴特那[③]和坎普尔真的不能与加尔各答相比！迄今为止，我从没见过如此繁华的大都市！

甩开拥挤的人群，我们驶上了莱德路，宽阔安静的大道。我们

---

① 豪拉火车站，服务于印度加尔各答与豪拉两座城市的主要火车站之一，位于胡格利河西岸，通过豪拉大桥与加尔各答相通，号称印度第二古老的火车站。

② 豪拉大桥，印度加尔各答城市的地标性建筑，其建造始于1936年，完工于1942年，1943年2月3日投入使用，全长705米，高82米。该桥投入使用时，曾被誉为世界第三长的悬臂桥。

③ 巴特那，印度比哈尔邦首府，位于恒河南岸，宗教圣地。

的两侧是开阔的露天广场。

"伊拉，面试中都会有哪些人？我特别害怕。"

"嘿，没事的！你还会害怕？像我们这种人才会害怕吧。独立自主，靠自己打拼的人还会害怕区区面试吗？"稍后，她又问说："嗨，哥哥嫂子还在巴特那吧？你回去看望过他们吗？"

"搬到坎普尔之后只回去过一次，但时常给他们写信。"

"你这哥哥也真是奇怪！也不关心关心自己的妹妹！"

我非常不喜欢这个话题，不想再继续说下去，便默不作声。

伊拉家不大，但装饰得很精致。听闻她的丈夫出差了，一开始我还有些遗憾；如果他在的话，就能给予我帮助！可转念一想，他不在，我会更自在一些。他们的孩子也十分可爱。

傍晚，伊拉带我去咖啡厅。忽然，尼希特进入了我的视线。我窘迫地移开了视线。然而，他还是来到了我们的桌前。无奈，我只得看着他向他问好，并向他介绍了伊拉。伊拉邀请他在旁边的椅子上坐下。我感觉，我就要窒息了。

"什么时候来的？"

"今天早上。"

"住下了吗？住在哪里？"

伊拉替我答了话。我看着他。他变了很多，头发留长了，像个诗人。他怎么会想留长发？他黑了，也瘦了。

没什么特别的话题可聊，我们便站起身来。伊拉一直都在担心着宝宝姆奴，我也着急回家。他陪着我们从咖啡厅一直走回特勒姆达拉。一路上，他都在同伊拉聊天，看起来好像他才是伊拉的朋友！伊拉把住址告诉他，他约定明早9点再来拜访后便离开了。

整整三年了，我还是同尼希特见了面！所有过往不由自主地浮现在我眼前。尼希特消瘦了很多！……可以感觉到，某种强烈的痛楚正隐藏在他的内心深处。

难道与我分手的苦楚正在深深刺痛着他吗？

不管有关他的美梦是多么甜蜜，也不管他曾给予我多少幸福和满足感，我深深知道，所有这些都是虚假的谎言！如果这些都是真的，又是谁说出了"我们分手吧"！他倒是可以随心所欲、为所欲为！

忽然间，我的心刺痛起来。就是这个人，是他侮辱了我，是他在世人面前抛弃了我，是他让我彻底成了众人的笑柄！噢！为什么我不拒绝与他相认？当他来到桌旁时，为什么我不对他说"对不起，我不认识你"？我真应该给他点颜色看看！他明天还会来。我本应该断然拒绝他，我不想再见到他那张脸，我恨透了他……

好，明天来吧！我明天就告诉他我很快要和森吉耶结婚了，我要告诉他我已经将过往全部忘记了，我还要告诉他我恨透了他，一辈子都不会原谅他！

就这么想着、想着，不知怎的，我心中倏然跳出一个疑问：三年过去了，尼希特为什么还没结婚？管他结没结婚，跟我有什么关系……

难道他现在依然对我心存一丝希望？哼！真是个大笨蛋……

森吉耶！当初我一遍遍劝说你同我一起来，但是你没有。……此刻我是多么想念你啊。你告诉我，我该怎么办？

加尔各答

求职的难度远远超乎我的想象。听伊拉说，月薪150元的工作都得部长亲自推荐，更何况这月薪300元的工作！尼希特从早到晚都在为这麻烦事四处奔波，他甚至还向办公室请了假！他为何如此关心我的工作？……他认识很多大人物，他说，无论如何，都要让我得到这份工作。这是为什么呢？

昨天，我本想以冷漠的言行待他，好让他知道，如今他是不可能再回到我身边了。然而，早上大约8点45分，当我来到窗边扔掉断发的时候，却看到尼希特就在房子不远处徘徊等候，正是那头长发、那身长衫长裤。他竟提前到了！换作森吉耶，11点前是绝无可能出现的，他压根儿不懂得什么是守时。

看他在那里徘徊，我心里很不是滋味！……当他进了屋子，我思来想去，丝毫无法冷漠待他。我告诉他此行的目的之后，他看起来很开心，随即坐在那里开始打电话，打听与这份工作相关的所有信息，并很快制定好了计划，该如何运作。他还坐在那里打电话给办公室，说他今天不去上班了。

我正处在如此奇怪的情境：对于他这般亲近的行为，我既不能接受，又无法拒绝。一整天，我都跟着他东奔西走，但是除了工作以外的话，他一句也没说。我好几次想把我和森吉耶的事告诉他，但最终也没能开口。我暗自思量，生怕他听到这事后会对我应聘工作的事不再上心。他这一整天竭尽全力的帮助，让我对得到这份工作充满了希望。这份工作于我实在是太重要了！如果得到了它，森吉耶将会是多么高兴啊，我们的新婚生活将会是多么幸福啊！

傍晚，我们回来了。我请他坐下，他却没坐，一直站着。他宽宽的前额上闪烁着汗珠。蓦然间，我生出个念头：如果这会儿是森吉耶站在这儿，会怎样？我定会用裙裾亲自为他拂去额上的汗水，而他定会……如果不拥抱我，不爱抚我的话，森吉耶是不会离开的！

"好了，我要走了。"

我机械地将双手合十。尼希特就这么走了。我麻木地呆望着。

晚上睡觉的时候，我习惯于凝视着森吉耶带来的夜来香入睡，但是这里没有那些夜来香，我感觉心里空落落的。

森吉耶，不知道你此刻正在做什么！已经三天了，你该不会沉浸在别人爱的怀抱吧……

加尔各答

今天早上完成面试了。我也许是太紧张了，原本应该回答的，我却没能完好地答出。但是尼希特前来告诉我，基本上他们已决定录用我了。我深知，这一切都是因为尼希特的帮助。

落日的余晖映照在尼希特的左颊。时过境迁，我顿时觉得，坐在面前的尼希特重新又变得可爱、迷人。

在我看来，他比我更开心。他从来不向别人求助；但是为了我，他不知道求了多少人。这究竟是为什么呢？难道他期盼着我来加尔各答，同他在一起，一直待在他身边吗？顿时，我心中涌起了一阵莫名的兴奋，身体激动得发抖。他为什么会这么想？他这样的想法是非常错误的，太不对了！……我又对自己解释说：不是这样的，也许他现在所做的一切，只是想要补偿曾经对我犯下的错！难道他认为，他尽力帮我找到了工作，我就会原谅他，他曾经伤害我的一切所作所为，我就会忘得一干二净吗？不可能！明天，我就告诉他我和森吉耶的事。

"今天如此高兴，去聚会庆祝一下吧！"

这是我从他口中听见的第一句与工作无关的话。我看了看伊拉，她表示支持这个提议，但又推脱说要照顾宝宝姆奴。这下，便只剩下我和尼希特两人了，我有些犹豫。之前还可以因为工作的事同他待在一起，但现在呢？然而，我却无法拒绝。我回到屋中开始装扮。我记得，尼希特最喜欢蓝色，因此我穿上了蓝色的纱丽。我小心翼翼地装扮着，与此同时，心中却忍不住一遍遍地自责起来：你做这些是要去勾引谁啊？你是不是彻底疯了？

站在台阶上的尼希特微微一笑，对着我说："你穿着这件纱丽，真的好美！"

我的脸瞬间涨得通红，一直红到耳根。对于如此的赞美，我丝毫没有心理准备。这个一向沉默寡言的尼希特，竟然对我说出了这种话！

我一点儿都不习惯听到这种赞美的话。森吉耶从来不在意我的穿着，也从不赞美，虽然他有这个资格。然而，没有这个资格的尼希特，竟然说出了这种话？……

不知为何，对此，我一点儿怒气都没有，反而感到兴奋和激动。说真的，我很渴望从森吉耶的口中听到这样的赞美，但他却从来没说过半个字。在过去我与森吉耶相处的两年半的时间里，每天傍晚我们一起去散步时，有多少次我都精心装扮，穿着美丽的纱丽，但他却从未赞美过我，哪怕一个字也没提过。他从不在意这些衣服妆容的事，他总是视而不见。在听到了尼希特这句犹如清泉一般的赞美之辞后，我那颗干涸的心，顿时，被滋润了。但是，尼希特为什么要说这种话？他有什么资格？

他真的没有资格吗？……没有吗？

无论如何强迫自己，我都无法回答这个问题。我不能肯定，这个与我同行之人究竟有没有资格说出这种出乎我意料的话来。

我们坐上了出租车。我暗下决心，今天一定要把森吉耶的事情告诉他。

"天空餐厅！"尼希特对司机说道。

"叮"的一声，随着计程器的响声，出租车开始在风中飞驰。尼希特小心翼翼地蜷在后座的一角，与我之间留出了很大的空间，即便是急刹车时身体剧烈摇动，我们也碰触不到彼此。然而疾风中，我的纱丽随风翻飞，丝绸般的裙边抚过他的周身，在他的胸前上下飞舞。他并没有把它拨开。我心想，丝滑、芳香的衣裙正在以美妙的情味浸润着他的身心，这轻柔的抚触正使他兴奋。这样想着，我浑身即刻充满了难以言表的亢奋的胜利感。

直到此刻，我也没有把森吉耶的事情说出口。即便多次暗下决心，最终却没能说出口。我为自己的无能感到气恼，但我就是开不了口。我发觉，自己似乎正在铸成大错，然而我还是说不出口。

尼希特就不能说点什么吗？他就那般在角落里躲着，冷静地坐着，这让我感到很难受。我骤然想起了森吉耶，此刻要是他在的话，他定会伸手将我搂入怀中！尽管在大马路上我不是很喜欢这种激情的行为，但是今天，不知为何，我特别渴望能够躺在谁的怀抱。我深知，尼希特就坐在旁边，这时候如此这般起心动念，是非常不对的。但是我又能如何？此刻我感到，出租车以多快的速度向前飞驰，我也以多快的速度向前飞奔，朝着那错误的、不甘的方向。

出租车猛地刹了车，停住了，此时我才回过神来。我慌忙打开右侧车门，仓促逃下车，就好像我与尼希特在车里做了什么不光彩的事。

"喂！不能从那边下车！"司机的话让我意识到了自己的错误之举。那边站着尼希特，这边是我，中间是出租车！

收完钱，出租车开走了，剩下我们面对面站着。我突然意识到，本应由我来付车钱的。但现在又能如何！我们默默地走了进去。周围很热闹，琳琅满目，灯火通明，繁花似锦，但所有这些跟我毫无关系。我躲开所有人的视线前行，就如同一个犯了大错还没被抓的逃犯。

我真的犯错了吗？

我们面对面坐下。本应由我做东，尼希特却替我做了主，点了菜。在外界的喧嚣与内心的骚乱中，我迷失了自己。

我们面前摆上了冰咖啡和一些吃的。好几次，我都感觉尼希特想要开口说些什么。我察觉到了他嘴唇的些许翕动，但他即刻将冰咖啡杯中的吸管放进嘴中。

大笨蛋！他大概觉得我很傻，但我却清楚地知道他此刻在想什么。

相处整整三天了，我们谁都没去触碰那个话题。兴许是工作的事情占据了我们的头脑，但是此刻……此刻是一定要谈这个话题的！如果不谈，那多别扭！还是不谈吧，也许这样才自在。三年前，我们的篇章已永远合上，或许我们谁也没有勇气再去翻看它。分手了，关系断了就是断了。如今谁还会再去提起？我是永远不会的，然而，他却应该提起。当初是他提出的分手，这话题也就理应由他来提。我凭什么提起，我又该如何提起？我都是马上要与森吉耶结婚的人了。为什么此刻我不对他讲讲森吉耶的事呢？不知为何，我犹豫了，迷惑了，无法张口。忽然，我觉察他好像说了什么……

"您说什么？"

"没，没说！"

我发起窘来。

之后，又是沉默！我根本没有胃口，只是机械地将食物塞进嘴里。或许，尼希特也是一样。我依然觉察到他的嘴唇在微微翕动，他握着吸管的手指在不住颤抖。我知道，他是想问：蒂帕，你原谅我了吗？

他为什么不问呢？然而，如果他问了，难道我会对他讲出这些话吗：我这辈子都不能原谅你，我恨你，就算我现在与你待在一起，一起喝咖啡，但这并不意味着我已经忘记了你对我的背叛。

倏忽间，过往所有浮现在我眼前。但怎会这样？那些曾经无法忍受的耻辱和痛苦、愤怒和厌恶，为何此刻却记不起来了？此刻浮现在眼前的，是在巴特那一起度过的那些怡人的黄昏、那些皎洁的月夜，我们彼此倚靠，久久坐着，默默注视着对方。虽然没有任何爱抚触碰，但不知为何我们身心如此沉醉，不知为何我们如此迷恋，陶醉于这个奇异的梦幻世界！……我想要说些什么，他却将手指轻轻放在我的唇边，说："蒂帕，让我们静静地享受这亲密的时刻！"

此刻，我们也是沉默的，也是相伴而坐的。我们这会儿也是在静静地度过他所谓的那种亲密时刻吗？我想要用尽全力，大声叫喊：不！不！不……可是，除了呷啜咖啡之外，我什么也不能做。我想要竭力做出的那些反抗，此时不知陷入了内心之中的哪个无底洞。

尼希特帮我付了账。我突然冒出一个奇怪的念头：如果我们抢着付账，在推让中，我的手会不经意触碰到他的手！我想要用我的触碰来点燃他内心中的那团火。然而，竟连这样的机会都没有。他付了账，我也没有任何阻拦。

我的心中，暴风骤雨大作！然而，我却不动声色，坐上出租车……然后又是一样的沉默，保持着一样的距离。不知怎的，我觉得尼希特离我很近，非常亲近！我一次次在内心想：尼希特为何不抓住我的手，为何不紧搂我的肩头？我一点儿都不认为这是不好的，一点儿都不！但是，他什么都没做。

晚上睡觉的时候，我想同往常一样思念着森吉耶入睡，然而尼希特的形象却一次次取代了森吉耶，闯入我的脑海。

加尔各答

我为自己的"身不由己"而气恼。今天是个多么好的机会，可以将所有的事情和盘托出！但不知哪里来的彷徨犹豫，让我一个字也没能说出口。

傍晚，尼希特带我来到了湖边，在湖边的草地上坐下。远处的人群熙熙攘攘，这里却比较安静。面前的湖水泛起微微的轻波。这样的氛围，使我的心中升起了一种奇异的感觉。

"现在你就要来加尔各答了！"他看着我说。

"是啊！"

"工作之后你有什么打算？"

我看到他的眼中掩映着几分不安，像是知道些什么，又像是要倾诉什么。他像是有意要同我说些什么。

"没什么打算！"不知为何我会如此作答。我像被什么东西刺了一下。为何我不回答说：工作之后，我将会与森吉耶结婚，我爱他，他也爱我；他很好，真的很好！他从不会像你那样欺骗我。但我连一个字都说不出口。因为这种软弱与无奈，转瞬间，我已泪水盈眶，随即把脸转向了另一边。

"你能来这儿，我很高兴！"

我即刻屏息凝气，等待他下面的话。然而，半个字都没有了。我用不安的、悲伤的、乞求的目光看着他，像是要说：尼希特，你为何不说？说你直到现在还依然爱着我，说你想要我永远留在你身边，忘掉之前的不愉快，说你想和我结婚。说啊，尼希特，你说啊！我急切地想要听你说出这些话！我一点儿都不会觉得这不好，一点儿都不！我必须承认，尼希特！发生了这么多事之后，我或许还依然爱着你——不，不是或许，我是真的爱你！

我知道你什么都不会说，你永远是那么少言寡语，但是我依然焦灼地望着你，想要听你说。然而，你的目光却一直盯着湖水……安静，沉默！

尽管你想静静度过这亲密的一刻，但也不能让人总是困惑不解啊！不管你说不说，我都知道：直到今天，你依然爱着我，深爱着我！此刻你一定在想，等我来到加尔各答之后，你就可以同我再续前缘。如今，你依然与我很亲密，因为你深知：时至今日，蒂帕依然是属于你的！……可我呢？

我不认为自己有勇气回答这个问题。我害怕，害怕辜负、背叛了森吉耶，害怕自己当初有多恨你，现在就有多么憎恶自己。

不知不觉，夜更深了。

坎普尔

虽然很希望尼希特来车站送我，但听到他今天有重要的会议之后，我便同他说不要来了。伊拉来了，将我安顿好之后便离开了，或者说，是我执意要她离去的。因为我知道，就算我百般劝阻，尼希特还是会来的。在这离别的最后时刻，我想单独同他在一起。我的内心中一直压抑着这个渴望：临别前，兴许他会对我说些什么。

火车发车前10分钟，我看到了他！他正焦急地朝车厢内张望。……大傻瓜！他应该想到的，我会站在外面等他！

我跑到他身边，说："你怎么来了？"他能来，我真的很开心！

他看起来十分疲惫，许是因为他一整天都忙于工作，这会儿又匆匆忙忙跑来与我道别。我有心想要做些什么，以慰藉他的疲惫。然而，我能做什么呢？我们朝车厢走去。

"找到座位了？"他朝车厢里望了望说。

"嗯！"

"带水了吗？"

"嗯！"

"卧铺整理好了？"

我突然生起闷气。他也许看出来了，便不再说话。一瞬间，我们彼此注视着对方。我看到他的眼中掠过一丝阴翳，似乎有什么东西正在他心中痛苦地翻搅，折磨着他，他却不能说。他为何不说？他为何不能释放心中的苦痛呢？

"今天人不是特别多。"他望了望四周说道。

我也环顾了一眼四周，但眼睛却不时扫视着钟表。随着时间的流逝，我的心也逐渐沉入悲伤。我时而对他怜悯，时而对他气恼。离开车只剩3分钟时，我们的目光再一次相遇。

"上车吧，火车马上要开动了。"

我用无助的眼神看向他，像是对他说：你也上来啊。……我缓缓地登上火车。我在车厢门口站着，而他在站台上。

"抵达后，给我来信。工作这边一有确切的消息，我就通知你。"

我一言不发，只是凝望着他……

汽笛声……绿色信号旗……又一次汽笛声。我的眼眶湿润了。

火车轻微震动之后，便开始缓缓向前滑行。他随着火车一直向前走。在那一刻，他缓缓把手搭在我的手上。我的汗毛一下子竖了起来。我在心中尖叫：我全明白，尼希特，我全都明白了！这四天之中，你没有说出的话，在你与我这瞬间的触碰中，全都表达出来了。请你相信：如果你是属于我的，那么我也是属于你的；只是属于你的，唯独属于你！……但我却没能说出来。只是眼巴巴地看着尼希特跟着火车向前走，这就足够了！火车加速了，他将我的手紧握了一下，之后松开了。我闭上了含泪的眼睛。我感到，唯有这触摸着的幸福的瞬间才是真实的，其他的都是虚假的。我曾试图使自己遗忘，欺骗自己，迷惑自己，但这些努力都失败了。

我泪眼婆娑地眺望着远远离去的站台，那里依稀可见无数只挥动的手。我努力在其中寻找尼希特的手，那只曾紧握过我手掌的手，我却没能寻见。火车穿过车站，驶向远方，加尔各答的灯火在远处闪闪发光。那一切都随着火车的行进而渐行渐远，被落在后面。我感到，这趟庞大的列车正带着我远离家的方向，而驶向一个未知的迷途。

我躺在卧铺上，心情沉痛，心烦意乱，只好闭上眼睛，然而，森吉耶却最先浮现在脑海……回到坎普尔后，我要怎么跟森吉耶解释呢？如此长久的时间里，我都在欺骗着他，也欺骗着自己，但现在却不能再欺骗了。……我会跟他解释这一切。我会说：森吉耶，我本以为已将那段破碎的关系刻意遗忘了，但直到在加尔各答遇见了尼希特，我才明白，那份破碎的感情依然与我的内心深处紧紧相连。记得吗？提起尼希特，你总是满腹疑虑。之前我一直认为是你在嫉妒，如今我必须承认：你是对的，我错了！

森吉耶，说真的，在过去这两年半里，我一直处在错觉之中，也把你置于其中。但如今，自欺欺人的大网已被撕裂。事到如今，我依然深爱着尼希特。我明白这个真相之后，如何还能与你在一起继续欺骗你呢？今天，我第一次能够客观地分析我们的关系，一切都已清晰明了。既然这段感情在我面前已经十分清晰，我也就不能再向你隐瞒。在你面前，即使我想隐瞒，却再也说不出任何谎言。

如今，我认为，在内心之中，我对你的感情，不是爱，而是感激。在我接连失去了父亲和尼希特之后，在我精疲力竭、心力交瘁之时，是你给了我支撑和依靠。在我感到整个世界都变得荒芜暗淡之时，是你用爱抚让我重新焕发光彩，让我那颗枯竭已死的心重新焕发出生机，让我重新快乐起来，就是这一切让我感觉到我爱你。但在我们的这份爱情中，从来没有过沉醉的时刻，没有过迷恋的刹那，没有过那些难以描述的美妙瞬间。你说，曾经有过吗？在与你无数次的拥抱和亲吻中，我连一次忘我的陶醉与迷恋都没有体会过，从来没有。

我认为，尼希特离开后，我的生活出现了一个巨大的空洞，而你填补了它。你是个替补，而我却错把你当作挚爱。

森吉耶，请原谅我！转身离开吧！你将会遇到很多个如我一般的"蒂帕"，她们将会真正地深爱着你。直到今天，我才真切地明白：唯有初恋才是真爱，之后那些爱恋不过是选择刻意遗忘和迷惑自己的尝试罢了……

就这样，无数言语不断涌现在我的脑海，这都是我要对森吉耶说的话。我能说得出吗？但这是一定要说的！如今，我连一天也不能再欺骗他了。心里明明爱着另外一人，身体又怎能假装继续跟他在一起呢？不！就这样想着、想着，不知不觉睡着了。

返回之后，打开房门，看到房间里一切如旧，只是花瓶中的夜来香枯萎了，花朵凋谢后，花瓣零落地散在地上。

进门时，发现地上有封信，是森吉耶的笔迹。打开信封，是个短笺：

蒂帕：

　　你去了加尔各答后就音信全无。我今天要去克塔克出差。五六天后回来。那时，你应该就回来了。急切地想要知道你在加尔各答的情况。

　　　　　　　　　　　　　　　　　　　森吉耶

　　我长出了一口气，瞬间觉得卸掉了个大包袱。趁这段时间，我正好可以理理思绪。

　　梳洗之后，我做的第一件事，就是给尼希特写信。之前由于他在身边，我欲言又止的那些话，如今相隔如此遥远，可以一吐为快了。我在信里清楚地写道："就算他什么也没说，我却全都明白。"我又写道："对于他的恶劣行径，我曾十分痛苦，也十分愤怒，但当见到他的那一刻，所有悲愤都烟消云散了。在那些亲密的时刻，愤怒又怎么可能有片刻的停留？虽然现在我已回来，但不知为何，那些令我欢乐与陶醉的情景却一一浮现在我眼前……"

　　我将写好的信装进了一个非常漂亮的信封，封好后亲自去邮局寄送。

　　晚上睡觉的时候，我的目光不经意地落在了那空空的花瓶上。我不愿去看它，翻身睡去了。

坎普尔

　　今天是信寄出的第五天了。从昨天起，我就一直望着那条邮递员必经的小路。今天两个邮递员都已经接连离开了，我却没等到尼希特的回信。整整一天，我都感觉空落落的，不是滋味！做什么事都没有心情。他为什么不赶快回信呢？真不知道这段时间我到底要怎么熬过去！

我站在外面的阳台上。陡然想起，在过去两年半的时间里，每每这个时刻，我也是如此，站在这里等待着森吉耶。这会儿，我是在等待森吉耶呢，还是在等待着尼希特的回信呢？或许都不是，因为我知道，二者都不会出现。

我漫无目的地回到房间。傍晚时分，我从不会在家消磨。每天傍晚，我都会与森吉耶一起外出散步。这会儿坐在屋里，感觉快要窒息了。于是，我关上房门，走上了拥挤的街道。……黄昏的烟尘却使我的心情更加沉重了。我要去哪里呢？此刻，我感觉自己像是迷路了，找不到方向。连我自己也不知道，我究竟要去往何方？就这般漫无目的地一直游荡。究竟要游荡到什么时候呢？思虑未果，我不得不返回。

刚一到家，梅赫塔的女儿拿来了一封电报。

我的心突然怦怦直跳，打开一看，却是伊拉的电报："你被录用了。祝贺！"

如此重大的好消息，我却无论如何也高兴不起来。这消息定是尼希特告诉她的。心中猝然生出这个想法：难道之前我的所思所想完全是错觉吗？难道只是我的猜测，我的幻想吗？不！不！那个触摸是错觉吗？正是它，让我身心沉醉；正是它，向我打开了层层心扉。……在湖边度过的甜蜜时光又怎会是幻觉？在那里，他用沉默向我诉说了一切，无声的亲密时光！他为何不回信呢？明天会收到他的信吗？难道，事到如今，他还在犹豫不决吗？

此时，面前的时钟"当、当、当……"响了九下。我朝它看过去。这是森吉耶送来的。我瞬间觉得，这"当、当"的报时声是在提醒我森吉耶的存在。还有这飘动着的绿色窗帘，这绿色的书架，这桌子，这花瓶，所有这些都是森吉耶送来的。……就连桌上放着的这支笔，也是一周年纪念日时他送给我的。

我竭力收拾自己纷扰的思绪，想要专心读书，却失败了。只得上床躺着。

面前空空的花瓶，加剧了我心中的空虚。我尽力闭上眼睛。……眼前却又一次浮现出那清凌凌的湖水，湖面上泛着微微的轻波。我朝那湖水的方向望去，尼希特的身影出现了，他凝望着湖水深处。如今即便隔着如此远的距离，我也依然能够感觉到他脸上的表情和心中的不安。他那难以言说的压抑与无奈，他无能为力的情态，依然浮现在我面前。渐渐地，宽阔的湖水不断收缩，幻化成一张小小的写字台。我看到尼希特坐在那里，一只手握着笔，另一只手抓挠着头发……还是一样的无助，一样的压抑，一样的无能为力。……他想写些什么，却一个字也写不出来。他努着力去写，手却颤抖起来。……啊！他这般的痛苦，也让我感到快要窒息。……我猛然睁开了双眼，看到的，依然是那个花瓶，那幅窗帘，那张桌子，那块钟表……

坎普尔

今天，尼希特终于来信了。我感到心跳加速，紧张又激动地拆开了信封。这信竟然如此短小！

亲爱的蒂帕：

得知你已安全到达，我很高兴。

你可能已收到了录用通知的电报。我昨天给伊拉打电

话，将这个消息告诉了她，她说即刻便会给你发电报。你
也很快会收到办公室的正式通知。

对你取得的成功，我表示衷心的祝贺。真的，我十分
高兴你获得了这份工作！付出终有收获。未完待续。

祝好！

尼希特

就这些了？渐渐地，信中所有的文字都在我眼前消失殆尽，只
留下"未完待续"！

那么，他还有些"什么"可以待续的呢？他为何不在这里写出
来呢？他还将会写什么？

"蒂帕！"

我转身看向门口。手里捧着一整束夜来香的森吉耶微笑着站在
门口。一瞬间，我呆呆地望着他，仿佛是要努力地辨认他。直到他
走了进来，我才回过神来。我发了疯似的，立刻跑过去，紧紧地抱
住他。

"你这是怎么了？疯了吗？"

"你去哪儿了，森吉耶？"我哽咽着说，眼泪禁不住簌簌而下。

"怎么了？没获得加尔各答的工作吗？……去它的什么破工作！
你何必为了这事劳神伤心？"

我却什么都没说，只是紧紧地抱住他，越来越紧。夜来香的香
气慢慢沁入心脾。当森吉耶的嘴唇轻轻触碰到我的额头时，我感到
唯有这个触碰，这种幸福，这一瞬间，才是真实的，而其他那些都
是虚假的，都是幻梦，都是错觉……

我们紧紧相拥，亲吻着，相互亲吻着！

我输了

当诗会接近尾声的时候，雷鸣般的掌声伴着会心的欢笑，在整个礼堂此起彼伏，久久不息。也许此刻，这里只有我被气得每个毛孔都在喷火。这个集会的最后一首诗，题目是"儿子的前程"，诗的大意是说，一位父亲想要预卜自己儿子的前程，他就在房间里放了三样东西，一张女明星画报，一瓶酒和一本《薄伽梵歌》①，然后他就躲藏了起来。不多久，他的儿子进来了。儿子首先拿起了那张女明星画报，露出了满意的微笑，怀着强烈的渴望，将它拥入怀中，亲吻着它，并把它小心翼翼地藏在了自己身上；之后，他拿起了那瓶酒，喝了两三口；片刻之后，他带着严肃而郑重的神情，拿起那本《薄伽梵歌》，夹在胳膊底下，走出了屋子。父亲看到儿子的这些行为，得出结论说："这混蛋小子，是要当官啊！"

诗人先生刚刚念完最后一行，从礼堂的各个角落顿时传来阵阵

①《薄伽梵歌》（原文 Gita，即指 Bhagavad Gita），据张保胜、黄宝生先生译本译名为"薄伽梵歌"，《薄伽梵歌》是印度古代宗教和文学名著，也是印度史诗《摩诃婆罗多》中最精彩的哲理插话和印度教最负盛名的哲学经典，作为印度文化精神的代表作，对印度社会思想、民族性格和人民生活产生了极大影响。

笑声，翻滚不停。看到他们如此侮辱官员，我全身上下立刻像着了火一样。旁边一同前来的朋友挖苦说："怎么了，你一点儿都不喜欢这首诗吧，你的爸爸就是个大官儿啊！"

我怒气冲冲地回答："我可真是太喜欢了，没法儿更喜欢了！到目前为止，我还从没读过这样愚蠢、粗俗、无用又糟糕的诗。"

我非常清楚，朋友的挖苦中有股浓浓的酸味儿。他对当官的不满，其实是吃不着葡萄说葡萄酸的心态。他的父亲跟我父亲在竞选中是对手，最后他的父亲输了，他觉得很丢脸，无疑像是挨了一巴掌。时至今日，他始终没能忘记那种耻辱。听了今天的这首诗，他心中隐藏的那种嫉妒和怨恨，又被勾了出来。似乎他父亲的失败在今天得到了正名，获得了意义。然而此时，我却在心里盘算着另外一些事情。

我愤懑地坐在车里，请相信我，一路上，我都在思索以何种方式给那位大诗人来一记强有力的回击。在我父亲的管制下，怎么能让官员受到如此羞辱还忍气吞声呢？我想写一首诗来反驳他们，但我从未涉足过诗歌创作，所以我决定不用诗歌，而是创作一篇小说来反驳。我计划在我的小说中，塑造一个完美的理想型领袖人物，好让那位诗人先生读了之后甘拜下风，主动承认自己输了。诗人先生在大会中打出了九点的牌，我就偏不打出十点的牌，而是直接甩出 A，我要在任何"牌局"中都占据上风。

想着这些，我走进自己的房间，观察着挂在墙上的那些大人物、大领导的画像。他们那光辉灿烂的面容激励着我，鼓舞着我，让我想要把每一位领袖独特的品德、品性和品格，全部注入我要创作的这个人物身上，这样，这个人物就不会缺少任何一样品质，他将成为一个完美的领袖。

整整一个星期，我都在阅读大人物的生平传记，从中寻找灵感，以便塑造小说中主人公的形象。在聆听了不少相关事迹，阅读了大量相关书籍后，我发现，就如同莲花生于淤泥一样，伟大的人物都出生于贫苦之家。思虑良久，在一个我亲自选定的良辰吉时，我终于让我塑造的领袖人物诞生了，他出生在一户贫穷农家的茅草屋里，他身上所有的优良品质都已准备就绪。

　　随着心中期望和抱负的增长，我的领袖人物也在不断成长。在适龄的年纪，他就在村子里的学校开始接受教育。尽管我对自己的这个安排不是十分满意，但我也只能无奈地屈从于事件本身的发展逻辑，除此之外，也没有任何其他更好的安排。后来，他进入了中级班学习，在此期间，他阅读了大量世界伟人的传记和世界各国的革命历史。请您中途不要提出质疑：一个八岁的孩子怎能读懂这些东西？他就是具有这种天赋。此刻，我没有闲情逸致去回答您提出的任何问题。您别忘了，这个男孩子可是具备成为伟人的潜质的。

　　是的，通过阅读这些书籍，他幼小的心灵就生发出了伟大的梦想，坚定的信念和远大的抱负。无论他在哪里看到不平之事，他都会用紧握的拳头来解决，而且他会想办法，制定许多计划来消除不公和暴行。在他的计划中，在他的意志中，我看到了自己的成功在招手。有一次，即使冒着生命危险，我也安排让他和地主的管家们打架，当他打败他们时，我比他更欣喜。

　　然而此时，发生了一个变故，他的父亲骤然离世。因为家里没钱给父亲看病买药，所以他的父亲很快就撒手人寰，而可怜的他却只能眼睁睁地看着，无能为力。父亲的离世对他造成了巨大而沉重的打击。他年迈的母亲哭得差点送了命，眼睛哭瞎了。他的家里还有一个寡妇小姨和一个身患肺结核的妹妹。所有的家庭重担都落在了他一个人身上。家里没有任何收入来源，只有几分薄地，还是从地主那里租来耕种的，他家一直受到地主的残酷盘剥。因为他父亲为人老实、温和，不愿让他惹是生非，所以他对此一直忍气吞声。但现在，他还有什么忍气吞声的必要呢？地主家的儿子是个革命者，他跟他相熟，因此，当他一得到机会，就对地主家进行了报复。现在，我的理想型领袖人物面临着一个人生抉择的重大问题，他来找我征求意见。我说："现在是时候了，赶快挣脱世俗家庭生活的羁绊，投身于为国家服务的伟大事业之中。你必须致力于国家的新建设、新发展，响应弱势群体的呼声，为建立一个没有阶级制度，没有剥削，没有压迫的社会而奋斗。你一定能够非常成功地完成这一切使命，因为我已经赋予了你所有必备品质。"

他神情沮丧地说："你说的这些都对，可我那失明的老母亲和生病的妹妹该怎么办？我爱这个国家，但我也很爱我的家人！"

我怒骂道："你要成为一名领导者，这件事是闹着玩儿的吗？你要知道，作为领袖，他们是从来不会考虑自己的家庭事务的，他们一心只为国家，为国家的伟大事业而殚精竭虑。你必须按照我的意愿行事，你要明白，是我创造了你，我是你的造物主！"

我的话，他丝毫没有听进去，又接着说："你说的这些都很对，但是，我却不能够对失明老母亲那充满痛苦的叹息声充耳不闻，去为了实现个人价值和国家的事业奋斗，我做不到。你为什么不给我安排个什么工作呢？只要有了维持生计的经济来源，我会心甘情愿地将余生奉献给国家，致力于为国家利益服务，我会实现你的梦想，但是，首先，你得解决我的温饱问题啊。"

我思索着：何不在我父亲管理的部门里给他谋份差事呢？但是，在我父亲宽容温和的领导下，他的部门里一个空余的岗位都没有了！放眼望去，部门岗位上挤满了人，有的位子上坐的是我的堂兄弟，有的是表兄弟。也就是说，我根本不可能把他安排到里面去。他苦苦哀求着我给他安排工作，但我实在是无能为力。见他的哀求没有成效，他便又开始固执己见。有一家地主要盖新房，他在那儿寻得了一份搬砖的活计。当他把砖头驮上头顶，他内心的革命激情就开始渐渐消退。我千万次地劝阻他不要再干这个活儿了，但他却总以母亲和妹妹为理由拒绝我。因此，我对他的顽固大为恼火。然而，我却依然坚信，因为我早已赋予了他天生的伟大品质和高尚情操，所以，无论在什么情况下，他都会绽放出自己的光彩。考虑到这些，我便放弃了对他命运的操控，转而开始做一个客观公正的观察者，注视着他的一举一动。

他妹妹的身体由于病情的恶化而每况愈下。他非常疼爱她，一天，他专门请假到城里去，给妹妹寻找治疗的办法。一整天，他四处奔走，最后意识到，只要有足够的钱，就能保住他妹妹的命。一路上，他妹妹那可怜的哀求声深深刺痛着他，他的妹妹一次次声嘶力竭，苦苦哀求说："哥，救救我。无论如何，你一定要筹到钱救我。哥，我不想死！"……他眼前再次浮现出父亲去世时的情景，顿时，他血脉偾张，愤怒不已。他回到村子，向村里所有的富裕人家请求帮助，他挨家挨户地双手合十，向他们行触脚礼，深切恳请，苦苦哀求，然而到最后，他也没有得到任何回应，陷入绝望之中。由于这次失败的打击，他内心的狂暴和反抗因子躁动起来，愈演愈烈。一整天，他一言不发，不知在心中谋划着什么。午夜时分，他心中终于形成了一个阴险的计划，抱着这个邪恶的念头，他从床上爬了起来。

我害怕地颤抖起来。他要去偷窃！我亲手塑造的领袖人物竟会做出如此行径！他偷窃！嘁！嘁！在他通过偷窃败坏自己的道德之前，我要先毁了他！顷刻间，我已把自己写出的这篇小说一页一页撕得粉碎。

随着他的毁灭，我要创造一位伟大的领导者的强烈愿望眼看就要落空，但是，我的勇气可没有这么容易被挫败。我怀着极大的耐心，认真分析自己在塑造小说人物时存在的问题——为什么我塑造的这个被赋予了所有潜质的领袖人物，最终没能成为领袖而成了小偷呢？经过深入的研究，我发现了小说创作失败的根源所在——贫穷！正是因为贫穷，他身上全部忠正完美的品质最终都转变为了邪恶，从而导致我的意愿全部落空。既然我已经找出了问题的根源所在，那么要解决它可谓易如反掌。

我再一次拿起了笔，重新塑造了一个领袖形象，这个新的领袖跟先前那个人物完全不同，家庭出身和成长环境与之前正好相反。这次，他出生在城市一户千万富翁的家中，他不会面临温饱之忧，更无亟待医治的病恹恹的妹妹这样的累赘。他从小极受宠爱，享尽荣华富贵，在最优质的学校接受教育，众人见识了他非凡的天赋，纷纷惊叹不已。看到不公正的事情，他便寝食难安；他经常进行充满激情和力量的演讲；他志愿到农村去，教那里的孩子们读书写字；他对穷苦人民满怀怜悯；虽然他很富有，却依然过着俭朴的生活。简而言之，在他身上，可以看到成为一名伟大领袖所必备的全部优秀品质。他每走一步，都会接受我的建议，我在他的头脑中为他勾画出了一幅未来生活的蓝图，这样，他就永远不会迷失方向，不会走错道路。

他通过考试，上了大学。这所大学一般只录取王公贵胄的后代，时至今日，大学里依然盛行贵族式的奢靡之风。他的父亲为他铺路，让他上了这所贵族大学。尽管我对他关照有加，但他一直跟那些有钱有势的贵族子弟待在一起，肯定多多少少沾染了他们的习气。现在的他变得有些贪图享乐，也不再愿意听从我的建议了。他开始整日在咖啡馆里虚掷光阴。有一天，我看到他正在咖啡馆里进行着某项娱乐活动。我的心脏快要气炸了，赌博！天啊！怎么会这样？我双手扶着椅子，慢慢坐下，紧紧攥着手中的笔。现在他的翅膀硬了，他的道德越来越堕落，完全没有底线可言。几天后，我又看见他在喝酒，我已经完全出离愤怒了！我把他叫到身边，极力压制住心头的怒火，问他说："你知道，我为什么把你创造出来吗？"

看起来，他在来见我之前，就已做好了应对准备，他气定神闲地说："你为了实现一己私利，为了满足自己的私欲，才创造出了我；但这并不意味着，我就必须按照你的意志行事，我也是独立存在的个体，我也拥有自己的思想意识。"

我大叫起来："你最好明白，你现在是在跟谁说话？是我创造了你，我是你的造物主！除了按照我的意志行事之外，你根本没有任何独立存在的权利！"

他笑了："哈哈！我出生于你的笔下，看看我的那些朋友们吧！他们出生于他们母亲的子宫，尽管如此，他们的母亲从来不会干涉他们的私生活，从来不会像你一样指手画脚。你一直在牵着我的鼻子走，让我饱受痛苦折磨，要做这个，别做那个，就好像我不是个人，而是一个木偶傀儡。所以，我的祖宗，拜托您别再让我履行什么领袖职责了。我正值青春年华，家境又无比富足，应该好好享受这个花花世界啊！如果不去寻欢作乐，那岂不是辜负了这大好的青春时光？况且，现在寻欢作乐，难道就能耽误我将来成为领袖吗？"

我还想再劝说他，然而他早已吹着口哨，离开了。

您能想见，我此刻所要忍受的那种耻辱吧！我想要即刻把他干掉，像我先前塑造的那个领袖一样。然而，毁掉自己亲手创造的生命，这对我的打击太过沉重了，我心有不甘。尽管事已至此，但不知为何，我心中仍有一丝念头闪过——也许他仍有可能走上正确的道路。甘地先生小时候，也偷过一次东西，做过坏事，然而最后他还是迷途知返，走上了正道。很有可能，此刻我所创造的这个领袖人物也会在某个时刻，燃起忏悔之火，也会改过自新。因此，从现在起，我停止了对他的指引和命令，以极大的耐心等待着那一天的到来。届时，他将罹受忏悔之火炙烤的痛苦而匍匐在我的脚前请求宽恕。

　　然而，这个好日子却永远不会到来了；到来的这一天，是难以想象的糟糕。在一个天气怡人的黄昏，我看见他装扮一新。看他今天的行头，让我有些费解，他穿的不是鲨鱼皮①制的西服，而是丝绸制的谢尔瓦尼长衫②，没有吸香烟，而是大口嚼着槟榔，浑身散发着浓浓的香水味儿。应着外面汽车喇叭的催促声，他哼着小调儿坐进了朋友的车里。汽车停在一家酒吧门前。这群公子哥儿们喝了一杯又一杯，相互开着下流的玩笑，哈哈大笑，直至夜晚。晚上9点钟，他们摇摇晃晃地站起身，趔趔趄趄走了出来。他们费了半天劲儿才把自己塞进车里，让司机把车开到一个充满龌龊勾当的地方，这个地方的名字太肮脏了，以至于我都没脸写出来！

　　我试着劝阻自己不要过于动怒，但他的这些恶劣行径，实在让我忍无可忍。我下定了决心，无论如何，今天要把这个事情做一个了结。我走到他的身边，极度的愤怒让我的身体不住颤抖。此刻，

---

　　① 鲨鱼皮，又称鲨皮呢（原文Sharkskin），即指一种具有鲨鱼纹的板丝呢面料，通过纱线排列和组织结构形成的特殊纹样，花纹具有若隐若现感。

　　② 谢尔瓦尼长衫（原文Sherwani），印度传统男装，长外套式服装。

跟他多说一个字都让我觉得恶心，愤怒让我身体的每个毛孔都在喷火！然而，我却不得不控制住自己愤怒的情绪，尽最大可能用温和的声音对他说："我这次来找你，是要最后一次警告你。看到你自甘堕落，你知道我有多么难过吗？现在还来得及，你及时回头，改邪归正吧。迷途知返，浪子回头金不换！"

然而这会儿，他根本没心思听我说话，他一边嚼着槟榔，一边对我说："哎呀，我的宝贝儿！你无时无刻不在我耳边吵吵什么领导职责，你所谓的什么领导职责，都没有舞厅姑娘妖娆的舞步吸引人！只要看一次，你就会完全沉醉其中。"

我立刻捂住了耳朵，他还在继续胡言乱语，但是我不听。他竟然还冲我挤眉弄眼，轻佻地眨巴着眼睛，看到这个，让我更觉得头晕目眩。我立刻闭上了眼睛，愤恨不已，恨得我把嘴唇都咬破了。我满腔怒火，气得说不出话来，只能从嘴里蹦出这几个词："奸邪不正！粗鄙不堪！罪孽深重的蝼蚁！"

他的朋友临走前说了些话，虽然声音不大，倒是飘进了我的耳中，他对我说："嘿！这么艰深晦涩的印地语单词，他根本听不懂！你只能跟他说点儿简单的词语！"

我再也无法容忍了！我用那支曾经把他创造出来的笔，把他干掉了。就在他正准备去舞厅坐着看舞娘跳舞的时候，我毫不犹豫地把他扔进了垃圾桶。面对这种结局，我认了：种瓜得瓜，种豆得豆！

他最终还是自作自受，自食恶果，而我的问题却根本没有得到解决。这次的失败，让我伤心欲绝。我再也没有勇气和心力去尝试创造出一个出身于中产阶级的领袖人物了。接连两次亲手毁掉自己创造的生命，已让我肝肠寸断，心力交瘁，我再也不想，更没有力量去承担第三次谋杀的可能后果。最后，我亲手埋葬了所有的自尊，非常诚恳地说道："我浑身上下的每个毛孔都感受到了，诗人先生在大会全场朗诵他的诗作时所获得的赞誉，真正是实至名归啊，正如打桥牌时他打出那张九点的牌而赢得了满堂喝彩一样，接下来，别说甩出什么A了，我连两点的牌都打不出来。我输了，彻底输了。"

一幅画像的三个视角

奈娜

　　我惴惴不安地敲响了门，慌张地扫视了一眼周围的房屋。胡同里幽暗寂静，对面屋子的窗户边站着一位抱孩子的女人，看打扮像是个家庭妇女。……不，不，这个街区不能如此普通！我收拾心情，给自己鼓了鼓劲，又用力敲响了门。路灯昏暗的灯光照在8-23的门牌号上，确实是这一家，不知道房门打开后会看到什么？正这样想着，门被打开了，一位老妇人出现在我面前。她沾着槟榔汁的嘴唇给了我极大的冲击，以至于我什么都忘了问，目瞪口呆地盯着她那张嚼着槟榔的嘴，房屋的墙壁上也到处布满槟榔汁的斑点，难道母亲说的是对的？①

　　"找谁？"一个粗鲁的声音撞进我的耳膜。

　　我这才回过神来，磕磕巴巴地问："德勒什娜·德维住在这里

---

　　① 在印度，嚼槟榔的女人被认为是粗鄙卑贱的、不正经的女人。奈娜的母亲之前一直跟她说小姨德勒什娜是个不正经的女人。

吗？……我是从坎普尔来的。"

"是奈娜吧？来，来，进来，快上楼！夫人从昨天开始就一直念叨你的名字，她弥留之际唯一的念想就是你呀。你能来，真是太好了。"

她一边嘟哝着，一边往前走，但我竟什么都听不到，只是机械地跟在她后面。我努力地听着楼上的声音，眼睛在周围不断搜寻，却什么都听不到，什么都看不到。不知何时，懵懵懂懂间，我走进了一个小房间，站在了一位奄奄一息的病人的床前。

老妇人说："夫人，奈娜来了！"

一个枯瘦的女人躺在床上，用一双混沌无神的眼睛把我从头到脚打量了一遍。那双眼吓得我禁不住汗毛倒立。

难道这就是我的小姨德勒什娜？！我眼前不由浮现出七年前在我家客厅挂着的一幅小姨的画像，画像中新婚的小姨害羞地倚坐在姨夫身旁，美丽娇俏。然而现在，眼前小姨的形象与那幅画像截然不同，在她身上究竟发生了什么？

我暗暗对自己说：快上前去啊，去坐到她的身边。我刚要向前迈步，就听到小姨孱弱的声音。她用空洞的眼神望着我说："我知道，姐姐绝对不会让奈娜到我这儿来的。要是她能让奈娜来，让我满足唯一的心愿，好好看看奈娜，好好疼爱她，该有多好。可如今也不知道是谁冒名顶替着奈娜就来了！在我临终的时候还这样欺骗我，对她有什么好处呢？"

说话间，大滴的泪珠从她眼中滚落，她艰难地翻过身去，背对着我。我呆呆地站在那里，一动不动。

老妇人急忙对我解释说："夫人现在意识还不清醒，你先去吃点东西吧。等明天早上她清醒过来，就能认出你了。昨天她就一直念叨你的名字。"

可是，我的双脚却像粘在了那儿，动弹不得，脑海里一遍遍地回荡着一句话："难道所有人都欺骗过她吗？"我环顾房间的四周，昏暗的灯光下，弥漫在房间里的失落感显得更加沉重。到处是散落的物品，它们的影子投射到墙上，显得凌乱怪异，这让我的心中顿时充满了恐惧。此刻，我突然没那么同情小姨的遭遇了，反而开始后悔起来，为什么我要惹怒所有家人，坚持自己跑到这儿来。

老妇人把我领到了另一个房间，之后便离开了。此时，不知有多少个问题像暴风雨一样在我脑海里盘旋。母亲的话语、小姨的遭遇、屋子的气氛，这一切犹如难解的谜题摆在我面前。我小心翼翼地向四周探望，突然，摆放在角落的西塔琴、冬不拉琴和塔布拉鼓引起了我的注意。要是没看见这些东西倒还好，可我偏偏看到了，看到之后我的汗毛都竖了起来。努力压抑着的内心的恐惧感开始迅速蹿升。我看着看着，渐渐感觉，角落里的琴弦开始拨动，塔布拉鼓开始打响，铃铛开始摇晃，寻欢作乐的调笑声开始充斥着整个房间。刹那间，我感到天旋地转，母亲发怒的样子突然出现在眼前："奈娜！你不要去那个荡妇的家！她要死，就让她死去吧。我在七年前就已经当她死了。如果你非要去，那你就别认我这个妈，就当我也死了！"

我惊得大汗淋漓，向自己辩解："不，不，我的小姨，德勒什娜不是这样的！这一切都是假的！"我竭尽全力，试图用小姨画像中的新娘模样取代脑海中那个隐约的舞女模样。

"奈娜姑娘，快吃点东西吧。"老妇人端着一盘饭菜，站在我的面前。

"这里常有人来吗？平日晚上的时候会有很多人来这儿吗？"我

一口气问到底。

"不管是白天还是晚上，都没人来这儿。只有夫人身体差的时候，我才会叫医生来。"

我即刻释然，长舒了一口气，但我仍有许多问题想要一股脑向她问个清楚。我想知道小姨所有的事情，但恐惧却让我变得迟钝，我什么都问不出来，也吃不下饭，只是静默着躺下了。

躺在陌生的房子里，身在陌生人中间，我自己也说不清是什么感觉。我不停地思索，为什么我会来这儿？我自己也不明白，为什么我要反抗家里人，惹怒所有人，执意跑到这儿来。我不过是在四岁时，第一次也是最后一次见到小姨，我对她本人根本没有任何印象。如果说，是她对我的爱把我引向这里，这个原因是不成立的；那究竟是什么呢？或许，只是强烈的好奇心驱使我来到了这里。

从我记事开始，我就听说小姨不仅长得漂亮，而且德行也很好。当我收到她寄来的生日礼物时，我就更加坚信她不仅人美心善，而且还非常爱我。那时，母亲也说着"奈娜把德勒什娜迷住了"诸如此类的玩笑。我六岁时，小姨结婚了。当时，母亲的说法是我得了重病，所以家里没有人能去参加她的婚礼。那之后，我还听说了许多关于小姨的消息，可是母亲从不把我送过去，也从不叫小姨过来。当我慢慢懂事，我才知道，姨夫得了重病。因为姨夫的病情，所以母亲从不把我送过去，而小姨也不能丢下姨夫来我们这里。渐渐地，大家对姨夫的病情习以为常，对小姨的痛苦也已麻木不仁，我们不再觉得她有多么不幸了，甚至仿佛忘记了她的悲苦处境。

我清楚地记得，七年前的一天，姨夫突然寄来了一封信。这封信在我家炸开了锅，让全家顿时笼罩在一阵怪异的恐慌之中。那时母亲哭得非常伤心，尽管父亲不断劝慰她，她还是说："比起这样，德勒什娜死了才更好！她要是死了，家族就不会蒙羞了。"

　　紧接着之后的十五天里，时常会收到舅舅和大姨的来信。然而，每次当我问起这事的时候，都会挨家人狠狠一顿骂，根本打探不出半点消息。一天，母亲盛怒之下把客厅里小姨的那幅画像扯下来扔掉了。从那以后，在我家，连小姨的名字都成了禁忌。那个年纪的我，常会把很小很小的事当成大秘密藏在心中，懵懵懂懂之间，无论怎样努力，我都无法得知小姨究竟犯了多大的罪过，才会突然变成所有人仇视的对象？我怎么可能知道呢？母亲每次提起她的时候，都会刻意避开我，唯恐小姨的阴影会笼罩在我的身上，唯恐我的现世和来世会被她玷污！毕竟我可是母亲唯一的女儿。

　　再后来，每当小姨给我寄来生日礼物，母亲都会断然拒绝，绝不肯接受小姨的任何东西。可是经过我一再的要求和坚持，母亲终于屈服了。不知为何，每当从母亲口中听到"荡妇"这个词，我对小姨的爱就越多。我常常独自一人，目不转睛地盯着小姨的画像出神（我把它收起来放在了我身边保管），我在想，面前坐着的这位天真、纯朴的女子怎么会变成荡妇呢？

　　我不知在过去一幕幕或清晰或模糊的往事中沉浸了多久，才突然回过神来。此时躺在另一个房间的小姨对我产生了莫名的吸引力，让我不由站起身，悄悄走进她的房间。我想着，如果她这会儿醒了，我就跟她说说话，说不定她就能认出我来。此刻我迫不及待想要告诉她，我很爱她；就算全世界都恨她，我也依然爱她；尽管我以前没有意识到自己对她的这份感情，但此刻我醒悟了，一直以来我都非常爱她，正是我对她的这份爱驱使我来到了这里。我艰难摸索着开了灯，灯光下看到她那张脸的一瞬间，无数道电流在我身体里窜动！我看到的是她散开的瞳孔和张开的嘴巴，我的尖叫像被紧紧压在了身体里，根本发不出声。我是怎样转身跑去叫醒了老妇人，这些我一点儿都不记得了。我的意识只随着老妇人的哭声才渐渐恢复，我也哭了起来。那眼泪究竟是因为痛苦还是因为恐惧，我不知道，这是我第一次如此近距离地面对死亡。第二天人们怎么给小姨举行的葬礼，我一点儿也记不得了。哦，我倒是还记得作为至近的亲属，我也需要做些什么，我机械地完成了应有的仪式。当小姨的尸体被抬出去时，我害怕地坐在另一个房间。多么怪异的死亡啊！诡异的死寂弥漫在这个家里，此刻我的心却比死寂更加虚无。老妇人坐在阳台上轻轻啜泣，不知为何我此刻却生出如此冷漠的情绪，我不想再去追问什么了。逝去的人，早已把自己的羞耻与他人的愤恨一并永远带走了，再去记录她的故事似乎不合时宜。

　　傍晚，当我跟老妇人说我要走的时候，她问："这个家的东西怎么办？"我该怎么回答呢？老妇人在我面前扔下一串钥匙，说："她只记得你，所以她的东西都是你的。"顿时，我那沉睡的好奇心又一次被唤起，我拿起那串钥匙，摸索着打开了小姨的三个箱子。在其中一个箱子里，我翻出了压在书本和纸张中间的一个文件夹。不知为何，一看到这个文件夹，我就隐约生出一种莫名的想法，觉得里面肯定会存有那些泛黄的、带着玫瑰香气的信件，是她的情人写给她的，这正是她背负污名的原因。然而，当我打开文件夹，里面却只有从某本刊物上撕下来的三页纸、一张音乐文凭，还有几页像是从日记上撕下来的纸。这几页纸上，散乱地写着药方，记着让洗衣工洗衣服的明细、家庭账目，还有好几篇小姨的日记。在从刊物上撕下来的最后一页纸的空白处写有几行小字。我仔细地辨认，只见上面写着：

"到此为止是我的故事。我知道你是小说家，所以必然有一天，你会用笔残酷地折磨我。后面那些故事都是假的，所以我撕掉了。你用含蓄隐晦的方式掩盖我的罪行，试图欺骗所有人，但只有我清楚地知道，你在说谎。你为了展示文采、博得赞誉而杜撰了这一切。你认为我会感激你的怜悯。不，我不需要任何人的怜悯……"

啊，那么发表在刊物上的这篇小说是关于小姨的了。小说的作者叫赫利什。我急忙读了起来。

赫利什

只有在找房子的过程中才能感受到，单身是一种巨大的罪过。最后我终于租到了一套三室公寓中的一间房。这公寓的主人是一对夫妇，他们因为缺钱所以出租了其中的一个房间。只用了三四天，我就在那里安顿了下来。嫂子（我称这公寓的女主人为嫂子）是一个很善良的女人，她很关照我。她没有孩子，丈夫还生着病，一直躺在房间里。我过了很久才得知她丈夫的病因。

嫂子的全部时间都用来服侍、照顾生病的丈夫，她一心一意地照顾他。偶尔，看到我闲坐时，她就会在征得我同意之后坐到我旁边聊天。她大部分的话题都与丈夫的病情有关——正在做什么治疗，医生如何无能为力，等等。她的脸上总是愁云满布，泪水不由自主盈满眼眶；但之后她却总是竭力抑制自己的情绪，说："我进来坐的这会儿工夫，一直都在说自己的不幸，我真是疯了！"然后，她的唇角露出淡淡的微笑。

有天，我们正聊天的时候，我注意到，她向我衬衫纽扣的位置看了好几次。我向下看了看，发现自己胸膛处的扣子开了，露出了浓密的胸毛。为了掩饰在女人面前露出胸膛的尴尬，我赶忙说："估计是那些洗衣工把扣子弄坏了。"

"您要是愿意把衬衫给我，我很快就会把扣子缝好的！您何必把我当外人呢？您看，我跟您就从来不客气，让您帮了我那么多忙。您来了之后，我确实轻松了许多。每当感到烦躁时，来这儿坐着聊一会儿，我的心情就会好很多。"

之后我发现，每当我不在，嫂子帮我从洗衣工那里取衣服回来的时候，扣子永远是消失的。有次我甚至怀疑会不会有人故意把扣子剪掉了，但随即我就被自己的想法逗笑了，谁会专门去剪扣子呢？我这个人粗枝大叶的，一忙起来就把缝扣子的事儿给忘了，出门的时候就套上件夹克遮掩。可是每次嫂子来的时候，还是会半遮半掩地瞟向我的胸脯，这让我感到有些局促不安。

有天，她狠狠地骂了仆人一顿，怒斥他衣衫不整，不知羞耻，责怪他把裤腿卷得太靠上，衬衣扣子也不扣上，露着胸脯和膀子到处乱晃。我听到后，也感到非常羞愧。我清楚地记得那天嫂子发怒的样子，她怒火中烧，浑身发抖，大喊道："你没在女人家里工作过吗？真不讲究！要想在这儿继续干活儿，就给我放尊重点！"

我实在无法理解她的怒火从何而来，但我却不由自主觉得，她也是通过训斥仆人来指责我。就在那天，我即刻把所有的衬衫都拿给了裁缝，让他把原来缀着贝壳纽扣的地方都缝上了布盘扣。

虽然嫂子对我十分关照，但她却非常不喜欢我与朋友们来往。有一两次，我发现她在没有告知我的前提下，就对上门来找我的朋友说我不在家。这件事让我感觉很不好，但转念一想，也许是因为上门来的客人会打扰到她丈夫的静养。于是第二天，当我的一位女性朋友前来找我时，我就关上了自己的房门，不让声音传到外面。大约一小时后，当我打开门时，我突然看到嫂子就在门外站着，她冲着我的朋友哭喊道："你们怎么没有一点儿羞耻心，隔壁还躺着个病人，你们的说笑声就不能小点儿吗？你们以为关上门，别人就听不到了吗？……"

我一边向朋友道歉，一边把她送到楼下。我心想，回去必须得跟嫂子把话说清楚，她这样大刺刺站在我门口偷听，让我感到很难受。然而，当我回到楼上时，嫂子刚一看到我，就用力关上了自己的房门。这是我第一次看到她关上房门，自从住在这里，我还从没见过她关房门，她的房门甚至在夜里也是开着的。

傍晚我就出门了，当时我的内心仍然充满着愤懑。

晚上9点钟，当我回来时，发现嫂子的房门依然关着。我思虑着与她有关的事，想着想着，不知不觉睡着了。

此后两天，我们没再说过话。他们的房门一直紧闭，嫂子偶尔才出来。我发现她这两天的脸色变差了许多，似乎一直在哭泣。第三天晚上大约9点钟，当我正在房间里写小说的时候，房门被猛然推开，嫂子闯了进来，只见她长发散乱，眼睛通红。看着她痛苦伤心又惹人怜惜的样子，我感觉非常难过。我刚要开口说话，她突然双手掩面，放声大哭，一边哭一边说："现在我该怎么办啊？今天医生讲得很明白，如果再不把他带到山上去疗养，他就很难活下去了。"

"今天我看到大哥下床走路了，我觉得他的情况应该是有所好转了。哪个医生说的胡话？别信他，您要振作起来。"

"不，不，你说的不过是安慰人的话。今天，我突然感到精神崩溃，心力交瘁。从结婚那天起，我就一直在照顾他，但他始终没有好转的迹象，现在根本没有任何希望了。"说着她又号啕大哭起来。我用尽各种方式安慰她，说了好多宽慰她的话语，直到晚上11点钟。这期间她突然情绪异常激动，把头靠在了我的胸前。我悄悄移开身体，继续说着安慰、鼓励她的话。过了一会儿，她就起身离开了，绝望写在她的脸上，此刻她好像一个输光了一切的赌徒。那天她看起来的确非常伤心，非常苦恼，我却不知如何是好。躺下后，我翻来覆去睡不着，嫂子那无助、沮丧的脸庞一遍遍在我眼前浮现。

后来，我在房间里感到烦闷不堪，便悄悄去了屋顶天台。当走到天台门前时，我停住了。我看到，嫂子正用双肘支撑在天台的护栏上，漠然地看着对面。我突然感到心中一阵躁动，刹那间，我想要抛弃世俗伦理的对错，想要上前一把将这个痛哭、无助的女人揽入怀中，不是因为情爱，而是为了安抚她，宽慰她。但是当即又转念一想，这样惹火上身于我有什么好处呢？于是，我又转身悄悄下去了。我思虑着与她有关的事，想着想着，不知不觉睡着了。

大约到了后半夜，我被突然的触碰惊醒了。我睁开眼睛，惊讶地发现嫂子正依靠在我的身上。此刻我脑海中想到的第一件事，就是她的丈夫去世了。一时间，我因为一种未知的恐惧而颤抖不已，而嫂子的眼神中却闪动着异样的光芒……

从这里开始，小说后面的部分被撕掉了，只见页面的四周写着带有日期的小姨的记录。

德勒什娜

1947 年 3 月 7 日

他的情况一天不如一天。看着他那瘦削的脸颊、空洞的双眼、枯黄的脸庞和塌陷的胸膛，我好想痛哭一场。怎么才能让他变得强壮、健康？……

1947 年 8 月 20 日

我所有的努力都白费了。我一想到现在的境况，眼前就弥漫着无形的黑暗，黑暗的笼罩让我什么都看不到。我的心是破碎的，四周满是绝望、悲伤！白天不得安宁，晚上也无法安眠！我最近常做奇怪的梦。昨天的梦究竟是什么意思？我看到一条溪流从山峰淙淙流下，四周却没有任何植被，只有大片的沙漠。没有前来饮水的行人，也没有繁茂的植被，溪水旁边只有荒芜的沙漠，这是多么奇怪的事！溪水从沙漠上流过，怎么依然还是水草全无，依然是一片沙漠？这梦究竟是什么意思……

1948年5月13日

今天我去了医学院，看到了骷髅。一看到它，莫名的情绪在我心中涌起，一种恐惧在心里蔓延。我觉得那具骷髅向我伸出双手，抓住了我！它抓得越来越紧，我感到正在被人慢慢吸干了血。随后我可能是晕倒了，因为我不记得之后发生了什么……医生建议我不要过于劳累，否则我的身体状况会更糟。确实，如果我病了，那么谁来照顾他呢？我怎么才能摆脱这种恐惧！我感觉那具骷髅跟着我回到了家，无论我走到哪里，那具骷髅都要去抓住我，让我不得安生……好像要把我杀死才肯罢休！

1950年4月6日

应该换掉这个仆人了。我跟他说过多少次，让他把衣服穿好，可他根本就不听！我想要雇一个女仆，但是有些需要外出办理的事情还是离不开男仆。虽然赫利什先生来了之后，我的处境有些好转，但他这位大作家、文化人，怎么也不扣好扣子，非得敞着胸膛呢。我实在无法忍受这种恬不知耻的行为，让我有种难以名状的心情。看到别人裸露的胸膛，我浑身像扎满了刺一样难受。

1950年10月11日

对门邻居夫人的黑色小狗太可爱了！它那乌黑发亮、

长长的皮毛是多么迷人！我想把脸埋进它的毛里。傍晚邻居夫人带它散步的时候，它是多么有爱地舔着邻居夫人的双手，把两条前腿搭在她的肩上，把头依偎进她的怀里。邻居夫人用手爱抚着小狗柔软的皮毛。虽然它只是条小狗，可还是获得了许多的宠爱！听说这位夫人爱这条小狗胜过爱自己的孩子。我也想养一条小狗，黑色的、毛茸茸的。我会抚摸它，宠爱它，但是，谁能照顾它呢？我现在全部的精力都要照顾丈夫，根本没有任何空闲的时间。

我很想把奈娜叫到我身边，但怎么下笔给姐姐写信呢？姐姐是不会把奈娜送来的，怎么可能送来呢？我的丈夫得的是肺结核，是传染病。奈娜是姐姐唯一的女儿，我知道，把她叫过来的做法是不妥的，但我还是非常希望奈娜能来到我的身边，我可以好好地宠爱她，陪她一起玩，哄她睡觉。她是个多么可爱的孩子啊！

1951年5月8日

今天我在屋顶天台看到了惊人的一幕。不知对门邻居夫人的小狗生了什么病，它的毛全掉光了，皮肤上长满了疹子。听说夫人送它去做了很多治疗，但现在医生也无能为力了。夫人曾经多么爱它啊，如今却连家门都不让它进了。今天我听到夫人用哭腔命令仆人，把它带到外面用枪打死。小狗默默地站在一旁，它好像也明白继续这样痛苦地活着对它没有任何好处。它没再往邻居夫人跟前走一步，它得了这种怪病，就失去了待在夫人身边的权利。它好像也明白这个道理。唉！这条小狗是多么明事理啊！

就连小狗都明白的道理，我为什么就接受不了呢。邻居夫人曾经是多么爱那条小狗啊，如今却狠心让人把它射杀了，这样做对吗？我一时觉得是对的，一时又觉得是错的。

1951年5月13日

这四天，小狗的遭遇把我彻底逼疯了。我觉得自己真的成了个疯子。

今天有个女孩来找赫利什先生，不知道为什么我很不高兴。唉，这又关我什么事呢，谁想来找他就来吧。我常向大神祈求，赐予我智慧和力量！但今天我太累了，连祈祷的半点力气都没了！

1951年5月14日

今天他打了我。结婚后，我这是第一次发现，他的力气还能这么大！他生着病，竟还能把我的腰踹伤。如果他整个身体都能像那条腿一样强壮有力的话，该多好啊！我犯过千错万错，如果他能早点打我，该多好啊，至少不会让我再犯这么大的错。我挨了打，却一点都不痛苦，他要是能早一点打，该多好！

我却为赫利什先生感到难过，因为我的牵连，他白白遭受了羞辱。

1951年5月15日

今天，他说要赶我走。今天，他给所有人都写了信——母亲、哥哥、姐姐。不知道他在信里都写了些什么。

从今天开始，我连之前亲人们那些虚伪的同情和问候都再也收不到了，似乎所有人都开始憎恨我。然而，不知为何，我既不为自己做的事感到难过，也不为这种罪行而感到痛苦！所有这些暴风骤雨过后，我会独自离开这个家。就在今天，老天爷施行了迟早要降下的惩罚！可他怎么办呢？没有一位亲人愿意照看他！对于一个毫无自理能力，只会空想的人，他除了落得一个可悲的结局，还会有其他可能吗？

1951年7月20日

今天我听到他去世的消息，我不知道自己还能做些什么。我早已心如死灰，不知道今后的生活要如何继续？

1951年8月13日

我很幸运地找到了一份音乐教师的工作。曾经的我，是多么喜爱唱歌、弹琴，但后来不得已放弃了。那时是我唯一的爱好，如今却成了我谋生的手段。……我在这儿的一所学校找到了工作，我顿时觉得我的人生有了出路，我无依无靠的生活有了着落。

1951年11月23日

今天是奈娜的生日。我怀着忐忑的心情，给她寄去了礼物，不知道她们会不会收下。最后，她们留下了。我可以把这事理解为，姐姐现在依然还爱着我吗？仍有人爱我，这种感觉是多么甜蜜啊！

1952 年 6 月 2 日

赫利什写了一篇关于我的小说，可他为什么偏要写得这么含蓄隐晦呢？他要是写得直白些，我是不会怪他的。他可真傻！

译后记

　　2000年，我进入北京大学印度印地语言文学专业学习，之后历经本科、硕士、博士学习和留校工作，一直都在印地语语言和印度文学的世界探索、遨游，尤其专注于印度近现代女性文学、宗教文学方向的研究。光阴荏苒、白驹过隙，转眼到了2021年，不知不觉间，印地语语言、文化和文学业已陪伴我走过了21个年头。从最初对一个个印地语天城体字母的"牙牙学语"，到后来阅读印地语小说、诗歌、散文、戏剧等文学作品，再到探索研究印度社会异彩纷呈的历史文化，从对印度文学文化的一无所知，到对她进行翻译和研究，我逐渐形成了一些粗浅的认知和体悟。能够获得这样的成长，首先要感谢我在北京大学印地语专业的师长们，尤其是我的恩师姜景奎教授。他不仅教授我印地语语言，更指导了我研究生阶段的学习，让我叩开了印度现代女性文学研究的大门，开始接触和研究曼奴·彭达利的女性主义小说，并对印度女性主义文学产生了浓厚兴趣。作为"独立后印度知识女性的代言人"，彭达利以其细腻、精练、平实的笔触，精巧的构思和多样化叙事在作品中客观地叙述故事，真实地把事物和人物际遇呈现出来，将人物的真情实感展现给读者。阅读她的小说，就如同在观看一部电影，她笔下的一个个人物形象跃然纸上，吸引着我，让我与他们一起历经离合悲欢。

虽然我对印度女性主义文学的研究在不断深入，但却一直没有机会对曼奴·彭达利的小说进行系统的翻译。直到2013年初，恩师姜景奎教授与中国大百科全书出版社的领导合作，提出了"中印经典和当代作品互译出版项目"的动议，在相关单位的积极回应下，2013年5月李克强总理访印期间，国家新闻出版广电总局和印度外交部签署合作文件，决定启动"中印经典和当代作品互译出版项目"，并写入两国发表的联合声明（第17条）。2014年9月，习近平主席访印期间，该项目再次被写入两国发表的联合声明（第11条）。该项目成为中印两国的重大文化交流项目之一。在恩师的召集下，我有幸参与到该项目中。恩师带领我们翻译的《苏尔诗海》，成为此项目首批成果中的力作。在翻译过程中，他探索并提出了印度经典汉译与研究的一种新视角和新路径，希望在中国读者能够接受和理解的范围内，展现印度特有的传统文化和审美情趣。这不但让我对文学翻译和研究有了更深更新的认识，也使我习得了印度文学翻译和研究的具体方法，更体会到了甘坐冷板凳的不易与可贵。

此后，在恩师的建议下，我开始着手准备翻译《班迪：曼奴·彭达利作品选》。在业界前辈薛克翘、刘建、石海军、黎跃进、邓兵等先生的鼓励和指导下，我正式开始了《班迪：曼奴·彭达利作品选》的翻译工作。

在印度专家拉凯什·沃特斯（Rakesh Vats）教授和德里大学阿尼尔·拉伊（Anil Rai）教授的指点下，我确定了选译的篇章和内容。曼奴·彭达利一生著述颇丰，我最终选择了她最富代表性的长篇小说《班迪》和三个代表性短篇小说进行翻译。这四篇作品主题各有侧重，《班迪》《这才是真的》《一幅画像的三个视角》主要突出彭达利的女性主义写作，考虑到女作家不仅限于女性文学主题的创作，我又选取了《我输了》这篇政治讽刺题材的小说进行翻译。翻译过程中，有关字词、文化、社会背景的疑难问题得到了印度专家斯米塔·查图维迪（Smita Chaturvedi）教授的帮助。2019年，我在韩国首尔访学期间，韩国外国语大学金宇照（Kim Woo Jo）教授、林根东（Lim Geundong）教授和高泰晋（Koh Taejin）教授也对我的翻译工作提出了许多有益的建议。译稿的修改还得到了王春景、廖波、李亚兰、贾岩等师兄弟姐妹的帮助，后经恩师把关，最终以这个版本呈现在大家眼前。

本书的翻译和出版工作，一直受到中国大百科全书出版社领导和编辑老师们的大力协助以及业内同行专家和前辈学者的支持，在此一并感谢！

这些年来，我的家人和亲友一直都给予我无尽的支持和关爱，鼓励我在教学、翻译工作和学术研究道路上不断前进，为我提供了有力的生活保障，在此表以真挚的感谢！

众所周知，翻译是一项精益求精、永无止境的工作。有人曾说，翻译工作永远有缺憾，翻译是戴着镣铐的舞蹈。我在翻译过程中，也曾为了一字一词反复推敲，抓耳挠腮，幸得师长、同门兄弟姐妹的帮助，才得以最终完稿。总的来说，我非常享受沉浸在翻译之中的乐趣，也尽力追求译文的"信、达、雅"，但由于本人能力和学识所限，翻译过程中难免存在疏忽和遗漏之处，望读者海涵。希望方家不吝指正，也希望有更多的同行能够一起努力挖掘印度文学翻译与研究这座半开采的富矿，正如刘安武先生所说："这座半开采的富矿总会提供宝贵的东西而不会让辛勤的开采者空手而归。"

王靖

2021年10月31日于燕园